ドストエフスキー

―木洩れ日のなかを歩む獏の独白―

上

第Ⅰ部
ドストエフスキー山露西亜寺《ラッシャン・テンプル》詣で道中記

第Ⅱ部
〈わたしのドストエフスキー像〉をめざして
――書物との対話

大森政虎

八坂書房

ドストエフスキー（上）

目次

第Ⅰ部　ドストエフスキー山露西亜寺《ラッシャン・テンプル》詣で道中記

第Ⅰ部　まえがき

第Ⅰ部は、十七歳でドストエフスキーに初めて出会い、六十に近くなってから、改めてひとりで世界文学の最高峰ドストエフスキー山に登り出した、わたしの登攀記録とでもいうべきもので、そこにはその時その時の楽しさや苦しさ、そして息ぎれが刻まれているとともに、錯誤や独断のたぐいも混在しているかもしれない。しかし、それがあるかもしれないことを恐れていては、ドストエフスキーは、わたしにとっていつまでも手の届かない〈謎の人〉としてとどまるにちがいない。錯誤や独断があるとしても、それらは、第Ⅱ部で出会うことになる先達たちの教えなどを学ぶことによって自覚、是正されうるであろうし、そして、そのことは第Ⅲ部〈わたしのドストエフスキー像〉において確認されるであろう。

第Ⅰ部をくくって〈ドストエフスキー山露西亜寺《ラッシャン・テンプル》詣で道中記〉と題したのは、ドストエフスキー山を寺院の山号に見立てたことによるが、さらに、神仏を信ずることにおいて誠に曖昧で殆ど無宗教といえる日本人が（わたし自身も例外ではないが）、それにもかかわらず、弥次喜多の昔から、相も変らず伊勢参りとか奈良・京都の寺社見物などに出かける心情にかこつけて、淡白なくせに深刻好きとでも言うほかないような日本人のドストエフスキー好みをひっかけたものである。また、ドストエフスキーをことさら神か仏に見立てているわけではないが、ドストエフスキーはかつて、わたしにとって、批判しうるあるいは批判すべきひとりの作家というよりは、批判を絶した畏敬すべき別格の存在であったことは確かなので、題名には、そのような昔の消え失せた気持も含ませたつもりである。

なお、第Ⅰ部所収の手帳《ノート》以前のもの（ドストエフスキーの初期作品から《地下室の手記》《賭博者》までの作品についての論考）は、一九八八年刊行の《杜ノ瀬生々の手帳《ノート》から》（八坂書房刊）のなかに発表したが、ここには再録せずに、そのかわり、それらの作品について改めて考察した新稿——前記の旧稿をいわば全面的に書き直して面目を一新したものを、第Ⅲ部のなかに収めることにした。

1　道中記（壱）《罪と罰》の巻

準拠した邦訳本は工藤精一郎訳（新潮社版）

初めてドストエフスキーの作品に出会ったとき——それが《罪と罰》であったように思えるのだが——、その衝撃がどんなものであったのか、今となっては勿論さだかではないのだが、出会った途端、わたしはたちまち暗い情念・想念の渦巻くドストエフスキーの世界に吸い込まれてしまったようだ。当時、十七歳のわたしは、それまで小説を含めて書物らしいものをろくすっぽ読んだことがなく、読破したと言えるものといったら、精々、吉川英治の《宮本武蔵》程度であったから、そのことを考えると、わたしの頭は、ドストエフスキーが一応分かるといったような状態からはほど遠いものだったにちがいない。しかし、そのような貧弱きわまりない理解力とはかかわりなく、ドストエフスキーの作品——とりわけ、彼の作品でわたしが初めて触れたとおぼしき《罪と罰》あたりからあとの作品には、目ざめたばかりの心を眩惑する魔力めいたものが仕込まれていたのであろう。わたしは、おそらく自分の頭ではほとんど何も理解しえなかったにもかかわらず、そのような強烈な磁力のようなものにからめとられ、呪縛されてしまったというのが実状に近いようだ。そして、このような呪縛から逃れようともがいているうちに、未知の書物の世界がわたしの前に開けてきたと言えそうだ。つまり、わたしに広大な書物の世界を発見するように仕向けたのがドストエフスキーであったと言ってもよいように思う。そういう意味では、わたしにとって、人生への旅立ちにあたって、ドストエフスキーと出会ったことは運命的なものがあったと言えよう。

そのころ、《罪と罰》の主人公と目《もく》されるラスコーリニコフについて、わたしがどのような像を思い描いていたのか——それは、ともかくも自分なりに自分の手で描いたデッサンというわけには到底ゆかず、だれかの受売りといったたぐいのあやふやなものであったにちがいないが、ただ一つ、若いわたしが、彼を英雄視していたことは確かであるように思う。当時、わたしの知に飢えきった心は手当り次第に書物にかぶりつく一方、初心《うぶ》な心は何にでも片っ端から首を突っ込んで悩んでいたようだ。このような悩むために悩むとでもいっていいようなポーズは、その悩みを解消するために、実行行為にまでつっ走るという可能性はたいへん少ないことはいうまでもない。それに、わたしは当時、肉体的に劣弱、精神的に幼稚、生活的に臆病であったから——これらの欠点は今でもあまり改善されたようには思われないが——、自分の理論を構築・信奉して人殺しまでするラスコーリニコフ青年の実行力には、事の善悪などを問う余裕など全く与えずに、わたしを驚嘆させ圧倒してしまう迫力があったにちがいない。——ついでに言ってしまえば、戦争、それに続く敗戦という、外的にはすべての日本人を（そして世界中の人たちを）巻き込んだ大事件・大混乱にしても、幼さによる無知も手伝って、わたしはそれを内的にとらえ、それが自分にとってどのようなものであるかに思いをめぐらすことができず、歌の文句じみた言いぐさになってしまうけれども、結局は、時の流れに身を任せて生きていたまで、と言ってもいいような生きざまだったと思う——。

かつてわたしは、ラスコーリニコフを英雄視していたようだと言ったけれども、今度改めて読み直してみて、彼自身、自分を一種の英雄と思っている、少なくともそう思いたがっていることを確認することができたように思う——彼の編み出した理論によると、人間は凡人と非凡人という二つの部類に分けられるという。その一つ、凡人というのは人間のほとんどが属する部類であって、彼らの役目は自分と同じような子供を生むということにあり、いわば生殖材料としての役割しかはたしていない。つまり、彼らは現世を謳歌する民衆のたぐいをさすのであり、保守的で服従するのが好き、というよりも服従するのが義務とでもいうことのできる部類である。それに対して、非凡人というのは、現在の世界に対して〈新しい言葉〉を発する天分を持っている人間のことであり、ソロンやマホメット、ナポレオン、革命家などの立法者や指導者にみられるように、古い律法を破棄して新しい法律を制定する〈新しい人〉、つまり未来の支配者である。彼らは、自分の思想のためには法律を犯し、流血をも辞さないのだから、一人残らず犯罪者であるともいいうる。だから非凡人は、（全人類の救いとなるような）自分の思想を実現するにあたって、それを妨げる障害が自分の前にたちふさがった場合には、それが一人はおろか何百、何千という人の命であろうとも、それを排除する権利がある、そうするのが義務ですらある、と考えてよいのではないか。もっとも、このように物騒な非凡人がやたらに現われるようなら、大変なことになってしまうが、そこはうまくできていて、ほんの少しでも新しいことを口にすることのできる人間、つまり人並み以上といえる人間でさえ非常に少ない。ましてや人類の組織者とか偉大な天才となると、何十億という人間のなかからやっと一人でるかでないかといったところではなかろうか。勿論、こういった偉人、天才にしろ、おびただしい材料としての凡人のなかから生まれるのであるから、凡人は、幾らかでも自主的な人間をこの世に生みだすという、そのことのために生きているとみなすこともできるわけだ――。

このように考え、自分をナポレオンに擬してあれこれ悩んだラスコーリニコフは、ついに金《かね》貸しの婆さんを斧でなぐり殺してしまう。彼は、自分が学校を出て身を立てるのに必要な資金をえるために人殺しをしたように、ソーニャに打ち明けている。（しかし、彼の殺人の動機ともなる哲学は、そのような単純・素朴なものではない。）彼は、ナポレオンが自分のような苦学生の立場にあって、身を立てるのに、モンブラン越えやエジプト遠征などのような偉業の代わりに、金を盗み出すことが必要で、そのためにはしらみみたいな老婆を殺すほか道がないとしたら、どうするだろうかと考え、ナポレオンだったら、それが偉業とはかけ離れすぎているとか罪悪だとか、そのようなくだらないことをいっさい考えずに、しらみをひねりつぶすように瞬時に人を殺してしまうにちがいないと結論して、犯行に及んだというわけである。彼はソーニャに、ナポレオンを気取って、世の不合理是正のために人殺しを実行したまでだともいう――彼にとって、自分のような者に金がなく、虫けら同然の婆さんが金持だということは、我慢のならない不合理の一つであるにちがいない――。また、ソーニャへの打明け話の中には神と悪魔のことも出てくる。ソーニャの〈あなたは神から離れてしまった〉という叫びに対して、ラスコーリニコフはこう言っている――しらみではなく、権力をにぎって支配者になるには、ただ一つ、勇敢に実行することだけが必要なのだ。〈踏みこえる〉勇気のあるものだけが支配者になれるのだ。自分に〈踏みこえる〉力があるかどうか疑うのは、そのこと自体がすでに、ぼくがナポレオンでないことを証明しているようなものだが……ぼくは実行するつもりなどなく、ただ試しに婆さんのところへ行っただけなのに、殺《や》ってしまった。あれは、悪魔にそそのかされたのだ。悪魔のやつ、そそのかしておいて、すんでしまってから、しらみにすぎないことがやっと分かったか、おまえなど、もともと婆さんのところへ行く資格などなかったんだ、とあざわらっている始末だ。だから、ぼくではないんだ、婆さんを殺したのは。悪魔なんだ――。

こうして、自分がナポレオンでありたいと思いながらナポレオンでないことを思い知らされて悩むラスコーリニコフの、誰の目にも異常と映る精神的肉体的情況は、人を殺した罪の恐ろしさにおののいているというよりは、自分が穴蔵で夢想した殺人哲学の破綻のほうにひどく落胆、消耗しているというふうに、わたしにはみえる（彼には、人殺しをしてしまったあとでも、金貸しの強突く張りの婆《ばばあ》など、とるに足りないしらみという意識が心の隅に巣くっていて消えないにちがいない）。しかし、とにかくこの苦悩を彼は一人で持ちこたえられない。このために、自分が犯人であることをまわりの人たちにほのめかしたり、ソーニャに告白したりする――この告白をスヴィドリガイロフに盗み聞きされて、これがまた彼の新しい悩みのたねになるわけである。彼を追いつめる慧眼な心理学者である予審判事ポリフィーリイに挑戦的に議論をふっかけるのもこのためである。さらに、言いようのない欲求に引き摺られるままに、犯行現場にもう一度立ち戻って、誰にでも怪しまれるような振舞をしていながら、その一方で、警察につかまるのを恐れて、凶器や盗品などの証拠かくしに戦々兢々としているところなど、うすぎたない殺人者としての素顔をも覗かせている。このあたりに、自分の構想した殺人哲学に酔って、夢の中での出来事のように婆さんを殺し、われに返ってから、こんな筈ではなかったと、現実に戸惑いつつ、現実に承伏しようとしない、ラスコーリニコフの一筋縄ではいかない複雑な心理と性格が垣間見えるのではないだろうか。

わたしは今、〈穴蔵で夢想した殺人哲学〉と書いた。〈穴蔵〉という言葉を使ったのは、ラスコーリニコフ自身が自分の住んでいるところを自嘲してこう言っているからであるが、この言葉はすぐさま、《地下室の手記》を書き綴った〈ぼく〉のかくれ住んでいる〈地下室〉を連想させる――地下室といおうと、穴蔵といおうと、同じものではないか？　同じものであるにちがいない、とわたしは確信する――。というよりも、わたしは《罪と罰》を読み進めていくうちに、ラスコーリニコフと〈ぼく〉との同質性・近縁性を強く意識するようになったと言ったほうがよいと思う（〈穴蔵〉という言葉そのものは、それを示す証《あか》しの一つであるにすぎない）。例えば、二人がそれぞれ自分だけの片隅で発酵させ、何度となく反芻しながら育ててきた、殺人哲学と恣欲至上主義とをみてみよう。元大学生ラスコーリニコフは金もないのに仕事（アルバイト）にも行かず、ものを食うことさえどうでもよいように投げやりで、穴蔵にとじこもって殺人哲学を夢想する。一方、〈ぼく〉は、遺産の入ったのをしおに役所勤めをやめて地下室にこもりきりになった中年の男であるが、若いころの出来事を回想しながら、四十年の地下室暮しで養い育てた恣欲至上主義を《手記》の中で披瀝している。この二つの夢想、殺人哲学と恣欲至上主義との間には、一見何も共通するものがないようであるが、それぞれの考え方の根元に〈自分だけを強烈に押し出す〉、つまり自我（自意識）最優先の思想があると思う。〈勝手気まま〉を意味する恣欲は、野放図な自我の表われそのものであるけれども、自分はナポレオンだから、人を殺す権利があると考えるのは、思いあがった自我の傲り以外の何ものでもないだろう。自我に溺れきった揚句生まれた、成れの果てが、ラスコーリニコフの殺人哲学であるとでもいえるのではないだろうか。

とっつきにくい、自意識の権化とでもいえそうなドストエフスキーは、自我の到達できる極限をさぐるために（勿論、他の目的もあったろうけれども）、〈ぼく〉とラスコーリニコフとを創造したのではないだろうか？　普通なら、自我は世間という外界といい加減のところで折れ合い、妥協して引きさがってしまうはずなのに、ドストエフスキーは二人に、中途半端なところで自我にブレーキをかけずに、ぎりぎりのところまで押し通していく、超人的な勇気を与えたのではないだろうか？　そうとすれば、自我をどこまでも押し通した果てに得たものが――それは、見かけのうえでは、種々様々の様相を呈するであろうが――、この二つの作品の場合、恣欲至上主義であり殺人哲学である、ということになろう。このようにしてさぐりだした、自我の極限の向うに、ドストエフスキーが何をみていたのか。それをここでわたしが言うには、ドストエフスキーとの付合いはまだ浅いといわなければならないが、それが大地であり民衆であり、それらがまた〈神〉に繋がるように、わたしには思われてならない。

ラスコーリニコフも〈ぼく〉も、頭の中で人間を截然と二つのタイプに分けるのが好きだ――分けずにはいられないのかもしれない（彼らをつくりだしたドストエフスキー自身も、眠られぬペテルブルグの夜に、同じような夢想にふけっていたのではないか？）。ラスコーリニコフは人間を凡人と非凡人に分け、〈ぼく〉も、意識量の多寡を目安にして、人間を活動型と思索型に分けている。かつて《地下室の手記》を論じた際、文中に頻出する〈意識〉の意味内容について、わたしは大いに迷い、〈頭をうって気を失う〉〈脳卒中で倒れて意識を失う〉というふうに使われる場合の意識の生理的な意味をも念頭に置いて、〈意識〉という言葉を使ったが、現在ではそのような意味ではなく、それは、ずばり〈考えること〉〈思索すること〉ととるべきだと思うようになった。したがって、意識量の少ない活動型というのは、ものごとをよく考えることのできないタイプであり、思索型は文字通り、自分のことを含めて、ものごとをよく考える知的人間ということになる。さらに〈ぼく〉が二つの型それぞれに付与している属性を勘案してみると、活動型と凡人、思索型と非凡人とがそれぞれ同類であることが分かる。

以上のようなわけで、ラスコーリニコフは〈ぼく〉の血を濃くひく直系とでもいうべき人物とみることができる。しかし、だからといって、二人の生きざまが全く同じというわけでは勿論ない。二人の間には際立った違いもある。〈ぼく〉の場合は、何かあると、後生大事《ごしょうだいじ》にしている地下室にいつも逃げ帰り潜り込んでしまって、やくたいもない妄想の糸をつむぎだすしか能がない――しかも、遺産がころがりこんできた四十歳からは、地下室に籠城をきめこむといった完全な閉居状態に自らを置くのだから、〈ぼく〉には、そのまま地下室の夢想・妄想の泡のなかで溺れ死んでしまう道しか残されていないようにみえる。ところが、ラスコーリニコフの場合は、事情が違う。ナポレオンを夢みるままに、穴蔵を出て〈踏みこえてしまった〉ラスコーリニコフは、もはや穴蔵には戻れないし、戻らない。彼が人を殺したとき、そのあとに彼を待っていたのはシベリア流刑であった。それは確かに、彼の犯した〈罪〉に対する法による〈罰〉ではあったが、彼を本当に待ち、彼を待ち兼ねていたのはソーニャの愛であり、シベリアの大地であった――それをラスコーリニコフはしっかりと心で受けとめる。

昔、《罪と罰》を読んだとき、そのころ酒を覚えたてだったせいか、酔いどれのマルメラードフに深い感銘をうけたらしい。そのためであろうか、その後、たくさんの酒飲みと付き合い、酒飲みのだらしなさと意地汚さ、酔っぱらいの醜態をたっぷりと実見したにもかかわらず、酔いどれというと、この登場人物がまるで酔いどれの典型みたいに、どこからか、わたしの頭に浮かびあがってきたものである。しかし、今度読み返してみて、五十すぎという、いい歳《とし》をして、働かずに酒ばかり飲んで家族を泣かせてばかりいる、どぶねずみのようなアル中にすぎないことを確かめて、彼に対する興味をすっかり失ってしまった。彼の娘ソーニャは、ラスコーリニコフの魂復活の契機をなす女性として、重要な登場人物のはずであるが、わたしには、ラスコーリニコフの介添役または引立役としての役割しか与えられていないようにみえるのは、わたしの読みの浅いためであろうか。また、三人の男たちの恋情の的になる、ラスコーリニコフの妹ドーニャが、やや受け口である点を除けば、背の高い均斉のとれた黒目の美人で、気性が激しいが聡明な女性であることを今度確かめて、そこに小説家としての作者の配慮をみる思いがした――三人の人物というのは、ドーニャと結婚することになる浪漫主義者《ロマンチスト》ラズミーヒン、拝金の徒ルージン、それにスヴィドリガイロフであるが、特に興味ある人物、スヴィドリガイロフに触れないで、手帳《ノート》を閉じるわけにはいかない。

スヴィドリガイロフ的な悪魔的人物の影は、処女作以来、ドストエフスキーの初期作品にもしばしば出没している。例えば、《貧しき人びと》の地主ブイコフ、《家主の妻》の老人ムーリン、《虐げられた人びと》のワルコフスキー公爵らがそうであり、彼らの系列はさらに《悪霊》のスタヴローギン、《カラマーゾフの兄弟》のイワンやスメルジャコフその他の登場人物へと繋がるものであろう。そこで、彼らに冠せられる〈悪魔的〉という言葉の内容を、おもにスヴィドリガイロフとワルコフスキーとからさぐってみると、次のようになるであろうか。

まず、鮮やかな印象としてわたしに残っているのは、二人とも、世間的に名の知られた紳士という仮面をかぶりながら、実は、情欲的衝動のままに女を犯し、魔窟などで淫蕩を求めて飽きない中年の漁色漢という、彼らの正体である。彼らは世間の目を欺きながら、女色をあさり、それをしゃぶりつくす好色漢であるが、それと同時に、おのれ自身だけを愛する、徹底した利己主義者《エゴイスト》であり、神や美徳などを嘲笑し踏みにじることに快感を覚える破廉恥漢、人でなしである。したがって、金を得るのに手段を選ばず、何も恐れるものがないから、彼らの経歴に詐欺や財産横領などの犯罪や、時には殺人の影すらちらつくのは当然であるかもしれない。彼らはまた、冷徹な現実主義者《リアリスト》で辛辣な冷笑家でもあるから、ものごとの本質をえぐって相手に迫る彼らの舌鋒の鋭さには、何びともたじたじせざるをえないものがある。このようなスヴィドリガイロフであるから、孤児《みなしご》になったソーニャの幼い妹たちに金を出して孤児院を世話するといっても、このような善行の名の下に、どのような醜い魂胆が隠されているか、分かったものではない。彼の拳銃自殺にしても、それが、ドーニャの断乎たる拒否にあったため絶望した結果だとしても、彼のような人間にも、絶望が生まれるということはどういうことなのか、再考する必要があろう。

ドストエフスキーは、資金難から、自分が編集・発行していた雑誌《世紀《エポーハ》》を一八六五年三月二二日発行の二月号で廃刊せざるをえなかったが、その後、債鬼の追求にたまりかねて、同じ年の七月中旬、ドイツのヴィスバーデンに逃げ出している。彼はヴィスバーデンに九月末まで滞在し、その間、あいもかわらず賭博《ルーレット》に熱中してすってんてんになり、ツルゲーネフらの友人たちやかつての愛人スースロワへ無心している。彼は一〇月一五日ごろロシアに帰国したが、その際の費用も、《罪と罰》を売ってつくった金（前借金三〇〇ルーブリ）を役立てているように《年譜》からは推測される。なお、ここに出てくる《年譜》とは、新潮社版全集の別巻で、L・グロスマン作成のもの。以下、本書文中によく出てくる《年譜》とはすべて同書をさす。

ドストエフスキーはドイツに飛び出す以前に、《罪と罰》の中でマルメラードフ一家という形で結実することになる《酔いどれたち》という長編小説を構想していたらしい。それで、《酔いどれたち》を《罪と罰》の前身とみることもできるが、現在わたしたちがみるような《罪と罰》の形に近い草稿が初めて書かれたのは、ヴィスバーデン滞在中の六五年八月から一〇月にかけてで、その初稿の主題には、ロシアの《声》誌に九月七日から一三日に載ったチストフ事件の裁判記録が生かされているといわれる――〔注〕チストフ事件とは、六五年一月にモスクワでおこった殺人事件で、G・チストフが二人の老婆を斧で殺害したというもの。八月に裁判が行なわれた（《年譜》による）――。彼は金策のため、《酔いどれたち》の構想中から小説の売込みをはかり、《罪と罰》についてもヴィスバーデンからいろいろ売込み工作をしているが、なかなか成功しなかった。それが九月中ごろ《ロシア報知》主幹のM・N・カトコフに小説の構想を書き送り、前払い三〇〇ルーブリを申込んだところ、それが受け入れられ、小説が同誌で採用されることに決まったので、金銭面でようやくひと息つくことができたのである。その後、《罪と罰》の第二の草稿が一〇月～一一月に書かれ、最終的な草稿が一二月～翌六六年一月に成ったことが《年譜》から分かる。こうして《罪と罰》は一八六六年の《ロシア報知》に連載され、翌六七年に単行本が改訂・二分冊の形で刊行されている。

ところで、ドストエフスキーは、一八六六年に《罪と罰》を発表して以後、この世を去る八一年一月までの十五年足らずの間に、《白痴》から《カラマーゾフの兄弟》に至る六つの作品――五つの長編小説と長大な評論集とでもいうべき《作家の日記》――を著している。これらはいずれも世界文学史上特筆される作品であるが、とくに《悪霊》と《カラマーゾフの兄弟》は《罪と罰》とともに文学の最高峰とみなされている。このように優れた作品が二年半に一つの割合で次々と産み出されるについては、勿論、巨人ドストエフスキーの創造者としての天賦の才があって初めて可能であることは断るまでもないが、その背景に生活の安定があったことも見逃せないように思う。もっとも、生活の安定とはいっても、経済面という点だけをみれば、《罪と罰》発表後も、数年間はそれ以前とあまり変りはなかったように思われる。というのは、ドストエフスキーは、この小説によって、おそらく彼の小説家としての文名は大いに高まったのではないかと思われるけれども、その発表後まもなく、負債のために外国に逃げ出し、四年間余もロシアに帰れずに外国をうろついていたからである。それにもかかわらず、わたしが敢えて〈生活の安定〉という表現をしたのは、《罪と罰》脱稿直後の六七年二月にアンナ・スニートキナと結婚したドストエフスキーの夫婦生活の確立・安定化を言いたいためなのである。二人きりの外国生活において、また母国に帰ってきた晩年の生活において、癲癇持ちで賭博狂《ギャンブル》でもある作家に対するアンナ夫人の妻としての愛情と心づかいが、夫の執筆環境をととのえるのに大きく役立ったことは疑いない。わたしはここで、作家生活の安定を生みだしたアンナ夫人の内助の功を特に強調しておきたい。

ドストエフスキーは、《賭博者》の口述筆記を機に、二十五歳年下の速記者アンナと知り合い、結婚したのだが、それから後の彼の人生には妻以外の女性は登場してこないようである。しかし、アンナとの結婚以前の女性関係はなかなか賑やかである。とりわけ、病妻マリヤが一八六四年四月に死んでアンナと再婚するまでの二年半は、下世話に言えば、女の尻を追い回して求婚ばかりしていたような感じさえ受けるので、この間のめまぐるしい女性遍歴（?）を《年譜》からさぐって、覚書《メモ》としておきたい。――①マルファ・ブラウンは《世紀《エポーハ》》の編集を手伝っていた翻訳者で、自由奔放な生活者でもあったようだ。彼女との付合いは、マリヤが死んだ一八六四年の翌年早々のことであるらしいが、ほんの少しの間であったようだ。②ブラウンと同じころ付き合っていたナジェージダ・スースロワは、一緒に外国旅行までしたかつての恋人アポリナーリヤ・スースロワ（愛称ポリーナ）の妹で、のちにロシア最初の女医となった。彼女との付合いもあまり長続きしなかったようである。しかし、ドストエフスキーはその後十年も経って、一八七四年八月二八日（当時五十三歳）のノートに彼女の名前を書きとめている。付合いが絶えてからも、彼女に何らかの関心を持ち続けていたのであろう。③マリヤが死んで一年たった六五年四月に、ドストエフスキーはアンナ・クルコフスカヤに結婚を申込んでいる。彼は、冬のシーズンをペテルブルグですごすクルコフスカヤ姉妹と六五年早々（あるいはもっと前からかも知れないが）知合いになったらしい。アンナの妹ソフィヤ（ソーニャ）は当時十五歳の少女であったが、彼女が姉の求婚者に秘かな思いを寄せていたことが、彼女自身の著した《回想》から知ることができる。ソフィヤはのちに世界的に知られる数学者となった。④かつての恋人ポリーナとの仲も完全に切れてしまったわけではなく、外国旅行後も、時には二人で会ったり、手紙のやりとりも大分していたようだ。ドストエフスキーが無心するために手紙を出したという事情もあったようだが、とにかく彼女の手控帳によれば、六五年中にドストエフスキーが彼女宛に出した手紙は六通、彼女からの手紙は十一通とのこと。六五年一一月にはドストエフスキーが彼女との結婚話を蒸し返し、喧嘩騒ぎをひきおこしている。彼女との文通はアンナとの結婚後も跡絶えずに続いていたらしく、《年譜》には、六七年四月〜五月に手紙のやりとりがあったことが記され、彼女からの手紙を見たアンナが驚いたことが特記されている。⑤ドストエフスキーの妹ヴェーラは医師イワーノフに嫁いでいたが、その長女ソフィヤの親友マリヤ・イワンチナ＝ピーサレワに、六六年三月に結婚を申込んでいる。⑥六六年夏、妹ヴェーラが義妹エレーナ・パーヴロヴナ・イワーノワと彼との結婚を考え、ドストエフスキーは自分でエレーナにその気持を質している。エレーナの夫は、ヴェーラの夫イワーノフの弟で、当時死を宣告された病床にあった（一八六七年没）。⑦一八六六年一〇月四日から三一日までの口述筆記（《賭博者》）を通じて、アンナ・スニートキナと知合う。一一月八日アンナに求婚し、翌六七年二月一五日に結婚。同年四月一四日に外国旅行に出発。

以上のような派手な女性関係から、ドストエフスキーがなかなかの好き者であったことがうかがえるが、それと同時に、好き者の裏側に、妻を失い、自分の年齢《とし》（当時四十四、五歳）を考えて結婚をあせっている中年男のむさい像も見え隠れしているように思う。とくに妹ヴェーラが、男やもめである兄の一挙一動にやきもきしている様子が目にみえるようだ。それにしても、まだ死んでもいない男の妻を自分の兄にめあわせようとし、それにドストエフスキー自身が乗り気になるとは、少し不作法すぎるのではないだろうか。なお、これらの女性遍歴から、外聞など全く気にしない、また年齢の違いなど一向におかまいなしといった、誠にドストエフスキーらしい生きざまが浮かびあがってくることも確かだ。

（一九八八・六・一）

2　道中記（弐）《白痴》の巻

準拠した邦訳本は木村浩訳（新潮社版）

　イメージが文字で構築される文学世界にユニークな主人公、たとえばドン・キホーテ、ハムレット、ジュリアン・ソレル、はたまた机龍之助（この人物は主人公ではないが）など、ユニークな主人公がひとたび誕生すると、彼らは、人間や人間性のある種の典型であるともてはやされるとともに、やがて文学世界をはみだし、抜けだして、世俗世界とでもいうべき別の世界で勝手に一人歩きするようになる。その際彼らはいずれも、多かれ少なかれ、文学世界とは違った仮装を纏わされ、違ったご面相で生きていかざるをえないようになるのが普通である。《白痴》の主人公ムイシュキン公爵も、このように文学世界で創造された典型的な人物の一人であるから、彼もご多分に洩れず、世間では、文学世界とは大いに異なった仮面《マスク》をかぶせられてしまった人物であるように思われる。

　巻末の解題（木村浩著）によると、ロシア語の原題名イジオート идиóт には、かつて日本で使われていた病名としての〈白痴〉のほかに、〈ばか〉〈まぬけ〉など、日常でも広く用いられる軽い意味があるとのことである（ドストエフスキーもそのことを踏まえ、さらに反語的な効用をも考慮にいれて、イジオートという言葉を題名として採用したのであろうか）。とはいうものの、本作品の日本語の題名として定着している《白痴》は、わたしたち日本人にはきつすぎるのではなかろうか？　わたしたちも会話などの際に、冗談半分や興奮した揚句、相手を馬鹿だの阿呆だのと口走ることがありはするが、白痴という言葉になると、少なくとも現在ではもはや日常会話の範疇のものではなくなっている。この言葉は知能の発達がひどく遅れて劣っている精神障害者や病状以外を意味してはいないからだ。だから、わたしたちは《白痴》を読んでいて作品中に一向に白痴が現われない、というよりも白痴を体現していると思いこまされているムイシュキンが、普通の会話のみならず、場所柄をわきまえずではあるが、自分の持論を堂々と主張しているのに出会ったりすると、面喰らってしまうが、これは、ムイシュキンをはじめ登場人物の誰ひとりとして、日本語でいう意味での白痴ではないのだから、当然のことである。

――現在、〈白痴〉という日本語は、精神医学の分野でも用いられず、重度の精神遅滞と言い換えられている。精神遅滞とは、かつては精神薄弱と言われたが、先天的にまたは出産時に脳が障害されたために知能発達の遅れている状態であり、知能障害の程度により重度、中等度、軽度に分けられる。白痴にあたるような重度のものになると、言葉も片言程度しか喋れず、まわりからの助けがなければ、日常生活も送れない、とされる。ドストエフスキーがこの小説を書いた時期、一九世紀半ばのロシアで、病名としてのイジオートがこれと同じ内容のものであったかどうかは不確かであるが、広義のイジオートに日常語の〈ばか〉〈まぬけ〉の意も含まれているということからみると、病名としてのイジオートが知情意のうち、どちらかといえば知の領域、つまり知能の状態に関係していることは間違いないのではあるまいか？（日本語の例でいえば、いちばん普遍的な罵倒語としての〈馬鹿〉〈馬鹿野郎〉があるけれども、ふつうは、常識知らずのほかに、もの分かりの悪いことや、洞察力、注意力、推理力などの不足・欠如に対して評価的に投げつけられる言葉が〈ばか〉〈まぬけ〉であろうし、情の領域なら〈情《じょう》なし〉〈情《なさけ》知らず〉、意の領域なら〈意気地なし〉となるところであろう。）ところで、ムイシュキンには知能の低劣などは少しもみられない。幼少期や四年余にわたるスイスでの療養所暮し時代の意識混濁は別として、小説に登場する時点での彼、ロシアに帰ってきた二十六歳のムイシュキン青年に知能の低劣があるなどとは少なくともわたしには思えない――。

わたしは今回、《白痴》を手にとった時、この小説を初めて読んだ時期については言うまでもなく、はたして以前に《白痴》を読んだものやら読まなかったものやら、それすらもあやふやな記憶状態にあったのだが、そのようなわたしでさえ、その主人公であるムイシュキン公爵とは、ラスコーリニコフやスタヴローギンなどの場合と同じく、いつのまにか馴染み深いものになってしまっていて、その名前は、〈人のよいおばかさん〉といったようなレッテルとともに、いつとはなしにわたしの頭にしみついてしまっていた。

それでは、ムイシュキンは本当に〈人のよいおばかさん〉なのだろうか？〈世間知らずのおばかさん〉なのだろうか？世間一般からそう受けとられる面は確かにある。でしゃばらず、人と争わず、自分から進んで許しを乞う〈謙譲の人〉ムイシュキン、世間の目など意に介していないように行動する〈わからずや〉〈世間知らず〉ムイシュキンには、そうみられる面はある。しかし、そうではあるが、この謙譲の人の鋭い観察力や洞察力、霊感的な心的能力、饒舌ともいえる巧みな弁舌などをみると、彼が白痴であるどころか、いわゆる〈おばかさん〉でもなく、〈頗る〉つきの〈おりこうさん〉であるようにもみえてくる。と同時に、エパンチン家の人たち、とりわけエパンチン夫人が、末娘のアグラーヤの婿としてムイシュキンを考えた時、「これでいいと思うのだが、どうも納得がいかない。はたしてこれでいいのだろうか?」と繰返し自問自答しながら大いに迷ったように、わたしもムイシュキンに謎めいたものを感じて、彼を前にして、彼をみつめたまま、黙ってたたずんでしまうのである。しかし、わたしは口をつぐんでいるわけにはいかない。

　ムイシュキンに結実する主人公の構想については、著者自身による証言が残されている。この証言は評家によってよく引用されるようであるが——すなわちドストエフスキーは、外国旅行中の滞在地ジュネーヴから出した二通の長文の手紙の中で《白痴》執筆の意図・構想について語り、その中で、この小説の根本思想は〈完全に美しい《プレクラースヌイ》人間〉を描くことにあると言っている。ここに〈美しい《プレクラースヌイ》〉というロシア語がでてくるが、この言葉は、解題の木村浩によれば、外面的な美についてのものではなく、内面的な美しさをさすもので、〈完全に美しい人間〉とは、より内容的にいってみれば、〈完全に、無条件ですばらしい人間〉ということになろう、とのことである。

——二通の手紙の宛先のうち、ひとりはシベリア流刑以前からの友人である詩人A・N・マイコフであり、もうひとりは妹ヴェーラの長女ソフィヤ・イワーノワで、ドストエフスキーはこの二十六歳年下の姪をたいへん可愛がっていたといわれ、《白痴》は彼女に献じられている——。

　そこで、ドストエフスキーが長編小説《白痴》で、この〈完全に美しい人間〉を描こうと努め、その具体的な人物像がムイシュキンであるといえよう。しかし、彼が前記の手紙の中で、〈完全に美しい人間〉を描くことは非常に難しく、とりわけ現代においてはこれ以上困難なことはない、とまで言い、実際にムイシュキンの創造に難渋していることをこぼしているところをみると、さすがのドストエフスキーも、現代における〈完全に美しい人間〉を描き出すのに大いにてこずったことがうかがわれる——しかし、天才というのは、自分のてがけている仕事が困難であればあるほど、そこに反って確かな手ごたえと自分を惹きつけてやまない魅力とを感じて、才能を限りなく燃えあがらせうる人間のことではないだろうか?

　同じ手紙の中でも言っているように、ドストエフスキーにとって〈完全に美しい人間〉とはただひとり、イエスであった。彼は、「真理がイエスとともにないとされても、私はイエスとともにいることを選ぶ」というくらい、人間イエスを熱愛していた。だから、作家ドストエフスキーの胸の中では、愛するイエスを現代に復活させて描いてみたいという夢がずっとあたためられていたにちがいない。したがって、ムイシュキンの風貌・言動が作者の好みによってどのようにさま変りしていようとも、ムイシュキンのモデルはイエスであろうし、現代に――といっても勿論、一九世紀中ごろのロシアであるが――復活したムイシュキンは、奇蹟を必要としない、あるいは奇蹟を失ったイエスといえるかもしれない。イエス＝ムイシュキンの系列はさらに後年、《カラマーゾフの兄弟》の中でアリョーシャという人物として復活してくるようであるが……。

ここにわたしはごく手軽に〈復活〉だとか〈奇蹟〉だとかいう言葉を出してきたが、これらについて、わたしなりの考え《コメント》をせずに通り過ぎてしまうわけにはいくまい。

――イエスを知るには彼の言行録《福音書（聖書のうちの）》に依るほかないが、この書物の中に弟子たちが、イエスが行なったとされるもろもろの奇蹟やイエス復活の模様などを書き残している。イエスはわたしにとって〈素晴しさこの上ない人格〉であるけれども、このイエスを現実に生きている人間としてとらえようとする際、これらの奇蹟や復活はわたしにとって邪魔であり、躓きの石となるのである。すなわち、神の子イエスが〈神のみわざ〉として行なったと伝えられる数々の奇蹟は、難病治癒や食料確保にかかわるものなどであるが、それらはわたしには実際にあったこととは到底思えない。とくに死人が甦る復活――ラザロの復活やイエス自身の復活などは実際におこった出来事ではありえまい。わたしにはそれらの奇蹟が、使徒や信者たちがイエスを信じ崇めるあまり、彼らの信仰と願望とがミックスしてつくりあげたものだろうと思われるけれども、さらに、イエスの場合に限らず、各種宗教の教祖の物語には、教祖に箔をつけるためであるかのように、似たり寄ったりの数多くの奇蹟が盛りこまれているということから、奇蹟の事実性のみならず、奇蹟を言い伝えた人の気持まで、素直に受けとれずに疑ってかかるようになってしまう。だから、イエス物語から神がかりすぎている部分を除いて、かつてこの世に生きていたイエスという人間を改めて構成しようとすると、（四つの福音書間のニュアンスの違いや記載内容の微妙な食違いなどから、わたしなりにそれがある程度可能であるけれども、）そのイエス像はどうも肉づけがうまくいかず、血がかよっていないようで、架空のもののような気さえしてくる。このあたりが、わたしがイエスを理解しようとするだけで、彼を心から信じ愛していないための限界なのかなとも思うのであるが。旧約の神が妬みの神・怒りの神であり、新約の神が憐れみの神・愛の神であることも分かるし、イエスの教えの真髄が、パウロにならって〈自分を愛するように隣人を愛せよ〉ということだとは悟れる。さらに、この教えを唱えるだけでなく、これの実行こそこの世でいちばんの難事ではないか、という思いがするが、それと同時に、敵すら愛して十字架上で死んだイエスの姿が、わたしにも輝かしい栄光に包まれてみえる。しかし、十字架につけられて確かに死んだはずのイエスが、三日目に復活して田舎道を歩いたり弟子たちと会話をかわす場面などについて、信仰者・前田護郎《ごろう》が「イエス復活の姿は、パウロのいう霊の体であって、信仰の次元で把握しうるもの。直接物理的生理的現象ではないが、信徒のはたらきにおいて物理的生理的な姿をとる」（《聖書》中央公論社刊『世界の名著』12、三九七ページの訳注）と解釈していることを知ると、わたしは、信仰とはそういうものかなあと思いあぐねるとともに、信ずる心がイエスの姿をその心の持主にだけ物理的生理的に現出させるとしても、それはやはり一種の幻覚にすぎないのではないかという疑いも強く頭をもたげるのである――恋人を亡くした若者や死んだ愛児の齢《よわい》を数える母親など、逝った者たちを自分以上に愛していた人たちだけが、涙の中で、夢の中で、追憶の中で、死者の生きた姿をいきいきと再生することができるが、信者が見うるというイエス復活の姿もこのような現象と同じようなものをさしているのであろうか？　いずれにしても、人間をつかまえる場合、いつでもそうなのであろうが、とりわけ人間イエスをつかまえるには、理解しようとする思いだけでは不足で、イエスを信ずるというよりも少なくともイエスを愛する気持がなくては駄目なようだ。そして、イエスはほかのなにものであるよりもまず〈愛の人〉であったから、このことは当然すぎることであろう――。

ムイシュキンは、人間イエスを愛してやまないドストエフスキーが現代に復活させた人物だから、彼は当然〈愛の人〉であるはずであるが、この〈愛の人〉はいかにイエスとは異相の人であることか。

優しき人イエスは、病めるもの、貧しきもの、娼婦らに対しては深い憐憫の情を抱き、弱者の味方であったが、権力者や富めるものに対してはその堕落を批難・排撃し、権威に対して批判的な厳しき人でもあった。またイエスは〈愛の人〉とはいっても、恋愛感情めいたものがゆきかった間柄は、彼の頭に香油を注いだマグダラのマリヤくらいのもので、彼の一生を貫くものは、彼以外には実行できないような厳しい愛の道であり、それはとりもなおさず十字架への道であった。このようなイエスと較べて、《白痴》に登場する〈愛の人〉は何と異なっていることであろうか。たとえばムイシュキンは、エパンチン家の夜会で唐突に熱にうかされたように大演説をぶち、そこで、社会主義や無神論を生みだすもとは反《アンチ》キリストのローマ・カトリックにあると、ローマ・カトリックを徹底的に攻撃してから、このように毒された西欧の救い主となるのが巨人ロシアなのだ、としめくくっているが、このような場面は、著者がムイシュキンの口を借りて持論を宣伝しているみたいであり、また、何ものであれ押し流してしまいそうな、その興奮した喋り方は、ドストエフスキー自身が演説の際にきまってみせる喋り癖ではないかと想像させるほど生きがいい。ここではムイシュキンは〈愛の人〉であるかどうかどころの話ではなく、わたしなどは彼に〈救世主はロシア〉と熱狂的に信じこんでしまった国粋主義者の面影をみる思いがする。――なお、ムイシュキンのようなふだん臆病なくらい控えめな人間が、人々の集りで場違いの話をうなされたように延々と喋りまくるならば、その人は気が狂ったとまでは思われなくとも、やはり世間知らずとか変わり者《エクセントリック》とは思われるだろう。

前の例が〈愛の人〉云々を論ずるには次元が違うというのであれば、ムイシュキンの〈愛の人〉らしい面を他の例でさぐってみなければならない。

ムイシュキンはスイスでの療養生活を思い出しながら、それが彼にとって地上の楽園での暮しであったかのように楽しげに物語っている。その牧歌ふうの物語には村の子供たちやマリイという虐げられた村娘などが登場するが、彼らとムイシュキンとの感傷の色合いを帯びた美しい交情は、イエスの説く愛の雛型のようなものであろう。村の子供たちは天使で、マリイはマグダラのマリヤだということもできよう。彼らとの交情にはムイシュキンの邪気のなさ、純真さ、素朴さがにじみでている。だから、この物語における彼はイエス的な〈愛の人〉を演じているといってよいが、楽園から下界に降りてきてから、つまりロシアに帰ってきてから七か月くらいのロシア滞在の間、やはり〈愛の人〉であったかというと、これには大いに問題がある。著者としては、ペテルブルグとその近郊が舞台となった愛の修羅場において、ムイシュキンという主人公を〈愛の人〉〈完全に美しい人間〉の典型として、わたしたちに提示すべく目指したはずなのである。ところが、このようなわたしたちの期待は全く裏切られてしまう。少なくともわたしには、ここに描きだされたムイシュキン公爵をそのような意味で立派な人間であるなどとはとても思えない。ナスターシャ、ロゴージン、アグラーヤ、それにムイシュキンという四人の人間のあいだに繰り広げられる男女愛憎劇のなかで、ムイシュキンはといえば、情痴の渦に巻きこまれ翻弄されっぱなしの感がある。彼はこの愛憎劇が怖ろしい結末を迎えることを予感し、そうなることを恐れてはいるが、恐れながらますます渦の中心のほうへ吸い寄せられていくだけである。彼はナスターシャにもアグラーヤにも愛の告白をしないわけにはいかない。もっとも、身を誤ったナスターシャという女性への愛情は、その罪を悔いてやまない哀れな人間に対する憐憫の情とまぎらわしく、わたしには、公爵の気持はこの二つの感情の混淆物であって、それらが相乗的に作用し合って増強していくように思われる（恋敵のロゴージンなどは、公爵がナスターシャへの自分の気持を恋心ではないとあまりに熱心に弁解するので、「おまえさんの憐れみの情とやらが、こちとらの愛情《おもい》より強くてでっかいから処置ないんだ」と皮肉っている）。一方、ナスターシャより五つ年下の二十歳のアグラーヤに対しては、ムイシュキン（二十六歳）は、高慢ちきな小娘にからかわれ、なぶられることに嫌悪と快感を感じながら、この蠱惑的な美貌の小悪魔に惹きつけられるがままで、彼女のほうに引き寄せられていくのに抵抗できない――評家によると、アグラーヤと公爵との関係には、かつて外国を一緒に旅したこともある若い恋人ポリーナとドストエフスキーとの関係が反映しているそうである。そうだとすると、ドストエフスキーとポリーナのふたりが衝突と別れを繰り返してばかりいたというのに、ふたりの仲がなかなか切れなかったのが一応納得できる。

さらにムイシュキンは、ふたりの女性に対してだけでなく、ロゴージンにもある種の愛情を抱いている。ロゴージンは嫉妬と憎悪から公爵を殺そうとつけ狙っている男だが、ムイシュキンにはそれに対する恐怖心や警戒心のようなものはむしろ薄い。彼のロゴージンへの気持には、何となくうまが合う人間に対する友情ともいうべき親近感と、人を殺してまでナスターシャを得ようとする一途《いちず》さに対する憐れみの色が濃い。このあたりにはイエスの愛的なものもにじんでいるが、四人がからみあった愛憎関係全体の中でムイシュキンをとらえようとする時、その姿は具体的な行動をとれないまま立ち往生してしまった人物のようにみえて、わたしの目には〈愛の人〉からはほど遠く、まして〈完全に美しい人間〉などとはとても思えない。しかし、作者にとってはムイシュキンは〈愛の人〉〈完全に美しい人間〉であったのであろう。つまり、ドストエフスキーは誰からみても〈無条件にすばらしい人間〉を描いたわけではないのだ――こんな人間などこの世に存在しているわけがないのだから。彼は自分が無条件にすばらしいと思う人間を主人公に託したわけだ。

登場人物はすべて作者の分身であり、彼らには役の軽重に応じて、多かれ少なかれ、作者から血が分け与えられているといわれるけれども、《白痴》の主人公ムイシュキンは、これで作者のいうように〈完全に美しい人間〉なのかとあやしまれるほど、作者の体質、性癖、体験などを背負わされ、作者好みに変貌させられている。――すでに述べた西欧批判の演説が、作者の持論に由来するのはいうまでもないが、それは別として、彼がスイスでの療養の結果、いちおう常人にまで回復はしたものの、作者と同じ癲癇持ちであることには変わりはない。小発作でもそうであるが、何かというと興奮や不安、憂鬱などの精神的な動揺に襲われ、また、それに対応して身体症状が現われるところなども、作者による自分自身の心身状態の観察にもとづくものであろう。また、ごくくだらないことをすぐ信じこむくせに、ごく些細なことを疑ってかかる猜疑心がすぐ働くことを自戒するあたりなどは、例の〈地下室人〉を通じて作者に繋がる。ムイシュキンが犯罪、とりわけ人殺しに強い関心を持っているのも、新聞などで人殺し記事をあさっていたかのように思われるほど、それらに関心を寄せていた作者のものであろうし、エパンチン家で彼が語る、銃殺寸前に死刑を免れた囚人の体験談は、誰もがいうように、いうまでもなくドストエフスキー自身のえがたい残酷な体験によるものである。

このようにムイシュキンには作者特有の様々の要素が付与されているが、それらすべてをよそおった一人の登場人物に息を吹きこみ、息づかせている生命《いのち》こそが、著者のいう〈完全に美しい人間〉なのだろう。そうだとすると、ムイシュキンの言動総体から帰納的に見えてくる〈完全に美しい人間〉の諸断面はというと、次のようになろう。すなわち、純愛・憐憫の人、無垢、純真、あけっぴろげ、脱俗的、夢想的、受動的、鋭い予見能力、物事の本質まで見通す炯眼などである。これらの諸断面からは〈天使のような無垢の魂をもった人間〉といったイメージが浮かんでこようが（このイメージにはただ一つ〈受動的〉という面は不要で、そぐわないが）、このような〈大きなこども〉ともいえる人間像を、ドストエフスキーが最高にすばらしい人間と考えていたことは注意すべきであろう――中村健之介も指摘しているように。なお、〈大きなこども〉の先駆としてはすでに《虐げられた人びと》のアリョーシャがいるが、彼らには天賦のものとして純真そのものの心が与えられているのであって、ムイシュキンの場合も、癲癇やスイスという環境など、後天的なものによって、そのような心が育てあげられたわけではないことにも注意をはらうべきであろう。

ムイシュキンは、早く両親に死に別れて孤児《みなしご》となったうえ、病気療養のためロシアから四年余も切り離されていたのだから、この〈大きなこども〉が、ロシアの習俗や上流社会のしきたりなどに疎くなっていたにちがいない。このようなムイシュキンが、世間から時には〈ばか〉呼ばわりされ、〈ばか〉扱いされるのは当然であろう。しかし、にもかかわらず、そのように思ったことのあるような人でも、まもなく彼に惹きつけられ、彼に、古くからの知人か信頼できる相談者《コンサルタント》に対するような打ちとけた《アンチームな》気持を持ち始めるのは、やはり、彼の類をみない素直さと純真きわまりない人柄、それに単純率直の形できらめく聡明さのせいであるにちがいない。著者が、このような人物をナスターシャやアグラーヤの相手役に選んだのは、勿論、小説構成上の理由からであるにしても、ムイシュキンこそが〈完全に美しい人間〉として彼女たち――何をしでかすか分からないドストエフスキー好みの女性たちにいちばんふさわしいと、彼自身、自信と愛着とを持っていたからにはほかならない。

〈ばか〉云々については、ムイシュキン自身の意識のなかでは、スイスやそれ以前はばかのような状態であったらしいが、今はばかではないと否定されている。しかし発作がたいへん恐れられているようだ。これは、癲癇持ちの著者自身の不安な気持そのものの投影であることはいうまでもない。ドストエフスキーは癲癇発作によって死ぬことを非常に恐れていたらしいが、死なないまでも、発作時の意識不明、その後の意識混濁に引き続いて、ばかになってしまうことをも非常に恐れ、常に不安を抱いていたと思われるからである。ドストエフスキーは《白痴》の大団円を、ロゴージンによるナスターシャ殺害の場で、ムイシュキンがついに大発作をおこして痴呆《ばか》となり、再びスイスへ送り返されるという形でしめくくっている。

《白痴》にはまだまだ論じなければならないことが山ほど残っている。というよりも、このくらいの小論では《白痴》という大小説のとばくちにやっと足をかけたといったところであろう。登場人物に限っただけでも、善悪未分化のままのロシアの古き大地から産まれたような欲情の人ロゴージン、誰の手にも負えないようなはねっかえりのアグラーヤ、自分への怒りに自分自身が振り回されている女夜叉《やしゃ》といったナスターシャのほか、イヴォルギン将軍、レーベジェフ、イポリートなど、興味津々の人物たちが手つかずでずらりと残っている。彼らについても、それぞれの人物像を明らかにして、彼らの側からもムイシュキンに照明をあてなければ、主人公であるムイシュキン公爵の全体像は完璧なものとはならないだろうから、この小論だけではムイシュキン像も当然未完成ということになろう。しかし、すでにこれまで書いてきたこと、その内容自体について、わたしの錯誤ではないかと思える疑問箇所にぶちあたっているので、今はその余裕がない。それで、ここでひとまず筆を擱きたい。が、その前に、わたし自身の備忘録《メモ》として二つばかり書きつけておこう。

――ドストエフスキーは作品のなかで、何かというと人間の分類を行ない、その分類したタイプについて、あれこれご託宣めいたことを喋るのが好きだ。このような彼の癖にはっきり気づいたのは《死の家の記録》（一八六〇年）を読んだ時で、この作品ではロシア人を〈民衆〉と〈旦那衆〉の二つに分けて、その間に跳び越えることのできない深淵・断絶の存在することを強調している。次に《冬に記す夏の印象》（六三年）のなかでは、五千万人の〈ロシア民衆〉とひとにぎりの〈知識人〉という形で仕分けがなされ、ロシアの知識人の根無し草的情況が慨嘆されている。続いて《地下室の手記》（六四年）では、性格の有無、意識量の多寡を目安として、人間が〈活動型〉と〈思索型〉とに分けられ、無性格で賢い思索型の最たるものと自負する地下室人は、穴蔵からあらゆるものに八つ当りしている。人間を活動型と思索型とに分ける傾向は《罪と罰》（六六年）にもみられる。すなわち、主人公のラスコーリニコフが分けた人間の二つのタイプ、〈凡人〉と〈非凡人〉とはそれぞれ前出の活動型と思索型にあたる。ラスコーリニコフは、自分が非凡人、つまりナポレオンであることを自分に証明しようとして金貸しの老婆を殺し、人殺しそのものにはどうやら成功したものの、そのあとをもちこたえきれず、ナポレオンであることには失敗したとみることができる。それでは《白痴》（一八六八年）ではどうかというと、これまでと同じように人間を大きく二つのタイプに分けることには変わりはないが、現実に生きている人間と小説に描かれる登場人物との関係を解説しているあたりが目新しいところであろう。すなわち《白痴》第四編の冒頭であらまし以下のような意味のことを述べている――作家が小説などで描く主人公など主要な登場人物というのは、社会にみられるある種の典型をより鮮やかにより現実的なものに芸術化したものなのである。芸術化というと、誇張と受け取られがちであるが、決してそのようなものではない。芸術化した典型的人物によって、読者は自分のまわりにいる誰れ彼れがそのような人物であることを初めて気づかされるという意味合いからも、誇張されたかのように思われる登場人物は、決して架空のものではなく、実は現実の人間よりもはるかに現実的な人間なのである。しかし、この世には何らかの典型となる人間はたいへん数少なく、大多数はありふれた人間ばかりであるから、小説などでも、それらのありふれた平凡な人々を無視して彼らのそばを素通りしてしまうことは許されまい。そのようなことをすれば、典型的な人物ばかり出てくる物語となってしまって、真実らしさをそこなうばかりでなく、面白くもあるまい。だから、作家たるもの、ありふれた平凡な人々を少しでも興味ある人物として表現するために、彼ら平凡なるもののなかにも、興味あるまたは教訓的なニュアンスを捜し求める必要がある――。ドストエフスキーはここで種明しをするように、平凡な〈その他大勢〉の代表として、イヴォルギン将軍の息子と娘であるガヴリーラ（ガーニャ）とワルワーラという兄妹の名などを挙げているが、主人公グループともいうべきムイシュキンら四人のそれぞれが〈典型的人物〉に属することは論をまたない。ドストエフスキーは、このように人間を二つに分けただけではあきたらず、さらに〈その他大勢〉を二つの型に分ける。一つは、世間にうようよいる、全く〈世間並み〉の人たちで、その境遇に安住しきっている、枠にはまった人間である。もう一つは、前者よりも聡明なタイプとはいいうるが、自分自身の思想を持っていないくせに、それを持っている独創的な人間であると信じたがっている似非《えせ》非凡人である。このタイプは持ち前の自分に満足せず、またその資質もないのに、非凡なものになろうとしてあがくから、前者より不幸なことが多い。そのいい例がガヴリーラである、と。ここにでてくる〈典型〉または〈典型的人物〉と〈平凡〉または〈その他大勢〉は、それぞれ《罪と罰》の〈非凡人〉と〈凡人〉にほぼ対応するように思われる。

――中里介山はドストエフスキーに関心を持っていたといわれる。したがって、彼の書いたものにはドストエフスキーの影響がみられるのではないかと思うが、わたしは、彼の主著ではあるが、《大菩薩峠》しか読んでいないので、関心の深さや影響の程度をも含めて、よくは分からない。しかし、この小説に登場する人物のひとり、与八にムイシュキン公爵のかすかな反響が聞きとれるように思う。与八は小説の中で、特徴ある重要な役割を担っている人物ではあるが、主人公ではない――著者自ら〈大乗小説〉と豪語する大河小説《大菩薩峠》の主題は、業《カルマ》を背負った多種多様な人間たちによって演じられる輪廻《りんね》のさまを描くことにあったようだから、主人公を挙げよと問われれば、業《カルマ》と答えられるくらいのものであろう。したがって、登場人物として、小説全体を通して一貫して主人公あるいは主役をつとめる人間はいない（世間では机龍之助が主人公として通っているが、これは間違い）――。ところで、この与八であるが、彼は小説中に登場したてのころ（武州沢井時代）には、力持ちではあるがいささか頭の回転のにぶい大男、つまり知恵おくれに近いイメージがたいへん強かった。ところが、そのような与八が、筋《すじ》が進むにしたがってだんだん利口になってくる――龍之助のいなくなった沢井の道場で子供たちの面倒をみているあたりでは、すでに鈍いという印象からは遠くなり、ついに甲州有野村では、子供たちに読み書き、そろばんを教えるといった寺小屋師匠ふうの役どころをこなすようになり、村人たちからは木喰《もくじき》上人の再来とありがたがられるような人物にまで成りあがってしまう。与八にみられる、このようなレベルアップについては、たいへん奇妙に思うけれども、今は一応介山の大様《おおよう》・豪快な人柄のなせるわざということにしておこう。しかし、このような不自然さをも意に介せずに、与八を木喰上人にまで仕立てあげたことについて、また、与八のような人間を小説中にとりいれたこと自体に、ムイシュキンの反映も幾らかあるのではなかろうか？　一見、表面的には子供みたいで〈ばか〉のようだが、その純真さ・素直さゆえに他人《ひと》から、特に子供たちから敬愛される人物という点で、ふたりは似通っている。しかし、それを確認しながら、わたしはまた、与八という日本のムイシュキンもどきは、ロシアの本物とはまるっきり違うといえるくらい、ふたりの間の相違も大きい、とも思うのである。

（一九八九・五・三一）

3　道中記（参）《永遠の夫》の巻

準拠した邦訳本は千種堅訳（新潮社版）

〈永遠〉という日本語は、〈時間の限りない持続〉〈無時間性〉〈超時間性〉の意味で使われるから、《永遠の夫》という小説は、題名だけからみれば、時間を超えて生き続ける夫像、つまりは理想的な夫像を描いたものということになるが、実はここで扱われているのは、ただただ亭主であり続けた〈万年寝取られ亭主〉（中村健之介の表現による）なのだ、というのが通説である。このことは、小説自体を読めば納得でき、そうだとは思うのではあるが、わたしにはいささかの疑問、というよりも疑問の火種《ひだね》のようなものも残る。それは、ロシアのコキュ《寝取られ亭主》、トルソーツキーは本当に妻の不貞に全く気づかなかったのであろうか、気づかないまでも、ちょっとでも疑わなかったのであろうか、という問いかけである。確かに作者は、トルソーツキー自身に妻の事情に少しも気づいていなかった旨、告白させているし、情事の相手である色男のヴェリチャニーノフのほうも、夫がそれに気づいていないことを、疑いながらも信じこんでいるように書いてはいるが、わたしは改めてこのような問いかけをしてみたい誘惑に駆られるのである。

トルソーツキーとヴェリチャニーノフ――このふたりが本小説の主人公であるが――彼らが連れだって訪れたザフレービニン家で、社交上手なヴェリチャニーノフのほうは家中のものから大いに歓迎されるが、話し下手で風采のあがらないトルソーツキーのほうは、もてないだけでなく、娘たちの嬲《なぶ》りものになってしまう。そして、わたしには、この娘たちの嬲りにトルソーツキーの示す対応は頗る被虐的《マゾヒスティック》であるように思われる。そうだとすると、トルソーツキーは被虐的《マゾヒスティック》な性向の強い人間ということになるから、彼は女房の尻に敷かれっぱなしの、ただただ亭主であり続けたコキュであったのではなく、ひょっとすると、九年もの間絶えなかった不貞という妻の裏切りに気づきながら、その屈辱に耐えたばかりか、むしろそのことに快感を味わい続けていたのではないか、という疑いがわたしの頭にひらめくのである。

ドストエフスキーは、友人の評論家Ｎ・Ｎ・ストラーホフ宛の手紙（一八六九・三・一八）の中で、《永遠の夫》の腹案を思いついたのが《地下室の手記》の発表になった年（一八六四年）で、この小説は《地下室の手記》とは形式は全く別のものだが、本質（内容）は同じものだと書いている。《地下室の手記》の本質（内容）はといえば、〈最近まで特徴的なタイプであったが、現在でもなお生きながらえている一世代の代表者〉の生きざまを描くことにあったのだから、ドストエフスキーは、《永遠の夫》の原案では、女房に頭の全くあがらない、女房のために役所勤めに精だす実直お役人、実はコキュとしてしか存在価値のない人間を、〈夫のユニークな一つのタイプ〉として、また〈まだ生きながらえているひと昔前の代表者〉の一人として取りあげて、小説に描きだそうとしたのであろう。妻の不貞を知らぬまま、極楽とんぼよろしく生活をエンジョイしていたコキュ氏が、妻の急死後、妻の不貞を知って情事の相手に仕返しをする、というおおまかな筋書は初めからできていたにちがいない。しかし、ドストエフスキーが登場人物たちに肉づけをしながら、物語を書き進めていくうちに、その筋書・内容は、大筋においては変らなかったにしても、微妙な変化を生じるにいたったのではないだろうか？

作家たるもの、人間の二重性に関心を抱かない人はないだろうが、そのなかでも、とりわけドストエフスキーは、人間の二重性に強い関心を持ち、それに深く思いをいたした作家ではなかろうか。このことは、ごく初期の作品に、題名そのものがそのことを示している《二重人格》という小説があることからも端的に分かる（ただし、新潮社版全集では、この小説は《分身》という訳名になっているが……）。また、《罪と罰》に登場するナポレオン志向のラスコーリニコフと好色漢のスヴィドリガイロフとが、その相貌・外観の相違にもかかわらず、彼らの心性の類縁性を指摘して、ふたりを双生児視する評家もいるくらいである。作家は作品に登場する人物、とくに主人公には自分の血肉を分け与えているという意味では、すべての主人公は作家の分身であると言えなくもないが、ドストエフスキーの場合、このように作品のテーマ自体が人間の二重性を描くことを目的にしていたり、あるいは、根底では〈そっくりさん〉ともいえるふたりの主人公のさぐり合い的かけあいで、ドストエフスキー好みの深刻で意味ありげな物語が展開する仕掛けになっているわけである――このことは彼の他の作品でもみられるにちがいないが、この発見と賞味とはわたしのこれからの課題であり、楽しみでもある――。いま述べたことは、登場人物としてはふたりに書き分けられているが、実は、そのふたりは一人の人間の両面ではないか、という意味での二重性であったが、それとは別に、彼の作品全体の中に横溢しているのは気持・感情の二重性、つまり、愛憎・好悪が複雑にあざなわれた心の動揺、アンビヴァレンスである。ドストエフスキーの作品の主人公には、神経を病んだり、憂鬱症におちこんだりする人物が非常に多いが、彼らは例外なく、アンビヴァレンスに悩まされている。そのために、主人公はアンビヴァレンスに悩まされるがままに、自分でもどうしていいのか分からないままに行動を起したり、あるいはまた、アンビヴァレンスの解消をはかるためかのように行動に走ったりする、といったことがみられる。したがって、主人公がどのような原因・理由でどのようなアンビヴァレンスを悩むようになったのかをさぐることが、ドストエフスキーの作品を解く鍵の一つであることは間違いあるまい。

ここで本作品《永遠の夫》にたち返れば、ふたりの主人公が、例に洩れず大いにアンビヴァレンスに悩まされたことを、わたしたちは知っている。

妻の死後、在地からペテルブルグに出てきたトルソーツキーの心の中は、間男を自分の手で地上から抹殺してしまいたいほどの嫉妬と憤怒、復讐の燃えさかる炎と、相手を許し、すべてを水に流して相手と抱き合って泣く、〈人みな同胞《きょうだい》〉といった感傷と純情にいろどられた人道主義とがせめぎ合う修羅場であった。二つの感情はそれぞれ、修羅場でのその時その時の形勢の利・不利に応じて、その持主を責めたてて行動に駆りたてたのだから、その行動が、あるときは敵《かたき》同士で接吻するというような滑稽極まる喜劇的なものとなったり、あるときは、あわや人殺し、といった悲劇的な場面を現出するにいたったことも致し方ないところであろう。もう一方のヴェリチャニーノフにしても、トルソーツキーが相手を傷つけ血をみた途端に、憑きものが落ちたように大人しくなって立ち去ったのをみて、もう彼のことを気にかけることはなくなったとばかり、有頂天になって喜んだくせに、たちまち今度は彼が首を吊るのではないかと心配しだして、居ても立ってもいられない状態になる、といった具合である。

神西清によると、ヴェリチャニーノフとは〈尊大〉〈高慢〉ないし〈大風呂敷〉という意味をもったロシア語から作られた名であり、トルソーツキーとは〈臆病〉〈小心〉という意味をもつ作り名とのことである。このように登場人物にその役柄にふさわしい名前を与えることは、作者たるドストエフスキーお得意の趣向であったようであるが、《永遠の夫》の場合、名前に趣向をこらしただけでなく、ふたりの主人公にそれぞれ加虐的《サディスティック》、被虐的《マゾヒスティック》な性向を付与したことも注意すべきであろう。

　ヴェリチャニーノフの加虐的な性向は、夢の中で自分が〈ある人物〉をなぐりつけながら、いいようのない快感をおぼえる場面に描かれている。もっとも、心臓は自分のなぐるという行為に対する恐怖と苦痛で止まってしまいそうにあえいでいたのだが、そのような情況の中にこそ快感があった、というのだから、《地下室の手記》でドストエフスキーが描いてみせた知覚の二重性〈苦痛の中に快感あり〉という彼の人間観の一端を、ここで繰り返し披露したというところであろう。作者としては、加虐的な性向の中に潜む被虐性《マゾヒズム》をえぐりだし、人間の二重性をここでも強調したいのであろう。なお、夢にでてくる〈ある人物〉とは、この場面では正体不明の人物であるが、実はトルソーツキーであるらしいことがあとの文章から読みとれる。

　トルソーツキーの被虐的な性向は、第十二章〈ザフレービニン家で〉で描かれている。本章の舞台となったザフレービニン家の別荘の雰囲気には、作者自身が、一八六六年に妹ヴェーラ・イワーノワ一家のモスクワ近郊の別荘ですごした、ひと夏の楽しい思い出がこめられているようであるが、そのせいであろうか、筆の運びが他の章よりものびやかで、より印象的であるように感じられる。また本章は、十七章より成る本小説の各章のなかでとびぬけて分量が多く、他の章の二倍から三倍あるが、このことからも、作者がこの章の執筆に興をおぼえるままに筆を走らせたことが察せられる。もっとも、本章がこのように長くなったのは（日本語訳は四百字詰原稿紙で約六十枚）、前記の思い出のこともあるであろうが、さらに本章でトルソーツキーのいじめられ方を描くのに思わず熱がはいりすぎたためでもあろう。

　ドストエフスキーは、友人である詩人A・N・マイコフ宛の手紙（一八六九・一二・一二）の中で、マイコフに《永遠の夫》を書きあげたことを知らせるとともに、この小説が「恐ろしいほどの分量になってしまった」理由として、次のように述べている――ずるずると長くなったのではなく、書いているうちに主題が変わり、新しいエピソードが入ってきたのです。いずれにせよ、そのよしあしはともかく、なかなか独創的なものではないかと思っています、と。作者のはじめの構想では、ストラーホフ宛の前記の手紙にもあるように、人間の一つの典型である万年コキュを主人公として短編小説にまとめあげるつもりであったのであろう。それが、被害者としてのトルソーツキーのペアとして加害者としてのヴェリチャニーノフが登場し、彼らの加虐性《サディズム》と被虐性《マゾヒズム》を対照的に描くことにも興味をおぼえ、そのために主題そのものの相《フェーズ》がずれ、変調をきたしたのではないだろうか。これが「書いているうちに主題が変わり」の意味ではなかろうか。そして「新しいエピソード」の核をなすものは、親から見捨てられたリーザとその死の物語とも考えられるが、わたしには〈ザフレービニン家で〉の章であるように思われてならない。わたしはこのように第十二章をみているので、この手帳《ノート》の冒頭近くに記したような誘惑に駆られるのである。また、そのような誘惑に駆られるほど、ザフレービニン家でのトルソーツキーの滑稽さの描写が鮮やかである、ともいいうるのである。なお、ドストエフスキーは手紙に「恐ろしいほどの分量」と書いているけれども、これははじめ短編に仕上げるつもりでいたからであって、《罪と罰》以後の大長編ばかりの作品群の中では、《永遠の夫》はむしろ小品といっていいほどの中編小説である。

《永遠の夫》は、外国滞在中、ドレスデンで一八六九年の後半に書かれた作品で、執筆時期的にみれば、《白痴》と《悪霊》との間に位置する。前記のように長編ではないけれども、この小説を特徴づける挿話や情景・場面などのなかには、ドストエフスキーの体臭がしみついているとでもいうべき特異な表現・描写がみられ、それらはこの作品の前後の問題作と共通するものがたいへん多い。それらを次に掲げてみよう。

①人間性の一つ、加虐性・被虐性に対する関心の強さ。②〈ちょうど九時半〉とか〈一時きっかり〉とか、たとえば登場人物が何か行動をおこす際などの、その時刻の表示についていやに厳密である。ドストエフスキーにとって、時間の厳密さがある意味をもっていることは確かであるが、その意味とは何か？　持病である癲癇、その発作時の意識情況と関係はないのか？　③物語が始まったばかりのところに、帽子に喪章をつけていわくありげな振舞をするトルソーツキーが登場し、その影におびやかされたヴェリチャニーノフが窓から盗み見して彼の挙動を窺う場面があるが、《白痴》でも、ロゴージンが自宅を訪ねてきたムイシュキンの様子を窓掛けのかげから盗み見している。④ふたりの主人公が、一方には妻であり他方には情人であった亡きナターリヤの幽霊のことで問答しているところがあるが、《罪と罰》では、スヴィドリガイロフがラスコーリニコフと死んだ妻や下男のことを話し合いながら、現われでた彼らの幽霊のしぐさまでもありありと描きだしてみせている。両作品に登場する四人がいずれも、幽霊の存在を信じていないくせに、信じたがっているようにみえる。⑤ドストエフスキーの作品では、人殺しと自殺の例は挙げだしたらきりがない。それだけ彼が、死の意味とともに、これらの人間的な行為に対して強い関心を抱いていたにちがいない。本小説でも、トルソーツキーによるヴェリチャニーノフ殺害未遂の場面のほかに、役人の首吊り自殺の話がさりげなく挿入されている。⑥彼の小説には、

孤児《みなしご》または孤児同然のいたいけな少女を死に追いやる挿話的筋書がよくみられる。《虐げられた人びと》のネリーや、本作品のリーザの物語はその代表例であろう。少女死と中年男の少女好み、（本作品には出てこないが）少女姦は、ドストエフスキーが偏執的と思われるほど小説の中に取り込むことが大好きな重要な要素の一つである。

（一九八九・六・一二）

4　道中記（肆）《悪霊》の巻

準拠した邦訳本は江川卓訳（新潮社版）

本作品の中心人物がスタヴローギンであり、その人間性の特異な本質が赤裸々にえぐりだされている箇所が〈スタヴローギンの告白〉という章であることは、誰にも異存はないであろう。だからこの〈告白〉は、スタヴローギンという人間を、したがって本作品を理解するのに欠かせない文章だといいうるのであるが、それにもかかわらず、作品のこの大事な部分は、《悪霊》の雑誌発表時にも、単行本上梓時にもはぶかれてしまい、長い間、人の目に触れることはなかった。〈告白〉の内容があまりに無残なため、検閲や世評をおもんばかった編集（出版）者側の意向によって、この部分の掲載・収録が拒否・嫌忌されたからだという。作者として、この章が《悪霊》の核心的な部分であると重視し、強い愛着をもっていたドストエフスキーは、〈告白〉を手直ししたり書き変えたりして、編集者側と折衝を繰り返したが、埒《らち》があかなかった——ドストエフスキーは、分量的には本作品よりもむしろ大きい《白痴》を、構想をねるといった準備段階を含めて、一年半もかけずに書きあげているのに対して、《悪霊》執筆に一八七〇年初めから七二年秋までの二年半も費やしているのは、その間にロシアへの帰国が挟まるという事情も働いているせいとは思うけれども、そのおもな原因は〈告白〉問題であろう。書き直しや折衝などのほかに、〈告白〉不掲載とそれに伴なう、後半の構想のねり直しに手間どったのではなかろうか？——。こうして発表できぬまま篋底にしまわれ眠っていた原稿が漸く日の目をみたのは、作者の死後四十二年目の一九二二年のことである。

現在、わたしたちの前にある《悪霊》という物語のなかでは、スタヴローギンという奇っ怪な人物の占める重さ《ウェイト》は物凄く大きい（だからこそ彼が中心人物あるいは主人公といえるわけであるが）。しかし、ドストエフスキーは《悪霊》を構想しだした当初から、現在わたしたちがみるようなスタヴローギンなる人物を創り出し、彼に登場人物たちの破滅的な命運を暗示するような不気味な主調音をかなでる大役を担わせようと考えていたわけではない（このことは、《『悪霊』創作ノート》などからも窺われる）。

債鬼の厳しい追求にたまりかねて国外に逃げ出したドストエフスキーが、ドレスデンで《悪霊》の執筆にとりかかったのは一八七〇年（作者四十九歳）の初めのことであるが、この長編小説の着想にヒントを与えたのは、前年一一月にモスクワで発生・発覚したネチャーエフ事件であるといわれる。この事件は、革命家バクーニンの密命を帯びてロシアに潜入したネチャーエフが、首魁としてひきおこしたリンチ殺人事件である。彼はロシアで革命のための秘密結社を組織したが、その結社を脱退しようとした学生Ⅰ・イワーノフを同志に命じて殺害したのである。

ドストエフスキーは、かつてペトラシェフスキーの秘密サークル（金曜会）のメンバーであり、そのために連座して危うく死刑になりかけたのだから、この事件の知らせは、金曜会のころを彼に生《なま》々しく、かつ苦々しく思い出させたであろうが、それとともに彼の注意を強く惹きつけたにちがいない。それは強い関心というだけにとどまらず、一八六九年当時、《永遠の夫》を書きあげたばかりなのに、金策のため、すぐさま次の小説にとりかからなければならないような切羽詰まった状態にあったドストエフスキーにとって、ネチャーエフ事件こそ、自分が次にとりあげる創作のテーマとして、うってつけであることを直感したにちがいない。事件を新聞などを通じて知った元革命派メンバーである彼には、事件の真相や経緯の詳細が活字の下から透けてみえてもいたであろうから。

ドストエフスキーは《悪霊》にとりかかったばかりのころ、七〇年三月二五日付の詩人A・N・マイコフ宛の手紙の中で次のようなことを言っている。

……いま書いているものは傾向的な作品で、できるだけ熱っぽく見解を吐露しようと思っています。（きっと私に対してニヒリストや西欧派は、退歩主義者と非難の声をあげるでしょう！）でも、連中など勝手にわめかせておけばいいので、私は本心をすっかり吐露してしまいます。……

〔江川卓訳。なお傍点は原文のママ〕

ここに引用した文面から、当初ドストエフスキーがネチャーエフ事件を、自分の主義・主張を存分に展開しうる場を与える恰好のモデルとしてとらえ、それを作品の中に取り込んだことがみてとれる。つまり、ロシアの大地から切り離された知識階級《インテリ》の一八七〇年代の根無し草的情況を、その極限的突出現象としてのリンチ事件をとおして描こう、その事件を物語のクライマックスに仕立てようというのが、ドストエフスキーの最初の構想だったのであろう。いうまでもなく彼は、西欧派に対して大地《ポーチヴァ》・民衆派《ナロード》であったから、そのような立場から、西欧文化に心酔しきってしまったインテリの根無し草的情況を徹底的に書きまくってやろうというのが、手紙にある〈傾向的な作品〉の意であろう。

この時点での主人公と想定されるのは、ステパン・ヴェルホヴェーンスキーとその息子であるピョートル・ヴェルホヴェーンスキーであろう。ふたりともロシアの現実を知らない根無し草であることでは同類であるが、ステパンは、ロシアの現実に目を向けずに夢想にふけってばかりいる浪漫的な西欧派であり、一八四〇年代のロシアにみられた西欧派の生き残り（なれの果て）として、作者が創り出したものであろう。もう一人のピョートルのほうは、四〇年代の西欧派を父として生まれた人間であるにもかかわらず、父の世代を侮蔑しきっている七〇年代の新しい西欧派であって、ロシアの現実を知ろうとするつもりなどないばかりでなく、むしろそれを知らないままに軽蔑、無視して、ロシアに西欧から直輸入した理論を機械的にあてはめ、ロシアを西欧風に改造することを生きがいとしている地下活動家として描かれている――彼のモデル（原型）がネチャーエフであり、《悪霊》でドライに描かれているリンチ事件の輪郭が、ネチャーエフ事件をモデルとして、それをなぞったものというのが定説である――。なお、ステパンとピョートルというふたりの重要人物が、実の親子でありながら、世代的、思想的には前者が四〇年代の古い西欧派を、後者が七〇年代の新しい西欧派を代表するとなれば、どうにも肌の合わなかったらしいツルゲーネフの《父と子》（一八六二年）の向うをはって、新旧二つの世代の軋轢と断絶とをもりこんだ自家製の〈父と子〉を書こうという気持も、ドストエフスキーの意図のなかにはあったのではないか、という見方も可能かもしれない。

前もって〈傾向的な小説〉を書くと友人に宣言しておきながら、出来上がった作品が〈傾向的な小説〉という枠にとても収まりきれないところが、ドストエフスキーらしいと言えよう。《悪霊》という小説は、ピョートルの道化的な扱い方やリンチ事件の突っ放したようなリアリスティックな描写から、作者の西欧派に対する悪意の匂いすら嗅ぎとることもできようが、〈傾向的な小説〉と割り切ってしまうにはあまりに奥が深く、そういった種類の小説の枠を大きくはみだし、それを突き抜けてしまっている。単純に、主義・主張を宣伝するのをこととする傾向文学の一種とみるのは間違いだと思う。このように小説に深みを与え、物語全体の様相を一変させたのは、勿論、スタヴローギンの登場である。新しい真の主人公であるスタヴローギンの登場によって、ステパンとピョートルは当然主人公の位置から滑り落ちる羽目になったけれども、それに応じて（つまり身軽になったぶんだけ）、作者のふたりの西欧派に対する戯画化の筆もより軽やかに、より伸びやかになったのではないかと、わたしはひそかに想像している――スタヴローギンの着想と創造こそ、ドストエフスキーの天才を証するものである。スタヴローギンの創造によって（さらに見事な手さばきでえぐりだされた秘密結社の生態によって――それはわたしたちに革命の意味を問いかける）、《悪霊》は、一九世紀ロシアの反革命的な傾向小説というような批評を乗り越えて、現代のわたしたちにも問題を鋭く突きつけ、これからも世界的な文学として読み継がれ、人間とともに生き続けるにちがいない。

スタヴローギンと同系列に属する人物は、ドストエフスキーのこれまでの小説にもすでに登場している。《虐げられた人びと》のワルコフスキー、《罪と罰》のスヴィドリガイロフがそうである。彼らはいずれも上流階級の出で、少女嗜好の好色漢である。彼らの生きざまは自己中心的《エゴイスティック》であり、彼らの虚無的《ニヒリスティック》な心情が纏うのは、その心情をはぐくみ育てもした西欧直伝の哲学であり科学である。彼らは、単に何ものにも価値を認められなくなったという意味での、いわゆる通り一遍の虚無主義者《ニヒリスト》ではない。ワルコフスキーの場合は、ドストエフスキーにとってこの種の人物の習作だったせいか、そこまで突っ込んで描かれていないので、この点は明らかではないが、彼らは、ロシアの大地から見放されたものとして、時折思いだしたように、神を希求する悲鳴のような叫びをほとばしらせざるをえない。このようにわれを忘れて神を求める渇きのためのうめき声から、そのようなうめきをあげたことそのこと自体にすぐさま屈辱を感じて、反動的に神を否み拒絶する冷笑的《シニック》な気持への反転、倨傲とも受けとれる態度への開き直り、いってみれば渇ききった魂の（水を欲しながら水を拒む）〈ゆれ〉のようなものの振幅と頻度は、スタヴローギンにおいて最も著しい。このような魂の〈ゆれ〉の際が、スタヴローギンという、狂気に達するほどたくさんの矛盾物がたぎりたっている混沌《カオス》状態の暗黒星雲の深奥にまで、電光がさしつらぬく瞬間である。しかし、電光がひらめいた途端に消え去るや、それは元通りの謎めいたスフィンクスの相貌に返ってしまい、わたしたちは一瞬垣間みたばかりの映像がまさしくスタヴローギンのものなのかどうか疑いだし、そのどれが彼の正体なのかどうか迷いだし、改めて表情のない青白いスタヴローギンの顔をみつめるほか手がなくなってしまうのである。

ドストエフスキーは、《冬に記す夏の印象》（一八六三年）以来、その後の小説のなかで折にふれて主人公ないし準主人公の口を借りて——おそらく評論（一九八九年八月現在、ほとんど未読と言っていい状態）のなかでも——、西欧に対するロシアの優位を強調し、さらに社会主義、無神論を生んだ元凶がカトリックの腐敗だと強弁したうえで、それらを一新し、更生させるのがロシア正教であり、ロシア正教こそ全世界の救い主である、とまで主張している。また死の床にあったドストエフスキーが、聖書占いのためにたまたま開いたページ（《マタイ伝》第三章第十五節）に〈今はとどむるなかれ〉とあるのを受けてアンナ夫人に、「わかるだろう、今はとどむるなかれ、だ。つまり、今日わたしが死ぬということだ」と言い、その夜（一八八一年一月二八日午後八時三八分）、息を引きとったという話はあまりに有名である。また、現在博物館として保存されている彼の住まいを実見した高橋たか子の証言によると、書斎には、ロシア正教の信者の家には必ずある〈赤い角〉と呼ばれる一角があって、イコンが飾られ、灯明が吊されていた、という。これらのことから、少なくともシベリア流刑以後のドストエフスキーが熱烈なロシア正教の信者であったことが分かるし、そう信じてもいいだろう。だが、しかし、作家ドストエフスキーが単にロシア正教の信者のひとりであったというだけですましてしまうわけにはいかない。

彼の小説に登場する主要な人物たち——彼らの多くは虚無の深淵の上に張られた一本のロープを綱渡りする曲芸師のようなものではなかろうか？　彼らは底のほうから絶えず轟音《ごうおん》とともに立ちのぼるガスや噴煙、熱気に悩まされながら、何とか渕を渡りきろうと一所懸命である。もっとも、なかにはロープから転げ落ちた揚句、渕にどっぷりつかってしまい、自分本位のけなし主義《シニシズム》を自分なりに創案して、それで世渡りしているものもないではないが。このような登場人物たちのなかでも、《悪霊》のスタヴローギンは立役者であろう。彼からは彼を母胎あるいは触媒として、いわば死の哲学と生の哲学とでもいうべき思想を体現したふたりの特異な人物も生まれてくる。ひとりは、自殺することによってみずから神になろうとするキリーロフであり、他のひとりは、これから精一杯生きようと思いたった時に惨殺されてしまう、ロシアへの回帰者シャートフである。このような人間がおもな登場人物であり、このような人物をドストエフスキーが創造して彼らをからみ合せることができたのだから、彼が熱烈なキリスト教の信者であったにしても、そして、それを認めるにしても、彼が常に神を信じて動ぜず、その心がいつも穏やかに凪いでいたようには、わたしにはとても思われない。わたしは、ドストエフスキーという作家に、信仰に安住しきっている一宗教家をみるよりは、生涯かけて神の存在の有無を問い続けた人間をみるべきだと思う。彼の心の中は神の問題をめぐって絶えず嵐が吹きまくっていたにちがいない。それがまた、彼の神を求める気持を非常に強く激しいものにしたにちがいない。

彼のカトリックに対する非難にしても――そこには、一一世紀中葉に対立・分裂した二つのキリスト教会、すなわちローマ教会と東方教会の神・イエスの見方や教義解釈の違いなども微妙に影響し反映しているのではないかと推測するのだけれども（わたしはこの方面は不案内なので、この程度のことしか言えないが）――、心や神の問題をなおざりにして人間の物質的な救済のほうにばかり目を向け、〈地上の王国〉を築こうと躍起になっていることに対する憤激からのものなのではなかろうか？　また、社会主義に対する反感・嫌悪にしても、神などはもはや無用の長物とばかり、ごく安直に物置に放りこんでしまって、極楽とんぼよろしく、夢みたいな後生楽《ごしょうらく》を決めこんでいるのに腹を立てたためではなかろうか？

ドストエフスキーにおける神の問題は、ドストエフスキーにおける大地や民衆のもつ意味について考えることに直結するにちがいない。それは、ロシア正教を代表として、ロシア大地に息づく様々の信仰を通じて、ロシアの民衆そのものに繋がっているだろうから。このような大きな課題を前にして、改めていま、わたしはいささか呆然の体《てい》にあるのであるが、ドストエフスキーさんと付き合うにはこれも致し方ないことと覚悟して、彼の書いたものを繰り返し読み返し、あせらず一歩一歩歩いていくほかあるまい。

ここで、ドストエフスキーの神について、気づいた点を一、二メモしておきたい。

①福音書に描かれているイエスを何ものよりも愛していたドストエフスキーは、思弁的・抽象的な神そのものよりも、神の現われ方や信仰形態のほうに強く惹かれていたのではなかろうか？　だから、無教育で粗野な百姓たちにみられる素朴さ・率直さや、無垢な子どもたちにみられる純真さに神の発現を感じて愛したのではなかろうか？　また彼が死んだ人間の復活に関心をよせる際、それは魂のよみがえりに対するものだけでなく、以前と同じ見かけの肉体をまとって復活する――こうなれば勿論、ものを食べたりすることは不要だろうが――のかどうかにひどくこだわっているのも、このことに関係があるのであろうか？　問題がこのあたりになると、わたしの理解力の外になってしまうけれども。

②江川卓によると、ドストエフスキーが関心をもち、小説の中で扱っている神や信仰は、ロシア正教のものではないらしい。分離派だったり去勢派だったりして、少なくとも正統派ではな

いとのこと――これらの宗派の名前はさりげなく小説のなかに現われているにすぎないが――。神にしても、キリスト教の神というよりも、ロシアの土俗的な神、あるいはそれと習合した神というべきもののようだ。

これまで書いてきたことは、《悪霊》からスタヴローギンとそれに関連したことなどを少しばかり取り出して、それをわたしなりに整理してみただけにすぎない。ことスタヴローギンに限っても、もっともっと書くべきことがあるだろうし、ましてや、ここで触れていないに等しい他の登場人物についても当然同じことがいえよう。しかし、すべての登場人物について、彼らがわたしの中で熟しているとはいえないような状態だ。彼らが、わたしの心の中で、わたし自身が納得するような明確な像を結ぶにいたっていないからだ。今後、さらに深く長くドストエフスキーと付き合い、これらの登場人物に立ち返って彼らを論ずる機会をつくりたいものだ。

ドストエフスキーの小説は時代を先取りしたもの、たとえば百年後の現代を先取りしたものと言われる。確かに《悪霊》などを読むと、そこに描かれているリンチ殺人事件は、いまだに生々《なま》しい連合赤軍事件や、いまでも散発している新左翼・過激派同士の襲撃事件といったものと二重写しになって見えてくる。

また、いわゆる天安門事件でみられた中国指導者の専制化の問題も、《悪霊》のなかで扱われていると言ってもよいくらいだ。――一九八九年六月四日の夜、中国・天安門広場における民衆暴圧の情況を時々刻々伝えるテレビの前に釘づけになったわたしたちは、まさしく、民衆のための軍隊が専制者のための軍隊に変貌した事実を実見した歴史的な証人である。テレビに映しだされる画面は、それら相互の時間的・地理的関係が分かりにくかったり、当然のことながら、軍隊側からの映像が全く欠如していたりするために、部分的には曖昧な箇所がないではなかったが、全体として、それは、政府のやり方に抗議して広場に集まった殆ど素手に等しい民衆に、軍隊の暴力が襲いかかったことを明らかに物語っていた――わたしは、テレビの画面をみながら、〈踏みにじられ虐げられてきた者たち〉のための正義の行動であったはずの革命が、ソビエトにおけるスターリンの誕生だけでは懲りもせず、再び中国でも専制者の登場に結局は行きついてしまったことに、「おまえもか！」と好意と期待を裏切られた深い失望感を味わい、権力の魔性というものを改めて強く感じさせられたが、それとともに、《悪霊》のことを思い出さざるをえなかった――わたしの頭に浮かんできたのは、《悪霊》の中で登場人物のひとりであるシガリョフが提唱している独特の未来社会論である。シガリョフはピョートル・ヴェルホヴェーンスキーが組織した秘密結社の一員であるが、（ドストエフスキーの作品に登場する人物のなかでは）ラスコーリニコフに思想的に血の繋がる人物である。長い耳が目立つこの青年は、未来の社会形態を次のように考えているようだ。

彼は、秘密結社の集りで、「私の結論は、私がそもそもの出発点とした当初の理念とまっこうから矛盾するにいたったのです。無制限の自由から出発しながら、私の結論は無制限の専制主義に到達したのであります」と言っているが、これは、つまり、無制限の自由を満喫するには無制限の専制主義に徹しなければならないという意でもあろうか？　彼がどのような道筋をへて、このような結論に達したのかは、小説中に明確に示されていないのでよく分からないが、とにかく彼は、彼自身にとって絶望的に厄介なこの結論を、次のような方策で解決しようとしているようだ。すなわち、解決策として、専制主義を発揮できる少数派と、それ以外の家畜の群れのような人間から成る未来社会をつくることを提案している。ここで専制主義の恩恵に浴することになる少数派として、自分を含めた革命派グループ（将来の指導者層・支配者層）を彼が念頭に置いていることは確かであろう。彼らは、他の大多数に対する無制限の権力を獲得することになるが、一方、その他大勢のほうは、自然科学による何代もの改造をへたのちに、平等という権利（？）を獲得して羊の群れのようなものになり、かくして地上の楽園が成就する、というのがシガリョフの描いた未来社会の見取図のようだ。専制主義がなければ自由も平等もないし、とりわけ家畜の群れで大事なのは平等というわけである。彼らは、全員が家畜であるという点で平等であるが、シガリョフによると、各人が全体に属し、全体が各人に属するということで、各人が互いに監視し合い、密告の義務を負うというのだから、天安門事件以後にみられた中国政府の密告奨励といったスパイ制度導入まで、作者ドストエフスキーの視野のなかに入っていたのではないかと思えるほどその慧眼に感嘆してしまう。

ドストエフスキーの小説は、初期の軽い読み物ふうのものを除けば、おおむね重厚かつ長大な作品であり、読者としても、興味本位に手軽に読みこなすというわけにはいかない。このことは、彼の小説群の主題《テーマ》ともかかわりがあるように思う。その主題《テーマ》とは、おおづかみして言ってみれば、ロシア人、特に彼自身を含むロシアの知識人《インテリゲンチャ》の在り方、生き方を描くことにあったと思うのであるが、この主題に沿って彼が創造した人物や描き出した出来事（事件）は、彼の鋭い洞察力とねばり強い表現力によって、人物たちの場合は、単に一九世紀ロシア人という閾《いき》を脱して〈新しい人間〉となり、〈新しい人間〉によって演じられる小説中の事件は、〈今日《こんにち》的な事件〉にさま変わりしてしまった。

ドストエフスキーが小説の主題を肉づけすべく構想をねる場合、様々の仕掛けや大小いろいろの事件を用意するわけであるが、その際、新聞や雑誌などを賑わした事件などが筋書の中に取り入れられ、モデルとしてしばしば活用されたようだ――その顕著な例が《悪霊》の中で扱われているリンチ殺人事件であろう。これは、自分の小説内容に時事性と現実性を与えることによって、話題性を高め、小説自体の評判と売行きをよくしようとする意識が作者に働いたからでもあろう。このような穿鑿はともかくとして、このように彼の小説が、一九世紀のロシアで実際に起こった事件などを盛りこんだものであるにもかかわらず、古色蒼然といった感じを受けることなく、現代においても依然として問題性をもちうるのは、彼の小説が〈新しい人間〉たちによって構成された物語だからであろう。

ドストエフスキーはもともと鋭い洞察力の持主であったにちがいないけれども、この天賦の才は、数奇かつ特異な体験や持病などによって、ますます磨きがかけられたにちがいあるまい――ここにいう数奇かつ特異な体験というのは、父親の惨死事件、革命サークル参加と死刑・流刑体験がそのおもな内容である。死刑判決とその破棄という、皇帝演出による茶番劇の悲惨な体験は、実際に《白痴》の一部にはっきりと反映しているが、シベリア流刑体験では、旦那衆に対する民衆の発見が重要なことはいうまでもないにしても、いろいろの階層のあらゆるタイプの人間に出会い付き合ったことも、作家として様々の登場人物を創りあげる場合、彼らがそれぞれ原型や素材になりえただろうという意味で、彼の強みになったと思われるので、このことも見逃せない。また、持病である癲癇の発作はしょっちゅう、彼に天国にいるような恍惚感の一瞬を味わわせたのちに、瞬時にして、死ぬような地獄の苦しみに突き落したから、彼の現実の日常生活といったら、発作のたびに、生の絶頂と死の奈落の間を行き来する、不安にさいなまれたものであったろう。このような病的状態が、〈生きる〉ということの意味を考える作家としての目と神経を、常人の場合とは比較にならぬほど、鋭敏かつ繊細にしたことは疑えない。さらに賭博《ギャンブル》好きと若いころからの浪費癖といった性癖も、彼の場合、短所というだけにとどまらず、人間心理を洞察するのに大いに役立ったにちがいない――。

このようにして研ぎ澄まされた洞察力によって、彼は、これまで誰もさぐれえなかった人間の心のひだの奥にまでわけいって、人間という存在が、これまで人々が考えていた以上に、謎めいた得体《えたい》のしれぬ生きものであることをあばきだしたのである。たとえば、彼の小説の登場人物にみられる、感情や気持の両面性《アンビヴァレンス》や、深層心理的な無意識による（?・）表情や行動の変化などは、彼によって初めて人間の隠されていた特徴として発見され、小説の中ではっきりと打ち出され、定着されたものではなかろうか？　現代人であるわたしたちには、これらの特性は馴染みぶかいものになってしまって、人間にそのような心の動きをみることは当り前になってしまっているけれども（このようになったについては、S・フロイトの功績も大きいことは言うまでもないが）……。

このような〈新しい人間〉の登場こそ、ドストエフスキーの小説をわたしたちにごく身近に感じさせる第一のものであり、そのためにわたしたちは、〈観念の実験室〉として、矛盾する観念・思想がぶつかり合う場にすぎないとまで酷評されることのある彼の小説のなかで、わたしたちの分身たちが〈新しい人間〉として現代劇を演じているようにみえてくるのではないだろうか？　その結果、その劇のなかで劇中劇のような形で何か事件があつかわれていたりすると、それに現代の事件や現在進行中の出来事などを重ね合わせてみないわけにいかなくなるのではないだろうか？

小説中の事件が〈今日《こんにち》的な事件〉であるのは、それにかかわり演ずるのが〈新しい人間〉であることによる。ドストエフスキーが、当時のロシアに特徴的と思われる出来事を、小説のネタやヒントにしようとして、新聞や雑誌の記事のなかからあさっていたことは事実であろうが、たとえば、西欧派と民衆派の対立や、テロリストの横行と皇帝暗殺事件、親殺し等々にしたところで、それらを取りこんだ小説に〈新しい人間〉の誕生がなければ、それらは読者に、（小説中の出来事のモデルになった）片々たる歴史的な事象としてかえりみられるくらいのものであろう。それらと同類の出来事が地球上で現在でも起こっていることが、わたしたちの想像力を駆りたてることがあるにしても、小説を読むという作業のなかでは、それらは、〈新しい人間〉なしには〈生きている事件〉として、わたしたちの中でよみがえりにくいのではあるまいか？

さらに、わたしには次のように思われる――ドストエフスキーの創造した、この〈新しい人間〉の正体は、あまりに新しすぎて、当時の人々にはおそらくさっぱり理解できなかったのではあるまいか？　このことは〈新しい人間〉の典型としてスタヴローギンをひとり挙げるだけで充分であろう。現在では、スタヴローギンを作者の妄想の産物とけなして、それで何か言ったつもりになるような人はいないと思うけれども、その奇っ怪さの現実性はやはり謎めいていて、わたしたちにその正体をきわめるように誘うのである。このように〈新しい人間〉は、時をへても、その時代時代の解釈や見方を許すことはあっても、その時代時代がまた何かしら謎を招き寄せるような傾向があって、一向に古くならないように思われるのである。だから〈新しい人間〉は一九世紀の時点で新しいだけでなく、時代を超えて新しく、現代は勿論のこと、おそらく二一世紀にだって〈新しい人間〉として生き続けるにちがいない。

ここで、《悪霊》についての手帳《ノート》をひとまず閉じたいが、その前に、ドストエフスキーの小説を読み始めて以来、わたしの気にかかっている彼の小説の形式・体裁の一つ、〈語り手方式〉について考えてみたい。もっとも、〈語り手方式〉とはいっても、語り手自身が小説という形の〈おはなし〉を語るだけの役割にとどまらず、みずから物語中に登場し、事件の当事者・関係者ともなる方式で、ドストエフスキーお得意のものである。この方式で書かれた小説のおもなものとしては《ステパンチコヴォ村とその住人》《虐げられた人びと》《悪霊》などがあるが、ここでは《悪霊》の場合をとりあげよう。

一般に〈語り手方式〉というのは、小説を書くうえで、作者が自分の代理として語り手をたてて、その語り手が物語のすべてをとりしきる手法をさすわけである。この場合、登場人物たちを創り彼らを自分の意のままにあやつる作者の、創造者としての神に等しき立場（全知全能の立場）も当然語り手に委譲されることになるから、たとえ語り手がどのような摩訶不思議なことを言いだしても——たとえば、人殺しの行なわれるさまを現場でそれを見ているように生々しく《ヴィヴィッドに》語ったり、あるいは、実際には誰も知りえない閨房での睦言《むつごと》を片言隻句も逃がさずに語っても、怪しむものは誰もいないのである。このように、全知全能という点で、作者と語り手とは直結的な対応をしているわけである。すなわち、語り手の本質は、どこにでも遍在する〈私〉といった性格のものであろう。勿論、この遍在する〈私〉のうしろに透けてみえるのは作者である。だから、わたしたちは、語り手が自然や人物などに対して好悪や感慨を洩らしたり、何かの説や考えを主張したりする場合にも、それらはすべて作者の意を体したもの、あるいは作者自身のものとみて、小説そのものを理解し味わうことができるわけである。

ところが、ドストエフスキーの〈語り手方式〉なるものは大分趣が違う。たとえば《悪霊》という長編小説も、形のうえでは、語り手である〈私〉が事件後物語る大事件裏話といったものであり、記録者である〈私〉が記述する地方秘史ともいうべきものであって、〈私〉がまず、ステパン・ヴェルホヴェーンスキーの経歴を紹介する形で、話が始まる。だから、この小説は〈語り手方式〉に属するものだといってよいのだが、ドストエフスキーの場合、語り手である〈私〉が小説の筋《すじ》の中に割り込んできて、大きな顔（?）をしているところが特異な点である。〈私〉は、スタヴローギンやピョートルの秘密《人にかくれた》の行動を詳細に描き、ふたりの心理や表情の描写などに力を注ぐとともに、他の登場人物についても、小説において彼らが担った役割の重さに応じてそれぞれ書き込んでいる。勿論、キリーロフ独自の自殺論にしても、無骨《ぶこつ》なシャートフの純情さにしても、読者がそれを知るのは〈私〉をとおしてである。なぜなら〈私〉は語り手だからである。つまり、物語のすべてを牛耳り、とりしきっているのは〈私〉だからである。ところが、この〈私〉は、Gという名前で物語の中にはいり込んでくる登場人物でもある（名前の頭文字《イニシャル》がGなのであろう。以下、登場人物としての〈私〉の代りにGを使う）。G青年は、五十三歳のステパン氏にとって、自分が彼の肩に顔をうずめて泣きじゃくりながら愚痴をこぼせるほど、心を許した友なので、Gはステパンと関連した場合で姿を見せることが圧倒的に多い。たとえばステパンが、スタヴローギンとの関係が疑われている女性との結婚をすすめられて悩んだすえに、「〈他人の不始末〉との結婚はごめんだからね！」と口走るのを耳にした時のGの態度はというと——

　私はこの一言を待っていたのだった。私からかくしおおされてきたこの秘密の一言が、まる一週間逃げを張り、ごまかしとおしたあげくに、とうとう口にされたのである。私は断然かっとなった。「よくもそんな汚らわしい、そんな……下劣な考えが、あなたともあろう人の、ステパン先生ともあろう人の、明断な頭脳と善良な心に浮んだりしたものですね……」

〔江川卓訳〕

　この場合のGは、登場人物のひとりとして、明らかにある種の個性をもった人間としてステパンに相対している。しかも、彼がこのような登場人物として現われるのは、ステパンに対する場合だけではない。彼は、他の主要な登場人物に対しても、狂言回し的役柄を演ずるように舞台に登場して、彼らと言葉をかわしている。たとえば、キリーロフの場合（狂言回し的に彼を読者に紹介する場合）には、彼の住まいを訪ねて、彼と哲学談議をひとくさりしたあと、会話は、Gの次に示す問いかけを受けるような形でしめくくられる。

「もう一つ、すこしデリケートな質問ですが、あなたは人と会うのがきらいで、めったに人と話されないと言われましたね、ぼくはそのとおりだと思うんです。それがどうしていまぼくとおしゃべりをなさったんです?」「あなたとですか？　さっきちゃんと坐っておられたし、それに……いや、そんなことはどうでもいい……あなたはぼくの兄弟にとても似ているんですよ。異常に」彼は赤くなって言った。「七年前に死んで、兄貴ですが、実に、実によく似ている」「きっと、あなたの考え方に大きな影響を与えた人ですね」「い、いいや、兄は口をきかないほうで、何もしゃべりませんでしたよ」〔江川卓訳〕

このような会話のあと、キリーロフ宅を出てから、Gは相手を「あきらかに狂人だ」と決めこんでしまうのであるが、この場合も明らかに、Gは個性ある一人の人間として物語中に登場しているわけである。また、スタヴローギンに首っ丈の令嬢リーザに、彼女にとって大事な用事を頼まれる場面におけるGも、個性ある登場人物として描かれているのではなかろうか。Gはリーザに、「わたし、あなた一人だけが頼りで、ほかにはだれもいないんです。シャートフさんには馬鹿なことを言ってしまったし……わたし、あなたはほんとうに誠実な、そして、たぶん、わたしの力になってくださる方だと信じていますの、ですから、なんとか段取りをつけてくださいませんか」〔江川卓訳〕と泣きつかれるのであるが、このようなリーザの頼みに対して、それを重荷に感じながらも引き受けるGの人柄に、好ましい青年らしさを感じないであろうか。Gに与えられた狂言回し的役柄と、彼女の言葉から感じとれる甘えとから、この場面のGは非個性的な一般青年像を示すものにすぎないとみる向きもあるかもしれない。しかしGが、彼女に惹かれる気持をもちながら、頼みをきいたのは、彼女が気の毒でならなかったからだとむきになって弁解しているところなどから、うぶで世話好きな好青年という像《イメージ》が浮かびあがってくるように思うのだが。

Gは、（小説の舞台である）町で催された〈お祭〉——一種のチャリティーショー——では、幹事の一人としてあちこちを飛び回り、〈お祭〉が目論みどおりにことが運ばず、大混乱のうちに破局を迎えることを目撃することになるが、この場合のGの動きも、どちらかといえば登場人物的である。

小説の主人公と元主人公ともいうべきふたりの人物、スタヴローギンとピョートルに対するGの姿勢は異なっているように思う。勿論、相対的な意味ではあるが、前者に対しては語り手的であり、後者に対しては登場人物的である。この相違を示す典型的な場合を次に掲げよう。

①〔スタヴローギンは町の名士の鼻をつまんでクラブ内を引き回し、騒動を起こしたことがあるが、その事件について〕四年ばかりたってから、私が用心ぶかく質問したのに対して、スタヴロ

ーギン自身は、眉をひそめてこう答えたものである。「ええ、あのときは完全に健康というわけじゃなかったから」

②（〈スタヴローギンの告白〉という章にある、告白文書についてのGによる注記の一部）私はこの文書を原文のまま私の記録に組み入れたいと思う。私はただ、綴り字上の誤りだけは訂正しておいた。これはかなりたくさんあって、この文書の筆者が教育もあり、博学ともいえる人物であるだけに、私はいささか驚かされたほどである。文章にも誤りが見受けられたが、これにはなんら手を加えなかった。

③（リーザとスタヴローギンの駆落ち事件を聞いて怒った）私はもう我慢ができなくなり、かっとなってピョートルをどなりつけた。「悪党、それはみんな、きさまの仕組んだことじゃないか！　きさまはそのために午前中いっぱいつぶしていたんだ！　きさまがスタヴローギンに手を貸したんだ、きさまが馬車に乗って来て、きさまがそれに自分で乗せたんだ……きさまだ、きさまだ、きさまだ！」そう言うと、私はいっさんに外へ走り出た。どうして私があのときピョートルをどなりつけたのか、私はいまもって理解できないし、われながら不思議に思っている。しかし私の推測はぴたりと当っていた。ことの経過が、あのとき私が彼に言ったのとほとんど同じであったことは、後になって判明した。

〔いずれも江川卓訳。一部改変〕

ここまで、登場人物としての〈私〉がどのような形で描かれているかに問題をしぼって具体的にみてきたが、一方の語り手としての〈私〉について言えば、改めてここで繰り返す必要もないくらいである。すなわち《悪霊》は、形のうえでは語り手としての〈私〉の手を借りて書き記されてはいるけれども、この場合の〈私〉は勿論、作者ドストエフスキーと直結していて、作者＝《イコール》〈私〉とみて間違いではない。だから、そのような約束の上に立って、わたしたちは、誰もうかがうことのできない秘密結社の集まりやリンチ殺人事件の顚末、その他、その他……すべてをひっくるめて、《悪霊》をドストエフスキーの小説として味わうのである。しかし、同じ〈私〉でも、登場人物として具体的に描かれている青二才の〈私〉が、自分自身も狂言回し的に登場するこの小説を書いたものだという作者の設定を思い起こしてみるならば、ふたりの〈私〉の性質が齟齬《そご》して両立しがたいことに思いいたり、誰しも首をかしげざるをえないのではなかろうか？　しかし形のうえでは《悪霊》は、登場人物としても出てくる語り手である〈私〉が書いたものという設定になっているのだ。

このことを鵜飼の場合に置き換えて考えてみよう。この場合、鵜匠が作者自身を意味するものとすれば、鵜匠にあやつられるたくさんの鵜たちはさしずめ、作品に登場する人物たちということになろう。〈語り手方式〉というのは、この鵜匠が語り手という仮面をかぶった場合にたとえることができるが、これが一般的な〈語り手方式〉というものであろう。たくさんの鵜たちがどのような動きをみせようとも、それらはすべて仮面をかぶった鵜匠の意図によるもの、すなわち作者の手の内にあるのだから、わたしたちは彼らの動きから作者の意図をみぬき（または、みぬこうと努め）、小説の狙いをさぐり、つまりは小説を味わうということになるわけである。ところが、この場合、たくさんの鵜のなかの一羽が、語り手と同じ仮面をかぶっているとなると、どういうことになるだろうか？　仮面をつけた鵜があるしぐさをする、たとえば鳴いたり鮎をのんだりした場合、他の鵜の場合と同じように、鵜匠の意図によるものと単純に断定してよいものであろうか？　この鵜も鵜匠の支配下にあることは確かであるが、鵜匠の思わくから、この鵜に自分のと同じ仮面をつけさせていることから、仮面をつけているという点では、ふたり（？）は同格の位置にあることも確かである。とすると、この鵜の動きを他の鵜たちと全く同等に扱うわけにはいかなくなる――鵜匠の思わく（作者の設定など）を裏切って、仮面にそぐわない動作をすることもあるかもしれない。ひょっとすると、仮面にかくれて何か隠しごとをしているのではないかという疑いが生まれたりもする――。こうした疑いなどが生まれたが最後、観客（つまり読者）は鵜飼（つまり作品）を楽しむだけではすまされなくなり、仮面をつけた鵜の動きが気になり、その意味などをさぐるのに悩まされるようになってしまうのである。

わたしは《悪霊》が語り手〈私〉によって書かれたことは、作者の設定上、認めないわけにいかないが、しかし、語り手である〈私〉と登場人物である〈私〉とが同一人物であることは認めたくない。というのは、ふたりの〈私〉を同一人物に設定するのは小説構成上、無理があると思うからだ。小説中であちらこちらに姿をみせ、若者らしく悲しんだり怒ったりする青二才が、《悪霊》という大小説を書ける〈私〉なんかであるものか、という気持も強い。また、小説中に現われる〈私〉が、語り手としてなのか登場人物としてなのか曖昧なこともあって、わたしを悩ますし、さらに、語り手の〈私〉が小説中で自分の役どころをしたり顔で断ったりするのをみると、「すべてお見通しのきみが、いまさら何を言っているんだ」と白けきった気持になるとともに、それではいままで読んできたところは〈私〉が書いたものなのか、と改めて思い知らされる、といった具合でもある。

わたしが、このようにドストエフスキーの〈語り手方式〉にこだわったのは、彼の作品の〈むずかしさ〉の少なくとも一部分が、この方式にかかわりがあるように思えて仕方がないからだ。自分の非力を棚にあげて言うつもりはないけれども、彼がこのような変則的な方式をとったことが、わたしの場合、《悪霊》を充分に味わうのを妨げているのは事実である。しかし、わたしは次のようなことも想像している——《悪霊》の最初の構想、つまり、ステパンとピョートルとが主人公に想定されていた（はずの）原型は、〈私〉もGなにがしというフルネームで登場する普通の物語形式のものではなかったろうか？　その原型がふくらみ変形して、本当の主役であるスタヴローギンの登場となった時点で、語り手〈私〉が導入されて新しい形になったのではなかろうか？　そして、語り手〈私〉とGとの結合がうまくいかなかったのではなかろうか？

最後に、《悪霊》という小説の手法についてのわたしの疑念を補強する意味で、《虐げられた人びと》の場合を記しておきたい。この小説も、《悪霊》と同じ〈語り手方式〉であって、語り手とされる青年ワーニャが、登場人物として物語中にしょっちゅう姿を現わす。このワーニャがある時、恋敵でもあるアリョーシャについて次のような感想を洩らす。

私はこの青年の人物評価を誤るかもしれないと感じた。そう、私はアリョーシャが嫌いであって、正直に言ってしまえば一度も好きになれなかった。アリョーシャを知っていた人びとの中で、そんな人間は私一人だったかもしれない……

〔小笠原豊樹訳〕

ワーニャが相手に対してこのような気持をもち、アリョーシャの恋愛沙汰には彼自身が当事者として大いにかかわっているといえるのだから、彼が手記者（語り手）として書いたとされるアリョーシャの恋物語をわたしたちが読む時、わたしたちはどうしても色眼鏡をかけて読まないわけにはいかないではないか。ところが、色眼鏡をかけさせた当のワーニャが、この小説全部の書き手というのだから、ワーニャは、変な色眼鏡をはずして小説を読むことを要請しなければならない立場にあるはずである。作者ドストエフスキーがワーニャにのりうつって、前掲のワーニャの気持をそっくりそのまま自分のものとし、その気持のままに、小説全部を書いたというなら話は別になるが、そうでないならば——事実、そうではないのだから……。わたしにとっては、このような〈語り手方式〉のドストエフスキーの小説の読み方そのものが一つの課題である。

（一九八九・八・一二）

5　道中記（伍）《未成年》の巻

準拠した邦訳本は工藤精一郎訳（新潮社版）

ドストエフスキーの小説、とりわけ長編小説の大きな特徴といえば、誰でも気がつくように、物語の流れをせきとめるような勢いで蜿蜒と続く登場人物の長広舌であろう。しかも、その長広舌たるや、その内容といえば、作者ドストエフスキー自身が登場人物の口を借りて、自分の持論、たとえば神の問題や人間の在り方についての持論を、ほとんど生《なま》の形で披瀝したとしか思えないものが多い。しかし、このような性質のお喋りが、筋書上設定された、日常生活を刻む物理的時間のある枠内にはたして収まるかどうかというような心配などはお構いなしに、物語の中に割ってはいっているにもかかわらず、わたしたち読者側にあまり違和感を与えないのはどうしてであろうか？　これは、わたしたちがすでにドストエフスキーの創った物語世界の中にとりこまれ、どっぷりつかってしまっているからだとしか言いようがない――作者とすれば、このような長広舌があってはじめて、自分の創った物語世界に魂が入り、完璧なものとなる、といったくらいの自信を持っていたのではないだろうか。長広舌をぶつ人物は主人公またはそれに準ずる人物であるが、このような作者の気持と熱気とがその登場人物にのりうつっているからこそ、彼の口から長々と紡ぎだされる情念の告白といったものが、もともと捉えにくい彼という人間の複雑さをいや増すことになるにしても、それがわたしたちにとまどいを起こさせ、そのために、それをドストエフスキーの物語世界から場違いのものとして疎外する方向へはわたしたちの気持を動かさないのであろう。

本作品《未成年》も、長広舌がみられるということに関しては勿論例外ではなく、物語の後半で、主人公のアルカージイに対して、その父親であるヴェルシーロフが長談議をしている。

ところで、このようにドストエフスキーは、小説作法を無視したような、また実用的な物理的時間を度外視したような、野放図ともいえる長広舌を小説中に導入しながら、その一方で、小説中に書き込まれる時刻や日付については妙にきっちりしているように思われるのである（ただし断っておくが、時間に関係するものでも、登場人物の年齢については、表示箇所によってまま食い違いがみられ、相当いい加減である）。たとえば、《悪霊》などでは、主人公が家を出たのが〈ちょうど三時〉であったとか、〈五時半きっかり〉に部屋に入ったとか、いう表現がよくみられる。これらの場合、物語のうえでは、それぞれが三時、五時半または三時ごろ、五時半ごろであっても、一向に差し支えないように思われるにもかかわらず、このような表記がなされるについては、ドストエフスキーの気持では、それらは〈ちょうど〉〈きっかり〉（英語の just にあたる）のついた時刻でなければならないからなのであろう。おそらく彼のなかの時間感覚には、処刑目前の数分・数十秒の幻想体験や、しょっちゅう繰り返される癲癇発作の際の異常体験などによって、繊細、鋭敏にされた彼独自のものがあったのであろう。この独自な時間感覚が、物語世界の中である時刻を設定する場合にも、〈まさにこの時刻《とき》でなければならぬ〉というふうに、数秒・数分をもゆるがせにしないように迫る、つまり、おおまかな時刻表示を許さないように働くのではないだろうか？

《未成年》では、このような厳密な時刻表示はみあたらないようであるが、そのかわり、主人公兼語り手（手記者）であるアルカージイが、冒頭近くで「この記録を去年の九月一九日から書きおこすことにする」といっているように、物語の始まるのが特定の日であることを明記しているのが、わたしの注意をひく。しかも、この〈九月一九日〉が、僅か半ページの文章中に三回も立て続けに現われるが、これは、この日が十九歳の主人公にとって忘れようとしても忘れられない日であったからであろう――モスクワからペテルブルグに出てきてまもない主人公は、この日、憧れの女《ひと》アフマーコワ（年上の将軍未亡人）にはじめて会ったのだ。確かに、人生という舞台に足を踏みだしたばかりのアルカージイにとって、記念すべき出会いの日が忘れられないことは分かるけれども、それがどうして九月一九日でなければならないのであろうか？　屁理屈めくが、九月一八日でも、二〇日、二一日等々でも、物語のうえからは構わないようだが……物語上、必要な日付として、作者が便宜的に〈九月一九日〉と書き記したまでの話なのであろうか？　しかし、わたしはそのように素直には受けとれないのである……。

物語の中ほど、第二部の冒頭で、アルカージイは、ペテルブルグの都会風に染まって見違えるように様子の変わってしまった自分を自己紹介しながら、自分に忘れられない日として〈一一月一五日〉という日を書き記している。彼は、この日の出来事として、いろいろのことを物語っているけれども、この日が彼に忘れられなくなってしまったのは、アフマーコワと〈あいびき〉した日でもあったからにちがいない。そして、この〈一一月一五日〉についても、前の〈九月一九日〉の場合と同じことがいえるわけである。

わたしが、これらの日付に何らかの意味があるのではないかとこだわるのは、江川卓の著書（《ドストエフスキー》《謎とき『罪と罰』》）に影響されたせいのようだ――江川は、そのユニークな著書のなかで多くのことを論じているが、その一つとして、キリスト教圏での数字やその組合せのもつ寓意性を積極的に取りあげて、ドストエフスキーの作品の構造や主人公の名前その他の分析に活用している。わたしにはこの江川説はたいへん面白かったが、その説の当否などを判断する力量など全くないことはいうまでもない。しかし、江川説によって、ドストエフスキーの小説を読む場合、数字に注意してその意味を考えてみるように要請されたことは、わたしにとって大きな収穫といえよう。その結果が、だいぶずれた形にはなったが、前に掲げた〈九月一九日〉〈一一月一五日〉へのこだわりにまで及んでいるとはいえそうである。すなわち、これらの数字の組合せには何かの寓意があるのではないか？　作者の人生にとって何かの節目にあたる日付ではないのか？　ロシア正教またはロシア民間信仰にとって、何かの記念日にあたるのではないか？、等々。勿論、時刻表示の件をも含めて、このようなことを詮鑿するのは、深読みの最たるものだ、という陰の声もきこえないわけではないのだが……。

ドストエフスキーの物語世界に親しんだひとなら、《未成年》をはじめて読んだ際の印象も憶えているのではなかろうか――彼の他の小説とはどこか勝手のちがう感じのしたことを。そこでは、かの〈地下室人〉と同じように、主人公が三年間も自分の巣にとじこもっていたことが語られ、また、そこにはドストエフスキー劇にはお馴染みの役者たちが総出演して、それぞれの役柄を上手《じょうず》に演じていて結構賑やかであるにもかかわらず、その劇全体から受ける印象となると、とりとめがなく散漫なものであったことを憶えているのではなかろうか。そのために、ドストエフスキーのような巨匠でも、このような長ったらしい凡作を書くことがあるのか、と疑ったことがなかったであろうか。

このような戸惑いとでもいうべき読後感をいだくのも無理はないと思われる理由が、この小説にはあるようだ。その理由をこれからさぐっていくことになるわけであるが、この小説を理解するための重要な鍵が、〈これは二十歳の未熟な青年の手記そのものだ〉ということにあることを、まず言っておきたい。

すなわち、語り手が同じ年くらいの青年である《悪霊》などの場合、いつのまにか作家ドストエフスキーその人が物語の中に乗りだしてきて、語り手から母屋を乗っとってしまっているけれども、《未成年》ではそのようなことはないということである。本作品では、当時五十三歳だったドストエフスキーは、二十歳の語り手アルカージイになりきることに徹し、青年自身の未熟な目にうつったままの一年前の出来事を、その未熟な目に即応して、手記の形で書きとめている。そして、小説の末尾に、語り手の中学時代の寄宿先の主人ニコライ・セミョーノヴィチの口を借りて、作者としての考えを手記総評の形でさりげなく載せてしめくくっているあたり、なかなかこにくらしい。

ドストエフスキーのおもだった作品には、彼がそれぞれの作品の構想を練るために用いたノート、すなわち《創作ノート》が残されている。それで、わたしは《罪と罰》あたりから、小説として完成した作品にひき続いて《創作ノート》のページを繰り、作品を理解するうえで重要なヒントを幾つも与えられてきたのであるが、とりわけ《未成年》の場合、その《創作ノート》は本作品を理解するうえで欠くことのできない必読資料といってもよいのではなかろうか。

わたしは今回はじめて、《『未成年』創作ノート》（以下《ノート》と略す）のページを繰ってみて驚いてしまったのだが、それは、わたしが〈道中記（肆）《悪霊》の巻〉で課題の一つとしてとりあげて論じたドストエフスキーの小説手法の問題で、彼自身が大いに悩まされているからである。すなわち彼は、自分の巣（つまり地下室）でロスチャイルドになろうとする夢想をはぐくんだ未成年を、ペテルブルグに連れだして、そこでの彼の悲喜劇を描こうと意図したわけであるが、その物語の形式について、〈一人称の語り〉にすべきか、それとも〈三人称の語り〉にすべきかを迷い、いろいろの角度から検討しているのである。

彼のいう、〈わたし〉という言葉で始まる〈一人称の語り〉とは、いわゆる〈語り手方式〉というもので、物語が〈わたし〉によって語られ、形のうえでは〈わたし〉という語り手（記録者）が物語全体をとりしきっている。〈わたし〉が筋《すじ》のうえで何の役も持たない抽象的な〈わたし〉の場合には、一般に〈わたし〉は、作者が便宜的にたてた作者の代理人という色彩が非常に濃いから、〈わたし〉の存在そのものが読者を悩ますようなことはほとんどないと思う。しかし、〈わたし〉が物語の中にも何らかの役を担って登場する場合や、〈わたし〉自身が主役を演ずる場合（《未成年》がこの例）には、読者は作者と〈わたし〉との関係を改めて考察する必要があり、また語り手としての〈わたし〉と登場人物としての〈わたし〉との関係についても、ふたりの人物が小説のなかでうまく整合しないときには、読者にとってたいへん迷惑になることは、《悪霊》を論じたわたしの場合がよく示す通りである。〈三人称の語り〉とは、《ノート》によれば、〈作者の立場からの叙述〉をいうようだから、ものごとを客観的に描写する手法をさすのであろう。もっとも、このようないわゆる客観小説といわれるものでも、作者の姿勢によっては、抽象的な〈わたし〉による〈語り手方式〉のものに印象的に非常に近づくことがありうるように思われる。

完成された作品《未成年》は、青年アルカージイが自分のごく近い過去を回想して筆をとった手記の形、つまり、物語のうえではアルカージイが記録者（語り手）であり主人公であるという形で、わたしの目の前に置かれている。けれども、このような形に落ち着くまでには、《未成年》に結実する主題や着想、主人公の性格づけや描き方など、様々な要素がからみあっていたため、というよりも、手法そのものに作品自体の成否がかかっていると作者には思われたため、作者は二月《ふたつき》以上もこの問題について考えに考えを重ねたことが《ノート》から窺われる。そこで、《ノート》からこのような苦渋の箇所を書き抜いて、作者の思考の跡をたどってみたい――勿論、引用箇所はわたしの判断によるものだが、その順序は、残された資料を執筆時期順に配列・編集した《ノート》に載っている順序にしたがったのだから、作者の思考の流れをくずしてはいないはずである。〔以下の引用文はいずれも工藤精一郎・安藤厚共訳による。なお傍点は原文のママ〕

主人公は**彼**（訳者注・ヴェルシーロフの前身）ではない。**少年**（訳者注・アルカージイの前身）だ。

注意――未成年には、青二才だからということで、小説の筋を形作っているさまざまの出来事や事実が明らかになっていない（明らかにならないし、そうしたことを彼に明かしてもくれない）。そこで彼はそうしたことについて推理をめぐらし、それを自分で調べあげる。このことが彼の語り口全体にも刻印されている（これが読者に、意外感を与える）。

未成年は到着（大森注・ペテルブルグ到着の意か？）のときにすでに自分の理想（大森注・ロスチャイルドになること）を作りあげている。だが、小説の思想はあげて、彼が行動を導く道しるべ、善悪の規準を探し求めることにある。わが国の社会にはこのような規準が存在せず、彼はこれを渇望し、勘をたよりに探し求める。ここにこの小説の目的がある。

もしも、未成年（わたし）を語り手として書くのでないなら、次のような手法にすること。すなわち、未成年を主人公にしてぴったりとくっついて離れず、小説のはじめではずっと彼から目を離さないようにする。

要するに、これは未成年がどのようにして世の中に踏み出していったかを語る叙事詩だ。これは未成年の探求、希望、失望、堕落、復活、学問の物語、このうえなく愛らしい、このうえなく好もしい人物の物語だ。そして人生がみずから教えをたれるのだが、それは彼だからこそ教えてくれるのだ。なぜなら、他の人間では人生に学ぶことがないだろうから。

小説の題名は――《無秩序》。小説の思想《イデー》はあげて、いまや全般的な無秩序だ、ありとあらゆる場所、社会のなか、社会の諸事業のなか、指導理念のなか、信念のなか、家族の原理の崩壊のなかに無秩序がはびこっている（まさにそれゆえに指導理念は存在しない、また同じ理由によって信念も存在しない）ということを提唱することにある。もしも、熱烈な信念があるとしたら、それは破壊の信念（社会主義）だけだ。道徳的理想は存在しない。突然ひとつ残らずなくなってしまった。そして、重要なことは、彼がこれを、そんなものはかつて一度も存在したことがないといった様子で語ることだ。「いや、でも、ほら、あなたは宗教的な人間じゃありませんか」「そんなもの、わたしはなくしてしまいたいのだ」

思想《イデー》はこうだ。彼は理論的には、地上のなにものをも尊重しない、という行動原則を作り上げた。だが実生活では完全に地上のことにとらわれている。生きていることは恥ずべきことだ。だが、実生活では生命力にあふれている。彼はあらゆるものの否定者であり、すがるべきものがないことに絶望しているのだが、同時にあらゆるものに執着している。

一人称による語りをよく考えてみること。利点が多い。新鮮なところが多いし、未成年という人物がより典型的に浮かびあがる。より愛すべきものとなる。その性格、個性、個性の本質をもっとうまく処理できるだろう。（略）最後に、より急速な、より簡潔な描写が可能だ。素朴さが出せる。読者が未成年を愛するようにすること。愛してくれれば、小説を読み通してくれる。未成年が人物として成功しなければ、小説も成功しないだろう。

一人称にすれば、疑いもなく、もっと統一がとれるし、ストラーホフ（大森注・ドストエフスキーの友人で批評家）がわたしを非難した例の点、つまり、人物やプロットがやたらに多いという点も、もっと少なくなる。しかし、未成年の文体や口調は？　この文体や口調で読者に結末を暗示することもできる。

未成年の一人称の語りによる事実中心の叙述が、もしうまくゆけば、小説の冗長なところを切り詰めてくれることは明白だ。

未成年の性格――これがなかったら、小説は駄目になり、人工的で不自然なものになるだろう。未成年はいじめぬかれ、衰弱しつくし、苦しんでいる暗い人物だ。光と喜びとが一瞬輝いて見えることもあるが、自分の闇の理想のなかに引き籠ってしまった。（略）　こうすれば、これでようやく未成年がどのようにしてこのような闇の理想を作りだし身につけることができたのか明らかになる。

ふたつの問題。もしも作者の立場からの叙述にしたら、興味を引くものになるだろうか？　未成年の立場からの叙述（一人称の語り）なら、おのずと興味を引くものになる。このほうが独創性があるし、未成年の性格がもっとよく表わされる。（略）　一人称のほうが独創性があり、愛がある。芸術性がもっと要求される。配列がひどく大胆で、もっと短く、容易になる。主人公たる未成年の性格がより鮮明になる。小説のはじまる原因となる理想の意味がもっと明瞭になる。しかし、こういう独創性は読者には退屈ではないだろうか？　（略）　そしてここが重要なのだが、小説の根本思想を二十歳の作者が自然に、そして完全に表現できるものだろうか？

もし一人称なら、思想の展開にはあまり手をつけないようにしなければならない。未成年はそれらさまざまの思想を、当然、語られた通りに伝えることはできず、要点だけを伝えるのだから。一人称のほうが独創的だというのは、未成年が、まともに話を進めてゆく作者には手の出せない珍談奇談《アネクドート》やディテールのたぐいに、自分の成長と未熟との度合いに応じて、きわめて素朴に跳び移ってゆける、まさにこの点においてだ。（略） もしも作者の立場からの叙述にするのなら、好意をもっていることを隠すかのように、高みから見下した描写をすること。抑制をきかせ、口調や、叙述される場面や対象の配列の順序の点で、できるだけ独創的なものになるように。

もしも一人称によるのなら、叙事詩のすべては、わたし（大森注・未成年をさす）がどのようにして堕落しそうになり、そして救われたか、というところにある。

しかし、語りの調子はこうだ。これはすべて一年前にあったことだ。つまり彼は、一年たったいまでもある意味では未成年だが、いまは一年前の自分を高みから見下しているのだ。

もしも一人称にするなら、一番独創的な点である簡潔さ（独創的で統制がとれないほどよい）と手記の気ままなところが全部保存されるはずだ。もしも一人称にするなら、「わたしはいまではもうこんなことは全部卒業してしまったので、恥ずかしがらないですむ（だが、とても恥ずかしい思い出がある）」

未成年は小説全体を通してロスチャイルドになるという自分の理想を最終的に放棄することはない。「この固定観念は、あらゆること、あらゆる問題と困難からの彼の逃げ道なのだ。それは、孤独の理想のなかで公式化された自尊の感情に根拠をもっている」――これは彼が未成年にむかって言う。小説全体のなかで、この理想に小説最大の意義を与えるようにすること。

もしも一人称の語りにすると、もしも最近の出来事（三か月前）にすると、原稿には一定のまだ理解のゆきとどかない面が痕跡を留めているはずだ。もしも未成年が人生のこの時期をすでに卒業してしまったとすると、理解のゆきとどいたものとなり、これでは素朴さが失われてしまう。一人称のほうが素朴で、比較にならぬほど独創的だ。淀みのない体系立った物語から脱線する場合も、かえって魅力が増しさえする。未成年の筆によって書いたほうが、未成年の判断にもとづいた若公爵像やリーザ（大森注・未成年の妹）関係の事件全部が、より独創的になる。一人称、一人称、一人称！

一人称にすること――決定済、署名済だ。どんなことがあろうとも。だが、いま書いているのは、一年後のわたしだ。どの行でもたえずこのことを銘記すること。

五年は不可。読み終って読者に許すべからざる、かなり滑稽な考えが残ってしまう。すなわち、この年端《としは》もゆかぬ少年がもう成人して、たぶん法学士かなにかになった。そしていま高みから恩着せがましく、昔は自分がどんなにバカだったか云々といったことを描いてみせてくださる（なんのためなのか、さっぱりわからない）、というわけだ。素朴《ナイーヴ》さがまるでなくなってしまう。だから、一年のほうがよい。

《ノート》の量は厖大で、（わたしの読んだ邦訳分がその五分の一強の抄訳ということから考えて、）完成作品と同じくらいの分量があると推測されるので、その量に較べれば、ここに引用した文章など、長々しいと思われるかもしれないが、雀の涙ほどのものでしかない。それにしても、このように長々と引用したについては、一人称の問題にからんで、《ノート》が《未成年》読解のポイントを幾つも与えてくれることを証明するには、このくらいの量の文章を引用する必要があると思ったからにほかならない。すなわち、〈一人称の語り〉方式を採用した理由のみならず、作者の意図、小説の主題・思想や、主人公の性格・個性などについて、作者自身がここに書きとめた以上に簡潔かつ明確に示すことはむずかしいのではなかろうか。

勿論《ノート》そのものでは、いま述べた問題以外にも、当然多くの問題が扱われているけれども、そのような事柄のなかで、いちばん目立つのはヴェルシーロフの人物像、そして彼と未成年とのかかわり合いについての追究であろう。このことは、引用した部分だけからも察せられるかもしれないが、邦訳《ノート》のページごとに、この問題が扱われていると言っても過言ではなさそうだ。そもそもドストエフスキーは、はじめはヴェルシーロフのような人物を主人公にした小説を書くつもりであったようだ。それが、原案を検討しているうちに少年（つまり未成年）が台頭して、主人公の位置を奪ってしまったわけである。しかし《ノート》には、「彼は脇役にすぎない、だがしかし、なんという素晴らしい脇役だろう!!」と書きとめて、彼（ヴェルシーロフ）のことを自画自賛しているくらいだから、登場人物のなかでいちばん愛着をもっていたのはやはり、スタヴローギン系のヴェルシーロフであったといえるのではなかろうか。作者は確かにアルカージイを《未成年》の主人公兼語り手に仕立てたことは仕立てたのだけれども、ヴェルシーロフがこけてしまえば、彼に対する憧憬と反発とを生き甲斐としているようなアルカージイもこけてしまうにちがいなかったから、ヴェルシーロフの人物像を念入りに仕上げる必要があったのはいうまでもないが。――こういうわけで、わたしには《ノート》は完成作品の最良の解説書のように思われるし、また、これを読むことによって、ドストエフスキーのなかに生まれた思考が、時間の経過とともにどのように変貌しつつ流れていき、どこに落ち着くのかを、わたし自身が生き生きと追体験できるので、《ノート》には完成作品では味わえない趣がある。それは、作家の仕事場をのぞきこんで作家が秘密にしていたわざをぬすみとっているとでもいったような、隠微な快感を交えた楽しさでもある。

こうして、わたしたちは現在、ドストエフスキーの時代には垣間《かいま》みることすらできなかった《ノート》から、有益な手がかりをたくさん得ることができるので、自分の手で《未成年》を解くことも以前よりも容易になったのではあるまいか。

《未成年》という小説を大づかみすると、次のような構図が描けるのではなかろうか――すなわち、核心部分として、アルカージイ・ヴェルシーロフ・アフマーコワ三者の間に一種の三角関係がみられる愛憎圏と、それと対極的にある、巡礼マカール老人やソーフィヤが属する土俗的な民衆信仰圏があり、それらを取り囲む外圏のおもな事件として、革命党騒ぎや株券偽造団騒動などがある、といった構図である。

愛憎圏の近くには、リーザとセリョージャ公爵との事件などが位置するが、愛憎圏に生きる人たちをつき動かす原動力（情熱）は、《ノート》に出ている言葉そのままで示せば、la haine dans l'amour（愛のなかの憎しみ）、つまり愛憎の併存《アンビヴァレンス》である。しかし、この〈愛のなかの憎しみ〉による行動が、それぞれの個性・事情によって修飾され、変容していることはいうまでもない。たとえば、アフマーコワの行動には気位の高さ、女らしい手練手管、父・ソコーリスキー老公爵への思いやり、遺産への執着などによる影響がみられるようだし、若いアルカージイでは、地下室育ちの自尊心が目立つが、羞恥心、背伸びと気どり（青臭い高慢さと見栄）なども、彼の行動を考える際、見落とすわけにはいくまい。ヴェルシーロフの場合、彼は、心には熱い生命力が息づいているにもかかわらず、頭ではなにものをも尊重せず、あらゆるものを否定する虚無主義者《ニヒリスト》であるから、彼の言い分をそのまま鵜呑みにしたり、彼がそう言ったからといって、彼自身がそう信じているということはできないし、また、彼の行動には予測できないものがある。このような矛盾のかたまりとでもいうべき人物に、ドストエフスキーが「ルソーの思想、あれはキリスト不在の美徳のことだ」と言わせたり、無神論や〈黄金時代〉を講釈させたりしているのは、ヴェルシーロフを、作家のなかで絶えず繰り返されている問答――神はあるのか、神はなくても人間は生きていけるのか、云々といった作家自身の思想の根幹と思われるものを託するに足る、お気に入りの分身とみているからであろう。

一方、マカール老人やソーフィヤに目を移すと、彼らこそロシアの大地から生まれ、それによってはぐくまれた人間という思いが強く、彼らからはロシアの大地の土のにおいがする。その信心深い心は素朴で素直で清らかである。ヴェルシーロフのような西欧かぶれの根なし草でも、彼らの懐《ふところ》で大地のにおいをかぐと人心地がつくらしいが、流浪者《ボヘミアン》であるヴェルシーロフはそこに長く安住することもかなわないようだ。ヴェルシーロフのような恣意的な人間にとって、彼らの存在は、自分がひと息いれるためのオアシスのようなものでしかないのかもしれない。彼らは、運命に従順であり忍辱《にんにく》的であるが、また、なかなかしたたかでもある。たとえば、マカール老人は二十年前、ヴェルシーロフ家の庭師として使われていた下僕であったが、主人のヴェルシーロフが自分の妻であるソーフィヤを犯し、横取りしたおりに、彼から自分の自由と三千ルーブリをむしりとっているが、これがそのよい例であろう。自由の身となったマカールはその後、ロシア各地を巡礼してへめぐったが、金《かね》は使わずにソーフィヤのためにそっくりそのまま残しておくのである――いずれソーフィヤが一文なしになることを見越して。ソーフィヤは、ヴェルシーロフにとって、自分の身の上になにか急変がおきたりすると、呼び寄せたり、自分のほうから身を寄せたりするほど、大事な女性ではあったが、ソーフィヤがどのようにして暮しているのかということなど、彼の念頭には全くなかったから、彼女が早晩無一文になることは明らかなことであった――。しかし、断っておきたいが、わたしにはソーフィヤ像はもう一つ、はっきりしないのである。彼女の息子であるアルカージイが、手記者として、彼女は美人ではなかったとか、あれこれ書いているが、どうみても、これといって特徴のない目立ったところのなさそうなソーフィヤに、放蕩者の若いヴェルシーロフがどうして惹かれたのであろうか。当時マカールと結婚して半年という新妻ソーフィヤに、娘時代の彼女にはみられなかった新しい魅力を発見したからであろうか。遊びあきた地主のげてもの食い、つまみ食いにすぎないのであろうか……その後のヴェルシーロフの動きをみると、彼が彼女の〈土のにおい〉に惹かれたことだけは確かのようであるが。

この〈土のにおい〉のするソーフィヤは、江川卓によると、作者ドストエフスキーは宗教痴愚《ユロージヴィ》としてとらえているようである。ユロージヴイとは、気違いや馬鹿をよそおってご託宣をのべる〈神のお使い〉的人間に対する呼び名とされ、ロシアにはこの伝統が強いとのことであるが、旧約にでてくる預言者あたりも、この部類に属するのかもしれない。日本の例でいえば、お告げや世直しを口走ったとされる新興宗教の教祖あたりのイメージが浮かんでくるけれども。しかし、いずれにしても、〈神がかり〉だの〈神のお告げ〉などというものは、わたしの理解の外にあるので、ユロージヴイについてもよく分からない、というのが正直な話だ（したがって、ソーフィヤ像はやはり、わたしには明確ではないというわけである）。

本作品は、生まれるとすぐに他人《ひと》に預けられ、孤児《みなしご》同然の境遇で育ったアルカージイが、首都に出てきて経験したさまざまの事件を、事件後半年くらいたってから、それらをふり返って書き綴った手記という形をとっているが、これらの事件のうち、革命党騒ぎと株券偽造団騒動の二つは、前作品《悪霊》との関連において、その性質と小説中での扱い方について特にとりあげて論ずる必要があると思う。

ロシアにおける革命運動は、歴史年表上では、一八一六年の秘密結社〈救済同盟〉の結成が初出のようである。これは、おそらく一七八九年のフランス革命、一八一二年のナポレオンのロシア侵入などを契機としてできたものであろうが、西欧文化が――積極的に西欧化をはかったピョートル大帝（一七二五年没）以後導入された西欧文化が、ロシアの近代化を促進するとともに、専制君主体制《ツァーリズム》批判を強化するように働いた事情もあるのではないだろうか？〈救済同盟〉以後、ドストエフスキーが生きていた時代、一九世紀にはロシアの革命運動は激化の一途《いっと》をたどり、それらは大小さまざまの事件をひきおこすにいたったが、そのおもなものを年表から拾ってみると、次のようになるであろうか（ドストエフスキーの没年まで）。

一八一六年　秘密結社〈救済同盟〉の結成
一八二五年　デカブリスト（十二月党員）の反乱
一八四九年　ペトラシェフスキー事件
一八六一年　秘密結社〈土地と自由〉の結成
一八六二年　チェルヌイシェフスキー逮捕
一八六六年　カラコーゾフ事件（アレクサンドルⅡ世暗殺未遂）
一八六九年　ネチャーエフ事件
一八七三年　〈人民《ナロード》のなかへ〉の運動展開
一八七九年　〈人民の意志〉党の結成
一八八一年　〈人民の意志〉党によるアレクサンドルⅡ世暗殺（三月一日）（ちなみにドストエフスキーの

死んだのは同年一月二八日）

このような皇帝暗殺にまで達する革命運動のたかまりと、それに対する弾圧を、〈時代の子〉ドストエフスキーは、他人事《ひとごと》ではないという痛切な思いをもって、自分の胸で受けとめていたにちがいない――若いころ、秘密結社〈ペトラシェフスキー会〉に参加した彼は、まさしく時代の波をもろにかぶった〈時代の子〉であったが、晩年になっても、革命運動に強い関心を持ち続け、その実体を小説の中で強烈なタッチであばきだした彼もまた、やはり〈時代の子〉であり続けたといえるのではなかろうか。

《悪霊》で描かれた秘密結社と彼ら一味によるシャートフ殺害事件が、実際にあった事件、いわゆるネチャーエフ事件（ネチャーエフの組織した秘密結社と彼らによるリンチ殺人事件）をモデルにしたものであることは、つとに有名である。しかも、リンチ事件の描写は鮮烈な印象を与えるので、この小説を読んだことのあるひとなら、ドストエフスキーの《悪霊》と、本の名前を耳にしただけで、その途端、リンチ事件を思い浮かべるにちがいない――それとともに表情のない青白いスタヴローギンの顔も。ところが、同じような秘密結社でも、《未成年》になると、小説中での扱い方が全く違う。ここにはデルガチョフが指導する革命党が登場するのであるが、それはその時代の騒がしい雰囲気をあらわすために登場させたような描き方であり、革命党は、むしろ未成年のなんにでもくらいつくような好奇心の対象の一つとして、彼の引立て役を演じているにすぎないようにすら思われるくらいである。勿論、作者は党員のひとりクラフトの自殺を点景として書き添えたりしているが。しかし、物語のうえでは早くから秘密党員が姿をみせているということで、《悪霊》の場合と同じような期待をもって読んだ人には、この点、甚だ物足りないのではなかろうか。つまり、ひとくちに言って、本作品では革命党の影がうすいわけであるが、これは、作者が既定の執筆方針に従って、そのように描きあげたからである。このことは《ノート》からうかがわれる。すなわち、彼は一八七四年一〇月一四日の《ノート》で以下のように書き記している（なお《未成年》は一八七五年一月から《祖国雑誌》に連載され、同年一二月で完結）。

> 小説の進行のなかで以下のふたつの規則をかならず守ること。
>
> 規則一。《白痴》や《悪霊》でおかしたような誤りを避けること。つまり、真実を直截に説明せず、かわりに、（たくさんの）二次的な事件を、最後まできちんと言い切らず

にほのめかすいかにも小説じみた形で描写し、出来事やさまざまの場面のなかで、長大なスペースをとって延々と引きのばし、そのくせ説明は少しもせず、推測やほのめかしで示した、そういう誤りを避けること。それらは二次的なエピソードなのだから、読者のそんなに大きな注目には値しなかったのだ。そしてそういうやり方をしたために、読者は脇道へとそらされてしまい、大道を見失い、注意力がこんがらかってしまった、まさにそのために、中心的な目的は、かえって、解明されず、ぼやけてしまったほどだ。こうしたことを避け、二次的なことに割り当てる場所はもっとわずかなものに、すっかり短くし、できごとを主人公の周辺だけにまとめること。

規則二は、小説の主人公は未成年だという点にある。その他はすべて二次的なことだ。**彼**（大森注・ヴェルシーロフのこと）ですら、二次的なことだ。（以下、略）

〔工藤精一郎・安藤厚共訳。傍点は原文のママ〕

《悪霊》のリンチ事件のモデルになったネチャーエフ事件を、当時ドレスデンにいたドストエフスキーは新聞などを通じて知ったのだろうけれども——ただし、《年譜》によると、帰国後、リンチ事件のあった現場を実地調査していることは確実——、《未成年》の革命党にはこれといったモデルはなさそうである。それに本作品で描かれているスケッチ程度の革命グループの描写のために、元革命党員の作者にとって、モデルなど必要ではあるまい。しかし、もう一つの事件、株券偽造団騒動にはモデルがある——すなわち、コロソフ（主犯）とヤロシェーヴィチによるタンボフ・コズロフスカヤ鉄道会社の株券偽造事件が、一八七四年二月から新聞紙上で何回かにわたってくわしく報道され、世間を賑わしたが、ドストエフスキーはこの事件から大きなヒントをえて、ステベリコフらによる株券偽造団騒動をつくりあげ、物語の中に挿入したというわけである。前掲の引用文から分かるように、勿論、未成年が主人公の叙事詩の背景音楽《バックグラウンド・ミュージック》としてであるが。

ドストエフスキーの文学のなかで、《未成年》は、変な言い方であるが、プロ向きの小説といえるのではないだろうか——ここで言う〈プロ〉とは、ロシア文学研究家やドストエフスキー文学熱愛者をさすが。それというのも、《未成年》との初めての出会いの印象は、とりわけ初心《しょしん》者にとっては、散漫なものであるように思われるからである。

彼の後期の長編小説は、どれをとってもみな、一読しただけで、読者に忘れえないような強烈な印象を与えるものばかりである。たとえば、《罪と罰》ではラスコーリニコフの老婆殺し、《白痴》では現代のキリスト・ムイシュキン公爵、《悪霊》ではリンチ事件とスタヴローギンと、たちどころに、作品を特色づける事件なり人物なりの形象を、作品ごとに脳裡に復元できるけれども、《未成年》ではそういうわけにはいかない（ただし《カラマーゾフの兄弟》については後日論ずるので、それまで言及するのは保留）。

《未成年》は、一読したくらいで、作品を特色づける形象が浮かんでくるような性質の小説ではないのである。というよりも、作者はなにかある特異な形象を読者に与えるのを避けるような工夫をしている、といったほうがよいかもしれない。

ドストエフスキーは、多くの小説で〈語り手方式〉という手法を採用している。この際、語り手（手記者）が作者の単なる代理である場合、つまり語り手イコール作者と考えられる場合には（《死の家の記録》）、読者は、小説の内容・思想について、作者自身のものと思って読んで差支えないわけである。しかし、そうでない場合、たとえば作者とは年齢・経験・才能などの点で違いのありすぎる青年を語り手に仕立てた場合には（《虐げられた人びと》《悪霊》）、物語の途中で語り手にかわって作者自身が素知らぬ顔して物語の中に割って入って語りだす（ように思われる）ので、ある出来事の描写なり、ある会話の内容なりが、語り手によるものなのか、それとも作者によるものなのかが曖昧になり、読者を大いに迷わせるのである。その結果、とりわけ初心の読者は、その曖昧さを解決できないまま、またドストエフスキーの小説のもつ思想性に惹かれるまま、彼の小説の中で作者が展開しているさまざまの思想を拾い集めることに専念するようになってしまう。そしてやがて、物語の中での深遠な思想の展開や激しい情念の表白が、青二才の語り手によってなされているという〈不自然さ〉など、すっかり忘れさってしまうのである。もっとも、ドストエフスキーの小説にはそのような物凄い力があるのは事実であるが。

ドストエフスキーは以前から、物語上設定された約束に反するようなこの〈不自然さ〉に気づいていたのであろう。したがって、前に引用した《ノート》にみえる〈一人称の語り〉についての考察の推移は、《未成年》でこのような〈不自然さ〉がでないようにするための作者の工夫の跡を物語るものでもあろう。だから、こうしてできあがった本作品は、世間知らずの未熟な若者の目と意識で書き綴った物語、つまり文字通り〈未成年による未成年の手記〉という形に仕立てあげられているわけなのである。ここに本小説の特徴がある。

主人公兼語り手が未成年であるからには、まず、ものごとの本質をえぐりだしたり、ものごとの裏まで見抜くには経験不足であろう。しかも地下室育ちというのだから、大きくふくれあがった自尊心と虚栄心は傷つきやすく、それらは激しい屈辱感とともに、ものごとを見る目をゆがめ、手記の内容をもゆがめてはいないだろうか。彼は愛憎併存《アンビヴァレンス》の渦中に生きる人間であるが、青い情欲も彼の愛憎の炎に油をそそぐ。彼のなかで希望と失望の情動の落差は激しい――恋の希望がほのみえただけで、たちまち天にも昇るような心地となり、失恋の影におびやかされると、放火《つけび》したくなるほど自暴自棄におちいってしまう。それに彼は、自分の穴蔵から首都のど真ん中にとびこんできたのだから、その飢えきった好奇心はなんにでもくらいつく――とりわけ女や賭博《ギャンブル》に。堕落のもとは全部揃っているわけであるが、彼は、自分には〈理想〉があるから大丈夫だ、と自信たっぷりである（つまり、前掲の《ノート》引用文にあるように、彼にとって〈理想〉は、あらゆる場合の逃げ道であり、隠れがである）。――以上が、未成年という言葉から示唆される、また、本小説の読後感としてえられるイメージから描かれる未成年素描といったものであろう。

　これまで書いてきたことから分かるように、ドストエフスキーは、アルカージイという半端《はんぱ》な人間を主人公としてとりあげ、彼に終始照明《スポットライト》をあて続けながら、その一方で、語り手としての未成年アルカージイに理解できないことや見えない部分にまで話が及ぶ〈不自然さ〉を避けるために、そのようなものはすべて物語からはぶき、はしょってしまったのである。それで、革命党の話にしても、株券偽造団の話にしても、つっこんだ描き方ができないために、中途半端、尻切れ蜻蛉《とんぼ》のまま放置され、背景に沈みっ放しになっているような感じを受けるのであろう。ヴェルシーロフの長話の内容にしても、未成年の理解可能範囲内にとどめようと、作者としては努力をはらっているのであろう。作者はこのようにして、物語上での設定に由来する〈不自然さ〉を取り除くべく努める一方で、未成年に彼自身の十三歳のときのくだらない軟派的非行を得々と語らせることによって、主人公の未成年らしさ（この場合は未成年らしい背伸びと自惚れ）を際立たせている。これは、前に引用した《ノート》のなかに示されている作者の考えと照応するものであろう。すなわち《ノート》で彼は、「〈一人称の語り〉のほうが独創的なのは、未成年なら、どんな珍談奇談にでも、自分の成長と未熟との度合いに応じて、素朴に跳び移ってゆける点にある」という意味のことを述べているが、ここにみられる未成年らしいお喋りの挿入こそ、まさしく、このような作者の考えのあらわれの一端であろう。

　《未成年》は言ってみれば、（作者が未成年に成り代わって作成した）未成年による未成年の社会勉強報告書なのである。このことに気がつかずに《未成年》にとりかかった初心の読者は、作中に描かれているものごとの全貌や真相が容易につかめないので、たいへんもどかしい思いにとらわれるのではあるまいか。もともとドストエフスキーは、作中の人物や出来事を白紙の上に楷書ふうに明確に描き出すよりも、それらが暗い闇のなかから朧げに謎めいた姿で現われるような描き方をするほうがたいへん好きな作家であるから、彼のどの作品でも、読んでいて、もどかしい思いにとらわれることがないではない。このような彼の好みが《未成年》の場合にも働いていることは確かであるが、本作品でもどかしさが強く感じられるのは、やはり本作品の物語を未成年の目や耳で見聞きし理解したなりに描き出そうという作者の意図のせいであろうし、それをちゃんと認識できない読者のせいであろう。作中の未成年自身が、（自分の感情に溺れきってしまうようなこともあって、）ものごとの真相がなかなか捉えられずに、あせったり泡くったりしているくらいだから、読者たるわたしたちが、謎めいた事件に振り回されていらいらするのは当り前であろうし、また一読して明確なイメージがえられずに、散漫な印象をもつのも当然なのかもしれない。

　作者自身も、未成年の思わせぶりな物言いだけですましていては、話も進まないし、読者のもどかしさもつのるばかりで埒《らち》があかないと思ったのであろうか、物語の後半には、（事件後すべてを知った）未成年の口から事件の輪郭などを先回りして語らせるというような非常手段を四回も採用している（これがまた、物語の興を減ずることおびただしい）。念のため、そのうちの二つの場合の出だしの部分を例として、次に掲げておく。

　話の筋をつけるために、すこし先まわりして、ある事情を説明しておかなければならない。これはわたしが行動をおこしたころは、まったく知らずにいて、あとになってからそれがわかり、その事情を完全に解明できたのは、あともあと、いっさいが終ってしまってからなのである。しかしこれを明らかにしておかないと、すべてが謎めいたものになってしまって、はっきりと書きようがない。

――第三部第四章

　おぼえているが、わたし自身がそのときこれらの事実そのものに圧倒されていて、なにひとつはっきりとつかめなかった、そしてその日の終りごろには頭がすっかり混乱してしまっていた、だからすこしばかり先まわりして述べさせてもらうほかはない！

――第三部第九章

〔いずれも工藤精一郎訳〕

重要な登場人物であるヴェルシーロフにしても、彼自身が大いに喋ったり、あるいは未成年が愛憎のまにまに、文中のあちこちで彼を評しているものの、その人物像はスタヴローギンのような迫力に欠け、彼の二番煎じのような感じを受ける。

作家たるもの、自分の作品を売って金《かね》を稼ぐのは当然であるが、ドストエフスキーの場合、なにはともあれ、金のために、金を捻出するために小説を書いていたような感が強い――シベリアから帰ってきて、ペテルブルグで兄ミハイルと共同で雑誌《時代》《ヴレーミヤ》《世紀》《エポーハ》を出していたころは、彼のおもな作品はこれらの雑誌に掲載されたようだから、作品は、金を生みだすという点でほとんど役に立たなかったと考えられる（勿論、単行本や著作集として他社《よそ》から出版するとなると、話は別になるが）。しかし一八六五年ころからの作品、すなわち《罪と罰》以降の作品になると、いずれもが、債鬼の追求の手を逃れた外国の地で、生活費を捻出するために、必要に迫られて早急に仕上げざるをえなかったもの、というふうにみえる――。ところが、帰国して四年目の《未成年》構想のころ（一八七四年）になると、アンナ夫人の内助の功（著作権の管理や生活費のやりくりなど）もあってか、ドストエフスキーのまわりからは金銭的窮乏といった雰囲気は感じられなくなる。このように経済的に漸く安定した情況下で、しかも自分の気に入った執筆環境下で（ペテルブルグの南南東約二五〇キロのスターラヤ・ルッサで）、筆をとって書きあげたのが《未成年》なのである。すなわち《未成年》は、ドストエフスキーには珍しく、これまで得られなかったような落ち着いた情況・環境のもとで執筆されたものであり、これを書くにあたって、《白痴》や《悪霊》で評家が批判している点などにも充分考慮をはらい、作品の手法についても検討を重ねたことは、すでに見てきた通りである。しかし、それにもかかわらず、わたしには《未成年》は前二作に較べて迫力に欠けるように思われてならない。《白痴》のムイシュキン、《悪霊》のスタヴローギンは、これまで誰一人として創りえなかった〈新しい人間〉であり、ドストエフスキー独特の見事な創造物である。このふたりは、作品の少々の瑕疵《きず》など吹っとばして一本立ちして生きる独創性を持っているが、この独創性の点において、本作品のアルカージイ、ヴェルシーロフともにひ弱さが感じられるのである。

わたしは断っておきたいが――いま、《未成年》の書かれた情況や環境の良好だったことを述べたが、これは経済的条件・居住環境的条件の面についてであって、作家自身の肉体的条件の面ではむしろ悪化しつつあったというべきであろう。すなわち《年譜》などによると、《未成年》にとりかかったころ、喘息（肺気腫？）が始まり、それ以後、病気療養のために、何回もドイツの温泉地エムスに行くことになった、とあるからである。持病である癲癇の発作も相変らず彼を苦しめていたが、発作のおこる回数は年間だいたい五〜十回のようであり、《未成年》時代の一八七四年は八回、一八七五年は六回と《年譜》にある。つまり一・五〜二月《ふたつき》に一回の割合で発作をおこしていたことになるわけである――癲癇の強い発作のすごさは実見したものにしか分かるまいが、あれでよく生き返れるものだと不思議に思われるくらいである。強発作の場合には、いちおう元の状態に戻り落ち着くのに二、三日くらいかかるのではないだろうか――。このような肉体的条件の悪化にもめげず、大長編小説に取り組み続けるドストエフスキーの姿勢、生き方に、わたしはやはり、常人には及びもつかない物凄く強靱な精神力を感じないわけにいかない。

（一九八九・一〇・一六）

〔追補〕《未成年》の中でスケッチされている革命党にはモデルはないと、前に言い切ったけれども、《年譜》などを詳細にあたってみると、暴動使嗾《しそう》文書配布のかどでつかまったA・V・ドルグーシン一味がそのモデルになっているようだ。すなわち、ドルグーシン一味の裁判は一八七四年七月に大審院で行なわれ、新聞でも大きくとりあげられたようだが、当時エムスで転地療養していたドストエフスキーは、〈現在取り組んでいる作品のために基本的に必要な資料〉として、その裁判関係の記事のでている新聞の収集を、ペテルブルグの知人に依頼しているからである。しかしながら、既述したように、《未成年》構想の変化・成熟とともに革命党騒ぎは物語の背景に追いやられてしまったために、その結果、ドルグーシン事件そのもののモデルとしての重要さも失われてしまったといわざるをえない。したがって、江川卓にならって、作中の革命党指導者《リーダー》デルガチョフに技師ドルグーシンの影をみることができるにしても、《未成年》におけるドルグーシン事件のモデルとしての価値は、《悪霊》におけるネチャーエフ事件のそれとは比較にならないほど小さいわけである。

（一九八九・一一・二九）

6　道中記（陸）《カラマーゾフの兄弟》の巻

準拠した邦訳本は原卓也訳（新潮社版）

I

《カラマーゾフの兄弟》は、ドストエフスキーが死ぬ三か月前に書き終えた最後の小説であり、彼の小説のなかでは最大の長編小説である。この大作は、冒頭のごく短い〈作者の言葉〉と末尾の〈エピローグ〉を別にすれば、第一編から第十二編まで、十二の部分（編）から成り立っているが、これらのなかで、ドストエフスキーが最終的に到達したと思われる思想的境地をさぐる点で重要なものは、第五編〈プロとコントラ（賛否両論）〉と、それに続く第六編〈ロシアの修道僧〉であろう。このことは、当時、本小説を連載していた雑誌《ロシア報知》の編集者宛の手紙の中で、作者自身が「この部分を作品の山にしたい、頂点にしたい」という意味のことを書いていることからも分かるが、このような作者の言葉を待つまでもなく、作品を読みさえすれば、誰でも気づくことであろう。この両編のなかに、《カラマーゾフの兄弟》を書いた作者の主要な意図と、作者の思想的帰結を解きあかす大事な内容が盛り込まれていることは疑いない。両編を描くドストエフスキーの素晴しい筆力――とりわけ第五編中の〈反逆〉〈大審問官〉の章の迫力は、鮮烈なイメージを喚起する点で、文学としてみた場合の《聖書（福音書）》の描写をしのぐけれども、これらについて論ずることはあとまわしにしたいと思う。というのは、非力なわたしではあっても、この最終作品についての試論的論考を曲がりなりにも完結させるためには、作品そのものについてあれこれ言うだけにとどまらず、ドストエフスキーの思想そのものについても論じなければならないが、その場合、第五編、第六編についての考究をしないですますわけにはいかないからであり、また、それらを論ずる前に、わたしなりにいろいろ考えてみたい問題があるからである。

はるか以前、わたしが《カラマーゾフの兄弟》を初めて読んだ際、わたしがこの大長編からどんな印象をえたか、あるいは何を読みとったか等々について、今となってはそれらを思いだすすべすら全くないのだけれども、ただ一つ感触のようなものだけが、わたしにしみついてしまって消えそうもない。それは、作者の小説作法とも深く関係していることであるが、ドミートリイ（ミーチャ）の秘密というべきものを、物語の後半にいたるまで、わたしが知らされなかったということに起因している。つまり、金策に奔走していたドミートリイが、実は、首にかけたお守り袋の中に千五百ルーブリもの大金をひそかに隠し持っていたという事実が、彼が破局を迎えて取調べをうけなければならなくなった時点まで、初めての読者であるわたしには伏せられていたことによるもので、このために、それを知った時のわたしは、作者のしかけた罠にまんまとはまった〈とうしろう〉よろしく、「少しひどすぎやしませんか⁉　ドストエフスキーさん」と、作者に嫌味を言ってやりたい気持に駆られたものである。このようにドミートリイの秘密が明らかになってみれば、物語の前半で、たった一回、カテリーナの金《かね》を猫ばばした形のドミートリイが、自分の胸を叩きながらアリョーシャに、「ここにおれの恥辱がある」と洩らすのも合点がいく。しかし、こんな曖昧な思わせぶりな言いぐさ、それもたった一回の言いぐさだけで、アリョーシャならずとも、誰がドミートリイの秘密にまで思いいたることができようか？　第一、これだけで、ドミートリイには誰も知らない秘密があるなどという疑いが、初めての読者の頭にひらめくものであろうか？――作者も、これだけではいくら何でも無理とでも思ったのであろうか、ドミートリイの懐具合について、読者に再考を促し疑いを抱かせる目的で、破局寸前のドミートリイが表向きは一文無しであったことを忘れないようにと、くどいほど念をおしている――。しかし、このように作者に予防線をはられたところで、初めての読者であるわたしは、ドミートリイの秘密やその所在に気がつくはずはなく、その秘密のあかされ方は、わたしにはあまりに唐突すぎて呆気《あっけ》にとられてしまったものである。わたしは、作者の小説作法とはいいながら、ドミートリイの金の隠し方、隠し場所など、彼の秘密のすべてを読者に伏せたまま話を進めた作者のやり方に、意地悪さとわざとらしさをすら感じたというべきであろう。

はるか以前の感触のようなものを述べたついでに、《カラマーゾフの兄弟》以外の彼の作品についても思いめぐらしてみると……ドストエフスキーの小説には同じような仕立て方をしたものが多いような気がしてくる。つまり、思わせぶりな言いぐさや振舞などをどこかにそっとしのばせておいて、それが将来起る事件の――より一般的にいえば、その後に展開される筋書の伏線とか兆候とするといった具合のものである。《未成年》などでは、伏線だけでは間に合わなくなってしまい、語り手自身が先回りして伏線の意味するものを前もって説明する、というようなことまでしているが、ドストエフスキーの作品を、この点で一つ一つ改めて吟味してみれば、実際に同じような仕立てのものがたいへん多いのかもしれない（このことの確認は、わたしのこれからの課題の一つでもあろう）。

いわば推理小説仕立てと受けとられかねない、このような小説作法は、作者お好みのものであったにしても、ドストエフスキーの小説が推理小説でないだけに、かえって初心《しょしん》の読者をとまどわせ、とっつきにくいものにするのではなかろうか？　推理小説であれば――作者が読者の注意をそらしたり、目をくらましたりするために、様々な趣向をこらしてはいるものの、結局は――いたるところに散らばっているヒント（手がかり）を拾い集めて、事件なり犯人なりについての結論をえることができるし、また、そのような結論に到達するまでの経緯を楽しむのが、推理小説の味わい方であろうが、ドストエフスキーの場合はどうか？　彼の小説はそういうふうにはできていない。新潮社版全集の《カラマーゾフの兄弟》（約九百ページ）のなかで、ドミートリイが自分の秘密をあかすのは五百八十ページ目であるが、彼が、既述したように自分の秘密をほのめかすのは、それよりも四百ページも前、それもたった一回だけである。このようなことは、初めての読者にはドストエフスキーの小説をとっつきにくいものにするだろうし、また、難解だとされる原因の一つにされるかもしれない。

――ここで少し脇道にそれることになるが、ドストエフスキーの小説は、作中で犯罪を扱う場合が多いせいか、金のしまい場所や隠し場所にまで描写が及ぶことが多い。本作品でも、前述のドミートリイの場合以外にも、フョードルがグルーシェニカに贈る金三千ルーブリの隠し場所として、布団の下、枕の下と読者に思い込ませておいて、実は聖像画のうしろだったのさと、殺人者スメルジャコフに言わせている。《罪と罰》では、ラスコーリニコフが金貸しの老婆を殺したあと、質草の入った長持などをかきまわす描写や、盗んだ品物を空地の片隅の石の下に隠すまでの彼の苦労などを憶えている人も多いのではなかろうか。また、シベリア流刑のドキュメント的小説である《死の家の記録》では、囚人たちから預かった金を、誰にも分からない場所に隠す信心深い老囚人の話がでてくる。隠し場所は、監獄のまわりを取り囲む、高い柵の杙《くい》の一つにあった深い節穴で、その上をふたする節がよもや取れるとは思えないその節穴に隠しておいた、というのであるが、話が少しうますぎる。海千山千の盗人たちに、このような安直な金の隠し場所などさぐりだせないはずはないので、これは、作者の悪戯的フィクションではあるまいか？——

脇道はここまでとして、前に書いたことに戻るが、この感触のようなものは、初めて出会った際の相手のあしらい方について文句をいう、つまりは初会の相手へのうらみつらみの気持からのものといった感じをぬぐいえない。しかし、いま、ここで、わたしがドミートリイの秘密の問題をとりあげたのは、そのような気持だけによるものではない。

ドミートリイは、本小説の主人公と目《もく》されるカラマーゾフ家の三兄弟のなかでも、物語の中で騒動をひきおこす元凶として、物語の筋《プロット》に多岐的な変化を与え、そのことによって物語を多彩化し、かつ錯綜させる点で、三人のなかで筋書上の主役を演じているといえよう。彼の創造・登場によって、物語の流れ自体に小説らしい緩急と曲折とが与えられなかったならば、《カラマーゾフの兄弟》という小説の魅力も半減してしまったにちがいない——このように物語の筋を進展させるための動的要因としての長男ドミートリイの役柄に較べると、次男イワンなどは、極論すれば、無神論を人格化するために登場させただけにすぎないと言えるかもしれない——。こうしてドミートリイは、物語全体の流れのなかで大いに幅をきかせているのだが、この二十八歳になる退役陸軍中尉の人間性・人柄の際立った特色が、例の秘密に対する彼自身の態度のなかに鮮明にあらわれていると思うのである。

ドミートリイは、粗暴といえるくらい野生味たっぷりの男であるが、決して卑劣な男ではない、というよりも、少なくとも彼自身は卑劣漢ではありたくないと念じている。しかし彼は、金を稼ぐ苦労をしたことのないお坊っちゃんであり、彼の血潮のなかにはカラマーゾフ的情欲（後述）の火が燃えたぎっていて、それがたえず彼をふしだらな生活や女遊びへと駆りたてる。彼の金に対する甘さは、破局寸前のきわめて一人よがりな夢想的な金策奔走のなかに露呈しているだけでなく、これといった確かな証拠も押さえていないくせに、母の遺産の取り分として、父フョードルから三千ルーブリをまだ受けとれると、自分に都合よく思い込んだりしているところにもあらわれているが、カテリーナ（カーチャ）から託された金三千ルーブリを使いこんでしまうのもそのせいであろう。この金は、カテリーナがモスクワの姉宛に送ってくれと彼に託したものであるが、彼は、これをグルーシェニカとの遊興のために使いはたしたにもかかわらず、この時の彼の頭のなかには、カテリーナの金を横領したという意識があまり強くなかったように見受けられるからである。もっとも、カテリーナ側にすれば、彼が金を使い込むかもしれないという予想が充分たてられていたようだし、また、そうなればそうなったで、負い目から彼が、これまでよりも自分から離れにくくなるだろうという打算も働いていたようであり、また一方、ドミートリイ側には、預かった金が全く他人のものではなく、婚約者のものであるから、確実な金操りのあてなどないにもかかわらず、一時用立ててもらうくらいの気安さと安易さとがあったようであるが……しかし、それにしても、婚約者の金を他の女のために、それも、こともあろうに、恋敵にあたるグルーシェニカのために使いはたし、それに対して〈横どりした〉〈盗んだ〉という罪意識をはっきりと感じているようにみえないのは尋常ではない。この時、彼がこのような意識をあまり持たなかったことについては、金に対する甘さ以外に、理由が二つ、あるように思われる。

一つは、カラマーゾフ的情欲の発動である。つまり、わたしはここに、グルーシェニカの手練手管と色香に迷わされて盲目となってしまった、カラマーゾフ的情欲の端的な発露をみるのである――カラマーゾフとはロシア語で〈黒く塗られた〉という意とのことであるが、これを題名に冠した作者の意図は、カラマーゾフ家全員がどす黒い情欲の持主であること、彼らの体の中にどす黒い情欲の血が流れていることを暗に示したいのであろう。とすれば、このような情欲が、臆面もなく生《なま》のままストレートにでているのが、醜怪な道化師フョードルであることは言うまでもないが、このフョードルを原点として、どす黒い情欲が、息子としてそれを受け継いだ三兄弟にどのような形で現われているのかを描いたのが《カラマーゾフの兄弟》だという見方も成り立ちうるであろう。

ドミートリイの場合、この情欲はまず、グルーシェニカの肉体の曲線美への抑《ブレーキ》えのきかない没入《のめりこみ》といった、激しいけれども比較的単純素朴な形で現われるが、彼女との関係が、父フョードルとの奪い合いという様相を帯びるに及んで、それは沸騰・逆上してしまう。彼にとってフョードルは、血の繋がりのうえでは父親ではあるけれども、放埒な生活に溺れるままに、自分に子供のいることすら忘れてしまい、ドミートリイを孤児同様の境遇に放ったらかしにしてしまった放蕩者であり、ドミートリイが受け取る権利がある（と彼自身が思い込んでいる）母の遺産の横領者であった。さらに彼は、フョードルの肉体、とりわけ醜い顔、その造作のすべてを生理的に嫌い憎んでいた（この憎悪感は肉親憎悪によって無意識のうちに増強されていたにちがいない）。そして今や、そのような五十男が、激情家ドミートリイの前に立ちはだかる恋敵、殺したいほど憎い恋敵であった。嫉妬の紅蓮《ぐれん》の炎に包まれた情欲は疑心暗鬼を生み、グルーシェニカが自分の目の前にいないと、おきゃんな女にありがちな気紛れや心変りを思い描いて、居ても立ってもいられない躁狂状態に陥ってしまう。

　このように相手が父親であってもものともしない、どす黒い情欲の行方はというと、ドミートリイが父親殺しの容疑者《ホシ》として逮捕される破局を境に、今度はカラマーゾフ流の強引さ（後述）で神のほうへ昇華していく。つまり、新しいドミートリイの誕生、人間復活というわけである。この急転回の物語は、グルーシェニカの心をわがものになしえた彼自身の歓喜の歌とも受け取れるのだが、これらについては、いずれ考えなければならない次男イワンや三男アリョーシャにおける情欲の有《あ》り様《よう》とともに論ずるほうがより適当だと思われるので、ここでは論じない。いまは、まだ触れていないもう一つの理由について書くべき時であろう。

　わたしは前に、カテリーナから預かった三千ルーブリをドミートリイが使いはたしたと書いたけれども、実は、これは正確な書き方ではなく、彼は三千ルーブリを全部使い切ってはいなかったのだ。彼は、まわりの人たちに、グルーシェニカのために金を、それも三千ルーブリという大金を一晩でまきちらしたと吹聴して、そのように思い込ませていたにもかかわらず、実は、前もって三千ルーブリのうちからその半分、千五百ルーブリを取り分けて、首にさげたお守りに縫いこんでおいたのである。このように彼が、彼女の金を全部使わずに、その半分をこっそり自分の手許に残しておいたのには、ドミートリイなりの理由と目的があったからである。彼は当時、無一文に近かったから、グルーシェニカの歓心を買うためにも、あるいは、ごく近いうちにおこりうる彼女との駆落ちに備えるためにも、ある程度纏まった金が絶対に必要であった。そのための金として、カテリーナの金の半分を残しておこうという打算が働いたのであるが、このような打算に走った卑しさが、そして、そのような卑しさをずっと隠し持ち続けていることが、彼女の金を使い込んだこと以上に彼を苦しめる。彼は、このような目的でお守りに金を縫いこんだ自分の行為を卑劣きわまりないものと感じたので、このことを誰にも、何でも喋れるはずの弟のアリョーシャにすら恥ずかしすぎて打ち明けられなかった。彼が三千ルーブリもばらまいたように自分から言いふらしたのも、彼の見栄やはったりからであるかもしれないが、それ以上に、お守りの中にしまいこんだ秘密をおしかくす意図を持っていたにちがいない。当時、彼は高級娼婦的グルーシェニカと遠出してどんちゃん騒ぎをした際、酔いにまかせて彼女にカテリーナについてあることないことをあけすけに喋ってしまっているにもかかわらず、婚約者である令嬢カテリーナとの仲はぎくしゃくした、きまずいものになりつつあったから、彼としては、恋敵のグルーシェニカのからんだ自分の秘密――その秘密をつくった自分の卑しい気持を、誰に打ち明けるよりも、カテリーナに打ち明けることとは最大の苦痛、最大の難事であったにちがいない。

彼は予審の際、検事らに金の出所を訊ねられたのに関連して、風変りな泥棒観を述べたてているが、それによると――恥知らずには誰でもなれるが、泥棒には誰でもなれるというものではない。恥知らずのなかでも最底の人間だけが泥棒になるのだ。自分のものではない金を着服して素知らぬ顔をしているのは、勿論泥棒にちがいない。しかし、女遊びなどで金を使いこんだとしても、たとえば残った半分を、「これ以上の罪作りをおれにさせないでくれ」と言って持主に返すならば、この場合は、恥知らず、卑劣漢、その他何であってもかまわないが、ただ一つ、泥棒ではありえない。半分であれ、こんなことを言いながら金を返すような泥棒など、どこにもいないのだから――。世間では、他人の金を無断で使えば、その額の如何を問わず、また、どのような言い訳をしようとも、泥棒とされるのだから、前述のようなドミートリイの考えは、一般にはとても通用するとは思えない。また、この論法にはカラマーゾフ流の強引さ、とくにドミートリイの身勝手さといったものを強く感じるのであるが、これをドミートリイの内心の葛藤の産物としてみれば、彼の心情をよく映しだしているように思われる。

ドミートリイは、卑しい動機から金をこっそり半分とっておいたことに耐えられなくなるが、その残りの金をカテリーナに返すこともできない。第一、自分の卑劣さを彼女に打ち明けるのが大変なつらさだし、それに、その金は、グルーシェニカとの恋の成就にはなくてはならない大事な金だからだ。彼が編み出した論法に従えば、胸のお守りに縫いこんだ千五百ルーブリを返してしまえば、たとえ卑劣漢だとしても、泥棒ではなくなるはずだ。ところが返せないのだから、彼は泥棒であり続けるわけだ。このように金を返すふんぎりがつかないままに、恥辱の金を胸にぶらさげ、「おまえは泥棒だ、泥棒だ」と自分を責めたてる一方で、「おれの気持一つで、いつでも金を返せるのだから、ひょっとすると、おれはまだ泥棒ではないかもしれないぞ」と自分に言って聞かせるドミートリイ。こうして、どっちつかずの気持のなかで、彼が一人で担わなければならない秘密の重さは大きくなるばかりであったが、その源をなすともいえる、カテリーナの金の使い込みという事実そのものはというと――その事実は、町じゅうに知れわたった公然の秘密として、まわりから軽率な青年にありがちな金の一時流用という具合にみなされ、公認されるような恰好になってしまい、この件を穿鑿したり咎めだてしたりするものは誰もいなかったから、へ使い込み〉〈横どり〉という意識そのものが、彼自身の中でも相対的に稀薄になっていったことは致し方ないといえるかもしれない。

　ドストエフスキーは、本作品の最終編（第十二編〈誤審〉）で、父親殺しの容疑でドミートリイが裁かれる法廷の模様や、その裁判経緯について、こと細かに描いている。そこでは、証人として出廷したイワンが発狂状態になって法廷を混乱に陥れたり、カテリーナとグルーシェニカのふたりがいがみ合う様子などが活写されているが、圧巻なのはやはり、検事が論告する箇所であり、それに対して弁護士が反論する箇所ではあるまいか。検事、弁護士がともに、微に入り細をうがつ弁論を展開し、そこにはやや煩雑という感と、内容的に第九編〈予審〉との関係で一部重複という感があることは否めないにしても、ふたりの弁論が、それぞれの立場からドミートリイの白なり黒なりを主張する面で、不整合や遺漏がないのは、当然のこととはいいながら、見事というほかはない――いま〈煩雑〉といったけれども、実際の法廷論争はもっともっと煩雑なような気がするので、これは裁判や法律に素人であるわたしだけの感想かもしれない。ドストエフスキーは周知のように、ペトラシェフスキー事件の被告であり、また、新聞などで報じられる犯罪やその裁判経緯などに強い関心をもっていた作家であるが、父親殺しを主題《テーマ》の一つとしてとりあげた本小説を書くにあたって、とくに法律関係のことについては、彼自身の見聞や知識のみに頼らずに、その方面の専門家に助言を仰いでいる。その専門家とはアドリアン・シターケンシネイデルで、元地方検事である。彼とは、ドストエフスキーが晩年よく出入りしていたサロン〈火曜会〉の女主人エレーナ・シターケンシネイデル夫人を介して知り合ったものらしい。彼はエレーナの弟にあたり、彼には〈予審〉と〈誤審〉の二編の原稿にも目を通してもらっている。この法律家の助言や注意などが、小説にどのように生かされているのかは分からないが、少なくとも、検事や弁護士の弁論の論点に、（わたしのみる限りでは）遺漏がないあたりには役立っているのではなかろうか。

　わたしは、ドミートリイの裁判物語を通じて、一八七〇年代のアレクサンドルⅡ世時代の裁判に陪審制――犯罪行為の有無についての認定を一般人の判断に委ねる制度――が採用されていたことを知ることができ、陪審員によって、ドミートリイが父親殺しに対して〈有罪〉とされたことを知る。（なお《ロシア史（新版）》（岩間徹編、山川出版社刊）によれば、陪審制は弁護士制度とともに、一八六四年の司法制度の改革によって導入された、とのこと。）

　物語に描かれているように、誤審という重大な結果を招いたのは、登場人物としてのドミートリイを、作者が、〈その他大勢〉の一般人のように行動しない、つまり常識的に行動しないタイプに創りあげたことに帰結すると思うのであるが、その犯行の証拠とされるもの——それらはことごとく情況証拠である——、それらがすべて犯人がドミートリイであることを指し示している、つまり、ドミートリイ犯行説を肯定しているようにみえることも確かである。犯行動機にしても、母の遺産を横領された（という思い込みからの）恨みのほかに、グルーシェニカとの三角関係で、ひごろフョードルに対して「殺してやる」と口走るほどの憎悪と嫉妬を抱き、実際に、フョードルの家に押し入って彼に殴りかかり、怪我をさせたことがあるくらいだから、動機としては充分すぎるほどである。そのドミートリイが、フョードルが殺された夜、彼の家の庭内に忍び込み、それを見とがめた老下僕のグリゴーリイを、たまたま持っていた小さな銅杵《どうきね》で——この銅杵はフョードル殺しの凶器に充分なりうる——殴りつけて昏倒させただけでなく、下僕の血で染まった両手や顔などを血だらけのまま、呆然として知合いの前に現われたというのだから、彼が殺したにちがいないと思われるのも無理はないかもしれない。さらに、グリゴーリイが庭内に怪しい人影を発見した際、フョードルの寝室の庭側のドアはすでに開いていたという証言もある——これは、ドミートリイがフョードルの部屋に侵入したことを示す有力な証言ではあるが、グリゴーリイの勘違いによる誤った証言である。

それに第一、彼が所持していた金の額と出所について、彼自身がした説明に納得したものは誰一人としていなかったはずだ。それというのも、彼が事件前に一度、グルーシェニカを連れて、町（スコトプゴーニエフスク市）から二十五キロ離れたモークロエ村に遠出をし、そこでどんちゃん騒ぎをやらかした際、彼がばらまいたのが三千ルーブリであったこと、また今回、フョードル殺しのあった当夜、モークロエ村に再び乗り込んできたドミートリイが、料亭の主人に札束を見せつけながら、この前と同じくらい豪勢にやるつもりで来たんだ、と言っていることを皆知っていたからである。前回、村で使った金が三千ルーブリであり、その金がカテリーナからでたものであることが町じゅうに知れわたっていたのは、彼自身が酒場などで酔っぱらった際に洩らしたからであるが、とくに三千ルーブリという大金の消費については、それは村での馬鹿騒ぎ加減を裏付けるものとして受け取られてしまい、その額について疑いをさしはさむものはいなかったようだ。しかも今回は、事件のおこる直前まで、ほとんど素寒貧《すかんぴん》の状態で、壊れた銀時計を売って六ルーブリこしらえたり、これまで質にも入れず、後生《ごしょう》大事にしていた決闘用のピストル一対を担保に十ルーブリ借りたりしているドミートリイが、その三時間後には何千ルーブリもの金を所持しているときては、その金がフョードルを殺して奪ったもの、と思われても仕方がないことかもしれない。彼が、実は、以前村でばらまいたのはカテリーナの金の半分、千五百ルーブリだけで、残り半分はお守りに縫いつけて隠し持っていたのだと言い、さらに、事件当夜に自分の持っていた金も実は千五百ルーブリで、それは、お守りにしのばせておいた例の金を、封印を切るような気持でお守りを破って取り出したまでのことだ、と真相を打ち明けたところで、誰も彼の言葉を信ずるものはなく、苦しまぎれの言い逃れにすぎないと思うのも、無理からぬことであるかもしれない。

ドミートリイは、これらの幾つもの不利な情況証拠によって有罪にされたわけであるが、とりわけ、金の出所をお守りに頼った彼の〈言い逃れ〉は、陪審員の心証を害し、彼の運命を大きく左右したのではないかと思う。どちらかというとトリック的とさえ感ずる〈お守りの金〉という仕掛けを作者が考えつき、これに執着したのは、これに対するドミートリイの態度から彼の人柄の特色を描出しようという狙いと、この仕掛けこそ、彼を人殺しという無実の罪に陥れる大きな要因になりうるという読みが、作者にあったからにちがいない。このような地点にたどりついて、わたしは、《カラマーゾフの兄弟》に初めて出会った時、〈お守りの金〉にわたしがひっかかったのは、初会の相手への単なるうらみつらみの気持からだけではなかったのだな、と自分に言い聞かせることができるように思うのである。

ところでドミートリイは、アリョーシャや検事らとの問答のなかで、自分のかんばしくない身持や行状について弁解らしいことを一言《ひとこと》も言わずに、その場合場合に応じて自分で自分のことを恥知らず、卑劣漢、泥棒などとののしっているが、だからといって、彼を自分で言うように卑劣な男としてよいものであろうか？　彼のように自分の言動の恥ずべき点を反芻して苦しんだり告白したりする人間に、彼自身が口にした蔑称をそのままレッテルとして貼りつけることほど無意味なことはあるまい。第一、恥知らず、卑劣漢などといった連中は、自分がそのような人間だということを意識していないし、また、かりに意識していた場合でも、それを人前で自ら恥じながら認めるというようなことは決してしないはずだからだ。わたしには、ドミートリイの破廉恥ともいえる行為は、（情欲をも含めた）カラマーゾフ流の活力に押し流されたための軽はずみ、逸脱のように思われ、彼のめまぐるしい行動のなかには、むしろ野生的ないさぎよさが一貫しているように感じられるのだが。

〔追記〕文章を書き進めるにしたがって、ドミートリイをこのようにみるのが表面的すぎることが分かってきた。しかし、ドミートリイの行動に依然として〈野生的ないさぎよさ〉が感じられるのも事実なので、この部分をこのまま残しておくことにしたい。

ドストエフスキーが創作の筆をとるにあたって、構想を練ったり、筋《プロット》を考えたり、登場人物の性格づけをしたりするためなどに書き散らした種々雑多な下書きふうのノートは、いわゆる《創作ノート》として、彼の小説を考える場合、いろいろの意味で思わぬ収穫があるので、見逃すことができない。〈いろいろの意味で〉というのは、ある小説のノートからは、作者の執筆意図や主題などを明確に読みとることができるし、また別の小説のノートからは、未完成のまま採用されずに放棄された変奏曲断片といったふうの文章を幾つも認めることができるからである。とりわけ《未成年》のノートの場合にみるように、構想の初期段階からのものが段階的発展的に連続して残されている場合には、ノートそのものが、完成作品の最良の解説書として重要な役割を演じるようになることは、別のところで述べたとおりである。これに対して、《カラマーゾフの兄弟》のノートは、構想が固まり、最終プランも決まったあとで、筆ならし的に書かれた下書き断片といった趣がある。したがって、このノートからも勿論、作品理解の手がかりを幾つもえることができるにしても、本作品の執筆意図や主題を直接ノートから探りあてようとする目論みは、それ自体成立しえない。本作品の場合は、作品そのものをじっくり読みこむことによって、これらについての答えは充分にえられるように思う。

――ドストエフスキーのこれらのノート類を、現在、普通の文書のような形でわたしたちが読めるのは、先人たちの研究・整理のたまものであることは言うまでもない。これらは新潮社版全集では、《創作ノート》Ⅰ・Ⅱとして第二十六、二十七巻の二冊に収められている（ただし抄訳）――。

《カラマーゾフの兄弟》の主題《テーマ》の一つが〈父親殺し〉であることは、誰にも見やすい。そして文学熱にうかされていた十代のドストエフスキーが、人生の入口で遭遇した異常な事件というのが、自分の父の非業の死であった（とされる）から、この父親殺しという主題と作家自身の父の死とを結びつけるように、連想が働くのは当然かもしれない。

《年譜》などによると、作家の父ミハイル・アンドレーヴィチは一八三九年六月に自分の農奴たちによって殺害された（享年五十歳）、とされているが、これが事実だとしても、この事件が、当時モスクワの工兵士官学校の生徒であった十八歳のドストエフスキーにどのような衝撃を与えたのか、それについて作家自身は何一つ書き残してはいない――確かに、ドストエフスキーは、父が死んでから二か月後の兄ミハイル宛の手紙のなかで、父の死を悲しんでいる。しかし、その手紙の父の死に関する部分の文面は、あとに残された自分の幼い弟妹たちの将来《これから》について案ずるといった内容であって、自分自身のダメージについては〈ずいぶん泣きました〉という簡潔な文章に集約されていて、ドストエフスキーのうけた衝撃の中身については何ら手がかりを与えてくれない。そのために、この手紙以外にも、父の死に際して彼の受けた衝撃について書き記した手紙などがあったのではないかと臆測し、しかし、それらは彼の近親者によって破棄されてしまったのではないか、と疑う向きもあるようである――。

このように作家自身は、その衝撃について書き残してはいないのであるが、ただ娘のエーメが、「家では、ドストエフスキーが癲癇の発作をおこした最初は、父の死を知らされた時と言い伝えています」と証言しているので、この言葉が信じられれば、この証言から、その時作家のうけた衝撃の強さを推しはかることができるにすぎない。もっとも、ドストエフスキーの癲癇発作がいつから始まったのかについては異説があって、エーメのような見方のほかに、発作はシベリア流刑中に始まった、いや、それ以前から発作はみられた等々と賑やかである――この騒ぎには、医学発達史の面もからんでいるように思われる。

というのは、一九世紀前半の医術でも、しょっちゅう癲癇特有の発作をおこすようになれば、それが癲癇によるものと診断は容易につくであろうが、初期のころの一、二回程度の軽い発作という症状だけから、(脳波検査などもないレベルの) 当時の医術によって、癲癇という病気をすぐさま診断できたのかどうかは疑わしいと思うからである。

ドストエフスキーは、折にふれて発作のつらさを歎いているが、晩年は肺気腫などもわずらうようになって、とりわけ健康に不安を感じだしたためであろうか、癲癇発作の回数や強弱を手帳などに綿密に書き留めている。しかし、自分を長年苦しめてきたこの持病が、いつごろ始まったものであるかを探ったような形跡はない――わたしのようなドストエフスキー贔屓《ファン》は、彼のどんなつまらない、どんな細かいことでも知りたいという気持が非常に強いから、まして癲癇のような作家に重大な影響を与えた病気ということであれば、この病気の作家自身による起源探索記といったものを、ぜひ読ませて欲しかったのであるが……。

確かに、癲癇という持病は人間ドストエフスキーを終生悩まし続けたにちがいないけれども、このような宿痾を背負いこんだ作家としてのドストエフスキーは、この得体《えたい》の知れぬ奇妙な病気を逆手にとったとでも言ったらよいのであろうか、彼の場合、病気によって否応なく研ぎすまされざるをえなかった感受性を有力な武器として、人間心理のひだ奥深くわけいって新しい世界を切り開き、発作による意識の喪失・回復という内的経験を切札のように使って、彼独特の物語世界をいやがうえにも彼独自の玄妙なものに仕立てるのに、大いに役立てているように思うのである。こういうわけで彼の物語世界では癲癇あるいはその周辺の話がでてくるのは珍しくないが、癲癇持ちの登場人物となると、その代表格は《白痴》のムイシュキン、《悪霊》のキリーロフあたりであろうか。ふたりのほかに本作品のスメルジャコフを付け加えてもよいかもしれない。勿論、ドストエフスキーの作品に登場する主要な人物がすべて癲癇持ちであるわけではないが、彼らがほとんど、世間から爪弾きされてしまいそうな、あるいは、放っとくと自分でこの世から飛び出していってしまいそうな、強烈すぎる個性の持主ばかりで、その意味では一種の異常人だといえなくもない。また、彼らのなかには発狂して舞台から退場するものも多い。このようにドストエフスキーは、物語世界のなかでいわゆる〈狂的な人間〉に重さ《ウエイト》を置いて主要人物を創りあげる傾向・好みが強いが、このことはやはり、癲癇体験とでもいうべき彼の内的な病的経験と切り離しては考えられないのではあるまいか。肉体をもつ人間として癲癇に苦しめられている作家が、この病気体験を作品の中に積極的に投入し、彼の分身たちを創造するとき、病気は、そのものが本来持っているはずの外来性の面を消失して、作家自身のものとして血肉化してしまったと言えるのではないだろうか。作家は、自分の創造物の肉体に自分の病的経験を仕込み極印づけるが、そうすることによって彼らの現実性は飛躍的に増強したにちがいないだろうが、それとともに作家自身の病的経験もより深化し、彼には病気そのものが外来性のものとはとても思えなくなり、病気は内在化の一途《いっと》をたどったのではないだろうか。つまり、癲癇を描写し、その発作体験を作中人物に移入する操作は、その作業を通じて、作家に癲癇を一つの病気としてみるよりも、自分の生来持っている一つの生理として受け入れるように働きかけたのではないだろうか。

　本人であるならば、発作で気を失うという大事件を憶えていないということはないし、また、それがごく幼いころの出来事だとしても、それがいつおこったかということは、おぼろげな記憶の糸をたぐってでも、必ずやたどりつけるものである。にもかかわらずドストエフスキーは、自分の初めての発作について何も言っていない。このことについてわたしは、彼が小説を書くという作業を通じて、癲癇を自分を襲った外敵というふうではなく、自分の生理の一部とみなすようになってしまったからだ、と思いたいのである。自分自身の生理として血肉化してしまえば、その起源をさぐることなどにはあまり熱意を感じなくなるはずだからだ。

　しかし、小説中で癲癇をよく扱っているだけでなく、実際に手帳などに発作について几帳面にメモしているドストエフスキーが、その発作がいつ始まったのかについては全く口をつぐんでいるのは、やはり解《げ》せない気もする。それで、わたしにしても、ひょっとすると、彼の心の中には、初発作と父の死とが二重写し《オーバーラップ》になったまま秘められていて、そのために、父の死を喚起するというよりもむしろ、それと表裏関係にあるような初発作を思い出すことをつとめて避けようとしたのではあるまいか、という思いに駆られもするのである……しかし、わたしは、ドストエフスキー死去当時、十一歳にすぎなかったエーメの言葉を——それは父の死と発作の出現とを因果の鎖でつなぐ、すこぶる誘惑的な証言であるだけに——、実の娘の言葉だからというだけでは信じきれないし、さらに、彼の父が非業の死をとげたという通説そのものに疑問を投げかける評家もでてきているので、そのような疑惑のある父の死——非業の死ではなく自然死であったかもしれない父の死と、彼の癲癇発作とを直接結びつけることには賛成しがたいのである。

　——《年譜》などに載っている通説によれば、ドストエフスキーの父ミハイル・アンドレーヴィチ惨殺の原因として、二つのものがあげられている。すなわち、当時、地主たちの厳しいむごい取扱いのために、農奴たちは地主全般に対して激しい反感・憎悪をいだいていたが、そのような農奴たちの一般的な憎しみのうえに、ミハイルの場合、彼の好色がもたらした個人的な怨みが積み重なったというのである。彼は少女好みであったらしく、十四、五歳の農奴の娘たちを小間使いとして引き取っては犯していたように、《年譜》からは読みとれる。ミハイル殺しは発覚し、複数の犯人たちの目星までついたのだが、ことが公けになると、村の男衆はほとんど全員懲役にいくことになってしまい、困るのは結局ドストエフスキー家の遺族だけということになるので、ことを荒立てずに穏便に運んだ結果、公的には〈急死〉ということになった、というのが《年譜》の言いたいことであるようだ。ところが最近、この父親惨殺説に異議を唱える論文がソビエトで発表され、話題になっていることを、《朝日新聞》（一九八九年一月二八日・夕刊）が報じている。その紹介記事によると、問題の論文は、G・フォードロフの《「地主。父は殺された……」、あるいはある運命の歴史》と題するもので、そのなかでフォードロフは、ツーラ州立文書館で発見した裁判記録や公文書にもとづいて、次のように言っているとのことである——一八三九年六月六日の朝、ドストエフスキーの父親は農場に出かけたが、農奴たちの働きぶりに激昂し、怒鳴りつけているうちに脳卒中をおこして倒れる。近くの町から医師が呼ばれた時には、すでに死亡していた。二日後の八日の検視でもやはり脳卒中による死と認定され、現存する六月一六日付の知事への報告書には、その旨が明記されている。その後、父親は農奴に殺されたのだとする密告があり（密告者は土地をめぐって父親と係争中の隣村の地主とのこと）、一年余もかけて調査されたが、結局、農奴たちはシロと判明した、と。このようなたった一つの論文――それもごく簡単なその紹介記事を読んだだけで、我が意を得たかのように思うのは勿論、軽率のそしりを免れないが、そもそもわたしが父親惨殺説に疑いを持つようになったのは、息子であるドストエフスキー自身がこの件に関しては沈黙を守り、一言も書き残していないからなのである――。

ドストエフスキーの伝記上の事実として、本人がその真相を知っていたはずなのに、口をつぐみ、沈黙を守り続けたことが三つあると思う。すでに述べたように、癲癇については他の二つとは事情が違うと思いたいが、父の死と、ペトラシェフスキー事件における兄ミハイル・ミハイロヴィチの行動について沈黙を守ったのは、肉親の情として、それらの真相を人に知られたくない気持が強く働いたからではないだろうか。父の死が本当に農奴による殺害かどうかはともかくとして、地主ミハイルの死には、殺されたという風評を招くような、何やら怪しげな影がつきまとっていたのだろうし、また、兄ミハイルについて言えば、ペトラシェフスキー事件で逮捕されて五十日後にはは（ママ）や釈放、それも当局からおほめの言葉と金をもらって、ということになると、まさにスパイ以外のなにものでもないわけである。文学上では、自分自身を腑分けして、それを善悪様々にいろどられた、すさまじい人物たちを創造する糧《かて》にするのをためらわなかった巨人ドストエフスキーも、両ミハイルのことを生《なま》の形で語るのは、肉親としてあまりにおぞましく、やりきれなくて、口を閉ざしているほかなかったのではないだろうか。わたしはここに、巨人ドストエフスキーの中に、わたしたちと同じような小心ともいうべき細かな心づかいをみる思いがし、そのことによってかえって人間として親近さを増すように感じるのである。

〔追記〕《作家の日記》には、ペトラシェフスキー事件当時の兄ミハイルの行動について書かれた短い文章が載っている。したがって、ドストエフスキーがミハイルについて――事件と関連して――何も書き残していないという、先のわたしの記述は間違い。ただし、事件当時のミハイルの行動の怪しさについては〈道中記（漆）《作家の日記》の巻〉と第Ⅱ部〔付〕〈父母兄弟への手紙〉で詳説したので、そこを参照されたい。

小説というものには、それぞれの小説固有の時間が流れていて、その時間のなかにわたしたちがとりこまれて生き、現実の時間を忘れさってしまうことが〈小説を読みふける〉、すなわち〈小説を味わう〉ということの意味であろう。このような小説の中を流れる物語時間とでもいうべき時間のなかで、作品構造のプランそのものが現実の時間を度外視したうえに成り立っているようなドストエフスキーの作品の中の時間は、他に類をみないその濃密さという点で、その独自性が強調されるべきであろう。このことは、たとえば、大長編《カラマーゾフの兄弟》の約三分の二、六百ページが三日間の出来事を描いたものだ、ということに端的に示されているといえよう。作者は、筋上《プロット》の劇的な道具立てとともに、主人公たちの心理状態・行動に即して、あるときは小刻みに会話をたたみこみ、あるときは延々と長広舌をぶち、あるときは、転調のためにひとやすみするかのように沈黙と凝視などを効果的に使いながら、長大な物語時間に緩急、高低のリズムをつくりだし、その時間の中にわたしたちをとりこんでしまう。ドストエフスキーの物語時間のとりこになったわたしには、その時間には当然のことながら朝方や真っ昼間の出来事が充分すぎるほど数多く含まれているにもかかわらず、時間全体が黄昏の中を漂い流れているように感じられてならない。これはおそらく、彼が小説で扱う主題《テーマ》が結局はいつも同じで、神、死、復活、性欲、罪と罰など、光り輝く太陽のもとで躍動する心に対するよりもはるかに、孤独になって沈静さをとりもどした夕べの心にとってふさわしいものであり、また、それらをつむぎだす作者の語り口が、総じて教会の薄暗い空間にしめやかに響きわたるオルガンの音のようであるからではあるまいか？　だから、彼の時間は、太陽が沈んだあとの薄墨色一色になった空のようだといってもいいのだが、そのような時間の中で、たとえば、「アリョーシャ。生きていたいよ、だから俺は論理に反してでも生きているのさ。たとえこの世の秩序を信じないにせよ、俺にとっちゃ、〈春先に萌《も》え出る粘っこい若葉〉が貴重なんだ。青い空が貴重なんだよ。そうなんだ、ときにはどこがいいのかわからず好きになってしまう、そんな相手が大切なんだよ」といったイワンの言葉に出会うと、二十三歳の若さでこの世を否認しなければならなくなった、無神論者の内から溢れでる生への渇望が、痛いほど感じられる一方で、渇望の象徴的対象である〈粘っこい若葉〉の、あまりにも肉感的な新緑の鮮やかさが、薄墨色の地色のなかで一瞬匂い、きらめいて、わたしの網膜に焼きついてしまうのである。

ドストエフスキーは、その物語時間の経過中に、「この二日間、文字どおり東奔西走の有様で」とか「すでに二時をまわっていた」とか、現実の時間を時折割り込ませているので、それによって我《われ》に返ったわたしたちは、ページを繰り直して、その経過中におこった様々の出来事を改めて反芻し、物語時間の濃密さを悟らされるわけである。イワン自らが叙事詩という《大審問官》という作品の場合でも、その内容の質的な面からだけではなく、分量的にも四百字で約六十枚もある長話を、作者であるイワンのいうように――つまりはドストエフスキー自身がいうように――実際に十分くらいで、それも居酒屋で語り終えることのできるものとはとても考えられない。もっとも、この場合、イワンは「十分くらい付き合ってくれるなら、話したいのだが」と切り出しているので、わたしたちが酒などを飲みたい時に「ちょっと付き合ってくれない？」といって悪友を誘う場合の〈ちょっと〉と同じ意味合い《ニュアンス》が〈十分〉にこめられていると思うのではあるが。しかし、〈十分〉でも〈ちょっと〉でもかまわないが、いずれにしても、《大審問官》のような深遠な内容をもつ長話が十分くらいの間になされても、読者に奇異を感じさせないほどその十分が濃密なのが、ドストエフスキーの物語時間の特色だということを認めないわけにはいかない。

ドストエフスキーの物語時間の最大の特徴が濃密さにあることを認めたうえで、その補足的な特徴というべきものがもう一つあることに触れなくてはならないだろう。作家たちは、小説中に会話などを描出する場合、話がとぎれる〈沈黙〉を一つの効果的な間《ま》として挿入、活用しているが、ドストエフスキーの場合、その沈黙の時間を分・秒単位で明示していることは特異的といっていいのではなかろうか。たとえば、ドミートリイの裁判がおこなわれる日の前夜、アリョーシャとイワンがカテリーナの家を出たあと路上で話し合う場面が、四ページにわたって描かれているが、このわずか四ページのなかに四回、①「三十秒ほど黙りこんだ」、②「二人はまた一分ほど沈黙した」、③「三十秒ほど沈黙がつづいた」、④「沈黙はまる一分もの長い間つづいた」という沈黙表現がみられる。

――わたしはこの部分を原卓也訳によったが、米川正夫訳では①ほんのいっとき、②また暫く、③三十秒ばかり、④かなり長く、であり、池田健太郎訳では①ほんのしばらく、②またしばらく、③三十秒ほど、④まる一分ほど、である。この三人三様の違いは、訳者たちがよったロシア語原本の違いに由来するものとも考えられるけれども、おそらくそうではあるまい。というのは、三人のよった原本が、このような細かい部分でそれぞれ微妙に異なっているということは考えにくいし、さらに原《はら》訳の①②④の想定原本からは米川訳の①②④と池田訳の①②は導き出せるが、その逆は成り立ちそうもないからである。この部分に関してわたしは、原《はら》訳の三十秒、一分というのが原文直訳的で原型であると思っている――。

この例の場合、わたしにしても、前後の文脈から、それぞれの沈黙の意味・内容についてはおおよそ見当がつくけれども、それがどうして〈ほんのしばらく〉などといった表現ではなく、三十秒、一分という時間表示をとることになるのかは分かりそうもない。このような細部にこだわるのは瑣末主義《トリヴィアリズム》もいいところだと言われかねないが……しかし、物語も終わりに近づいたあたりで、スメルジャコフが札束を「十秒ほど見つめていた」（傍点は大森）、という文章などにぶつかったりするので、やはり気になってしようがない――この文章は、イワンがスメルジャコフに最後に会った日の出来事を描いたなかにあるもので、スメルジャコフは、フョードルから奪った金をイワンに手渡してしまってから、別れ際に「もう一度金をみせてください」と頼みこみ、イワンがそれに応じたあとのスメルジャコフの行為の描写なのである。

このような時間表示の場合、曖昧あるいは漠然とした表現で差支えないように思われるのに、そうはせずに分・秒単位で表わし、しかもその表示時間の長短によって、それらを区別しているかのようなドストエフスキーの癖は、彼が特異な時間感覚の持主であったことを物語るものではないだろうか。そして、この特異な時間感覚というものは、例の発作体験によって目ざめさせられ、養われたものではなかろうか。癲癇持ちである彼が発作体験を通じて感じとった一分・一秒は、生活人の上を日常通り過ぎていく空白的な分・秒とは質が違って、内容のぎっしりつまった濃密なものであったのではなかろうか。このような時間の濃密さを、いわば肉感的に感じとれる内部感覚が作家自身の中にあって初めて、現実の時間の流れる速さなどを意に介していないような濃密な物語時間の流れる独自の世界を、ドストエフスキーは創造することができたのではないだろうか。

すでに述べたように、ドストエフスキー自身の父親の農奴による惨殺事件は、有名ではあるけれども、その実在についてはわたしは疑念をいだいているので、《カラマーゾフの兄弟》で父親殺しを主題《テーマ》の一つとしてとりあげたことに、作者の意識のなかにこの殺害事件が潜在していたと通説に従って想定し、その反映をみるのは避けたいと思う。それに本作品の場合、主人公たちの父親フョードルが農奴たち、つまりは他人によって殺されたわけではない。この殺しは、フョードルの私生児（と思われる）スメルジャコフが、フョードルの次男イワンの暗黙の了解・共謀のもとに――もっとも、これにはスメルジャコフのしかけた巧妙な罠にイワンがはめられた面もあるのだが――おかした実子による父親殺しなのである。しかもドストエフスキーは、《罪と罰》以降の作品では、殺人と自殺を扱わないものはないといってもいいくらい、〈殺し〉の好きな作家であるから、最後の作品で——といっても、勿論〈最後〉とか〈最終〉とかいうような意識は、作者にはなかったわけだけれども——、殺人のなかでも最も忌まれる、自分の血を分けた子供による父親殺しという主題《テーマ》にたどりついたのは、むしろ当然すぎるという見方もできよう。

また本作品の父親《フョードル》殺しでは、その容疑者として長男のドミートリイ（ミーチャ）が逮捕され、裁判の結果、犯人と誤審されて流刑になる、という凝った筋書になっているが、このドミートリイにはモデルがあった、という評家たちの言葉には従いたいと思う。すなわち、ドストエフスキーはシベリア流刑中、オムスク要塞監獄で、ドミートリイ・イリインスキーと知り合ったが、この名前も同じ元陸軍少尉が、作中人物であるミーチャのモデルというわけである。ドストエフスキーは、自分の監獄体験を描いた《死の家の記録》の第一部第一章で、イリインスキーについて次のように紹介しているが、ここに描かれている人間の性格・生きざまに、ミーチャという登場人物の外形的特徴をみるのは、わたしだけではあるまい。

> わたしはただ監獄の中で、もっともおそろしい不自然な所業や、身の毛もよだつような人殺しの話が、どうにもおさえきれぬ、子供にしかないような明るい笑い声の中で語られるのを、聞いただけなのである。中でも一人の殺人犯のことは、どうしても忘れられない。その男は貴族の出で、勤めはあったが、六十になる父親にしてみれば困った道楽息子だったらしい。彼はやることがまるでめちゃくちゃで、かなりの借金をつくった。父はうるさく叱言《こごと》をいって、彼を抑えつけていた。ところで父には屋敷と農園があって、金もあるらしいと見られていた、そこで——息子は遺産ほしさに、父を殺害した。（略）（大森注・父の死体が見つかるまでの）一月のあいだ彼は放蕩のかぎりをつくしていた。（略）彼は自白しなかったが、爵位と官位を剝奪されて、二十年の流刑に処せられた。わたしがいっしょに暮していたあいだは、彼はいつも至極上機嫌で、にぎやかにはしゃいでいた。彼は決して馬鹿ではないが、甘やかされた、軽薄な、まるで思慮のない男だった。わたしはこの男を見ていて、特に残忍と言えるようなところは、どうしても見出せなかった。（略）もちろん、わたしはこの犯罪を信じなかった。しかし、彼の事件を詳しく知っているはずの、彼と同じ町から来た連中が、その事件をすっかりわたしに話してくれたのである。事実はあまりに明白で、信じないわけにはいかなかった。

ところが、実はイリインスキーは冤罪であったのだ。彼が刑に服して十年もたってから、真犯人が自白したため、彼の無実であることが判明し、ようやく十年ぶりに自由の身となったのである。このことを知って衝撃をうけたドストエフスキーは、《死の家の記録》の第二部第七章冒頭で、再びイリインスキーのことをとりあげ、誤審によって生まれた深刻な悲劇――父親殺しの罪をきせられて空しく滅びた青春に思いをいたしている。

〔工藤精一郎訳〕

評家たちは、このときの衝撃が一つの核になって、ミーチャという人物と彼に対する誤審という筋書が構想されたとみるわけであるが、そのことはミーチャの人柄や父親殺し事件の輪郭などがイリインスキーと彼の事件をなぞっていることからもうかがわれ、妥当な見方というべきであろう。

大分前になるが……ドミートリイのことに関連して、カラマーゾフ的情欲に触れたことがあるけれども、ここで、このような情欲を含めて〈カラマーゾフ的なもの〉について考えてみたい。このことは、カラマーゾフ家の人たち相互の類縁性や異同性について、わたしたちに手がかりを与えてくれるにちがいない。

カラマーゾフ的なものとして、作者が作中人物をとおしてしばしば言及しているのは、やはり好色つまり情欲ということである。たとえば、ゾシマ長老の庵室でカラマーゾフ家の人たちが会合をもったあと、アリョーシャを待ち受けていた若い神学生ラキーチンは、彼に次のようなことを言っている。

――ミーチャは女好きだ。これが彼の定義であり、内面的本質のすべてさ。これは父親から卑しい情欲を譲り受けたんだよ。とにかく僕は、アリョーシャ、君にだけはおどろいているのさ。どうして君はそんなに純情なんだろう？　君だってカラマーゾフなんだぜ！　なにしろ君の家庭じゃ情欲が炎症を起すほどになってるんだからな！　ところで、その三人の女好きが今や互いにあとをつけまわし合ってるんだ……長靴にナイフを忍ばせてね。三人が鉢合せをしたのさ、君はことによると四人目かな――。

〔原卓也訳〕

しかも、このようにラキーチンにけなされているミーチャ自身も、〈情欲は虫けらに与えられたもの！〉というシラーの詩句を持ち出して、アリョーシャに次のように心のうちを吐露している。

――俺はね、この虫けらにほかならないのさ、これは特に俺のことをうたっているんだ。そして、俺たち、カラマーゾフ家の人間はみな同じことさ。天使であるお前の内にも、この虫けらが住みついて、血の中に嵐をまき起すんだよ。これはまさに嵐だ、なぜって情欲は嵐だからな、いや嵐以上だよ！　美ってやつは、こわい、恐ろしいものだ！　はっきり定義づけられないから、恐ろしいのだし、定義できないというのも、神さまが謎ばかり出したからだよ。そこでは両極が一つに合し、あらゆる矛盾がいっしょくたに同居しているからな――。〔原卓也訳〕

それでは、前掲の二つの引用文の中で、それぞれ純情だとか天使だとかもちあげられてもいる、アリョーシャの場合はどうかというと――彼はミーチャが打ち明ける情事《アヴァンチュール》をききいりながら顔を赤らめるが、それを自分のした汚らわしい話のためと受け取った兄に対して、「そうではなく、僕も兄さんと同じ人間だからなんです」と、むきになって言い返している。つまり、アリョーシャは、自分がミーチャと同じカラマーゾフ的情欲の持主であり、それに悩まされていることを白状しているわけである。さらに彼は、自分はそのような情欲の世界の初心者であるのに、ミーチャはベテランというだけの話で、違うといったって、情欲の世界に足を踏み入れたら最後、上へ上へと階段を昇っていくほかしようがないのだから、結局は五十歩百歩で、同類なのだ、と付け加えている。アリョーシャは、誰からも好かれ愛される天性をさずかったおだやかな好青年で、〈神のお使い〉的な神がかり行者《ユロージヴィ》（宗教狂人）とみられてさえいたから、彼と情欲との関係を小説中にさぐることは、ドミートリイの場合ほど容易ではない。しかし彼が、虚弱な痩せこけた青白い夢想家であるどころか、頬の赤い、明るい眼差しをした、健康ではちきれそうな、体格のよい十九歳の美男子であり、瞑想的ではあるが、誰よりも現実的《リアリスト》な男であったように思う、と作者が書くからには、カラマーゾフ的情欲の芽生えやその発現の痕跡が作中に書き残されているのは当然と予想していいであろう。前記のアリョーシャの言い分がその証拠であるが、このほかに三つばかり気づいたことがある。

アリョーシャは、中学時代、卑猥な言葉や話に対して常軌を逸した羞恥心と純情さを示し、それが級友たちのからかいの的になったとされる。すなわち、級友たちが、まだほんの子供なのに、大人顔負けの猥談をし始めると、彼はあわてて耳を指でふさぎ、彼らがむりやり耳から指を離そうとすると、一言も口をきかずに床の上にうずくまり、丸くなって両手で頭をかかえこんでしまう。それで、しまいには級友たちもあきれて、彼をかまうことがなくなったばかりか、同情の目でみるようになったという。ここにみられる病的ともいえる羞恥心と純情さは、晩熟《おくて》によるものというよりは、むしろその逆で、カラマーゾフ的情欲の逆方向への発現であるにちがいない。また、物語の始まった当時、修道院で暮していたアリョーシャが、カテリーナを訪ねていき、彼女の家で思いがけずに——彼女の恋敵なのだから絶対にいるはずのないグルーシェニカに初めて出会った際の彼の心の動きは……

——アリョーシャの内部で、さながら何かがひきつったかのようだった。彼は視線を吸いよせられ、目をそらすことはできなかった。これがあの女なのだ、三十分ほど前に兄のイワンが思わず〈けだもの〉と形容した、あの恐ろしい女なのだ——。

〔原卓也訳〕

ここで〈ひきつった〉のは例の情欲であるにちがいあるまい。だからこそ彼は、グルーシェニカの顔にみられる、子供のようなあどけない表情に心を打たれながらも、彼女の豊満な肉体に圧倒され魅せられてしまったのだ。しかも彼は、このように自分のカラマーゾフ的情欲がしばしば発動するのを意識しているからこそ、ままごと遊びをするかのように、結婚の約束をとりかわしている十四歳のリザヴェータ（リーズ）に、思わず口づけをしてしまった際、彼女が幸せのあまり、「わたしなんか全くあなたにふさわしくないのに！」と言うのに対して、「何といってもあなたは清純ですよ。あなたはご存じないけれど、僕だってやはりカラマーゾフですからね！　これまでずいぶんいろいろのものに触れて、うすぎたなく汚れてしまっているんですよ」と洩らすのであろう。

次に、グルーシェニカのことをけだものと口走った、イワンのほうに話を移すと——彼は居酒屋で、アリョーシャに自作の《大審問官》を披露する前に、その露払いのように、神の存在について自分の考えを語るのだが、その際彼は、以前は神はいないと断言したことはあるけれども、人間たちにとって神が必要だというならば、俺は神を認めてもいい、しかし俺は神の創った世界なるものは到底認めることはできない、という意味のことをまくしたてる。そして、〈なぜこの世界を認めないか〉の理由説明として、人間のおびただしい愚行のうち、特に幼児虐待にしぼって幾つも具体的に例をあげ、このような無垢な子供たちの血と涙が現に存在し、しかも、それらが無限のかなたではなく地上でつぐなわれないというのに、このいわれなく流された血と涙の上に平和と幸福がうちたてられなければならないというのなら、そんな世界なんて、俺はご免こうむる、入場拒否だ、と主張する場面があるが……この幼児虐待の話を切り出すにあたって、イワンはまず、次のように自分が子供好きなことを打ち明けている。

——お前、子供を好きかい、アリョーシャ？　お前が好きなことは知っているよ、（略）さぞおどろくことだろうが、俺もおそろしく子供好きなんだよ、アリョーシャ。それに、おぼえておくといいが、残酷な人間、熱情的で淫蕩なカラマーゾフ型の人間は、往々にしてたいそう子供好きなものなんだ――。

〔原卓也訳〕

ここに出てくる〈残酷な人間、熱情的で淫蕩なカラマーゾフ型の人間〉とは、いうまでもなく、イワン自身を含めて自分のような人間に対する言葉であるにちがいない。しかし、イワンの居酒屋でのアリョーシャとの対話には、彼が自分の心のなかを余すところなく吐露することによって、ゾシマ長老に傾倒しきっているアリョーシャの心を、自分の側に奪い取ろうという魂胆もあったようだから、このようなことを言う裏には――憎服をきて行い澄ましていたって、アリョーシャ、おまえも淫蕩なカラマーゾフの血を受けついでいるんだよ。第一、おまえが子供好きというところがあやしい。それが、そのしるしではないのかな、というイワンの気持がこめられているように、思いたくなるのであるが……。

作中のイワンについては、神を信じるアリョーシャとの均衡《バランス》上、無神論者としてのイワンに比重がかかりすぎたせいか、カテリーナとの関係でも、カラマーゾフ的情欲の愛憎併存《アンビヴァレンス》の面は描かれているにしても、そのどす黒い面については具体的に描かれてはいない。しかし、彼の心に巣くった卑しむべき寄生虫スメルジャコフによって、「あなたは大旦那のフョードルさまそっくりで、三人のご兄弟のなかでいちばん似ておいでですよ。心のなかまでそっくりですよ」と見抜かれているくらいだから、イワンのどす黒い情欲については知る人ぞ知るといったところがあったにちがいない。もっとも、スメルジャコフが本当にフョードルの私生児であるなら、イワンとは血の繋がる異腹の兄弟になるから、イワンの情欲のそのような傾向について、スメルジャコフの場合、〈見抜く〉という言葉すら必要ないといえるであろう。

わたしはこれまで、カラマーゾフ的情欲を、どす黒い情欲というふうに、半ば無限定のまま言いっ放しにしておいたが、ここで長男ドミートリイの行状、とりわけ、この情欲の原点であり、かつそれがむきだしになっている、父フョードルの心の有《あ》り様《よう》などを念頭に置いて考えてみると、それは、熾烈《しれつ》ではあるが、毒虫的な残忍さをかくしもった、魔窟向きの澱んだ肉欲とでも言えるのではなかろうか。しかし、イワン、アリョーシャという二人の下の息子では、彼らのなかでの自覚は別として、この情欲が表面的には泡立っているようにみえないのは、作者が彼らにそれぞれ無神論者、信仰者という大役を割りふったからであろう――なにしろ、神があるかないかはドストエフスキーが終生悩まされ続けた問題であり、本作品の最大の主題《テーマ》も無論これであるから。さらに二人がともに、この情欲をふりきるように神の問題に突っ込んでいったのには、カラマーゾフ的な強引さ・とことんまで突っ込む力（後述）が働いているのだろうし、また、若死にした二人の母親ソフィヤが、時折ヒステリー発作をおこす神がかり行者的な人間であったことも、その背景として理解されるべきであろう。

カラマーゾフ的情欲の流れを遡ってたどりついた、カラマーゾフ家の当主フョードルの好色ぶりについては、彼の二度の結婚生活の実態やグルーシェニカに対する執着、またスメルジャコフの母親（リザヴェータ・スメルジャーシチャヤ）に対する振舞などから、道化的な野放図さに溢れた毒々しいものであることがわかるが、彼の人生で好色ぶりと好一対をなすのが貪欲ぶりである。彼は、金儲けや資産つくりのためなら、誰に対してであろうと、いかなる手を使うこともいとわない恐るべき卑劣漢であったから、殆ど無一物でこの世に放り出されたのに、死んだときには十万ルーブリもの大金を残していたという。このような吝嗇と一体になった強欲は、カラマーゾフ的なもののの一つであろう。強欲の権化《ごんげ》フョードルは、ためこんだ金を息子たちに鐚《びた》一文やるつもりがないばかりか、できるだけ長生きするために、もっともっと金が必要だという。というのも、彼はただ長生きしたいだけではなく、長生きして最後まで女遊びを続けたいのだ。つまり、誰からも相手にされなくなった醜い年寄には、女たちを寄りつかせるための餌として金が必要だ、というわけである——長年の荒淫と飲酒のために皮膚がたるみ、脂ぎった顔の狒々《ひひ》親爺が、死ぬことを忘れてしまったかのように、このようなことを息子のアリョーシャに喋るところなどは、まさしくカラマーゾフ的である。この場合にはカラマーゾフ的情欲と強欲とが合体してしまっている——。さらに、世間の奴らは女遊びをあれこれ非難するけれども、誰だってその中でこそ生きているのさ。ただみんなはこっそりやるけれども、俺はおおっぴらにやるだけさ、と豪語するところも、露悪ぶりが徹底している点（後述）でカラマーゾフ的であるといえよう。

このように強欲は、フョードルに関しては顕著な性癖であるが、彼の三人の息子たちでは、このカラマーゾフ的なものはどのようになっているのであろうか。

ドミートリイについて言えば——裕福な名門の出である彼の母親アデライーダ（フョードルの初婚の相手）が、嫁入りの際かなりの財産をもってきていたので、彼は、成人すれば、自立できるくらいの自分の財産はあるだろう、と思いこんでいたふしがある。しかし、母の財産は殆どがフョードルにかすめとられてしまっていたし、それに彼自身が道楽《どら》息子の浪費家であったから、物語の始まった時点でのドミートリイは無一文といってよかった。だから彼は、カテリーナから預かった金を猫ばばしたり、フョードルがグルーシェニカへの贈り物《プレゼント》として用意した三千ルーブリを、もともとは自分のものとしてそれに執着したわけである。しかし彼の、町で評判になるほどのどんちゃん騒ぎや、初対面のカテリーナに大金を貸す行為（ここにはカラマーゾフ的情欲の虫の蠢動《しゅんどう》がみられはするが）などから判断すると、彼は金に対して強欲であるとはとても言えない。むしろ、すでに述べたとおり、金に対してたいへん甘い、というべきであり、それが彼の生きざまともよく似合っている。ただし、彼の金銭への欲求や散財への誘惑に対して、女性への情熱がおもな火付け役になっている、つまり、物欲の昂進がカラマーゾフ的情欲の発動とからみ合っていることには注意する必要はあろう。

イワンも、ドミートリイの場合と同じく、父親に見捨てられて孤児同然の境遇で育ったのだが、彼の場合は、母親が補祭の娘で持参金など勿論なかったから、早くから自活せねばならなかった。こうして彼は苦学生として金の苦労はたっぷり味わってきたわけであるが、作中に描かれている人物像からは、彼が金に対して強欲であったとはどうしても思えない。しかし、イワンのまわりにいるものたち、たとえばラキーチンやフョードルなどは、彼が強欲で、いつも算盤《そろばん》を離さない男だとみているようだ。例としてフョードルの場合を紹介すれば……

――卑劣な男だよ、イワンてのは！　俺はその気にさえなりゃ、今すぐにでもグルーシェニカと結婚してみせるぞ。なにしろ金さえ持ってりゃ、何を望もうと思いのままだからな。イワンのやつは、それが心配で、俺が結婚しないように見張ってやがるんだし、そのためにミーチャをけしかけて、グルーシェニカと結婚させようとしてるのさ。そうやって、俺からグルーシェニカを守りぬき（まるでグルーシェニカと結婚しなけりゃ、俺があいつに金でも残してやるみたいじゃないか！）、その反面、ミーチャがグルーシェニカと結婚したら、イワンのやつは金持のいいなずけをいただこうって寸法だ。たいした計算じゃないか！　イワンてのは卑劣な男だよ！――　〔原卓也訳〕

ここにはグルーシェニカをものにできない焦りと負け惜しみ、ミーチャへの嫉妬もまじっているように思うが、イワンをこすからい打算的な卑劣な男とみるのは、フョードル自身がそのような人間だからであろう。わたしたちは、自分の持っている物指に合わせて他人《ひと》を判断しがちであるから、イワンが何の用事で町にやってきたのか見当がつかないフョードルとしては、このように彼をみるほかなかったのであろう――イワンは、ミーチャの頼みと用件を引き受けたのがきっかけで、モスクワでミーチャの婚約者カテリーナと知り合い、彼女が町に移り住むようになると、彼女に惹かれるままに、自分の生まれ故郷でもあるこの町に帰ってきたように、わたしには受け取れるが。

フョードルは、イワンを卑劣な男呼ばわりするだけでなく、彼が自分を殺すために町に乗りこんできたのではあるまいか、と疑い、恐れてもいた。イワンは、フョードルの家に身を寄せ、ふたりは表面的には仲むつまじく暮しているようにみえたけれども、心の中では、お互いに相手を激しく憎み嫌っていたからである。フョードルがイワンに対していだいた疑惑についていえば、イワンが直接手を下したわけではないにしても、フョードル殺しは実際におこり、その主犯はいわばイワンだったのであるから、その意味では、フョードルの予想は的中したということができる。一方、イワンの側についていえば――彼の思想については、あとでじっくりと考えてみなければならないが、人々にアピールしやすいその要点《ポイント》としては、〈神がなければすべては許される〉とか、〈人間には他人の死を期待する権利がある〉などが挙げられよう――、彼は、憎悪の気持以外にも、前述のような思想的帰結からも、親父をドミートリイか誰かが手っ取りばやく始末してくれればいいのにと、父の死をひそかに願っていたから、そのような彼の気持を見抜いた、ずるがしこいスメルジャコフに足をすくわれ、はめられてしまったといえよう。すなわち、実際に殺したのはイワンではないけれども、それでもやはり、殺したのはイワンだ、ということになってしまったわけである。彼が殺人の実行者でないことはいうまでもないが、スメルジャコフがフョードルに何かする……ひょっとすると殺すかもしれない、という自分の予感を抑えつけて、そのことに暗に同意を与え、そそのかしたという意味で、かつスメルジャコフが彼の思想的寄生虫という意味で、共犯というよりもむしろ主犯なのである――彼は、これらのことをスメルジャコフに指摘されるのを待つまでもなく、心の片隅でいたく感じていたから、事件から裁判までの二か月の間、犯人は自分以外の誰でもないのではないか、と自分を責め続けてきたのである。だから、スメルジャコフにはめられたといっても、イワンのこの場合、触れてほしくない自分の痛いところを、スメルジャコフの指摘によって外にえぐりだされ、改めてそれを認めさせられたという感じがあって、自業自得といった面が強い。

神学生ラキーチンも、アリョーシャと話し合いながら、イワンは女好き、強欲、神がかり行者で、ここにカラマーゾフ家のすべての問題がある、とまで言い切っている。イワンが神がかり行者だというのは、彼が大学は理科出身で宗教方面には門外漢であるにもかかわらず、神学の論文を発表し、それが世間で評判になっていたので、その論文の内容をもからめて、そのことを揶揄しているのであろう。女好き、強欲とは、内容的には前掲のフョードルの言と大体同じであって、イワンが、ミーチャから婚約者を奪って結婚できれば、持参金もがっぽり手に入ると読んでいるとみて、そのことを皮肉っているわけである。ラキーチンも、カテリーナに無関心ではなかったから、イワンが美人と大金とを一挙にせしめるのが無念であったのであろうし、また、イワンと同じ年ごろの神学生として、イワンの論文の世評が高いのに嫉《や》いていたのであろう。このような嫉妬心に駆りたてられて、もともと世渡り上手《じょうず》で打算的なラキーチンが、フョードルの場合と同じく、自分の物指で測ってイワンに貼ったレッテルが、上記のようなもののように思われる。以上のようなわけで、フョードルやラキーチンなどが、イワンを強欲だと言ったからといって、それをそのまま鵜呑みにすることはとてもできない。

わたしは次のようなことからも、イワンが強欲な人間であったとは思えないのだ――イワンは、ドミートリイの裁判が始まる前から、彼の脱走計画を押し進め、その資金として三万ルーブリを自分の懐から出すつもりでいたが、その資金源はフョードルの遺産からの自分のもらい分であった。ところで、フョードルの全遺産は十二万ルーブリくらいだったらしいから、それを三人で分ければ、それぞれが四万ルーブリずつ、有罪になったために相続権を剝奪されたドミートリイを除いて、二人で分ければそれぞれが六万ルーブリずつという計算になる。したがって、イワンが三万ルーブリ出すということは、三人で分けた場合よりも一万ルーブリ損をすることになる。この脱走計画について、今やイワンを愛しているカテリーナは、そこにイワンの自己犠牲をみて、彼を称賛している。つまり、イワンは、彼女がまだミーチャを愛していると信じこみながら、身銭を切って、いわば恋敵のミーチャを救出しようとしている、と彼女はみているわけであるが、イワンの心境は、そのような単純なものではなかったはずだ。どうしてイワンは、自分が軽蔑し嫌っていた兄のミーチャを脱走させるつもりになったのであろうか？　彼は流刑になるミーチャを、自分の身代りと思ったのであろうか？　自分の心の痛みを少しでもいやすために、脱走計画を思いついたのであろうか？　冤罪であることをはっきり知っている肉親の義務として、ミーチャを脱走させようとはかったのであろうか？　その理由の詮索はともかくとして、イワンが三万ルーブリもの自分の金を出して、ミーチャを助けようとしたことは、彼が強欲でなかった証拠ではあるまいか。というのも、強欲な人間というものは、金をためることに専念するだけでなく、自分の金を一文でも出すのを嫌がり、あるいは拒否するものであるから。

前に引用した、フョードルのイワン寸評の話し相手もアリョーシャであるが、このイワンと同腹の弟アリョーシャについて、彼が強欲であったかどうかを問うこと自体、ナンセンスであろう。彼は兄イワンと同じような境遇に置かれたにもかかわらず、イワンとは正反対の存在であった、というからである。幼いころからイワンが、貧乏の味を苦い思いで嚙みしめながら育ったのに対し、彼は、自分が誰の世話になり誰の金で暮しているのか、気にかけたことすらなかった、というからである。たとえば彼は、偶然大金を手にすることがあったとしても、頼まれれば、相手が詐欺師であろうと、その金をやってしまうか、あるいはどこかに寄付してしまうような、金の価値をまるっきり知らない人間であった。アリョーシャのこのような〈大きな赤ん坊〉的天性が、誰にでも愛される資質と相俟って、神がかり行者《ユロージヴィ》的人格をつくりあげたのであろう——つまり彼は、大都会のど真ん中に無一文で放り出されても、決して死ぬようなことのない人間であった。必ずや誰かが彼に手をさしのべて、彼が暮していけるようにしてくれるし、また、彼に手をさしのべた相手も、それによって喜びが与えられるような人間、というわけである。

　アリョーシャのような人間はこの世にいるはずがない——とわたしは自分の物指で測って思う。しかし——本当にいないであろうか？　と自分に反問したくもなる。作者は《カラマーゾフの兄弟》の冒頭近くで、アリョーシャのことを紹介しながら、「わたしには彼は誰にもまして現実的《リアリスト》な男だったように思う」（傍点は大森）とわざわざ断っているが、このことが小説を読んでいる間じゅう、わたしの頭のどこかに引っ掛かっていたようだ。だから物語も終り近くなって、カラマーゾフ家の良心とでもいうようなアリョーシャが、ミーチャの脱走計画についてなかなか気のきいたことを言いながら、ともかくもそれに〈許可を与え〉、さらに脱走後のミーチャの計画に、彼に反対したくないという理由で、それに〈賛成する〉など、すこぶる現実的《リアル》な対応を示したときには、わたしたちと同じ人間であるように思えないアリョーシャに、わたしたちの間にみられる人間味（人間的配慮）と同じものを感じて、ほっとしたものである。つまり、ここでわたしの言いたいことは、物語のなかではカラマーゾフ三兄弟は、それぞれ独特《ユニーク》な存在として充分すぎるほど生きているが、彼らには作者自身の分身像が投影されていることはいうまでもないと、そのことを認めたうえで、抽出・凝集などの操作をへて、それぞれ三人の登場人物として創造されるにいたった実社会での原型ということになると、ドミートリイとイワンの二人は別として、アリョーシャというタイプは実社会での非実在感がたいへん強いということである——アリョーシャはドストエフスキーがひごろ考えていた人間窮極の理想像であるかもしれないが。そして、そのような非実在感とともに、アリョーシャという人間を実社会の目でみれば、グルーシェニカをめぐる父と兄との醜い争いに割って入ることもせず、結局はおろおろしていただけで、父親殺しもふせげなかった不肖の子、ということになってしまうのではなかろうか。だからアリョーシャが、脱走計画という実社会では犯罪的な非常手段とされる企てを、やむをえない現実的な処置として追認していることは、このことで、現実的《リアリスト》な人間としてのアリョーシャの一端を示す意図が、作者にあったのかもしれない。しかし、いくらなんでも、これだけでは物足りない。

ドストエフスキーが冒頭の〈作者の言葉〉で明言していることであるが――作者には、まず《カラマーゾフの兄弟》では、今から十三年前のフョードル殺しを物語の中心にすえて、その事件にかかわるカラマーゾフ三兄弟の動きを描くことによって、末弟アリョーシャの青春前期の一断面に照明をあて、ついで第二の小説で、十三年後、つまり現在のアリョーシャを主人公として、彼の行状を描こうという意図があった。すなわち、〈奇人とさえいえる風変りな人間〉アリョーシャの一代行状記を、二部作として書きあげようという意図があったわけである。そして作者としても、修道院から社会に出てきたアリョーシャの行動が描かれるはずであった、第二の小説のほうを重視していたのは勿論であるが、この小説は、作家の死という偶発的な出来事により書かれずじまいに終ってしまった。それでわたしなどは思うのだが……〈作者の言葉〉にあるように、アリョーシャが〈つかみどころのない活動家〉であったにしても、第二の小説では、誰にもまして（傍点は大森）現実的《リアリスト》な男であったらしいアリョーシャの現実的な行動が、存分に描かれることになっていたのかもしれない、と。

――わたしはここで、現実的《リアリスト》な人間（現実主義者）、現実的《リアル》、活動家などの言葉を用い、また物語世界と実世界（実社会）とを対比させたりして話を進めた。しかし実は、〈現実的〉という言葉は、ドストエフスキーの言う意味では独特の内容を持っていることがうかがわれ、その中身については、わたしを悩ます課題となっており、また、そのこととからんで、物語世界と実社会との照応・断絶などの関係をさぐることは、ドストエフスキーの物語世界の性質・構造を知るうえで重要なことだと感じられるのであるが、はたしてわたしの力で、そこまで踏み込めるものかどうか、今のところ分からない……。

カラマーゾフ三兄弟は、情欲・強欲の権化フョードルを父とし、それぞれ浪漫的《ロマンチスト》な女や神がかり《ユロージヴィ》行者を母として、この世に生をうけたのだから、彼らの血のなかに、父や母を駆りたてたそれぞれの欲求のもとともいうべき原欲求が潜んでいることは、認めなければならないだろうが、だからといって、それらの原欲求が、父母の場合と同じような形をとってあらわれるとは限らないだろうし、それに、そのような形であらわれるかどうかということについては、原欲求が実際に形として外にあらわれるかどうかということも含めて、その鍵は、子供である彼ら自身の生き方そのもののなかにあり、彼らにゆだねられているといえるだろう。

　わたしはこれまで〈カラマーゾフ的なもの〉として目につく、どす黒い情欲と強欲の二つをとりあげ、カラマーゾフ家の人たちにおけるそれらのありかたをさぐってきたが、その結果、強欲という物欲の妄執的肥大に関しては、フョードル一代限りのもので、三兄弟の生きざまのなかからは淘汰・排除されてしまっているようにみえる。しかし、どす黒い情欲のほうは、カラマーゾフ家の人たちすべてに行き渡り、彼らの血管のなかで脈うっている熱い欲望であることは明らかなので、これこそカラマーゾフ的なものの代表であるといえよう。この情欲が彼らすべてに普遍的なのは、それがカラマーゾフの生命力（活力）と根を同じくしていることによるものであろう。それは、生命力過剰のあまり、肉への執着という袋小路のほうへ逸脱・奔出してしまった、生命力横溢のなれの果ての姿とでもいえるかもしれない。

　このカラマーゾフ的なものの代表の特質については前にもふれたが、ここで特徴的なことを改めてあげてみると——節度をわきまえずほとばしる粗暴な情熱、堕落・頽廃志向の欲望、《悪の華》的な美感覚と毒虫のようなおぞましい残忍さ、などといったところであろう。そして、カラマーゾフ的情欲がこのような特徴をもちながら、そのときどきの情況によって色調が変わったり、あるいは消失したり、あるいは別のものになりかわったりすることがみられるが、それは、カラマーゾフ家の人たちに、彼ら特有のカラマーゾフ的心的機構というものがあって、その働きによって情欲そのもののありかたが左右されるからである。したがって、このカラマーゾフ的心的機構が、カラマーゾフ的情欲とともに、カラマーゾフ的なものの核をなすものというべきであろう。

　カラマーゾフ的心的機構には二つの大きな特徴がある。一つは、なにごとであれ、常識の範囲内にとどまることなく、その枠《ハードル》を平気で乗り越えて極限までつっ走ろうとする、抑えがたい衝動を蔵していることである。この衝動は神がかり行者的人格の重要な構成要素の一つであろうし、これが女性の肉体へ向かえば、前記のカラマーゾフ的情欲の主要な色調となることは言うまでもない。また、文中に、〈カラマーゾフ流の強引さ〉〈カラマーゾフ的な性急さ〉〈カラマーゾフ的な抑制のなさ〉など、カラマーゾフが冠された、ある種の性向を示す言葉が散見されるが、これらの言葉は、それぞれ一般人にみられるような、ありきたりな安手の性向についてのものではなく、とことんまで突っ込んでいくカラマーゾフ的心的機構の発動による、一筋縄ではいかないあるいは度外れた、強引さ、性急さ、抑制のなさ、と受けとられるべきであろう。

人間の心のなかには、本人が意識しているかどうかは別として、それぞれ相反する感情や欲求が、メダルの裏表《うらおもて》というように共存していることが多い。一つのものに対して相反する感情をいだく愛憎併存《アンビヴァレンス》はよく知られるが、そのほか、一人の人間のなかに、高潔志向に卑劣志向、理想志向に堕落志向などといったふうに、それぞれ上昇、下降を志向する衝動（欲求）が、対《ペア》になって潜んでいることがある。カラマーゾフでは、愛憎併存とともに、この種の相反する欲求（相反欲求）の共存が著しいのが特徴的である。これがカラマーゾフ的心的機構の第二の特徴というべきものであろう。

この種の相反欲求の共存は、醜悪な老フョードルにもみられる。彼が放蕩無残の色情狂なのにもかかわらず、ゾシマ長老を評価したり、信心深くて一徹者の愚直な老僕グリゴーリイを、自分の安心立命のため身近から手放せないのは、このあらわれであろう。アリョーシャの神を信じて疑わない敬虔な心にも、カラマーゾフ的情欲の発動がみられることは、すでに述べたが、また、この世が馬鹿げた愚行の上に成り立っているという結論に達して、絶望におちいっているイワンが、その反面、生を渇望して、そのシンボル〈春先に萌え出る粘っこい若葉〉に熱っぽい目を向けるのも、このあらわれであろう。さらに、相反する感情や欲求のそれぞれが激しくて、その共存が顕著であれば、二つの感情・欲求との間でのせめぎあいは、当然内心の激しい葛藤をひきおこすことになるが、このカラマーゾフ的葛藤のみられる例の一つとして、カテリーナがドミートリイに金を借りに来た場面がある。二人はこの時初対面であったが、カテリーナの肉体を前にして千々に乱れるドミートリイの気持を、作者は彼自身の口から現実的《リアル》に語らせている。もっとも、ドミートリイの場合、裁判の際の検事の言いぐさにならって、あらゆる矛盾を呑み込んだ広大な混沌とみたほうがよいかもしれない。というのは、彼の未開拓の心では——たとえば欲求面についてみてみれば、様々の欲求がちゃんと整理されて、それぞれそれなりの目的をめざして向かっているというよりも、それらがごちゃごちゃに混在するという様相を呈しているといったほうがよく、また、それだけではなく、たとえば、上昇欲求群と下降欲求群とが極限では同一物を求めるものになってしまう、つまり、それぞれは相反欲求であって相反欲求ではないという矛盾を含んでいるからである。彼は、カラマーゾフとして恥辱・放蕩の中に頭からとびこんでいって、その奈落のどん底でこそ、まさしく美や神を感じうる人間とされるから、彼にとって、理想に心を燃やすということと、放蕩の限りをつくして汚辱にまみれるということとの間には違いがないのである。

ここで、前にふれたドミートリイのいわゆる復活に話を戻せば——彼は判決がでる前にすでに、シベリア流刑を覚悟し、それを引き受けるのが、むしろ自分の義務であるようにすら受け止めていたようだ。そのきっかけになったのは、夢にでてきた〈童《わらし》〉、母親のしなびた乳房にしがみつく、痩せた赤ん坊のあわれな映像《すがた》である。彼は、逮捕された時に、しつこい取調べに飽き疲れて、たまたま眠りこんでしまい、その際、雪の降りしきる曠野の情景を夢みるが、そこに映しだされた痩せこけた百姓女たち、とりわけ飢えて泣き叫ぶ赤ん坊によって、強い衝撃を与えられたのである——彼の心は激しくうちふるえ、泣きだしたくなりながら……このようなみじめで可哀そうなことはあってはならない。そのために今すぐ何かしてやりたい。どんなことがあっても、たった今してやりたいと、何かにせつかれるような気持に駆りたてられる——。

ドミートリイは、父親が殺され、その犯人が自分だとみられていることによって、うちのめされたけれども、彼は、このような理不尽な打撃をこうむることによって、牢獄の漆喰《しっくい》壁の中で、逮捕時にみた〈童〉の夢を、自分の運命に対する予言的なものと受け取ることができ、それとともに、自分の中に新しい人間のいることを感じとることができたのである。それは、矛盾をはらんだ混沌の心の中に、一筋の愛と憐憫の光がさしこんで、そこに一つのある秩序がうちたてられたとでもいったらよいであろうか。それはどす黒い情欲が急転回して、グルーシェニカへの愛の賛歌をともないながら、神を求めて上昇するとでもいったらよいであろうか。かつて道楽《どら》息子であった、ドミートリイのなかに甦った新しい人間は、面会にきたアリョーシャに、次のように宣言する（わたしはキリスト者《しゃ》ではないので、この箇所のわたしなりの要約について、意味の取り違いのないことを願うばかりである）——俺は〈童〉のためにシベリアに行くんだ。それは、人はみんな、すべての人に対して罪があるからなんだ。人間なんて、大きいのやら小さいのやらいて違うようだけれども、つまりはみんな〈童〉なんだ。だから〈童〉のために誰かが行かなくちゃいけないんだ。俺は、親父など殺しちゃいないけれども、みんなの代りにその役を引き受けようというわけさ。そして、シベリアの地底で苦役につきながら復活するのさ。神がいないなんていう奴は、出鱈目をいっているだけさ。地上にいないというなら、俺がつるはしをふるう地底で、神を見つけるんだ。そして、その時こそ、俺たちは、大地の底から神の賛歌をうたうんだ。復活の喜びを与えてくれる神への賛歌を……俺は、神なしでは生きてはいけない、俺は神を愛しているんだ！と。

　このような地下の賛歌は、〈童〉に対する愛だけではなく、グルーシェニカへの愛にめざめてやわらぎ昂揚した、彼の心の状態をも物語るものであろうが、力みすぎという感じも強い（もっとも、これがカラマーゾフ的なところでもあるのだが）。だから、彼が地下の賛歌を今後もずっとうたい続けていけるかどうかは、誕生したばかりの新しいドミートリイが威勢はいいが脆弱なだけに、彼の女神であるグルーシェニカが、現実に彼の傍にいられるかどうかにかかっている、ということができるだろう。しかし、彼が刑期を勤めあげればともかく、それまでは、シベリアでグルーシェニカと一緒に暮せる見込みは全くないはずである。ドミートリイ自身も、この辺のことを読んで、地下の賛歌をうたったその同じ口で、グルーシェニカがいなけりゃ、地の下で何をすりゃいいんだい？　つるはしで自分の頭をぶち割るくらいが関の山じゃないか？　と、自嘲している。

　このようなドミートリイが、イワンの持ちかけてきた脱走計画に乗らないはずはあるまい。判決後に、脱走計画について意見（この場合、〈許可〉といったほうが、ドミートリイの気持に近いが）を求められたアリョーシャが、苦笑しながら次のように言うのは、ドミートリイのゆれ動く心境を見抜いていたからにほかならないであろう。

　――兄さんはまだ心構えができていないし、それにそんな十字架は兄さんにはふさわしくないんです。そればかりじゃなく、心構えのできていない兄さんに、そんな大殉教者のような十字架は必要ないんですよ。兄さんがお父さんを殺したのだったら、兄さんが自分の十字架を拒否することを僕は残念に思ったでしょう。でも、兄さんは無実なんだから、そんな十字架はあまりにも重すぎますよ。兄さんは苦しみによって自分の内部に別の人間を生みだそうとしたんです。僕の考えでは、兄さんがたとえどこに逃げようと、一生涯その別の人間のことを常におぼえてさえいれば、それで十分なんです。兄さんが大きな十字架の苦しみを引き受けなかったことは、心の内にいっそう大きな義務を感ずるのに役立って、その絶え間ない感覚が今後一生の間、ことによると向うへ行く以上に、自分の復活に助けになるかもしれませんよ――。　（原卓也訳）

　愛憎併存《アンビヴァレンス》についていえば、このような心的情況は、併存するそれぞれの感情の強弱を問わなければ、あらゆる人間関係のなかで生じうるものであろうが、顕著なものはやはり、肉親や異性との関係のなかでみられるものであろう。しかし、フョードルとその息子たち、四人の血を分け合ったカラマーゾフでは、アリョーシャは人を愛し、誰からも親愛の情をもたれる愛の人であり、一方、他の三人はお互いに憎み合っていて、彼らの間には軽蔑と憎悪の感情だけが目立つ人たちなので、この四人の人たちには――愛なり憎しみなり一つの感情が、それと相反する感情の存在をほとんど許さないほど卓越しているという意味で――、それぞれに対する気持のなかに愛憎併存はない、と一応みてよさそうである（ただし、ドミートリイとイワンとの間には、このように割り切って言えないような微妙な感情がわだかまっていることも確かなようであるが）。しかし、彼らの女性関係ではそのようなことはない。というよりも、愛の人アリョーシャ、肉欲の人フョードルについては別として、残り二人の女性に対する気持は、愛憎併存が恒常の状態であったといっても過言ではない。

たとえば、ドミートリイのカテリーナとの関係にしても、既述したように、その出会いがしらが、そもそも相反する感情と欲求のたぎりたつ渦のなかにあったといえよう。その渦の様相を、相反面に目を向けて点描すれば――父のためにわが身を投げだすのをいとわないカーチャ。情欲に身を焼かれながら、しかも、この瞬間のカーチャをこのうえなく崇高で美しいと感ずることのできるミーチャ。毒虫のような欲望の持主ではあるが、それと同時に誠実な男でありたいと願っているミーチャ。誇り高いカーチャを愚弄し侮辱してやりたい悪意を燃やしながら、恋と紙一重の憎しみで彼女を見つめるミーチャ。なにごともなくすんで、感激のあまり自殺したくなるミーチャ――。その後、彼はカーチャからの結婚の申し込みによって婚約し、モスクワで熱愛の時期をもったようであるが、フョードルと自分の財産のことで談判するために、町に帰ってきてからまもなくグルーシェニカを知り、彼女に惚れこんでしまう。彼には、さらに例の三千ルーブリの使い込みもあるから、今や彼は、不実で卑劣な男、恥知らずとなったわけである。一方、カーチャのほうはといえば、モスクワで身寄りを失くした親類筋の将軍老夫人から、思いがけずに八万ルーブリもの大金を（遺産の一部前渡しという形で）もらい、金に全く不自由しない身分になっていたから、境遇が逆転してしまったわけである。そのことを知ったミーチャとしては、文無しのがさつな無頼漢と自嘲しながら、この点でも、彼女に対して引け目を感じないわけにはいかなかったにちがいない――引け目も軽い屈辱感のあらわれであろうし、それは嫉妬・憎悪などを生むもとになるのではなかろうか――。カーチャは美しい女性であったから、ミーチャが一時期、彼女に惚れこんで夢中になるのは当然であろうが、彼女のように自信家で気が強く、気位《プライド》の高い令嬢との付合いは、裏街でのあやしげな女遊びが性《しょう》に合っている元将校にとっては堅苦しく、荷が勝ちすぎていたはずであるから、そこには愛憎併存が生ずる火種《ひだね》はいくらでも転がっていたといえよう。彼自身、法廷審理の土壇場で「誓って言うけれど、僕は憎みながらも君を愛していた」と叫んでいる。ミーチャは、彼女への愛が冷えてしまってから、彼女が愛しているのは自分の善行であって俺ではない、と憎々しげに言い放っているが、このことの意味を、イワンやアリョーシャの見方などを援用して敷衍《ふえん》すれば、次のようになるだろう。

傲慢で高圧的なカーチャは、相手を屈服させ支配しなければいられないような性格の持主であったが、その愛情には、自分に与えられた侮辱の傷を舐めながら、自分の貞節を誇るような被虐的《マゾヒスティック》な面があった（このような性質の愛は、文中では〈病的な興奮〉と称されている）。彼女にとって、ミーチャとの最初の出会いは屈辱以外のなにものでもなかったが、彼女はそれを病的な興奮によって感謝の念にすりかえ、さらにそれを愛の形に変質させてしまったのである。ミーチャは身持ちを改められないのだから、彼は絶えず婚約者である彼女を侮辱し続けることになるが、このように侮辱に侮辱を重ねるミーチャが、彼女にとって、自分の貞節に酔い相手の不実をなじるために必要なのであった。このようにカーチャは、自分のこうむった侮辱に対して、侮辱した当の相手であるミーチャに怒りや怨みをぶちまけるかわりに、病的な興奮、つまり偽りの愛で応じているのであるが、それだけでは彼女の腹の虫はおさまらない。そこで、彼女の腹いせの対象に選ばれたのがイワンであった。このことは、彼女のミーチャに対する怒りや怨みが、〈わたしは彼を熱愛している〉という、彼女なりの思い込みによって抑圧されてしまったため、それらの感情が出口がないままに〈転位〉をおこし、そのはけぐちになったのがイワンだとみることもできよう。彼女はイワン相手に、自分がいかにミーチャを愛しているかという、のろけ話ばかりして聞かせるのであるが、これを拝聴する聞き役のイワンが、一言も打ち明けたことはないけれども、彼女を熱烈に愛していて、しかも彼女自身にも、そのことが分かりすぎるくらい分かっているというのだから、イワンならずとも、たまったものではない。イワンは、カーチャのこのような仕打ちを、彼女が初対面以来ミーチャから受けたあらゆる侮辱に対して、ミーチャのかわりに彼に仕返ししているのだと受け取っている。しかし、カーチャのこのような仕打ちに苦しみ耐えながら、彼女を愛することをやめないイワンが、愛憎併存に悩まされる人間であることは言うまでもない。事実、彼はカーチャを殺しかねないほど憎くなることもあったが、彼は狂おしいくらい彼女を愛していた。また一方のカーチャについては、自分がミーチャをではなくイワンだけを愛していることを意識していないにしても、自分に恋していると自分がはっきり知っている男をいじめて、憂さをはらし楽しんでいることから考えれば、彼女の愛には加虐的《サディスティック》な面があることも明らかである（だから、前述の病的な興奮には、被虐的・加虐的の両面があるとしてもよいだろう）。――なお、イワンがアリョーシャに洩らした予想では、カテリーナが、苦しめてばかりいたけれども、自分が本当に愛しているのはイワンだと悟るのは、十年以上も先のことだとしているが、事件直後、モスクワから急いで戻ってきたイワンに再会した際、彼女は初めてそのことに気づかされたようだ。ミーチャの逮捕によって強いショックを受けた彼女が、乱れに乱れたすえに空白になった自分の心のなかにみいだしたものが、自分のイワンへの愛だったのであろう。節操《みさお》の固いカテリーナは、イワンを愛しているにもかかわらず、自分のすべてを与えようとはしなかったが、と同時に、ミーチャを裏切ったという後悔にさいなまれることになるのである。

ドミートリイともう一人の女性グルーシェニカの関係では、彼の嫉妬はたいへん目立つが、彼女に対する愛憎の渦のようなものは見当らないようだ。これは、事件のおこった当時、彼が彼女にいちずに惚れこんでいたからであろうし、また、彼女が自分とフョードルのどちらを果たして選ぶのか、それが分からないための強い不安が、彼の心をすっかり占領してしまい、彼女自身を憎んだりするような余裕がなかったからであろう。ミーチャは、グルーシェニカに対する自分の気持を〈惚れた〉と言い表わしているが、このように〈惚れる〉という情欲的肉体的でありすぎる愛情の形から、〈愛する〉という精神面を伴ったより高次の愛情の形に昇華するには――そして二人がいわゆる相思相愛の仲になるためには、グルーシェニカの昔の恋人の出現という事件が必要であった。

グルーシェニカは、ミーチャの情にほだされて一時《いっとき》彼に心を移すこともあったらしいが、彼女の心に居坐っていたのは、五年前自分を騙して棄て去ったポーランド人であった。彼女は、この男から受けた侮辱を忘れることができないし、赦すことができない。かつて一時期、町長のサムソーノフの囲い女《もの》だったことのある彼女ではあるが、彼女が、五年前の内気ではにかみ屋の初心《うぶ》な小娘から、〈ユダヤ女〉と渾名《あだな》されるような、儲け上手で、気性の激しい、しかも身持ちの固い女に変貌してしまったのは、侮辱を忘れずに見返してやろうという復讐の炎を、心のなかに絶えず燃えたたせていたことによるもののようだ。しかし、このように激しい復讐心があるにもかかわらず、たいへん矛盾したことではあるが、男からお呼びの声がかかれば、小犬のように、たちまち尻尾《しっぽ》を振ってとんでいく女でもあるのである。グルーシェニカがこのように描かれているところをみると、日本でよく耳にする〈自分を女にした初めての男は、女には忘れられない〉という俚諺《ことわざ》は、ロシアでも通用するのかもしれない。ドストエフスキーばりに言えば、侮辱を噛みしめているうちに、侮辱を流す涙とともに愛するようになったまでで、侮辱を与えた男のもとに走るのは錯覚かお門《かど》違い、というところであろう。

事実、彼女は昔の男から手紙をもらうや、何もかも放り出して、男が宿をとっているモークロエ村へ駆けつけるのだが、そこで彼女が見いだしたものは、かつての恋人とは似ても似つかぬうすぎたない卑劣漢、彼女の金にたかりにきたやくざ男《もの》であった。村までミーチャも彼女のあとを追ってやってきていたから——グルーシェニカを昔の男に潔く譲り、別れの宴をするつもりで（そのあと自殺するつもりで）——、そこで彼と再会したグルーシェニカは、昔の恋人と侮辱によってかけられていた呪縛から解き放されて、自分が本当に愛しているのはミーチャだということに漸く気がつくというのが筋書である。のちに彼女は、ミーチャやフョードルに気のある素振りをみせたのは、自分の悪意からで、昔の男のことを思ってくさくさする心をはらすためにからかってやっただけのことであり、ミーチャが誰にでも嫉妬するところなど大いに気晴らしになったと、そのこころの心のうちをあかしているが、この彼女の言葉は信じてやってもいいのではなかろうか。

グルーシェニカの容姿について、作者は、多くの男に熱烈に愛されるロシア的な美人であり、その美しさは、ロシア女性によくみかけるもの、すなわち、三十歳くらいまでには線が崩れて肌もたるみ、小皺もでるといった〈束《つか》の間《ま》の美〉にほかならないと記し、さらにアリョーシャの口を借りて、彼女の顔のなかでいちばん心をうつのは、子供のようなあどけない表情であると言わせている。アリョーシャは、彼女の間延びした甘たるい話しぶりが気に入らないと文句をつけてはいるものの、作者であるドストエフスキーは、わたし同様に、権高なカテリーナよりも、土くさい可愛いロシア女であるグルーシェニカ、怒ると虎のように手に負えなくなるグルーシェニカのほうが、お気に入りのように思われる——グルーシェニカがやや受け口だという口許《もと》の特徴は、ドーニャ（《罪と罰》のラスコーリニコフの妹）から引き継いだものである。このことから、作者は、自分の創造したお気に入りの女性たちに、この特徴を付与したのではないか、という疑いがでてくるが、もしそうだとすると、美人の条件としてはマイナスとされかねない、この特徴は、ドストエフスキー夫人アンナか恋人スースロワに由来するものかもしれない。手許にある写真は不鮮明なので断定はできないが、写真で見る限り、スースロワは受け口気味、アンナ夫人はかなりの受け口であるようだ。

これまで〈カラマーゾフ的なもの〉についてさぐってきたが、最後に、カラマーゾフ家の下男スメルジャコフについて触れずにすますわけにはいくまい。というのは、町の噂では、彼の父親はフョードルと思われていたからであり、もしその噂が真実であるならば、彼のなかにはカラマーゾフ的なもの、あるいはその痕跡が発見されるかもしれないからである。しかし、この探索はむずかしい。第一、彼は、肌着一枚にはだしという、あられもない恰好で町なかをさまよい歩いていた白痴のリザヴェータ・スメルジャーシチャヤの子供なので、この母親からの影響（いわゆる遺伝的なものの力）を無視することができないからだ。彼女は神がかり行者として町の人たちから可愛がられていたのだが、あるとき彼女を辱《はずかし》めたものがいて――それが噂ではフョードルというわけ――みごもり、生まれたのが彼なのである。スメルジャコフの心身状態の特徴のうち、母親のそれと関連がありそうなものは癲癇であろう。白痴から生まれた子が癲癇持ちになるものかどうか、わたしは知らないが、かりにそうだとしても、そういう理由からだけではなく、癲癇持ちは痴呆になることがあるというから、母親の白痴もひょっとすると癲癇からのものではないか、という理由からでもある。しかし、スメルジャコフの癲癇は、彼によるフョードル殺しに一役買っていて、ミーチャの運命を左右した要因の一つではあるが、癲癇はそれ以上の役を担ってはいないようだ。むしろ作者は、イワンの思想的寄生虫としての彼の役割を大いに強調したいようにみえる。

自然界にみられる生きもので、他のものに全面的に依存して生きている寄生生活者は、自分の祖先や縁続きの仲間たちとは全く違った姿・形に文字通り変身してしまうのが常道であるが、人間であるスメルジャコフの場合も、比喩的にこのことがあてはまるのではなかろうか。彼が、母親から神がかり行者としての血をうけ、実際にフョードルからカラマーゾフの血をうけていたとしても、それらはイワンの寄生虫としての変形《デフォルメ》を強くこうむったため、殆ど消滅してしまったとみてよいのではなかろうか（少なくとも物語のうえでは、そのような設定がなされているのではなかろうか）。というのは、カラマーゾフの人たちすべてにみられる度外れた情熱――目的・対象が何であれ、それにかける情熱の激しさが、彼にはみあたらないように思うからである。もっとも、スメルジャコフという人間の人柄をあらわす言葉として、人情をわきまえない、冷笑的、傲慢で残酷、目端《めはし》がきく、ずるがしこい等々が挙げられると思うが、これらはすべてフョードル的なものでもあり、また、彼が論理的にものごとを考えることなど全く不能であるにもかかわらず、瞑想のための瞑想が大好きなことは、母親譲りの神がかり行者的なものともみられるので、彼のなかに、この二つのものが矮小化して痕跡的にのこっていることを認めてもよいのかもしれない。

イワンに寄生し、イワンがはっきり意識したくない気持まで先取りして、フョードルを殺し金を奪ったスメルジャコフは、自分の行為を、基本的には〈神がなければすべては許される〉というイワンの言葉に従って、それを実行に移したまでのことと捉えていた――勿論、自分自身の金欲しさをもからませてではあるけれども。彼としては、まさか、この件でイワンから褒められるとは思っていなかったであろうが、彼自身の犯行であることを知らされたイワンが、意外なことを聞かされたとばかり、すっかり動転し、自分も法廷に出て証言するから、彼も出廷して自白しろと迫るとは、予想もしていなかったにちがいない。イワンは、彼をどうにでもなる、とるにたりない男と侮蔑していたのに、フョードル殺しの件で彼と話し合って初めて、彼が恐るべき悪知恵の持主であることを思い知らされ、彼がいまや自分の手下といったようなものであるどころか、凶悪な脅迫者の立場にあるようにさえ思えてきた。イワンは会話の最中《さいちゅう》に苛立って、「蛆虫《うじむし》め！　俺が今おまえを殺さないのは、明日の法廷でおまえに喋らせるためなんだ。こんなことも、おまえには分からないのか。神さまはよくご存じなのに」と狂おしげに叫びながら、片手を上にあげたりするが、この時のイワンは、自分が無神論者であるにもかかわらず、手で上を示しながら神まで持ち出して相手を折伏《しゃくぶく》しようとしていることに気づいていないにちがいない。

これまで大胆に〈すべては許される〉と言っていたイワンなのに、フョードル殺しの主犯は実はあなたですよ、と指摘されてからの彼の驚きようや怯えようは、スメルジャコフにとって、初めはイワンの演技ではないかと思い違いするほど、信じがたいものであった。寄生虫にとって宿主は生命《いのち》であり、すべてであるから、スメルジャコフにとってイワンは生命であり、神であった。背徳的なスメルジャコフには、天上の神などは存在しなかったが、その代りといったように、イワンに地上の神（いわゆる人神）をみいだし、彼とつるんでいたわけである。ところが、その神がこけてしまい、彼の神ではなくなってしまったのだから、彼は死なねばならない――寄生虫が宿主を離れては生きていけないように。スメルジャコフは、イワンとの最後の対談が終ってから「さあ、もうお帰りください」と彼を送りだすが、不意にまた「イワン・フョードロウィチ！」とその後ろ姿に声をかける。「何の用だ？」と歩きながら振り返ったイワンに、彼は「さようなら！」と言うだけであるが、この場合のこの言葉は、単なる別れの挨拶ではなく、かつて彼の神であったイワンに彼との絶縁を告げる言葉ではないだろうか。自分の生命への別れの言葉ではないだろうか。こうしてスメルジャコフは首吊り自殺をするのであるが、その遺言に、「誰にも罪を着せぬため、自己の意志によってすすんで生命を絶つ」とあるのは、イワンへ義理立てするようにみせかけながら、その下に自分が下手人であることを隠蔽してしまったように読める。また、遺書には、自分が殺したと告白していないのだから、いびられ通しだったドミートリイを、冤罪から救う気持のないこともこめられているのであろう。スメルジャコフには、ひねくれた意地悪さとともに、きざっぽさも目立つから、このように意味内容が曖昧で、一見恰好《いっけん》のいい遺書を残すところなどは、彼にふさわしいと言うべきであろう。

（一九九〇・二・一四）

Ⅱ　イワンとゾシマ長老

ドストエフスキーの後半生の作品、たとえば《罪と罰》あたりからは、小説中で神の問題が扱われないことはないと言ってよいが、《カラマーゾフの兄弟》では、とりわけ神の問題が圧倒的に大きなウェイトを占め、この問題が主題《テーマ》として小説全体を貫通しているといえよう。

本小説を筋書的な面からだけみれば、女と金のからんだ父親《フョードル》殺し、その犯人とされた長男《ドミートリイ》の冤罪というポイントがとりだせるだろうが……そこで、この二つのポイントをおさえた主要《メイン》筋書《プロット》を押し進める役割を担わされたドミートリイを、その相手役であるフョードルともども小説構成の大枠からはずしてしまえば、そこには、レントゲン写真の場合と同じように、裸にされた背骨《バックボーン》として、最重要の主題が小説という構造体の中軸を貫いていることが、誰にでもみてとれるにちがいない。それは図式的に言えば、信仰者ゾシマ長老と無神論者イワンの対比、およびイワンの没落といったものであるが、図式をより完全なものに仕上げるためには、小説構成上、ゾシマ長老にはアリョーシャを、イワンにはスメルジャコフを配するという工夫がなされていることを付け加えるべきであろう。さらに、図式を透視するために無視してしまったドミートリイも、実は、この図式中にポジションを得る権利があることを断るべきであろう。彼が廉潔と汚辱の間を往きつ戻りつしながらも、父親殺しという冤罪をへて神を知るという彼の軌跡は、ひとりの人間の魂の復活という点で、当然この図式中に組み入れられるべきものであるから。また図式にかかわりのあるものとしては、神がかり行者《ユロージヴイ》または神がかり行者的人物がある。彼らはロシア民衆にみられる独特の信仰形態のあらわれであるように思われるが、彼らはドストエフスキーのこれまでの作品にもよく姿を見せている。本作品でも、主人公の一人アリョーシャがそれに類した人間とされるほか、病者（白痴）としてのユロージヴイの像をスメルジャーシチャヤに、本物の行者としてのユロージヴイの像をフェラポント神父に集約、描出されている。このように本作品に限らず、ドストエフスキーが再三再四神がかり行者を作品中に登場させているのは、評家も指摘するように、作者自身が、彼らに強い関心をもっていたからに他ならない。

　神の問題——神の存在の有無について、ドストエフスキーは生涯を通じて悩んできたようにわたしには思われてならないが、この問題について、最晩年にいたって彼はどのような決着をつけていたのか、あるいは、結局は決着をつけられなかったのかを、本作品からさぐらなければならない。このような探索をする対象として、《カラマーゾフの兄弟》は、それが作者が死ぬ三か月前に仕上げられた絶筆的な作品であるという意味からだけではなく、作品の中心テーマがまさに神の問題そのものであるという意味からも、最適であることは論をまたない。そして、そのためには上述のことから、イワンとゾシマ長老のふたりにしぼって、それぞれのいだいている思想について考察し、そこから作者自身の考えを導きだすのが最良の方法だ、ということができるだろう。

　そこで、さっそく、ふたりの思想の追究に向かいたいところなのであるが、わたしとしては、その前に済ましておかねばならないことがある。それは、わたし自身が神をどのように考えているのか、ということである。わたしは、日本人によくみられる、葬儀や法事などのときだけの仏教徒、つまり〈仏教徒であって仏教徒ではない〉不信心者であり、といって勿論キリスト者《しゃ》でもないので、これまで自分に対して正面切って「神とは何ぞや」と問うたことは一度もない。そのせいもあって、ドストエフスキーの神観念をさぐるのを機会に、自分の中にひそんでいるあるものをさぐり——それは気分的なものであるかもしれないし、いまのところ神的なものかどうかも確かではないけれども——、その正体を確かめてみたいという強い誘惑に駆られる。わたしはこの誘惑に乗ろうと思う。もっとも、誘惑に身を任せるのは、わたしのなかのあるものが、当然イワンやゾシマ長老の思想に対するわたしの論評になにがしかの影響を与えるにちがいないから、それをまず明らかにしておかなければならない、という立派な理由もあるのではあるが。

日本人の心のなかには神さまと仏さまとが仲良く同居している、と言われる。仲良くという表現が適当かどうかは別として、平均的な日本人では、神と仏とをはっきり区別したりせずに、二つを漠然とした意識のまま共存させていることは確かであるように思われる。たとえば、神前にぬかずいて願いごとの成就を祈ったりする一方で、お坊さんにお布施をあげたり、あるいは結婚式は神式やキリスト教式であげるが、葬儀は仏式でするというふうに、日本人の神仏へのかかわりかたは、従来の慣習にならうとか自分たちの都合にあわせるというような気持のほうが顕著で、便法として神と仏とを使い分けしているだけの話ではないかと思いたくなるくらいである。このように神仏混同といいわれかねないほど、わたしたちが神と仏のどちらに対してもこだわりなく接し、それに自分の願いなどを託するのは、古くから日本に広まった本地垂迹《ほんちすいじゃく》の考えが、知らず知らずのうちにわたしたちの心の中に滲み込んでしまったからであろうし、また、多くの神・仏をはぐくんできた豊かな国土に生をうけた、わたしたちの心性にあっていたからでもあろう。

わたしは地方から東京に出てきて四十年以上になるが、わたしの育った家には、長押《なげし》の上に神棚があって、そこには、伊勢大神宮や東照権現のお札がまつられ、居間の片隅に仏壇があったように憶えている。近年は家族形態の核家族化と住居の狭小化の進行が激しいので、このような一つの世帯での神棚と仏壇の共存は、特に都会ではあまりみられなくなったのではないかと思われるが、かつては平均的な日本人の宗教観を反映する、家庭でのシンボルとして珍しくなかったように思う。このこと一つからだけでも分かるように、わたしの両親の神仏に対する態度は、平均的な日本人にみられるものと同じであったと言ってよかろう。臨済宗というわたしの家の宗旨にしたところで、祖父の代に没落した家を興した父が、開基が徳川光圀ということで気に入り、檀家として墓地を求めたお寺が、たまたま臨済宗という禅宗の一派に属していたからであるにすぎない。このあたりの事情も平均的な日本人のそれと共通するものがあるにちがいない。こういうわけで、わたしの育った環境には、とりたてて神仏の存在をわたしに意識させるように強いる条件も出来事もなかったのであるが、旧制高校に入学した十七歳のころから様子が変わってきたように思う。わたしは同じころ書物の世界を発見し、たちまちその広大かつ深遠な世界にのめりこむようになってしまったのだが、そのことと関連して、この異変ともいえるような事態はおこったようである――もっとも異変のようなものとはいっても、それは、それまで空気と同じように存在そのものすら意識していなかったように思われる神仏と、どのように関係しているものやら、よく分からないし、あるいは全く関係がないのかもしれない。そのことをさぐる目的もあって、このような文章を書いているわけでもあるのだが……。

――以下、中断――

（一九九〇・三・四）

7　道中記（漆）《作家の日記》の巻

準拠した邦訳本は川端香男里訳（新潮社版）

《カラマーゾフの兄弟》とともに、ドストエフスキー最晩年の作品といえる《作家の日記》を読んで、わたしは大きな衝撃をうけたことをまず白状しないわけにはいかない――かつて若年のころ、この長大な作品を手にとりページを繰った覚えは確かにあるにもかかわらず、わたしはその時この作品から何を受け取ったのであろうか？　それが未熟な若僧の覗き見であったとしても、文字の下にはっきり透けてみえる憂国の士ドストエフスキーの素顔を見逃すはずはないと思うのであるが……しかし、この点については、今となっては、すこぶるおぼつかない……。

　したがって、いま《作家の日記》（以下、単に《日記》と略記する）について書くとなると、〈衝撃〉について考えてみることがいちばん自然であろうし、また、そうすることが《日記》執筆の意図や作者の思想・心情に迫る道であるようにも思われるのである。しかし、とはいうものの、《日記》は量的には《カラマーゾフの兄弟》をはるかに凌駕する長大な著作であり、かつ小説家ドストエフスキーとしては異色というべき作品であるから、わたしなりに本作品の大づかみをまず試みたうえで、わたしのいう〈衝撃〉について語るのがよいように思われる。

　本書は《日記》とは題されてはいるものの、わたしたちが〈日記をつける〉といった場合の私的《プライヴェート》な日記とは趣旨が全く異なり、初めから公表を意図して、というよりも、むしろ公表されて同時代人に読まれることによって初めて意味をもつものとして書かれたのである。すなわち、本書の一部分は週刊紙《市民《グラジダニーン》》の〈作家の日記〉というコラムに連載された（一八七三年一月～七四年三月）ものであるが、大部分は作家自身が創刊した月刊個人雑誌《作家の日記》（一八七六年一月～七七年一二月、八〇年八月、八一年一月）という形で発表されたものである。しかも、ふつう日記というと、日々の生活記録といった面が強いが、この《日記》からは作家個人の私生活は綺麗さっぱり排除されていて、当時彼を苦しめていたにちがいない癲癇や肺結核（？）など持病への言及すらないといってよい（精々、雑誌休刊や合併号刊行にあたって、その理由として自分の体の不健康を挙げているくらいのものである）。つまり、本書で扱われているテーマは、作家個人の身辺雑事などではなく、当時のロシア社会にみられた政治的・社会的・文学的諸事象なのである。これまでドストエフスキーは、人間心理の探究者としての鋭い眼力と、その表現者としての素晴しい才筆によって、多くの登場人物たちに生命《いのち》を与え、彼らの出没する架空の物語世界に現実世界にみられるよりもより強烈な現実性《リアリティ》を付与してきたが、本書の場合、そのような物語世界を構築する手間隙をかけずに、何かと騒がしい生《なま》のロシア社会という生きものをじかに手づかみして、年期の入った腕でさばいてみようというのが、彼の狙いであるように思われる――勿論そこには、一八七〇年代のロシアの厳しい政治・社会情勢があって、その要請によって、彼がそうせざるをえないように促され駆りたてられたことは確かであろうが。だから本書では、著者ドストエフスキーは小説家としてというよりも時事評論家として読者に対しているということができよう。

こういうわけで、著者自身の言いぐさによれば〈見たり聞いたり読んだりしたこと〉について書いたと称する《日記》の内容に実際にあたってみると、日々の出来事を報ずる新聞記事や、時々刻々変化する国際情勢、社会情勢に応じた時事問題から題材をえたものが圧倒的に多い。しかも、これらの感想や論説といったもののたぐいは、量的に多いというだけではなく、単にいわゆる〈時評〉としてひとまとめにして、それですましてしまうにはテーマが多岐にわたり、またテーマによっては、時事問題についての論評というにはあまりにも熱がはいりすぎていて、執念のようなものすら感じとれるものがあるので、これらを整理して概観することが必要になってくる。

1

これらの時評的な文章のなかで、誰の目にもつくにちがいないと思われるのは、スラヴ主義者としてのドストエフスキーの西欧論であり、それに基づく東方問題の解決策、露土戦争の見通しについての論説であろう。この種のテーマは《日記》全体を通じて終始取り上げられ、回数的にも分量的にも他を圧している。したがって、ものの順序としては、この問題をまずここで論ずべきなのであろうが、実はこの問題こそ例の〈衝撃〉と直結しているのである。それで、わたしとしては、場所的にこのような中途半端なところで、ドストエフスキー先生の持論めいた西欧論などにかかずらい、たぶらかされて、八幡の藪知らずになってしまうのを恐れるので、この問題について論ずることは後回しにしたいのである。

2

小説家ドストエフスキーはもともと犯罪に（それと関連して裁判に）関心が強く、その作品のなかでも犯罪、とりわけ殺人をとりあつかうことが多い。このような場合、主人公の精神状態を人殺しなどの犯罪をせざるをえないような極限情況に追い込むことによって、その追い込まれつつある人物の心のゆれ動きやしぐさなどのなかに、人間心理の複雑さや微妙さ、つまり心の不可思議さを描き出そうと試みているわけであるが、《日記》にとりあげた事件のなかでは、この手法を応用することによって、事件や裁判に登場する人物たちの心理描写をおこなっている。《日記》には犯罪事件（およびそれについての裁判）として六件ばかりがとりあげられているが、これらはいずれも当時のペテルブルグなどで評判になった事件のようである。これらは全部が全部、人殺しというような性質のものではないが、カイーロヴァ事件——三角関係にあったカイーロヴァという女性が、愛人の妻に剃刀で切りつけた殺人未遂事件——を除けば、それぞれが女性虐待あるいは子供虐待のからんだ、いまわしい事件であって、ドストエフスキーならずとも、社会時評の一つとしてとりあげざるをえないテーマであったかもしれない。もっとも、当時の平均的なロシア人は妻や自分の子供たちをしつけるのに、撲ったり笞で仕置きしたりするくらいは当り前と思い込んでいたらしいから、ドストエフスキーがこれらの事件や裁判を問題にしたのは彼ならばこそ、という見方もできるかもしれないが、それ以前に、このように半ば公認されているような暴力行為が裁判沙汰になること自体、異例であったのではないかと思われるのである。

これらの事件の解釈の仕方や裁判批判は誠にユニークで、そこにはドストエフスキーという人間の〈人はみな罪人《つみびと》〉という信仰者としての側面や人道主義者《ヒューマニスト》的な側面、また人間心理の探究者としての側面が見事に表われていて、ドストエフスキーならではの面目躍如たる文章である。

現在のわが国でも、貧困その他の劣悪な環境が犯罪を生むとする環境による犯罪成因論が取沙汰されることがあるが、このような環境説が、ドストエフスキーの文章を読む限りでは、当時のロシアでは大いに幅をきかしていたようである。彼は、その小説のなかでも環境説を否定的に扱っているように、《日記》でもそれに嚙みつき、とくに陪審員の百姓たちが環境説にかぶれたり勘違いして、彼の目からみれば当然有罪になるべきはずの犯罪人に対して、〈無罪〉あるいは〈情状酌量の余地あり〉という結論をだすことに異論を唱えている。彼の言い分は、要約すると次のようなものになるであろうか。

――ロシアの民衆が犯罪者のことを〈ふしあわせな人〉と呼んでいるのは、民衆自身が自分たちも罪人だと心の奥底で感じていることによるものであって、そう呼んだからといって、なにも犯罪そのものの存在を否定してしまっているわけではないのだ。彼らが犯罪者を〈ふしあわせな人〉というのは、このような気持からではあるまいか。「自分たちも罪深い人間だから、同じ立場におかれたら、もっと悪いことをしでかしたかもしれない。それに、自分たちがもっとましな人間であったなら、あんたが懲役に行くなんてこともなかったかもしれない。あんたは自分の罪とわしら全部の罪をつぐなうために、重荷を背負うことになったのだ〔注〕」と。このような気持をもっている民衆の心のなかに環境説が忍び込むのはたいへんたやすいことだ。つまり、「世の中が悪い、だから、わたしたちも悪い人間だ。しかし、わたしたちは幸い金《かね》を持っていたから、あんたがぶつかったようなことが、わたしたちをよけて通り過ぎて行っただけの話なのだ。ぶつかりでもしたら、わたしたちだって同じことをしたにちがいない。すべては環境のせいで、環境が悪い。醜い社会組織があるばかりで、この世には犯罪なんてものはないのだ」などと、〈環境の哲学〉なるものをまことしやかに吹き込まれたりすると、それが真実であるかのように錯覚しかねないほどだ。このところ裁判では〈無罪〉あるいは〈情状酌量〉という判決ばかり出ているが、それが、このような錯覚みたいなものに左右されていないことを祈るばかりだ――。

（注）《カラマーゾフの兄弟》で、長男ドミートリイは誤審によって父親殺しの犯人にされてしまったが、彼は牢獄の中でこれと同じ心情にたどりつくように描かれている。このことによって著者は、父親を殺したいほど憎んでいたドミートリイが、実際に父親殺しの冤罪をこうむることによって、ともかくも自分も罪深い人間の一人であることを自覚するにいたったこと、つまり罪ということについて、著者のイメージする民衆と同じように感ずることができるようになったことを言いたいのであろう。）

――「人に有罪の判決を下すのはとても苦しいことだから」と言って逃げようとしても駄目だ。それが一体どうしたというのだ。その苦痛とともに生きればいいのだし、真実は苦痛にまさるのだ。そのときこそ、真実を口にし、悪を悪と呼ばなければならない。勿論そのかわり、判決の重荷の一半は担わなければならないが。自分にも罪があると考えるわたしたちにとって、この苦痛こそ、わたしたちに与えられた罰となるだろう。もし苦痛が真実のものであり強烈であれば、それはわたしたちを清め、わたしたちをより善い人間にしてくれるにちがいない。自分自身がより善い人間になれば、わたしたちは環境も矯正してより良いものにするだろう。このことによってのみ、環境は矯正しうるのである――。

犯罪の環境説の否定は、ドストエフスキーの犯罪解釈・裁判批判にみられる特色の一つであろうが、何といっても、それらの論法が犯罪（または事件）情況などのドストエフスキー的再現があって、初めて成り立っていることが大きな特徴であろう。ここで〈ドストエフスキー的〉といったのは、再現された犯罪情況や被告などのその時の気持などが、作者の空想したものにすぎないという意味で空想的であるにもかかわらず、その空想がたわいのない遊戯的夢想であるどころか、空想することによって現実の素顔をむきだしにしているために、いやに現実的《リアル》であるという点で、それがまさしく彼の小説に刻印されているものと同質であるからである。すなわち、時評においてもドストエフスキーは、物語作家としての空想力・表現力を惜しみなく思う存分に発揮して、犯罪情況などを的確に描き出していると いうことができるが、これは、彼が自分の意見を時評という形で書くために個人雑誌を創刊した熱意と、それに《作家の日記》と題した意気込みからも当然であろう。

ドストエフスキーの犯罪や裁判についての時評は、あるときは弁護人の弁論を揶揄しながら反論したり、あるときは自分の裁判批判に対する反論に対して微に入り細をうがってその非を突いたり、あるときは無罪放免されることになった被告たちに裁判長になりかわって訓戒を垂れたりしているので、それぞれなかなか面白い読物になっている。それに事件の情況再現も現実的《リアル》なので、事件の輪郭はいうまでもなく、ドストエフスキーが時評のテーマとして取りあげた理由なども分かるわけである。当時のロシアの新聞などにも、種々雑多な犯罪事件が載っていたと思われるにもかかわらず、彼が取りあげた事件のほとんどが、自分の子供への体罰や、妻殺しをも含めて妻への暴力行為といった性質のものであることについて、注意をはらうべきであろう。新聞記事の中から、このような性質のものだけを選び出して《日記》で論じているのは、とりわけ作家が、社会的肉体的弱者である幼い少年少女や女性への暴行に対して、人間として強烈な痛みと憐れみを感じているからにほかならないことはいうまでもないだろうが、それだけではなく、この種の事件の根底に作家は、たまたま寄り集まって暮しているだけの形だけの家族、つまり〈偶然の家族〉の存在を読みとり、それが当代ロシアの社会情況を象徴する現象であるとみているからであるにちがいない。

ドストエフスキーによれば、かつてのロシアの家庭は、人間にたとえれば、目鼻立ちのはっきりした、明るくて快い容貌を持っていたのに、当代になって急激にそれらを失って、まとまりのない捉えどころのないものになりつつある、という。彼は、このように崩壊しつつある当代ロシアの家庭を〈偶然の家族〉と定義づけたうえで、その偶然性の原因を、自分の家族に対して父親が持つべき普遍的な理念の喪失に求めている。この理念の内容についてはドストエフスキーはあからさまに語っているわけではないので、わたしにはその全貌は捉えにくいと言わなければならないが、その根幹をなすのが愛の人イエスあるいは正教に由来するものであることだけは確かであろう。それはともかくとして、彼はこの理念の性格については次のように言っている――この理念によって人と人とが、また家族と社会とが結びつくのであるから、このような理念の存在それ自体が、秩序すなわち道徳的秩序の根源なのである。つまり、当代ロシアに秩序がないのは、父親たちに信ずべき普遍的な理念がなく、人と人とを結びつけるものが何一つないからというわけだ。そのかわり存在するものといったら、在来のものを片っ端から否定する傾向である。在来のものについて肯定的なことを言おうとする試みもないではないが、それらはどれも恣意的でばらばらで、普遍的なものになりえないやくざなものばかりである。ひどいのになると、以前禁じられていたものを十把ひとからげにしてすべて許可するといった具合で、その結果、七歳の子供に喫煙を許すという馬鹿さ加減にまでたちいたっている。そして最後に、否定派でも肯定派でもない連中の行き着く先は、なるようになるさといった投げやりで無責任な放任主義、ものぐさな生活態度、無気力で怠惰な父親、自分のことしか考えないエゴイストということになる。こういうわけで、結果として、当代ロシアの家族の無秩序、分裂、偶然性が生じたのであるが、このような偶然の家族から、子供たちはどのような思い出を抱いて巣立っていくのであろうか？　幼い彼らの無垢な心に、思い出といえるような美しいもの、聖なるものが、はたして印象づけられることができるのであろうか？――。

ドストエフスキーは、幼年時の思い出が、人間にとって人間が生きていくうえで欠くことができないほど非常に大切なものであることを、持論として強調し続けた作家であり、《日記》に限らず、晩年の小説のなかでも（たとえば《カラマーゾフの兄弟》のゾシマ長老やアリョーシャの口を借りて）、そのことを繰り返し表明している。だからこそ彼は、思い出そのものがはぐくまれるはずの揺籃である家庭が崩壊し、偶然の家族化することに大いに心を痛めているのである。

このような〈偶然の家族〉論を読んでいると、わたしの網膜には、一九世紀ロシアの崩壊しつつある家庭像の上に現代日本の家庭の姿がだぶってうつしだされてくる。時代も社会情況も全く違うのに、以前のものから様変りした現状が瓜二つといってもよいくらいよく似ているからである。もっとも日本の場合、〈以前のもの〉として、明治以降敗戦まで近代の家庭像をイメージするとはいっても、大正末期に生まれたわたしのことだから、もの心ついてからの昭和時代のものの色合いがどうしても強くなってしまうのだけれども……。一九四五年の敗戦前の日本の父親たちの生活意識のなかに、ドストエフスキーのいうようなキリスト教的な理念の存在をさぐることは勿論ナンセンスであるが、少なくとも、そのなかに神道・仏教・儒教が曖昧に混淆した理念らしき観念（信念）があって、それが曲がりなりにも家庭全体を支配し、家庭と社会とを結びつけていたということはできるように思う。この信念なるものが、当時の国際・社会情勢によって醸成・強化され、国家によって勧奨されたものであったにせよ、それが父と子とを繋ぎ、父親同士を結びつけていたという意味では、ドストエフスキーのいう理念と同じような社会的な普遍性を持ち、当時の日本における道徳的秩序の原点をなしていた、ということができるのではなかろうか。

ところが、それが敗戦とそれに伴う全価値体系の顚倒によって致命的な打撃《ダメージ》をこうむってしまったわけである。それから約半世紀たった現在、わたしたちは驚異的な経済成長によって経済大国にのしあがった日本のなかに生きるとともに、科学・技術のとどまるところを知らぬ加速度的な発達によって、そのプラス・マイナス両面の激甚な影響をこうむらざるをえなくなった世界のなかに生きているが、このような情況下でのわたしたちの家族像が、ドストエフスキーのいう偶然の家族とそっくりになってきたように感ずるのは、わたしだけであろうか――以前は語らいの場、しつけの場であったわたしたちの家庭が、家族のひとりひとりがばらばらな偶然の家族になってきたのは、一九世紀ロシアの家庭の場合になぞらえて、やはり父親の信念喪失によるものと言わざるをえないのではなかろうか。この信念喪失は、家庭における父親の権威失墜という形で如実に表われているわけであるが、信念を持てなくなったのは何も父親に限ったことではない。信念を喪失した父親たちから子供たちが何も受け取れなかったにせよ、彼らが自分なりに何か新しい信念を持つことができるようになればよいのだが、そのような彼らにしても、信念を持つ心構えにはなれないようだ。これには経済最優先、価値観の多様化、伝統軽視など、いろいろの理由が考えられようが、その第一のものとして、〈核〉に対する不安・恐怖をあげなければならないのではないだろうか。現代の人間は、その意識の強弱は別として、四六時中、自分たちの頭上を覆う〈核〉への不安・恐怖のなかで生きているといってよい。そのために、未来を明るく思い描くことが非常にむずかしくなってきているので、神なき終末観（注）とでもいうべき恐るべき近未来観を持たざるをえなくなっているのではないだろうか。信念を持とうが持つまいが、〈核〉が爆発すれば一巻の終りでそれまでだから、そんなことにはかかずらわずに、面白おかしく世渡りするに限るという、〈あとは野となれ山となれ〉式の生き方をすることになるというわけである――ちなみに〈あとは野となれ山となれ〉をフランス語で après moi, le déluge と言うが、このフランス語をドストエフスキーは小説のなかなどで、ブルジョワなどをけなしたりいなしたりする箇所などにちりばめているので、この常套句はよほどお気に入りの言葉なのであろう。

（〔注〕終末観は神観念と直結している未来観であるが、今や終末観だけが神から独立して一人歩きしているようにさえ思われる――ところで、「神は死んだ」とニーチェが喝破してからはや百年の歳月をへたが、わたしたちははたして神なしで生きていけるのであろうか？　わたしたちは何をよりどころにして生きているのであろうか？　わたしたちは神にかわるものを見つけだしたのであろうか？　わたしには、人間が神の存在を否定し、神と縁を切ってから大分時がたつのに、何億光年のかなたにまたたく小さな星に自分の願いを託すことがあるように、遥かなる神に思慕の念をひそかに燃やし続けているように思われてならない。）

　現代日本にみられる信念喪失は、恣意的なさまざまの意見の叢生と対立を生み、対立はそれぞれの孤立化をもたらしているが、この孤立化の行き着く先の一つが、会社人間といわれる会社依存症であり、仕事人間といわれる仕事中毒症ではなかろうか。すなわち、孤立化は、このような陥穽などへ導きながら、画一的な作業への常同的な熱中という傾向を、ますます助長しているように思われる。また、新聞でもよく取り上げられ、大きな社会問題となっている校内暴力、家庭内暴力なども、その根本には偶然の家族という要因があるのではないかと、わたしは強く疑っているので、これらの時代病ともいうべき問題に対して、卓効性のある速効的な解決策があるとは信じられない。最近、世間を騒がした宮崎某の幼女連続誘拐殺人事件や、四人の少年による少女コンクリート詰殺人事件にしても、彼らのような無残な犯罪行為に駆り立てられる人間を生んだ最大の要因に家庭の崩壊、つまり家族の偶然性があるようにわたしには思われてならないのである。このように、ドストエフスキーの洞察〈偶然の家族〉論は、百年も前のロシアの家庭に対するものであるにもかかわらず、わたしにとって、現代日本のさまざまの社会現象の背後や根底にあるものをさぐろうとする際に、一つの視点を与えてくれるような啓示的な働きをするので、その現代的意義は非常に大きいと言わざるをえない。――〔お断り〕ドストエフスキーは、ある種の犯罪の母胎を家族の偶然性に求めていると言っていいが、家族・家庭というものは人間にとって大事な環境の一つであることはいうまでもないから、彼が犯罪環境説を否定する場合、この〈環境〉からは家族・家庭を除外しているとみなければならないだろう。つまり、ここで彼のいう〈環境〉とは、主として金銭面の多寡が問題になるような物質的環境をさすものらしい。

ドストエフスキーは、家族の偶然性に由来するとみてとった犯罪事件のほかに、コルニーロヴァ事件という特異な事件を《日記》のなかで扱っている。事件の概要は、妊娠中の被告コルニーロヴァ（農婦、二十歳）が、ひごろ口うるさい夫に仕返しするために、六歳の継娘《ままこ》を四階の窓から突き落としたというものである――幸い娘は奇跡的にけが一つせずに無事であったという。このように事件は、一見単純な継娘殺し（未遂）という犯罪的な様相を呈しているわけであるが、実は被告には娘を殺そうというような意志など全くなかったという点、しかも、それを立証することが物証などでは不可能で、ひとえに被告の事件発生当時の心理解剖ひとつにかかっていた点で、〈特異な事件〉といえるのである（もっとも、事件を特異なものたらしめたのは、ドストエフスキーが《日記》に発表した事件についての独特の見解によるのであって、裁判への介入とも受け取れる彼の被告弁護的な意見発表――それはまた事件の真相をうがった弁論でもあったのだが――がなかったならば、この事件もごくありふれた継子《ままこ》殺しの一つとして処理されてしまったにちがいない）。

ドストエフスキーは、この事件がコルニーロヴァによる計画的な継娘殺しであることを否定し、犯行の原因は妊娠中の女性がおそわれることのある発作《アフェクト》的異常であろうと推論し、主張したのである。つまり彼の言い分は――妊娠中の女性のなかには、突然、狂気ならざる狂気といった特有の精神状態におちいるものがいる。このような異常な精神状態におちこむと、本人自身は自分の行為そのものの善悪など何もかもはっきり意識していながら、そのことをしないですますわけにはいかなくなる。自分のすることがたとえ犯罪行為であろうとも、この強烈な欲求に逆らうことができない。このような自分の手に負えない異常かつ奇妙な欲求に駆られて、コルニーロヴァは犯罪をおこなってしまったにちがいない。彼女は、夫の叱責に苛立ち気もふさいでいたのは事実だとしても、自分を叱りつけた夫への面当てのために娘を窓から放り出したのではない、というものである――。被告が妊娠中の若い女性、とくに妊娠中という点に着目して、事件全体を自分の目で見直し、以上のような結論に到達したのは、心理解剖の達人《ベテラン》ドストエフスキーらしいというべきところかもしれない。女性は妊娠すれば肉体的、生理的に大変化をきたすことはいうまでもないが、精神的にもそうでない時とは大いに異なることは確かであるように思われるからだ。それに、妊娠時には、肉体的にも生理的にも精神的にも、他からの影響を非常に受けやすいことも事実であろう。このような理由で、妊娠中の女性の精神状態が異常な不安定な情況におちいることはあるにちがいないとは思う。しかし、その異常の度合がドストエフスキーのいうような発作的異常にまで達するのは、例外の範疇に属するのではないだろうか？（確かに例外であるにしても、この事件の場合こそ、その例外にあたるというのであろうか？）妊娠中や、月経中あるいはその前後の女性が、発作的に万引きなどの盗みをはたらくことがあるという話は仄聞したことがあるが、それが嵩じて人殺しまでしてしまったということは耳にしたことがない。それにドストエフスキーのいう発作的異常の場合、犯人の意識そのものは完全かつ鮮明だというのだから、現在わが国の裁判で刑が免除されたり軽減されたりする理由となる心神喪失や心神耗弱《こうじゃく》の場合とは明らかに異なる。というのは、後者では精神障害の程度がひどく、したがって意識が完全かつ鮮明などとはとてもいえない状態だからである。とすると、殺人を犯すまでに高まった激烈な発作的異常というものが、はたしてあるのであろうか？……わたしには、彼の推論に対してこのような疑問があるのであるが、それはともかくとして、被告の犯行当時の精神状態を再現し分析してその心理解剖へのこだわりは、本物の精神科医も顔負けである。発作的異常《アフェクト》を犯行の原因とするところなど、ドストエフスキーの見解は、事件の不可解さを解くために必要ないわば精神医学的観点を導入したものといいうるであろうが、第一審当時、このような見地から事件を考えた人は誰もいなかったらしい。このために《日記》に発表された彼の説が事件見直しの強力な根拠になって、第一審の有罪判決は破棄され、再審ということになるわけである。再審の結果、コルニーロヴァは無罪となるのであるが、ここで、再審では精神科医四人、産婦人科医一人、計五人もの医師が鑑定人として出廷していることに注意したい。というのは、帝政ロシアにおいて、現代的な意味でのものかどうかは別として、ともかくも被告の精神鑑定らしきものが行なわれていたことを知って、意外な感じを受けたからである。有体《ありてい》に言ってしまえば、ツァーリの専制、農奴の存在、シベリア流刑など、総じて暗いイメージのつきまとう帝政ロシアが、庶民を裁く法廷に精神鑑定らしきものを導入していようとは、思いもよらぬことであった（同じことは陪審制の導入についても言えるのであるが）。

今日、わが国で行なわれている被告の精神鑑定が、いつごろから始まったものなのかよく分からないが、精神鑑定実施のよりどころになっていると考えられる現行の刑法典が、一九〇七年公布ということだから、おそらく二〇世紀に入ってからのことであろう。精神鑑定というのは、犯罪行為に対する被告の責任能力の有無を調べるものであるが、法的にはその責任能力のあることが犯罪そのものの成立要件の一つであるわけであるから、精神障害者など、鑑定の結果、責任能力がないと認められた者には刑罰を科さないという点で、社会的弱者の人権を守るといった面がある。こうした弱者救済の面のある精神鑑定と同じものと断定はできないが、少なくとも、それらしきものが、わが国で言えば西南戦争（一八七七年）のころ、ロシアではすでに一般化していたらしいことが、《日記》から窺われるのである。

3

ドストエフスキーの主要な小説――たとえば《罪と罰》《悪霊》《カラマーゾフの兄弟》などのなかには、殺人と並んで自殺がよく描かれている。しかも、それらの殺人、自殺ともに、ほとんどの場合、物語のなかでの扱いは挿話《エピソード》的な軽いものではない。それらは、小説の主題や構成上、欠くことのできない重要な登場人物におこる出来事、というよりも彼らが行なう必然的な行為として、彼らの思想と生きかたの一つの帰結という意味を持っている。このような小説を書く作家が、現実社会にみられる殺人や自殺に強い関心を持つのは当然のことであろう。《日記》で扱われた犯罪事件――殺人（未遂）を含む犯罪事件についてはすでに述べたが、自殺についてもほぼ同数、五件ほどが取り上げられて論評されている――さらに、《日記》に掲載された小説《やさしい女》のモデル、聖像を胸に抱いて飛び降り自殺したお針子の例も、これに加えるべきであろう。ドストエフスキーは、例外はあるにしても、犯罪事件や裁判について論じる場合、現代ロシアの病弊の表出という点で、特に自分の興味を惹いたものを選び出しているように、自殺の場合でも、いろいろのタイプの自殺のなかから、これこそ現代ロシアの病弊を象徴する自殺タイプだ、と彼が考えるものを選び出して論じているようである。もともと《作家の日記》という名の個人雑誌を出すことを企てた目的のなかには、このような事件を取り上げて論評し、それによって警鐘を鳴らすことも含まれていたにちがいない。

勿論、ここでいう現代ロシアの病弊とは、彼の目からみた独特のものであって、当時のロシアに非常に増えてきた理由なき自殺——これといったはっきりした理由もない謎めいた自殺の大半は、この病弊がまねいたものと彼はみている。そのようにみているだけではなく、そう信じて疑っていない、とまで言い切っている。そこで彼には、病弊なるものを明確にする必要がでてくるわけであるが、そのために、まず、彼自身の言によれば、〈論理的自殺〉をしたとされる男の遺書を自ら作成して読者の前に提出する。この男は唯物論者で、退屈のあまりピストル自殺をしたという想定になっているので、その死は、一般には知識人《インテリゲンチャ》の理由なき自殺の典型と受け取られるにちがいない。ドストエフスキーは男の告白を自分で作文したうえで、それを改めて分析・解説して、生きるために何が欠かせないのか、生命《いのち》の拠りどころが何であるのかを明示し、かの病弊なるものをはっきりと指摘する。——この遺書は、書き手による自分自身への死の宣告書の形をとっているのだが、真の書き手であるドストエフスキーが、何の前置きもなく、《宣告》という見出しで掲載していたために、最初わたしは、作者の自己韜晦的手法にくらまされて、この遺書を実際に自殺した人が書いたものと勘違いしてしまった。そのために、その内容が、《カラマーゾフの兄弟》におけるアリョーシャの信仰・信念に対するイワンの論理のように、ドストエフスキー自身の信条を否定面から裏打ちするものとしておあつらえむきであることにひどく驚くとともに、自殺直前の文章であるにしては、その書きぶりがあまりにも冷静かつ論理的なのに感嘆してしまったことを書き添えておきたい。

ドストエフスキーの自殺者の告白は、当然のことながら、結論として〈自殺の不可避性〉に行き着くのであるが、そのような結論に達するのは、彼が自分の魂とその不死に対する信仰を喪失しているからだとドストエフスキーは断定する。つまり、ドストエフスキーにとって、これなくしては人類が生きられないという最高の観念はただ一つ、人間の霊魂不滅の観念であり、この不死に対する信仰があって初めて、人間は動物的な存在としてではなく意識ある人間として生きうるものだからである。彼は、人間が生きる拠りどころになっている良き観念のすべては、不死の観念というただ一つの源から発しているとまで言い切って憚らない。ドストエフスキーは、不死に対する信仰のかわりに、人類に対する愛（人類愛）の中に自分を地上に引きとめる力をみいだそうとしてもがく、自殺者の苦悩を描き出す——「自分は駄目だとしても、人類は幸福になりうるし、いつかは〈全体の調和〉という最終目的に到達できるだろう。この考えにすがれば私も生きられるのではあるまいか」という思いに彼はとりつかれる。しかし、人類の生命も本質的には彼自身のと同じ束《つか》の間《ま》のものであるから、人類が〈調和〉を達成できたとしても、その翌日には自然の法則によって彼のと同じゼロに帰してしまうかもしれない。しかも、これが〈調和〉達成のために人類が何千年と苦しみ悩んできたあとの話なのである。結局、このように考えざるをえないことが、まさに人類に対する愛から彼に激しい怒りをもたらし、全人類のかわりに彼を侮辱することになる。そして、この憤怒と侮辱感によって、彼が心の中に抱いていた人類愛も反発され、抹殺されてしまうのである。のみならず、人類の苦悩に対する自分の完全な無力さを意識すると、人類愛が人類に対する憎悪に変わることさえありうる。それは、飢え死にしかかっている一家にあって、親たちが、子供たちの苦しみを見るに忍びがたくなると、あれほど可愛がっていた子供たちを憎しみ始めるのと同じようなものであろう、と。

　ここにみられる愛の心理学は、ドストエフスキー独自のものである。彼はこれを駆使して、人類愛——一般に崇高かつ普遍的愛であることが自明の理として安直に扱われている人類愛の正体をあばいている。彼によれば、人類に対する愛は、人間の霊魂不滅に対する信仰と共にあるのでなければ、全く考えられないし、理解できない。不死に対する信仰のない場合の人類愛は、信仰を失ったものの心の中に、人類に対する愛のかわりに、憎悪の種《たね》を植えつけるようなもので、自分自身に向かって手を振りあげることだからである。彼は不死に対する信仰について結論づけて、次のように言っている。

　——不死の信仰は永遠の生命を約束することによって、それだけ強く人間を地上に結びつける。こう言えば矛盾しているようにすら思われるかもしれない……もし生命がそんなにたくさんあるならば、つまり、地上以外に不死の生命があるのならば、何ゆえにそれほどこの地上の生命を尊重するのであろうか？　ところが結果はまったく逆となる。なぜなら人間は、自分の不死の信仰をもっている時にのみ、地上における自分のすべての理性的な目的を理解するものだからである。自分の不死に対する信念がなかったら、人間と地上とのつながりは切れ、より細くなり、腐ってゆく。そして人生の最高の意味の喪失は（それがたとえきわめて無意識的な憂愁という形で感じられるにしても）、疑いもなく自殺を招来する。つまり、「もし不死に対する信念が人間存在にとってかくも必要なものであるならば、それはそれゆえに、人間の正常な状態であり、そうであるとすれば、人間の霊魂不滅それ自身も、疑いもなく存在する」ことになる。要するに、不死についての観念、これは生命そのものであり、生きた生であり、生命の決定的な公式であり、人類にとっての

真実と正しい意識との主要な源泉である。〔川端香男里訳〕

ドストエフスキーが、不死の信仰が生きるうえでいちばん大事であると確信している以上、当時のロシア人、とりわけ知識階級《インテリゲンチャ》にみられる霊魂不滅の信仰の喪失、つまり、人間存在についての最高理念に対する不信あるいは無関心の風潮を、現代ロシアの病弊として捉えたのは当然である。そして彼は、これといった理由がみいだせない謎めいた自殺をするものたちの大部分は、この病気にむしばまれて人生の意義や目的を見失い、わが身を滅ぼしたものとみているわけである。また、世の中には、人生の意義などを知ろうともせずに、いわば動物的な生活に満足している人や、金儲けや出世一点ばりという人や、放蕩三昧という人がいるけれども、こういった人たちにも理由なき自殺がみられる。これは、彼らが自分でも知らぬうちに人生の最高の目的や意義にあこがれるようになり、それが嵩じた揚句のものだと彼は言う。つまり、〈人生の最高目的へのあこがれ〉こそがその原因だというのである。野卑で俗臭芬々たる彼らが、このような高遠なあこがれを、無意識ながらであったにしても、心の中にいだくことはなかなか信じられないわけであるが、それに対して、彼は思想の伝染性を持ち出す。彼によれば、教養のある知性の発達した人にのみ許されるはずの、ある種の思想・心づかい・あこがれなどが、何であれ心をわずらわしたことがなく、本を読んだこともないような人に、突然伝わり、その人の魂に影響を与えることがある、という。ロシアでは、不死の観念に対する無視的ないし皮肉《シニック》な扱いから、人生の最高目的がどこにもみいだせないために、それへの憧憬・渇望は（したがって苦悩も）激しいものがあるが、この〈あこがれ〉に彼らが感染して（彼らの側から言えば〈あこがれ〉にとりつかれて）自殺したというのが、ドストエフスキーの見方であるようだ。――唐突であるが、以上のような見解は、わたしに《カラマーゾフの兄弟》の父親フョードルの心情を想い出させる。酒色にふける金銭万能主義のこの男が、ゾシマ長老に対してときに洩らすことのある一種の敬意が、ここでいう〈あこがれ〉の意識せざるあらわれのように思われるからである。

ロシアにおける不死の観念の不在が招いた夥しい自殺のなかから、ドストエフスキーは二つの実例を引用している。一つは、二十五歳の助産婦ピーサレヴァの場合で、もう一つはゲルツェンの三女、十七歳のリーザの場合である（ただし、リーザの場合は、《日記》では〈非常に有名なロシア人亡命者の娘〉とだけ記載され、名は伏せられている）。いずれも、残された遺書の特異な内容・書きぶりが彼の注意を惹き、そして、そのこと自体が不死の観念の不在を色濃く反映している（それは焦燥感あるいは憎悪の形をとっているにしても）と彼が判断し、これらを理由なき自殺の典型として引用するにふさわしい、と思ったからであろう。

　ドストエフスキーの論法に従えば、不死の観念の喪失は、当然家庭に崩壊をもたらし、偶然の家族を生ずる。したがって、先にドストエフスキーは、家族の偶然性の原因を父親が持つべき普遍的な理念の喪失に求めたけれども、この場合の理念の根源的核心をなすものが、不死の観念に対する信仰にほかならないことは言うまでもない。彼はすでに家庭崩壊のあらわれを女性虐待や子供虐待という事件にみて、そのことを《日記》で取り上げているけれども、同じあらわれを、人生をまだ味わったことのないような年少な子供の自殺にもみている。この種の自殺も当時のロシアには少なくなかったらしいが、取り上げられた実例は、中学予備校の生徒で十二歳になる男の子が、先生の叱責を苦にして学校で首吊り自殺をしたというものである。少年の自殺の直接の原因《きっかけ》が本当に先生の叱責にあるものやら、また、少年が死にたくなるほどひどく先生が叱責したものやら、そのあたりは一向にはっきりしないのだが、叱られたその日のうちに簡単に首をくくって死んでしまう点など、死ぬ原因《きっかけ》がどうもはっきりしない点を含めて、最近、わが国でとりわけ目立っている小中学生の自殺と共通性があることは否定できないように思われる。

《日記》も終りのほうに載っているガルトゥング将軍の自殺では、それを取り上げた著者の意図が、これまでわたしたちがみてきた場合と全く異なる。事件は、さる高利貸しの遺言執行人であったガルトゥングが、高利貸しの死後、相続争いに巻き込まれてしまい、裁判の結果、陪審員による評決が横領・有罪であったために、正式の判決も待たずに、控え室で心臓に一発撃ちこんで自らの命を断ったというものである。死ぬことによって、自分の無罪・潔白を証明し自分の名誉を守ろうとする自殺は（その目的のために自殺が最善の方法なのかどうかはケース・バイ・ケースであろうが）、前述の理由なき自殺が現代的なタイプの代表であるのに対して、昔ながらの古典的なタイプの一つであると言えるであろう。ドストエフスキーは、このガルトゥングの古典的な自殺に、世間知らずなことこの上ないくせに、名誉心だけが妙に際立って強い、ロシア・ジェントルマンの最後をみてとるとともに、そのようなジェントルマンを生んだロシアの知識階級の〈古き性格〉の忌まわしい特徴を攻撃する――彼が挙げているその特徴とは、まず軽薄さと中身のなさである。それは、イメージとしては主人の衣裳で着飾った下男といったところで、ジェントルマン気質のなかにみられる、押出しを堂々とした立派なものにしたいとか、いくら金がかかってもいいから身辺を飾りたい、というような強い気持として生きている。第二の特徴は、人の言いなりになること、つまり、すぐにも譲歩して賛成したい欲求である。それは臆病からのものではなく、一種の心づかい《デリカシー》とでもいったらいいかもしれない。ガルトゥングの場合のように、自分では本当は遺言執行人などになりたくないのに、「まあ、かまわんじゃないか、なってみるか」と自分で自分を説得しにかかるあたりが、この欲求のあらわれである――。ドストエフスキーは、彼の死は宿命であり悲劇であると言う。それというのも、彼の災難《わざわい》は、悪習にそまった知識人なら、誰にでもふりかかるような性質のものであったからである。運命はなぜか彼一人を選んで、彼の属する社会の悪習のために彼を罰したというわけである。つまりドストエフスキーは、ガルトゥングの自殺をダシにして、現代ロシアの知識階級の悪習ともいうべき〈古き性格〉を攻め立てているのである。――〈ガルトゥングの自殺をダシにして〉とは言ったが、遺産相続のからんだ訴訟沙汰そのものは、ドストエフスキーにとっては決して他人事《ひとごと》ではなかったはずだ。四十歳代以降、とりわけ晩年の《年譜》からは、伯母クマーニナの遺産の分割に関して、妹たちとの間の不協和音がひどくなってきていることが窺えるし、また、事実、死ぬ前々日にも、クマーニナの遺産のことで妹ヴェーラ・イワーノワと激論しているからである（彼女が帰ってから第一回の喀血があったという。その後、数回の喀血があって死を迎えることになる）。

少し前に戻ることになるが、理由なき自殺に関連して、というよりも、それに密接するものとして、ドストエフスキーが持ち出した、自分の魂とその不死という観念およびそれに対する信仰について、わたし自身に引き付けて、ここで、もう少し考えてみたい。

すでに述べたようにドストエフスキーは、霊魂とその不滅に対する信仰について、この信仰が、わたしたちが生きるうえで欠くことのできない最高の源泉であると断言しているわけであるが、このような彼の主張を検討する場合、三段階に分けて検討することがわたしに課せられることになろう。すなわち、①霊魂は存在するか、②霊魂が存在するならば、そのありようは不滅か、③霊魂不滅を信ずることによってのみ、人生の意味と目的を理解できるのか、の三つを検討することが必要であろう。

わたしたちは、自分の目で見たり、自分の手で触ったりすることのできるものとして、自分の肉体のあることを知っている。しかし、その一方で、見たり触ったりすることなどできもしないのに、自分のなかに、肉体とは全く別のものがあることを知っている。それがなければ、わたし人間はものを考えたり、ものを作ったりすることなどをはじめ、何一つできやしない。それは、いうまでもなく心であり魂であり精神である。わたしたちは、その所在《ありか》の詮索は別として、自分のなかに心・魂・精神のあることを信じている。この三つの言葉の内容は、それぞれ重なり合いながらも分化していて、それぞれの外延は必ずしも一致しているわけではないが、自分のなかにその存在を意識するわたしたちとしては、それらに共通する公約数的な内容として、次のように定義できるのではなかろうか。すなわち、それらはいずれも、わたしたちが何か高いもの、優れたものをあこがれ求めるようにさせる〈もの〉である、と。しかも、たとえば心という場合、心という言葉で、そのもの全体を漠然と指し示すとともに、そのものの構造《しくみ》や機能《はたらき》に力点が置かれている感がある。そうとすれば、心が発動して活発になってあらわになった状態が精神であり、このように心を発動させる根源、いわば心の核心が魂であるとでも言ったらよいであろうか。このように、この三つは、その内容にニュアンスの違いがあるために——これはおそらく語源的な由来によるものであろうが——、それぞれ場合に応じて微妙な使い分けがなされているけれども、肉体の死と関連づけて論じられるのは決まって〈魂〉である。これは魂という言葉の原義として、万物に宿ってそれに生命を与える精霊《アニマ》、あるいはまた、肉体からぬけ出て自由に動き回る精霊といった意味があり、それが生かされているのであろう。

ところで一般に、日本語では魂と霊魂とは同義として用いられ、《日記》の邦訳者にしても、語呂・文脈の点から、この二つを使い分けているにすぎないように思われる。したがって、自分のなかに魂があると信じているわたしは、霊魂の存在を信じているといわなければならない。

《カラマーゾフの兄弟》には、多くの人たちから慕われ尊敬されていた徳高きゾシマ長老が、息を引きとったその日のうちに、遺体から腐臭を発して、何か奇蹟のようなことが起こることを期待していた信者たちを驚かせた、という挿話《エピソード》がでてくるが、ここには著者の肉体観があらわれているように思われる。すなわち、肉体そのものは、故人の生き方とは全く関係なく、むなしく、はかないこと、肉体が自然の法則に従属することが語られているのではなかろうか。一方、《日記》では魂の不死という観念は永遠の生命を約束する、不死の観念は生命そのものだと言い切っている。そこで、この二つの考え方を重ね合わせると、不死の魂（つまり生命）が、たとえば宇宙のどこかにただよっていて、それが地上の肉体に宿ることによって、はじめて人間は人間たりうるという、霊魂不滅の見地からの人間観が得られるが、このような粗雑なものをドストエフスキーの人間観とみてよいのであろうか？

岩波小辞典《哲学》（一九七六年版）によって『霊魂の不滅』

の項をひいてみる。そこでは霊魂不滅について、要領よく簡潔な記述がなされていると思うので、これを次に書き記すことにする。

——霊魂の不死ともいう。人間の霊魂が肉体の死後にも存続するという観念。それは原始民族以来あったもので、死者の国、そこでの審判、天国や煉獄や地獄の観念もそれにつながる。霊魂の不滅を説く方法としては、①その非物体的な特質、②道徳上の要請、③心霊術などがもちいられる。さらに霊魂が肉体の出生以前にすでに霊界にあったとする〈先在〉、またさらに死後の霊魂が過去および未来にわたって他の身体（人間、動物、植物の）に転移するとする輪廻の観念もある——。

ここに出てくる天国や地獄について、そのイメージは、わたしたちにとってたいへん馴染み深い（ただし、天国という楽園のイメージは、わたしたち日本人一般にとっては、仏教でいう極楽というイメージと重なり合ってしまい、この二つが切り離せないようになっているけれども）。わたしたちがこのように感ずるのは、おそらく、霊魂不滅などという仰々しい観念がことさらに持ち出されることなしに、幼いころからいろいろの機会に極楽や地獄のことを見聞きさせられてきたために、そのイメージが知らず知らずのうちにわたしたちの中に滲透してしまっているからであろう。もっとも、幼いころ抱いたイメージ原型とでもいうべきものを探るとなると、誰にとってもあまりたやすいことではなくなるであろうが——わたし自身の場合、そのイメージ形成に関して、絵巻物《地獄草紙》やボッティチェリの《神曲》挿図、ボッシュの絵などからかなり強い影響を受けたようだとは言えるけれども、それは勿論、文学や美術の世界を知るようになってからのことであって、それ以前のイメージのこととなると、すこぶる曖昧模糊としている。それがいつごろ、どんなふうにつくられたものなのか、思いめぐらしても、一向にはっきりしない。たとえば、イメージの素材になったものが、子供のころ見世物小屋でみたお化けや、絵物語などに登場したはずの閻魔さまや赤鬼・青鬼ではなかったか、あるいは祖母から聞かされた怖い昔噺の残滓ではなかったか、と遠い過去をさまよい、それらの素材が子供心特有のおびえや不安によって練り合わされて、とくに地獄についてのある種のイメージがつくりあげられたのではないか、と想像するくらいのものである。

しかし、実のところ、天国（極楽）や地獄の観念は、死後における霊魂の存在を想定しないことには成立しえないし、本来、因果応報の考え——この世で善いことをしたものはあの世では極楽へ、悪いことをしたものは地獄へというふうに、極楽と地獄とを生み出した考えそのものが、霊魂不滅の観念を前提としているというわけである。このような因果応報の考えや、地獄・極楽の観念は、仏教哲理の深奥から生まれたものであるにちがいないにしても、それらが道徳上の要請にこたえるものであることも言うまでもない。引用した小辞典の文章中に、霊魂不滅を納得させるための説法の一つとして、〈道徳上の要請〉とあるが、因果応報とそれに関連する諸観念の発想の根底にも、道徳上の要請が潜んでいることは否定できない。そして、ドストエフスキーが霊魂不滅の観念に人生最高の価値をみいだすのも、それが道徳上の絶対要請として決して欠くことができないものと、彼自身が堅く信じているからにほかならない。

小辞典には、霊魂の特質として〈非物体的〉とあるが、これは、広がりや重さを持たず、人間には知覚できない特別な〈もの〉が霊魂である、ということであろうが、はたして霊魂は人間には知覚できないものなのかどうか？　この疑問に関連して心霊術（降神術）が問題になってくる。心霊術は古くからあったといわれるが、欧米では一九世紀中頃から大いに行なわれるようになったものらしい。わが国では、明治後半ごろから千里眼、念写といった、霊媒による心霊術が盛んになったようだが、それらの心霊実験に対して、田中館愛橘、山川健次郎、石原純などの科学者たちも、否定的立場から関与している。実は、ドストエフスキーも心霊術には大いに関心を寄せていて、その証拠に《日記》でも三回ほど、それについて論じている。霊魂不滅を信ずる彼が、死者の霊魂をこの世に呼び戻したりすることができると称する心霊術に、関心を持つのは当然といえるかもしれないが、彼の心霊術に対する態度は明快そのものである。しかし彼は、心霊術にひっかけて、それが悪魔のしわざであるかどうかなどという話を持ち出したり、心霊術を調査するために組織された委員会を揶揄したり、とりわけ、そのメンバーの一人、D・I・メンデレーエフ（元素周期律の発見で有名な化学者）を槍玉にあげて、皮肉りながらやっつけているので、分かりにくい面がないではない。

ドストエフスキーは、霊媒のでる心霊術の催しにも実際に出席しているけれども、彼の心霊術についての見解は、「大がかりな、異常な、愚劣きわまりない迷妄であり、邪教であり、暗黒である」というものである。彼は特に、心霊術のもつ神秘的意義をこのうえなく有害なものとして捉え、非難している。この神秘的意義とは、おそらく、死者の霊魂の出現をさすのだろうと思うが、彼は、心霊術ごときもので霊魂があらわれるなどとは少しも信じていないのである。（なお、彼がメンデレーエフらを攻撃しているのは、彼らが、心霊術が単なる手品やまやかしなどではなく、何ものかであるということに考えが及ばずに、それをいんちき手品以外のものであるように扱うのは権威をけがすとばかり、高飛車に、わずかの実験から性急に結論を導き出している、非科学的なやり方に対してである。彼の考えでは、このような単純傲慢な態度では、心霊術の信者たちに影響を与えることが不可能であるだけでなく、彼らの迷妄を深めることを助けるばかりだ、というのである。）

心霊術のような眉唾ものについては、この辺で論議を打ち切って、わたし自身と霊魂との問題に立ち帰って考えてみよう。わたしたち一般的な日本人は、亡くなった肉親など、ごく親しい人のために法事や墓参りをして、故人の冥福を祈るけれども、この時わたしたちは、死者の面影を眼前に思い浮かべ、死者の在りし日を偲ぶことによって、死者の霊魂を呼び起こし、それと接しているといえるのではないだろうか（死後にも死者の霊魂が存続していようがいまいが、生者であるわたしたちには、死者を思う熱い心が描きだす心象《イメージ》を介してしか、それを捉えるすべはないのではなかろうか）。こうしてわたしたちは、死者の霊魂と共生しながら、死者の霊魂のこれからも安らかならんことを、仏に祈願しているのではないだろうか。だから〈故人の冥福を祈る〉という言葉の中身としては、死による肉体の消滅とともに、死後の霊魂の存在が信じられていなければならぬ――あるいは、少なくとも自分が呼び起こした霊魂の現存が信じられていなければならぬ、ということになる。さらに、故人の冥福祈願に限らず、広く神仏への祈願そのものは、神仏に対する信仰があって初めて成り立つものであるし、そのために御利益《ごりやく》というものも生ずるわけである。つまり、祈願する相手の存在が信じられていなければ、祈願そのものが無意味なものとなるわけである。わたしの先祖供養などは、どうやら、この無意味な不信心ものの祈願のたぐいに属するようであるから、その効用のほどには全く自信が持てない。それに、わたしの場合、先祖の霊魂、といっても、いちばん身近であった祖父や父の霊魂ということになるが、第一、それらを喚起するはずの心象《イメージ》そのものが、いまだに在世中の汚濁にまみれていて、わたしにとって甚だうとましく感じられるのだから、わたしは彼らの霊魂にできるだけ触れたくない心境にあり、したがって、供養の効用のほどはますますもって怪しい限りといわねばならない。祖父や父についての心象がうとましいのは、わたしが我執のすこぶる強い人間であって、祖父や父の生きざま――利己的で小心翼々なために、世間体《てい》をつくろうことばかり気にかけている、うすぎたない漁色生活を、いまだに許していないからであろう（人間の生き方として、女狂いは決して褒められるようなものではないが、彼らの場合、それが単なる女狂い、あるいは、世間の目などをものともしない堂々たる女狂いであったならば、わたしにしても、これほどまでこだわりはしないであろう）。ともかく、わたしは今のところ、祖父や父の霊魂などにかかずらうつもりは全くない。

人間が肉体と霊魂という二つのものから成り、肉体死滅と霊魂不滅を説くのは、精霊崇拝《アニミズム》の遺残であろうが、この人間観の正否について喧々諤々《けんけんがくがく》と論ずることは、わたしの任でもなければ、わたしの好みでもない。わたしはドストエフスキーの霊魂観に足を踏み入れたばかりに、それに引きずられて、ここまで来てしまったまでのことである。しかし、ここまで来たついでに、霊魂不滅についても、もう少し駄弁を弄しても差支えあるまい。

死後にも霊魂が存続すると考えるのは、人間の死を霊魂の肉体からの離脱とみるのと同類であろうが、わたしは人間の死をそのように受け取るのはあまり気に入らない。人間の意識というものは、わたしたちが生きているということの自分自身へのあかしでもあるが、この意識を肉体と霊魂のどちらかに帰属させることはノンセンスであろう。したがって、わたしが死ぬ、つまり意識が不可逆的に消滅する時には、肉体と霊魂のどちらもが死ぬと考えるほうが、わたしには分かりやすい。〈分かりやすい〉とは言ったものの、「それでは、おまえは肉体と霊魂とが同時に死ぬと信じているのだな、つまり、自分の霊魂の不滅を信じていないわけだ」と念を押されるならば、それに対しては「ちょっと待て」と猶予を乞いたい気持になるのである。というのは、霊魂はいったん死んだにしても、それを生き返らせることのできるものがただ一つ、あるからである。それは勿論、かけがえのない人を失い、それを歎き悲しむ心、愛する人の心である。これだけが亡き人の魂を甦らせることができる。だから、霊魂は肉体とともに死ぬとはいっても、亡き人を愛する人がいる限り、その人の霊魂は生き続けるとみることができる（このように、愛する人の心によって生き返り、その人のなかの魂（霊魂）と呼応しながら生き続けるのが、霊魂の本性であると言えよう）。わたしの霊魂の場合にしても、前述のような意味合いで、わたしを愛する人がいるならば――それが誰であってもかまわないし、また、それが一人とは限らないわけであるけれども――、その人が生きている間は、その人とともに生き続けるだろうが、それ以上長くはおそらく生きながらえることはないだろう。そうとすれば、わたしは、霊魂が永遠に消滅しないという意味での〈霊魂不滅〉は信じないけれども、自分の霊魂が、わたしの死後、しばらくの間――自然界を流れる無限の時間にくらべれば、ほんの一瞬の間《ま》でしかないが――生き続けることを認めてもよいように思うのである。

すでに述べたように、ドストエフスキーは、自分の霊魂の不死を信じ、かく信ずることによってのみ、人生の意味と目的とを発見・理解できるとしている。しかし彼は、自分の信ずる霊魂不滅の内容について、あれこれ弁じたてているわけではなく、ただ一つ、これを信じなければ人間は生きてはいけぬという、自分の信念を表明しているだけなのである（そのことを証明するために、霊魂不滅を信じていない男の遺書を自ら作成して、その中で、その男が論理的に自殺せねばならぬように追いつめられることを示す、という回りくどい手順を踏んではいるが）。ドストエフスキーの論法は、不死の信念が人間にとって欠くことのできないものであるならば、この信念をもつことこそが人類の正常な状態なのであり、そうであるとすれば、霊魂不滅それ自身も存在する、という強引なものであるが、これには信仰者の信念吐露といった趣がある——そのことは、彼自身が霊魂不滅の信仰と言っているくらいだから、当然であろうが、試みに、前文の霊魂不滅を神に、不死に対する信念を神信仰に置き換えてみれば、誰の目にも明らかであろう。彼にとって、霊魂不滅は、すべての善き観念の源泉となる最も優れた観念であったから、それは神観念の嫡子という位置を占めるようなものだったのであろう。

わたしは無信仰ものであるけれども、神の存在が信じられれば、心の中に神という絶対者に依拠した価値判断が生まれ、それにもとづいて、事物に一定の倫理的秩序を与えることが可能になるのではないか、と想像している。だから、神と霊魂不滅に対する信仰の篤いドストエフスキーが、この信仰によってのみ人生の意義が理解できると言っているのは、おそらく真実であろうとは思うけれども、そのどちらも信じられないわたしにとっては、このような彼の保証は意味がなく、何の役にも立たない。しかし、そうかといって、人生の意味や目的は何かという、人間にとって最大最高の疑問に答える用意など、わたしにもあるはずがない。ただ、わたしに言えることは——これまで迷ったり苦しんだり悩んだりしてきたこと、あるいは現に迷い苦しみ悩んでいることが、どのような内容と意味を持っているのかを、遅まきながら、六十を過ぎた自分の中でじっくりとさぐるために、ドストエフスキーを読んでいるようなものであり、また、そうすることが〈わたし〉をわたし自身に明らかにする道でもある、と考えているということぐらいである。つまり、デカルトの〈われ思う、ゆえにわれ在り〉という命題で、存在することが疑いえないとされた〈われ〉の正体を、わたし自身を材料にして、わたしの流儀でメスを入れて、明らかにしてみたいと思っているわけである。

ここまで書いてきたところで、《朝日新聞》（一九九〇年八月二四日）のコラム〈余白を語る〉をたまたま読む機会があったが、そのなかで、八十七歳の石垣綾子がわたしの気持にたいへん近い心情を語っていたので、大いに感銘を受けた。とりわけ、文章のしめくくりとして綾子が語っている死後の夢（？）は、彼女が霊魂の存在を信じていない人間であるだけに余計面白い。次に引用、紹介したのは文章全体の四割ほどの量である。

――〈余白〉なんて、人生にはない、と私は思っています。だれの人生にもにない。どなたも、それぞれ生きることに一生懸命なんですから……。（略）

私は生きている間は仕事を続けたい。そう思っております。何もしない人生なんて退屈。そして退屈な人生ほどつまらないものはない、と思うんですね。

後の問題は仕事をしながらいつまで生きられるか、ということでしょうが、私は別に死ぬことは怖くないんです。死というものは残った人間にエネルギーを与えますもの。自分にとってかけがえのないと思う人の命が消えると、だれでもその人に代わって生きねば、という気持ちになりますでしょ？　夫の石垣栄太郎やアグネス・スメドレーたちはそういうエネルギーを私に与えてくれましたし、私自身もそういう死を、他の人にエネルギーを与えることのできる死を迎えたいと思っているんです。

それに、私は自分が死んだら、栄太郎が必ずすぐ、私のところにやってきてくれるって、思っているんですの。霊魂を信じているわけではないので、理屈の上からはありえないことのはずなのに、感情的にそう思い込んでいるんです。ですから死もまた楽し。それで私が死んだら、たくさんの友達にも会えて、忙しくなるぞ、なんて思ったりしているんですのよ。

〔口述・石垣綾子。文章・赤松俊輔〕

4

ドストエフスキーは、その小説でも、〈ユダヤ人〉や〈ユダヤ人根性〉などという言葉を文中に忍び込ませながら、これらの言葉にあまり結構ではない意味を含ませていたように憶えている。《日記》では、これらの言葉は小説におけるよりも頻繁に用いられているように思われるが、それらの使われ方から、ユダヤ人自身は筆者にユダヤ人に対する偏見と悪意があると感じとったらしく、彼は彼らから抗議の手紙（投書）を受け取っている。このために彼は、投書者の非難に答える形で、《日記》の中で自分のユダヤ人観を述べ、さらに、自分の手に余ることだと弁解しながらも、ロシアにおけるユダヤ人問題を論じなければならない羽目におちいったようである。

《日記》で、ユダヤ人もしくはジューという言葉が出てくる箇所を実際にあたってみると、彼がこれらの言葉によろしくない意味をこめて用いていることは確かである。たとえば、〈ドストエフスキーは、一八六一年発布の農奴解放令をアレクサンドルⅡ世の仁慈的施政のあらわれとして高く評価しているのだが、それによって、解放された）農奴たちのなけなしの土地や金《かね》が、結局は高利貸しや居酒屋にしぼりとられてしまうのを知るや、それらの搾取者たちはユダヤ人であるにちがいないと決め込んで、文章上は、ただ単に〈高利貸し〉〈居酒屋〉で何ら差支えないと思われるところを、わざわざ〈ユダヤ人の高利貸し〉とか〈ユダヤ人の居酒屋〉と表現したりするのである。金を溜めることだけが生き甲斐であったり、貪欲で金にきたない人を、好ましいと思う人はいないであろうが、この種の人間の具体的なイメージを、彼は相場師や高利貸し、銀行家などのなかにみていたらしい。彼らは、小説中でも著者によって好意的な扱いを受けることはなかったけれども、彼らのいやらしい面、たとえば強欲、無慈悲といった面をとくに強調する必要があるような場合には、相場師や高利貸しという言葉だけですまさずに、さらにそれらに〈ユダヤ人の〉とか〈ユダヤ人気質の〉という言葉を付け加えるのが、彼の常套的なやり方であるように思われる。

ユダヤ人が金貸し、それも強欲非道の高利貸しであるという偏見は、ドストエフスキー一個人のものではなく、当時の欧米人の意識のなかに巣食っていた、社会常識的なユダヤ人観であったのであろう。それは長い歴史的過程をへて形成されたものであるにちがいない。古くエルサレムから世界各地に離散・移住したユダヤ人に、金貸しをいとなむものが多かったのは歴史的事実であるようだ。すなわち、中世キリスト教社会において、当時の職業別組合であったギルドから締め出されてしまった彼らは、カトリック教会により教義上禁じられていた職業、つまり金貸しや両替業に自然と集中せざるをえないようになっていったらしい。それに社会的差別意識が加わって、強欲非道の高利貸しというユダヤ人像が生まれたのであろう。そして、その像の典型が、《ヴェニスの商人》に描かれているユダヤ人シャイロックである。貸金の担保として、借主の体の肉一ポンドを要求してやまない執拗で冷酷、残忍な人間像を、シェークスピアが創造したのは今から四百年も昔のことであるが、わたしなどのような日本人は、ユダヤ人と称せられる人たちを見たこともないし、勿論、個人的にもユダヤ人の知合いなどいないくせに、ユダヤ人像となると、シャイロック像がすぐさま脳裡に浮かびあがってくる（もっとも、わたしには、邦訳本であれ、原作をちゃんと読んだという記憶は残っていないのであるが。わたしは、そのイメージを少年用の翻案物あたりから仕入れたのであろうか）。その仕入れ先がどこであろうと、わたしはそこから強烈な印象を与えられたわけであるが、これは原作そのものが優れた芸術作品であるからにほかならない。だから芸術は素晴しいと言えるが、また怖ろしいとも言える。この作品に描かれたシャイロック像が、ユダヤ人に対する偏見を助長し固定化するうえで大きな力を持っているということが、わたしの例からだけでも言いうると思うからである。

一般にユダヤ人は、唯一絶対神として信奉するヤハウェとの契約によって、特別の恩寵《おんちょう》が与えられたとする選民意識を、古代から抱き続けている民族とされるが、このような民族的個性とでもいうべきものが、ユダヤ人に、どこの国に住んでいようとも、〈国家内の国家 status in statu〉を作り出させるのだと、ドストエフスキーはみているようだ。彼のユダヤ人観の核心をなすものは、この〈国家内の国家〉を生み出すとされる理念とそれに対する感慨なのである。彼はユダヤ人について次のようなことを言う。

――四千年もの間、幾度となく自らの国土、自らの政治的独立を失い、失ってはそのつど再び団結して、昔ながらの理念の中に再び復活する、これほどまでに活力が旺盛で精力的な民族、他に例をみない民族が、生き続けて行けば、〈国家内の国家〉ができなかったはずはない。彼らが、四千年にわたって、恐ろしい離散と迫害の歳月を通じて守り続け、〈国家内の国家〉を生んだ永久不変の理念とは何かといえば、まず、宗教的教義と呼べるほどの孤立化と絶縁性、非融和性であり、さらに、他の民族が存在していようとも、ユダヤ人だけしか存在していないかのようにみなさなければならない、という信念である。すなわち、ヤハウェは彼らにこう約束したにちがいない、と彼らは信じている。「諸民族より出でて、自らの個体を作るがよい。今日からは、おまえは神の一人子《ひとりご》であると心得て、他のものたちをどう扱おうと、おまえの勝手である。全世界に対する勝利を信ぜよ。すべてがおまえの前にひざまずくものと信ぜよ。すべてを嫌悪し、日常の生活において何びととも交わってはならぬ。たとえ自らの土地を失い、諸民族のなかに離散することがあろうとも、おまえは約束されたすべてのものを、永久に信ぜよ。すべては実現されるものと信ぜよ。今のところは嫌悪し、団結し、搾取しつつ待つがよい、待つがよい」と。これこそが理念の本質なのである……もっとも、これはその外面的な特徴を言ったまでのことであり、内面的には、わたしたちには窺い知れない秘儀めいた掟があって、この理念を厳しく守っているにちがいないのだが――。

ドストエフスキーは、このように〈国家内の国家〉を作りながら、今でもメシア（救世主）の出現をひたすら待ちこがれているのがユダヤ人であるとして、彼らの大多数が金貸しという たった一つの職業を選ぶのもそのためだ、と言いたげである

——彼はそれを子供のころ耳にした伝説として逃げてはいるけれども。彼の紹介するその伝説なるものによれば、金を扱う商売が彼らに好ましいのは、メシアが現われ自分たちもエルサレムに馳《は》せ参じようとする場合、土地に縛られた他国人《よそもの》などになっていては困るからであり、何でも金貨や宝石に変えておけば、いつでも身につけて、エルサレムへ持ち込むことができるからである、と。

以上のようなユダヤ精神（ユダヤ人の理念）の捉え方については——勿論、それと全く同じではないが、似通った同じ傾向の捉え方については、わたし自身、かつて、どこかで聞かされたようなおぼろげな記憶がある。ドストエフスキーの場合、ユダヤ精神の本質なるものを、ドストエフスキー流に自分の思い込んでいる方向へ極限まで押し進めて論じているので、彼独自なものはあるのであろうが、彼の見解は、ユダヤ人に対する社会的偏見に影響された極論であると思いたい（ここで、わたしが極論ないし偏見であると思うと言い切れないのは、一九世紀末のシオニズム運動や二〇世紀におけるイスラエル建国とアラブ諸国との深刻な対立などから、彼の見解は、あながち偏見ばかりとは言えないのではないか、という疑念を捨てきれないからである）。彼に言わせると、ユダヤ人を律するこの理念は、ユダヤ人ではないすべてのものに対する無慈悲さと非礼さにあふれたものであるが、そのことは、とりわけロシアの辺境での搾取ぶりによくあらわれている。このようなことからロシア人はユダヤ人を嫌い憎んでいるのだから、ユダヤ人に対する反感とか憎悪とかはユダヤ精神に起因するものといいうるのであって、ただ単に民族・宗教が違うからという偏見によるものではない、と（ある民族の掲げる理念を自分に都合よく解釈したり、先入観や社会通念などに無意識ながら影響されて、結果として、ねじまげて解釈したりすること、またその解釈そのものも偏見であろうが、ドストエフスキーの場合、偏見という言葉をごく狭い意味で使用しているようだ）。だいたいドストエフスキーは、《日記》でユダヤ人問題について論ずる場合、ユダヤ人に対して辛く、ロシア人に対して甘く、彼の見方は身贔屓しすぎるという感じを持たざるをえない。そのことは、彼が青年時代にシベリアの牢獄の中で共に暮すめぐりあわせになった、ユダヤ人とロシア人それぞれの相手に対する態度や付合い方について、それが対照的であることを証言し、それを牢獄外のロシア一般の場にまで敷衍《ふえん》している箇所に、端的に示されている——勿論、ユダヤ人のほうがたいへん分《ぶ》が悪く描かれている。さらに、当時の新聞・雑誌のたぐいは、多かれ少なかれ、ユダヤ人に対する悪意にみちた偏見に汚染されてしまっていたはずだから、それらからユダヤ人についての情報を仕入れていたと思われるドストエフスキーが、それに染まって、ユダヤ人に厳しい態度をとるようになった可能性もあろう。もっとも、そのような影響をこうむる以前に、彼自身のなかに、ユダヤ人に対して厳しい態度をとるように仕向ける、偏見的ともいえる素地があったようにも見受けられる。というのは――彼は、南北戦争後、奴隷身分から解放されたばかりのアメリカの黒人たちに、ユダヤ人がよい獲物とばかり襲いかかるにちがいないという予想を早々とたてていたが、それにもかかわらず、その種の出来事が一向に新聞に載らないので、不思議に思っていたところ、予想してから五年もたった今日、漸く待ちに待った記事を新聞で読むことができたと、自分の先見の明を誇るかのように書き記しているからである。このような彼であってみれば、新聞などで、ロシアの辺境などですさまじい搾取を行なっている張本人はユダヤ人だ、と書き立てられれば、それを殆ど鵜呑みにしてしまうのも、また止むをえないことかもしれない。

ドストエフスキーは、ユダヤ人に対する厳しい攻撃的な私見を《日記》で開陳したあと、ロシア人とユダヤ人との友愛的団結を提唱しているのだが、そのことは後述するとして、彼のような複雑な個性が、ユダヤ人に対して身贔屓の観点の目立つ、反ユダヤ的とも受け取れる意見の持主であったことは意外であった。それにしても、（《日記》の記述から浮かびあがってくることだが、）ロシア人であれユダヤ人であれ、親ユダヤであれ反ユダヤであれ、ユダヤ人に関して世界に流布、定着した偏見の渦の中で、もがいているようにみえる社会的思想的情況は、それだけロシアにおけるユダヤ人問題が深刻化していたことを如実に示しているのだろうし、それはまた、ユダヤ人迫害（ポグロム）が始まる前夜――ポグロムは当時すでに始まっていたかもしれないが――の穏やかならぬ世情を反映するものでもあるのだろう。当時から百年以上もたった現在のゴルバチョフ時代のソビエトにおいても、ユダヤ人問題は依然として、未解決の問題の一つとして残されているように思われる。ちなみに、当時の人口として、ロシア人八千万人に対してユダヤ人三百万人であったことが、《日記》から推定できるが、一九八〇年代の人口はというと、ロシア人一億三千万人に対してユダヤ人百八十万人である。統計が示す、このユダヤ人の激減は、イスラエル建国とそれへの移住がおもな原因であると考えたいが、ポグロムによるユダヤ人虐殺も原因として無視できないのではあるまいか。

ところでドストエフスキー自身は、彼のことをユダヤ人憎悪者だと非難する投書者に答えて、自分は民族としてのユダヤ人に対して憎しみを抱いたことは一度もなかったし、そのことは、わたしと付合いのあるユダヤ人なら知っているはずだから、まず、そのような非難はお返ししたい、と言っている。そのうえで彼は、わたしが時々〈ジュー《ユダヤ人》〉という言葉を用いるのは、何もユダヤ人をやっつけるためではなく、たとえば〈ジュー〉〈ジュー気質〉〈ジューの王国〉というふうに言う場合、一定の観念、傾向、時代の特徴のそれぞれに、〈ジューの理念〉的なものが卓越していることを明示するためなのである、と付け加える。このように彼は、ユダヤ人の抗議に反発して、自分がユダヤ人に対して憎悪の気持を持っていない、と主張しているのであるが、しかし、ロシア国内に自分たちだけの〈国家〉を作りあげるという、ユダヤ精神（ジューの理念）についての彼の見解をすでに知っているわたしたちは、彼のこのような言いぐさをそのまま認めることができるであろうか。というのは、ジューの理念についての彼の理解のしかたや語り口には、軽蔑感や嫌悪感、少なくとも不快感がにじみでているように思われるからである（彼が愛するイエスの愛の教えに敵対するようなジューの理念に、彼がそのような感情を抱くのは自然であろう）。だから、彼自身が不快感を持たざるをえない理念の下で、精力的に生き続けるユダヤ民族に対して、自分でも否定しているように、憎悪というような激しい悪感情は持たなかったことは信じてもいいかもしれないが、彼が、彼らに不信感や、彼らを疎外したいような気持まで持たなかったと否定するのは、行き過ぎであるように思われる。（とは書いたものの……ドストエフスキーは、自分では否定してはいるけれども、本当のところは、ユダヤ人に対して不信感どころか強い憎悪の念を抱いていたのではないのか、と影の声がささやくのである。）

　このような彼のユダヤ人に対する不信感は、いろいろの箇所でみられるが、とりわけ、ユダヤ人に対する差別について訴えた投書者への答えの中によくあらわれている。投書者は、ロシア国内のすべての異民族に認められている基本的な権利、〈居住地選択の自由〉の権利が、ユダヤ人から奪われていることを訴えているのであるが、それに対する彼の答えからは、不信感どころか偏見的な悪意すら感じとれる。ドストエフスキーの考えによると、ユダヤ人がジューの理念とそれから生まれたものを完全に自分のものとして保持したまま、あらゆる権利を他民族と同等に与えられることは、ユダヤ人が他民族よりも多くの権利、何か完全以上とすら言えるものを獲得することになるらしい。彼は、現在の情況でもユダヤ人の無慈悲極まりない悪辣ぶりは目に余るのに、今以上の権利を持つようになったら、ロシアの百姓は一巻の終りだとまで〈妄想〉している（彼自身がこのような自分の想像を〈妄想〉と言っているのであるが、彼が心底から〈妄想〉と思っていたかどうかは疑わしい）。

　ここまでドストエフスキーは、ユダヤ人に対する不信感、あるいは反ユダヤ的な妄想をかきたてるようなことばかり言ってきたにもかかわらず、彼なりのユダヤ人考察が終りに近づくや、突如として、ユダヤ人に他民族と同等の権利を与えるのには賛成だ、と言いだす。そのわけは、人情と正義が要求するすべてのことは、ユダヤ人のためにも行なわれなければならないし、それがキリストの教えというものだからである、と。このような自家撞着めいた言い方をしてしまっては、議論するうえでは強気のドストエフスキーも、さすがに気がとがめたのであろう。彼は、これまで何ページも書き連ねてきたことは、要するに、権利拡張その他のことについて、ロシア人側にはあまり問題はないのに、ユダヤ人側のほうに障害ははるかに多い、ということを言いたかったまでである、と急いで弁解している。そのあと彼は、ユダヤ人に、ロシア人のほうに歩み寄ってきて欲しい、ロシア人が非常にきらう自惚れと傲慢を矯《た》めて、もっと寛大で公平になってほしい、と要望し、両民族の友愛的団結の実現を願って、〈ユダヤ人問題〉論をしめくくっている（これらの文章から感じられる身贔屓については、もう言う必要はあるまい）。

最終のしめくくりにおいてドストエフスキーが示した、ユダヤ人の権利拡張に対する賛意や、兄弟のような愛情で結ばれた両民族の団結（友愛的団結）の提唱は、キリスト教精神に基づくものであることは言うまでもない。その意味で、ここに示されているドストエフスキーのユダヤ人に対する融和的で穏和な姿勢は、敵をも愛するイエスを慕う、彼の理念的なもののあらわれとみることができよう。そうとすれば、それと対照的に、ここに至るまでの文章の中で、ドストエフスキーが示した不信感ないし悪意は、彼の生《なま》の心情に裏打ちされたものとみることができよう……しめくくりで示された唐突な転調を、このようにみてとることは一応可能だとは思うけれども、これは、あくまでも〈一応〉であって、この解釈では、わたしはどうも釈然としないのだ。というのは――ドストエフスキーの言うところを信ずれば、唯我独尊的で閉鎖的といえるジューの理念が、四海同胞的で開放的なものに変質してしまわない限り、彼の言うところの友愛的団結は成就するまい。しかも、そのように変化してしまった理念を体《たい》して生きるユダヤ人は、もはやユダヤ人とは言えないのではあるまいか。ドストエフスキー自身、本論文の冒頭などで、ヤハウェを忘れてしまったユダヤ人、神のないユダヤ人など、想像もできない、と言っているくらいであるから。つまり、ロシア人とユダヤ人との友愛的団結は、ユダヤ人がユダヤ人でなくなる時に実現する、ということになるわけである。

理屈をこねると、このようなおかしな結論がでてくるのは、ドストエフスキーにも責任があるのではないだろうか。というのは、本論文を書き始めるにあたって、彼は、ロシアにおけるユダヤ人問題は自分の手に余る大問題だ、と断っているが、この言葉には修辞学《レトリック》的な意味合いはなく、彼の本音であったと思われるからである。事実、論文を通読してみると、彼のユダヤ人に対する悪たれ――個々のユダヤ人に対するものではなく、ユダヤ民族、さらに言えば、ジューの理念に対する悪たればかりが目立ち、論文に〈ユダヤ人問題〉と題したのは冗談だといういう、彼の気持も分からないではない（ただし〈冗談〉という言葉にも、ユダヤ人側は軽蔑を感じて憤激するにちがいない）。勿論、ユダヤ人問題を、どういう形であれ、《日記》で論ずるからには、それなりに資料集めなど準備は怠らなかったとは思うが、《日記》で読者がみいだすものは、ユダヤ人誹謗の言葉ではないだろうか。彼はひごろ心に抱いているユダヤ人観を述べたにすぎないであろうし、集めた資料が、偏見に満ち溢れたものばかりという事情もあったかもしれない。しかし問題は、論者がロシアとロシア人を熱愛するスラヴ主義者であり、露土戦争勃発直前のロシアを取り巻く列強の動向に息巻く国士であり、イギリスの諸政策をユダヤ人・ディズレーリがジュー的観点から指導していると信ずるほどのユダヤ人嫌いであった、ということにあるのであろう。だから、彼の毒舌の毒は激しく、この毒にあたってしまえば、しめくくりに、僅か二、三ページを使って、夢みたいな友愛的団結を説いてみせたところで、その真実性と実現性を誰も信ずる気にはなれないのではあるまいか。

このように友愛的団結についての呼びかけは迫力に欠け、説得力に乏しいのだけれども、それに続いて、別のテーマへの導入として、（もっとも、別のテーマとはいっても、結局は〈ユダヤ人問題〉に繋がるのだが、）ドストエフスキーが紹介している一通の手紙は、たいへん感動的な内容である。それは、彼の知合いであったごく若いユダヤ人の女性からの手紙で、ミンスク市在住のドイツ人ヒンデンブルグ医師の葬儀の模様を知らせながら、故人の生前の行ないを偲んでいるものであった。わたしは、この手紙から、医師という職業を天職として、人種・宗教・貧富のわけへだてなく病人に奉仕することに一生を費やした、素晴しい一人の人間がいたことを知る。わたしは知る――この八十四歳の老医師が、葬式の費用もないほどのひどい貧窮のうちに死を迎えたことを、その葬儀でたくさんの人の熱い涙が流されたことを、墓前でプロテスタントの牧師とユダヤ教の律法博士《ラビ》が追悼演説をしながら泣いていたことを。わたしは、この医師はイエスの説いた愛の教えを実践した人間であり、イエスに非常に近いところに位置する人間だと思う。ドストエフスキーも手紙にはいたく心を打たれて、その内容を部分的に素材にして、ユダヤ人のあばら屋で産婦から赤ん坊を取り上げる、老医師の奮闘ぶりを再構成・描写して、改めて感動を噛みしめている（この一夜の情景を描いた一幅の風俗画には、ドストエフスキーの傑出した想像力と筆力があらわれている）。

彼はこの老医師を〈普遍的な人〉と呼ぶが、これは、医師がプロテスタント、つまり完全なドイツ人でありながら、他のすべての異民族からそれぞれ文字通り同胞とみなされていた、ということに由来する命名であるようだ。ドストエフスキーはこれを〈共通の人〉と言い直しているが、訳語の日本語としての語感から言えば、やはり〈普遍的な人〉のほうがいい――この意味が捉えにくい表現のほうが、〈愛の力で他民族の心のなかに生き続ける人〉〈イエスのような愛の人〉という深い意味まで包容するゆとりがあるように感じられるので（なお、米川正夫訳では〈普遍的な人〉が〈一般人〉と平たく訳されているが、これでは意味不明になってしまうだろう）。

この普遍的な人は、いわば、自分の棺の上で町中の人々を結びつけたのだが、このような一度限りの出来事に、ドストエフスキーは〈ユダヤ人問題〉の解決の糸口をみいだしている（このために〈ユダヤ人問題〉が論じられたあと、引き続いて、老医師を偲ぶ少女からの手紙が紹介されているのである）。彼は一度限りの出来事を次のように描き出す。

――ロシア人の農家のおかみさんと貧しいユダヤ人の女たちが、棺の中の彼の足にいっしょになって接吻し、そのまわりでいっしょになってひしめき合い、いっしょになって泣いたのである。五十八年にわたるこの町の人びとに対する奉仕、五十八年にわたる倦《う》むことのない愛が、たった一度だけとはいえ、彼の棺の上で、共通の感激と共通の涙の中に、すべての人びとを結びつけたのである。町中の人びとが彼を見送り、あらゆる教会の鐘が鳴り響き、あらゆる国の言葉で祈祷が唱えられた。牧師が涙を浮べながら新しく掘られた墓の前で追悼の演説をする。ユダヤ律法博士はかたわらに控えて待ち、牧師が終ると交替し、追悼演説をし、同じ涙を流す。この瞬間にはあの〈ユダヤ人問題〉はほとんど解決されたではないか！　牧師と律法博士が共通の愛の中に結ばれ、キリスト教徒とユダヤ人のいる前で、この墓の上で抱き合ったも同然なのである。〔川端香男里訳〕

彼は、このあと言葉を継いで次のように言う――離れ離れになってから、一人一人が昔の偏見に取りすがったからといって、それが何だろう。〈涓《けん》滴《てき》（水のしたたりの意）は岩をも穿《うが》つ〉というではないか！　偏見など、このような一度限りの出来事に出会うたびに生気を失い、ついには全く消滅してしまうにちがいない。〈普遍的な人々〉こそ、世界中の人々を結びつけることによって、世界を征服する人たちなのだ、と。すなわちドストエフスキーは、ユダヤ民族に限らず、世界のすべての民族の友愛的団結という偉業をなしとげるのが、まさに普遍的な人たちであると主張しているのである。彼らが普遍的な人であるしるしは、一度限りではあったにしても、すべての人々を結びつけたことにあるのだろうが、彼はまた、一度限りの出来事という個々の事件がない限り、全体は決してまとまらない、つまり、一度限りの出来事がすべての団結の基礎であることを、強調する。というのは、個々の一度限りの出来事こそが、わたしたちに思想や信念を与え、わたしたちの生きた経験となり、団結した証拠になるからだ、と。

わたしは先に、彼の提唱した友愛的団結を夢みたいなものとけなしたけれども、彼が友愛的団結のための方法をさぐり、その方向へ進むための現実的基盤を、前出したような一度限りの出来事にみていることを知るとき、わたしの性急さはとがめられるべきかもしれない。ここに描かれたような一度限りの出来事は、わたしたちが滅多に経験できないことであるにしても、確かにこの世にありうることであるし、ヒンデンブルグ医師が〈世界の真の征服者〉の一人であり、〈大地を継ぐもの〉の一人であることは、彼の言うとおりであろう。それでわたしも、ドストエフスキーにならって、〈普遍的な人々〉と〈一度限りの出来事〉に人類の輝かしい未来建設の希望を託したい気持に駆られるのであるが、人間が、自分の流した涙のことをすぐに忘れてしまう、忘恩の徒である場合が非常に多いことに思いいたると、わたしは、ドストエフスキーの言うことばかりに頼ってはいられなくなってしまうのである。

5

これまで、《日記》の社会時評的な文章のなかから、おもに犯罪事件や自殺事件に関するものを取りあげて、それらを検討することを通じて、ドストエフスキーが、当時のロシア社会の風潮の根底にあるものをどのように捉えていたのかを探り、さらに、現代でも何かと胡散くさく思われているユダヤ人について、彼がどのようにみていたのかを探るために、ユダヤ人問題についての彼の論文を取り出して考えてみた。このようにわたしは、まず社会評論的なものから《日記》のなかに入っていったが——といっても、わたしの触れえたものはそのごく一部でしかないし、ユダヤ人問題はロシアにおける少数民族問題のなかの一つでもあろうから、それについての論文は政治評論的なものと言うべきかもしれない——、勿論《日記》で扱われている問題は多岐にわたり広範囲に及んでいるから、これに収録されている文章は当然、社会評論的なものとは限らないわけである。それらのなかでは、すでに言ったように、（本章のあとで論ずることになる）政治評論的なものが分量的・思想的にとりわけ目立つけれども、そのほかに、人物論ないし作家論、作品論ともいうべき文芸批評的なものもあれば、回想記あるいは思い出を書き綴ったものもあり、さらに創作まで、これらの文章の間に挿入されている。もっとも、このような《日記》の文章の分類は、あくまでも読者側からの便宜的なものであって、それは内容によって必ずしも截然と仕分けができるわけではなく、ある一つの文章が幾つかの面を持っていることをも心得ておくべきであろう。たとえば、《百姓マレイ》という見出しのある文章は、冒頭にある著者の言によれば、思い出の記といった種類のものであるが、むしろ創作（小説）的な扱いを受けることが多い。これは、この文章が単なる回想記ではなく、重層的な構造を持っているからであろう。ドストエフスキーはこの文章の中で、信心深い自家の農奴マレイの心づかいから、民衆の人間らしい感情と繊細かつ優しい心を発見したことを物語っているのであるが、彼はその物語を単刀直入《ストレート》に話し出しているわけではない。彼は、そのことを話すのに、まず、マレイとの出会いを突然思い出した時の情況、シベリアの牢獄内での自分の心境などから語り始めるのである。すなわち彼は、囚人たちの暴力、泥酔、野卑などに対する憎悪や嫌悪の感情の息抜きに、昔の思い出にふけっているうちに、二十年も前の、自分が九歳のころのマレイとの出会いが、身にしみる一つの思い出として浮かびあがってきたというのである。マレイの思い出から民衆の心の発見にいたる、この獄中の事件は、彼に鮮烈な印象を刻み込んだにもかかわらず、彼がそれを初めて他人《ひと》に語ったのは、五十五歳の時、この《日記》のなかでである。それまでの二十五年間――その間、何かにつけてロシア民衆について言及していたにもかかわらず――マレイのことについて、ほのめかしすらしなかったように思われる。彼にとって、牢獄の中でマレイとの出会いを思い出したのは一種の啓示であり、マレイの思い出は宝物であったからではあるまいか。彼は、マレイの思い出を語り出す前に、これまで民衆について論じてきたので、その続きとして、自分の民衆論のしめくくりとして、この昔話《アネクドート》をぜひともご披露したいと言っている。しかし、これは彼の民衆論の出発点であり、原点であり、心のなかに大事にしまっておいた大切な思い出であって、彼が軽く冗談めかして言っているような〈単なる昔話《アネクドート》〉ではありえない。

また、たとえば、若きドストエフスキー自身がその一味と目《もく》されたペトラシェフスキー・グループについて、彼は二回ほど回想的に語っているけれども、それらを回想記の範疇に入れて、それですましてしまうわけにはいかない。というのも、ペトラシェフスキー事件そのものが政治事件であったわけだし、しかも、それらは、《悪霊》の中で描かれたリンチ事件のモデルとなったネチャーエフ事件や、ペテルブルグのカザン寺院広場で一八七六年暮れに行なわれた革命デモ（カザン事件）に関連して、副次的に回想されたものだからである。したがって、それらは回想記ではあるにしても、むしろ政治評論的なものの一部として扱ったほうが適当であるように思われる。

以上のような事情があるほかに、本来《日記》は、ドストエフスキーが言わねばならぬと思っていたことや書きたいこと、つまり、彼が強い関心を抱いていた事柄や彼の注意をひいた事柄、思い出として心に残った事柄などについて書き綴ったまでのものであるから、それらの文書をジャンル分けすること自体には――それによって《日記》の大雑把《ラフ》な輪郭を描けることを除いては――あまり意味がない。そこで、今度は、著者がその人物を回想的に扱っているか、あるいは文芸批評的に扱っているかなど、ジャンルにはこだわらずに、《日記》に何らかの形で取り上げられている、おもな作家・評論家の名を書き出してみると――ベリンスキー、チェルヌイシェフスキー、ネクラーソフ、ジョルジュ・サンド、レールモントフ、レーピン（画家）、プーシキン、トルストイなどである。（わたしは今、彼らについて書かれた文章について論ずる余裕がないので、ここでは二、三の人物論（？）に短い注釈を加えることだけに留めておきたい。）①ジョルジュ・サンド論は、彼女の死を新聞で知って書かれたものであるが、わたしは《日記》の中でジョルジュ・サンド論を読まされるとは思ってもみなかったから、意外な感じがしたことを隠しておくわけにはいかない。なお《年譜》によると、ドストエフスキーは二十三歳の時に彼女の小説《アルビーニ家の最後の女》を翻訳している。②プーシキンについては、ドストエフスキーは少年のころからその作品に親しみ、彼を敬愛していたので、その名は《日記》の中によく出てくるが、プーシキン論として圧巻なのはやはり、死ぬ半年前にモスクワで催されたプーシキン祭での演説であろう。《日記》には、この伝説的に有名になってしまった演説と、それへの批判に対する反論が採録されている。③ドストエフスキーは《日記》の中で、《アンナ・カレーニナ》の主人公の一人、レーヴィンの生き方や考え方を批判することを通して、トルストイ論を展開している。わたしは、これによって、二人の巨人が、帝政ロシアにとって長い間懸案であった東方問題の解決のしかたや旦那衆がどうすれば民衆を理解できるかという、民衆理解のしかたなどについて、対極的な見解を堅持して屹立していることを知る。ただし、ドストエフスキーはトルストイの初期の作品《幼年時代》や《少年時代》を好感をもって紹介しているし、彼がトルストイを優れた作家として、その作品を高く評価していることは言うまでもない。

《作家の日記》だから、日記のなかに創作（小説）がまぎれこんでいたところで不思議はない。とはいうものの、やはり、《日記》の内容を構成する評論や随想《エッセイ》などにまじって小説が存在することは、この作品の一つの特徴と言えよう。しかし、これらの小説については、論ずる機会が来るまで、今のところは題名を書き出すだけに留めておきたい（ただし《百姓マレイ》については前に若干論じたけれども）。すなわち、短編として《ボボーク《まめつぶ》》《キリストのもみの木祭り《ヨールカ》に行った男の子》《百姓マレイ》《百歳の老婆》《おかしな人間の夢》、中編として《やさしい女》がある。

6

わたしがこれまで描いてきた《作家の日記》のスケッチは、わたしの好みも働いて、変形《デフォルメ》しすぎてしまったかもしれない。しかし、この概観の修正については今後の機会を待つことにして、このあたりで、冒頭に書きつけた〈衝撃〉のほうに移りたいのだが、その前に、もう一つだけ、考えておきたい文章がある。それは、ドストエフスキーが兄ミハイルの人柄について語るとともに、ペトラシェフスキー事件当時のミハイルの行動について証言している文章である。

ミハイルは、ドストエフスキーより一つ年上の兄であるが、単に兄弟であるというだけではなく、文学を志す者として、雑誌の共同経営者として、同胞《きょうだい》八人（兄弟四人、妹四人、ただし、次女は生まれて数日で死亡）のなかで最も近しい人間であった。彼は一八六四年に四十四歳で死んだが、このミハイルをけなしている記事を新聞で読んだドストエフスキーが、兄の名誉と自分の思い出を守るために書いた反論が、この文章なのである。彼は新聞の記事を《日記》に転載しているが、それは、ミハイルが金払いがしぶくて頗る勘定高い、つまり金にたいへん汚い人間であったとしか受け取れないような内容のものである。これに対してドストエフスキーは、もしも兄がそのような卑しい人間であったなら、誰からも原稿はもらえず、雑誌が長続きしたはずがないし、また、自分が知っている限りでも、寄稿者たちにはよく前払いしていたくらいだから、兄は金に汚いどころかむしろ気前がいい人間であったと釈明している。ミハイルが、原稿をとれるあてのない作家にすら、前金を出すことさえあった事実を知っているドストエフスキーは、兄を、実務家肌であったにもかかわらず、他人《ひと》からの無心にはかなり弱く、断ることのできない性分だったとも言っている。さらに彼は――兄は気前がいいだけではなく、非常に礼儀正しい立派な紳士であり、かつ、シラーやゲーテの翻訳者としても知られる才能豊かな文学者であったから、記事にあるように、相手におもねるような真似などできたはずがないと息巻いている。ここにみられるドストエフスキーの弁護には、十二年前に死んだ兄ミハイルに対する美化と身贔屓の匂いが感じられないわけではないが、彼の言うことは大筋では信じられるように思う。

ところが……ついでにもう一つという形で、ほとんど誰も知らない話だがと彼が切り出した、ペトラシェフスキー事件当時のミハイルの行動については大いに疑問がある。ミハイルは一八四九年のペトラシェフスキー事件で逮捕され、五十日間獄中で過ごしたのち釈放されたのだが、当時の彼について、ドストエフスキーはどのようなことを言っているのか、まず、見てみよう。

――私は独身で、子供もなかったのだが、兄は監獄に入った時、おびえきった妻と三人の子供を家に残してきており、その中のいちばん上の子が当時ようやく七つで、おまけに一コペイカの金も持っていなかったのである。兄は自分の子供を心から熱愛していたので、この二か月というものがどんなにつらかったか、察するに余りがあるのである。ところが、彼は、自身は何事にも関与してはいなかったけれど、多くのことを知っていたので、何かしゃべろうと思えばできたはずであるにもかかわらず、自分の運命を楽なものにするために、他人を陥れるような何らの供述も行なわなかった。あえて問う。彼のような立場に置かれて、果して多くの者がこのように振舞うだろうか。私は自分の語っていることを知っているからこそ、断固このような問題を提起するのだ。このような不幸に遭遇して、人間がどんなふうになってしまうか、私は見て知っている。だから、このことについては抽象的に議論しているのではない。兄のこの行動を好きなように見るのは自由だが、彼はおのれを救うためにさえも、おのれの信念に反すると思ったことは、することを望まなかったのである。言っておくけれども、これは根拠のない証言ではない。今すぐにも私はこの上なく正確な資料ですべて立証することができる。ところが兄は、二か月の間、毎日、毎時、自分が家族を破滅させたと考えて悩み、三人の小さな大切な人間のことを思い出し、彼らを待ちうけていることを案じては、苦しんでいた……。（なお傍点は訳文そのものにあるものであるが、これはロシア語原文での強調箇所を示すものであろう。）

〔川端香男里訳〕

勿論、これは兄ミハイルが高潔な人格の持主であったことを示すために、ドストエフスキーが行なった証言であるにちがいないが、ミハイルに対する当局の扱いを《年譜》（L・グロスマン著、松浦健三訳・追補）でさぐってみると、この証言をそのまま信ずるわけにはとてもいかない。《年譜》の一八四九年の記載事項から、当局とミハイルとの関係を示す事項を拾い出すと――

五月五日～六日夜。兄ミハイルが検挙され、六日午前八時、弟アンドレイが釈放される（アンドレイはドストエフスキーの四つ年下の弟で、建築技師。彼はミハイルの代りに、四月二三日のペトラシェフスキー・グループの一斉検挙の当日、誤認逮捕されていた）。

六月二四日。陸軍大臣チェルヌイシェフ公が秘密審問委員会議長I・A・ナボーコフに、ミハイルの釈放について指示する。ミハイルは審問委員会から審問されたことについて秘密を守るとの証文を書いて、釈放される。秘密警察決定書には「退職陸軍少尉ミハイル・ミハイロヴィチ・ドストエフスキーは、政府に対して犯罪の事実が全くなく、むしろ反対の行為に出ていた」とあり、当局（事件を扱ったのは皇帝官房第三部という特高的な秘密警察）より謝意を表された。

七月一六日。皇帝官房第三部長官ドゥーベリト、ミハイルへ手紙。

七月二八日。ミハイルが、第三部より政府臨時補助金二百ルーブリ銀を受け取る。

七月三〇日。ミハイルが、第三部長官に補助金を受領した旨の手紙を書く。

この《年譜》の記述と、前に掲げたドストエフスキーの証言とを照合すれば、この二つが明らかに食い違っていて、相容れないものであることに、誰も異存はあるまい。それでは、どちらが間違っているのか？　しかし、わたしには《年譜》の記載を誤記として否定する理由を見つけることができない。というのは、《年譜》の記載は、それぞれ客観的に確実とみられる資料に基づいていると考えられるし、特にミハイルが当局から金をもらったことは、《年譜》に転載されている弟アンドレイの証言によっても明らかであるからである。すなわち、アンドレイは《回想》（一九三〇年に同名の息子アンドレイにより刊行）のなかで、「お偉方がミハイルにいろいろと同情を示し、釈放後、国庫から補助金を出してくれた。獄中にいて働けなかった分の賠償金として二百ルーブリ銀が交付されたので、彼は非常に助かった」と。

この時ミハイルが交付された銀貨二百ルーブリは、（当時、銀貨一ルーブリは紙幣三・五ルーブリに相当したので、）紙幣で七百ルーブリにあたる。これが大金なのかどうか確かなことは分からないけれども、若き日のドストエフスキーが仕送りを受けていたという月五十ルーブリ（紙幣で）が、一人の若者の生活費としては充分すぎる金であったといわれることから考えると、七百ルーブリという金額は、当時二十九歳であったミハイルの二か月に満たない拘留期間の労働報酬の補償としては、法外なものであったといえるのではなかろうか。もしもドストエフスキーの証言するように、ミハイルが訊問に対して何も喋らず、当局の知りたい情報を一切《いっさい》洩らさなかったとするならば、彼はこのような厚遇と自由とを獲得することができたであろうか。考えられない。時の皇帝ニコライI世が秘密審問委員会に「厳しく容赦することなく、細大洩らさず捜査を進めよ」と厳命していた事件であったから、ミハイルが徹底的に〈だんまり〉を決め込んでいたものなら、当局の心証を大いに害して、〈ペトラシェフスキー・グループの重要人物の一人と当局からにらまれていた〉ドストエフスキーと同じく、彼は死刑あるいは長期のシベリア流刑の判決を逃れられなかったことは確実だと思う。アンリ・トロワイヤがその著書《ドストエフスキー伝》(村上香住子訳)で言うように、「兄がペトラシェフスキーと知り合ったのも、わたしが紹介したからで、今度の件に関しては、わたしにすべての責任がある」と、ドストエフスキーがミハイルをかばったところで、前述のような当局の温情は到底期待できなかったにちがいない。ミハイルは〈だんまり〉を押し通すことができなかった、いや、それどころか、進んで情報を提供した疑いがたいへん濃い。

わたし自身は、前掲の秘密警察決定書の内容から、それ以上の嫌疑をミハイルにかけている、つまり、彼は密告者的存在ではなかったかと。わたしは、彼をそのようにみることによって、ドストエフスキーの二人の兄弟、ミハイルとアンドレイに対する当局の配慮が〈至れり尽くせり〉である理由を納得できるのである。ミハイルについては前述したけれども、アンドレイに関しては、釈放後、交通路省総裁が勤め先としてエリザヴェートグラード市専任建築士のポストを斡旋している。もっともアンドレイは、《年譜》で見る限り——事件から十二年もたった一八六一年ころ、彼について、難を逃れようとして二人の兄を売ったというような噂が流れたことがあるにしても——ペトラシェフスキー・グループとは関係がなかったらしいから、事実、そうだとすれば、彼へのポスト斡旋には、誤認逮捕に対する当局の陳謝と懐柔などの気持がこめられていたのであろう。アンドレイは、グループに潜入したスパイ、P・D・アントネルリの誤った情報により逮捕されたとされるが、この誤認逮捕そのものまでが、当局の仕組んだ予定の行動ではなかったろうか、と勘ぐりたくなる。四月二三日のグループの一斉検挙から十二日もたってからのミハイル逮捕は、一斉検挙で浮き足立ったグループ周辺の青年たちに、グループ残党、最後の生き残りの逮捕といった印象を与えたであろうから、それによって彼の正体（？）をよりよくカモフラージュすることができたのではあるまいか。そうだとすれば、ミハイルとアンドレイとは、二人の意志の如何にかかわらず、当局からみれば一組《ペア》であって、一方に対する好意（？）のおこぼれが他方に及ぶのは当然といえるのではなかろうか？

　江川卓もその著書《ドストエフスキー》のなかで、ミハイルにペトラシェフスキー事件で〈ユダ〉のような役割を果した噂のあることを紹介しているが、《年譜》を繰ったことのある人なら、誰でも、そのような疑惑に捉われるであろう。わたしは、彼が当局からご褒美をもらうような行為に走ったのは、金欲しさよりは、気の弱さと子煩悩を当局に突かれたためではないかと思う（以上の二点については、これまでの文章中で、ドストエフスキーがミハイルの性格の一面として指摘している）。既述したように、ミハイルが気前のいい立派な紳士であったという、ドストエフスキーの証言は信じられると思うので、このような人格と、心ならずも卑劣きわまる行為をしてしまうような人格とが、一人の人間のなかに共存しうるものなのかどうかが問題となろう。しかし、この問題こそ、ドストエフスキー自身が小説のなかで二重人格（分身）や自家撞着《アンビヴァレンス》として扱ってきたものではなかろうか。イエスを売ったために裏切者の代名詞になってしまったユダにしても、イエスという人間か彼の説く教えに惹かれて弟子入りしたわけだろうし、イエスのほうだってユダが見所のある人間であったからこそ、自分についてくることを許したにちがいない。決して下劣な人間ではなかったはずだ。

　ミハイルが、密告者ではないにしても、当局の欲しがる情報を出し惜しみしなかった疑いが非常に濃いとすれば、前掲のドストエフスキーの証言はどのように解釈すべきなのであろうか。ドストエフスキーは、「真実を言うことがわたしたちにとって苦痛である時、わたしたちは苦痛とともにあればいいのだ。真実は苦痛に勝るものだ」と明言していた人間であるから、その彼が、自分の兄の怪しげな行為を——それが二十七年前の行為であろうとも——隠すために、意識的に偽りの証言をしたとはどうしても考えられない。だから解釈としては、ドストエフスキーは、ミハイルが当局から金をもらったことを全く知らず、ミハイルが黙秘を押し通したものと信じきっていたために、このような証言をしたのだろう、という見方がありうるだけである。しかし、ミハイルが金をもらったことは、弟のアンドレイが金額まで含めて正確に承知していたのに、同じ兄弟で、しかもアンドレイよりもはるかに近しかったドストエフスキーがどうして知らなかったのであろうか？　まず考えられることは、ミハイルとアンドレイとが腹を合わせて金の件を二人だけの秘密として、身内の者たち、とりわけドストエフスキーに対しては内証にしておいたということが大いにありうる。そして、この秘密保持には、ドストエフスキーがペトロパヴロフスク要塞監獄から出されることなく、死刑執行中止後、徒刑囚としてシベリアへ送り出され、ペテルブルグに戻ってきたのが、それから十年後という事情が役立っているのではないかと思う。

ドストエフスキーは兄を愛し信じてはいたにちがいないが、気の弱いところがあることも見抜いていた。だから、獄中でミハイルの釈放を知らされた時、自分も経験した厳しい取調べを、ミハイルがどのように耐え、どのようにかわして自由の身になったのか、そこに一抹の不安を抱いたのではなかろうか。彼がシベリアへ出発二日前に兄宛に出した手紙の末尾に、「兄さんの逮捕、拘留、そして釈放の模様を詳しく知らせて下さい」とあるが、この文章の裏に、わたしは彼のそのような気持が隠されているように読むのである。ところがミハイルは、弟の最後の願いに答えないばかりか、ドストエフスキーに対して一方的に文通を断って四年間も沈黙してしまう。当時、政治犯の徒刑囚にも文通が許されていて（そのよい証拠として、ドストエフスキーは、ペトラシェフスキー事件に連座して自分と同じ四年の懲役で同じオムスク要塞監獄に収容されていたS・F・ドゥーロフが、獄中で何通かの手紙を受け取っていたことを、出獄直後の兄宛の手紙のなかに書き記している）、ドストエフスキーのほうは絶えず兄宛に手紙を出していたにもかかわらずである。シベリアでドストエフスキーが兄から初めて手紙を受け取ったのは、四年の懲役をオムスク要塞監獄で終えて出獄し、引続き兵役に服する時であった。事件以前、この二人の兄弟はよく会い、しょっちゅう手紙のやりとりをしていたのであるから、ミハイルの四年間の沈黙は明らかに異常である。このミハイルの沈黙は、彼の良心の呵責のあらわれのように思われるし、彼の容疑をより深める傍証のような役割をはたすものであろう。ドストエフスキーも、ミハイルの沈黙の理由を、獄中の孤独と絶望のなかであれこれ忖度したことが、出獄直後、兄に出した長文の手紙の文面から知ることができるが、自分が抱いた不安や疑問に対して、結局は兄への愛情と信頼が勝ちを占め、ミハイルのうしろめたさまでには思い至らなかったようである。

その後、二人の交情、つまり手紙のやりとりが元通り復活し、六年後にドストエフスキーの首都帰還ということになるのであるが、彼の十年間のシベリア流刑は、かの〈一抹の不安〉を彼自身のなかで風化させるのに、時間的、情況的にみて充分だったと言えるのではなかろうか――十年という時間のなかに、めぼしいものを挙げるだけでも、苛酷な苦役、非人間的な獄中生活、その中での民衆の発見、出獄後の兵役服務、夫ある女性への恋情、その女性との結婚、小説《伯父様の夢》《ステパンチコヴォ村とその住人》の執筆などが収まるわけだからである。

〈一抹の不安〉は風化したとは言ったが、しかし、決して消滅してしまいはしなかったであろう。というのはドストエフスキーにとって、ペトラシェフスキー事件は、もしこれに出会わなかったならば、現在わたしたちが見るようなドストエフスキーが存在しえなかったであろうという意味で、宿命的な出来事であったから、そのような彼自身から、事件そのものや事件に連座した人たちに対する関心が失われてしまうことは考えられないからである（ミハイルの場合は〈連座〉という言葉は必ずしも適当ではないにしても）。折にふれて心の奥底から浮かびあがってくる、事件についての様々の追想は、〈一抹の不安〉を覆い隠してしまっている忘却の灰を、時々吹きはらう隙間風のような働きをしなかったであろうか。しかし、前掲のドストエフスキーの証言には、そのような不安めいた疑念などは微塵もない。それどころか、この文章に横溢しているものは、おのれの信念に従って廉潔に振舞いとおした兄ミハイルに対する、弟ドストエフスキーの感激と敬意の気持である。このように彼が兄の潔白を確信して、〈この人を見よ〉に近い気持を抱くようになったのは、おそらく晩年になって、彼自身が疑いえないと信じた証拠資料のあることを知ったからであろうと、わたしは推測する。それで彼は文章中で「この上なく正確な資料ですべてを立証することができる」と断言しているのであろう。しかし〈この上なく正確な資料〉といったところで、二十七年前の密室内でのミハイルの沈黙を立証できるのは、当局側の資料しか考えられないし、しかも、それは、ペトラシェフスキー事件という、死刑判決（銃殺刑。刑執行中止後、流刑その他に減刑）二十一名という政治的大事件にかかわるものであるから、普通ならば、そのような資料（おそらく文書の形になっているのであろうが）の内容を、かつて事件の被告であった人間がうかがい知ることなど、到底できるはずがない。ところがドストエフスキーの場合、晩年になると、政府高官（たとえばK・P・ポベドノースツェフ）との付合いもでき、その縁で皇太子に《悪霊》や《カラマーゾフの兄弟》《作家の日記》を捧呈したりしているので、このような情況の中で、その種の文書の内容を知りうるような機会も生まれてきたのであろう――ドストエフスキーは刑を終えてからもずっと、警察の秘密監視をうけていたが、それが一八七六年一月に解除されたことも、そのような機運を醸成するのに役立ったのではなかろうか（これまで論じてきた兄ミハイルのことを扱った文章は、《日記》の一八七六年四月号に掲載されている）。

ドストエフスキーの言う〈資料〉が、ポベドノースツェフ（皇太子の師傅、のちに宗務院総裁）あたりから仕入れた情報という可能性もないではないが、いずれにせよ、その資料というものが当局に都合よく当局によって改竄されたり、捏造されたりしたものであったことだけは間違いない。このことは、一般的にも言えるように思うが、とりわけこの場合、わたしたちは（革命後に公開されたと考えられる）極秘の秘密警察決定書なるものを見たうえなのだから、断言できるわけである。ところが、ドストエフスキーともあろうものが、文書あるいは情報の出所や性格などを一向に考慮したような気配もなく、その内容を疑いえないものとして受け取って信用しきってしまうのだから、誠に解《げ》せない（彼のなかに、例の〈一抹の不安〉の反動として、それを闇雲に信じたい気持があったのではないかと邪推したくなるくらいだ）。もっとも、晩年は、皇帝崇拝熱のたかぶった感情の下で、政府支持派にまわったドストエフスキーのことだから、〈だんまり〉のミハイルの釈放が皇帝（この場合、先帝ニコライⅠ世）のお情けによるものと信じたように、資料の出所がその筋であるからこそ反って、その内容が真実であると信じたのかもしれない。それにしても、このような理解のしにくさは、わたしの付き合っているドストエフスキーが、その小説と同様に、謎めいた複雑さをもった厄介な人間であることを、改めて物語るものであるように思われる。

（一九九〇・一〇・三）

☆　☆　☆

わたしは冒頭に、《作家の日記》から大きな衝撃を受けたと告白したが、これは《日記》でドストエフスキーが、カトリックとプロテスタントの両教派に対して正教（ロシア正教）の正統性を熱烈に主張するとともに、露土戦争を聖戦として捉えたうえで、ロシアがスラヴ民族の盟主として、コンスタンチノープルを領有せよとまで主張する主戦論を展開していたからである——もっとも、ローマ・カトリック攻撃と正教の正統性については、《日記》以前の作品のなかでも、何かにつけて作中人物の口を借りて洩らされているので、目新しいことではないと言えるかもしれないが、これまでのように作中人物を介してではなく、彼自身の口から正面切ってはっきりと言い出されると、やはり驚かざるをえない。《日記》で、このような彼の持論とも信念ともみなせる強硬な意見表明に出会って衝撃を受けたのは、まず、彼の言いぐさが、かつての戦争において大日本帝国が掲げた旗印、大東亜共栄圏建設の主張とそっくり同じように感じたからであり、ひいては、わたしがすでに彼の小説に基づいて描き始めていた、ドストエフスキーの大作家としてのデッサンと、《日記》の作者像とが肝腎なところで食い違っているように思われたからである。つまり、小説に基づいたデッサンと、《日記》のなかから立ち現われたドストエフスキー像との間には、別人のもののような違和感があって、この二つはひょっとすると相容れないのではないかという強い疑惑に襲われたのである。この場合、ドストエフスキー像といっても、いちばん問題になるのは彼の神信仰についてであろう（というのは、彼の露土戦争の捉え方にしても、主戦論にしても、彼の神信仰のありかたのなかから導き出されたものと考えられるからである）。わたしは、小説面から接近《アプローチ》した限りでは、彼の神信仰にはたいへん微妙なものがあり、彼をゆるぎない信仰を持った人間とは断定できないと判断していたのである。ところが、《日記》を読むにいたって、ドストエフスキーがロシア正教の熱烈な信者として、それを擁護する使命に燃えて、ロシアの現状を憂い、とりわけ東方問題や露土戦争などに関して積極的に発言しているのを見いだして、彼の国士ぶりにすっかり度胆を抜かれてしまったというのが、偽らざる心境である。そこで、まず、わたしが彼の小説を通して、作者であるドストエフスキーその人の神信仰をどのように捉えていたかが問題になるだろうから、順序として、それを考えたうえで、彼の国士ぶりをみてみたい……。

わたしのドストエフスキー体験は、彼にとりつかれたというような状態で始まったが、時期的には今から四十七年前、かつての戦争が末期を迎えつつあったころ――本の世界を発見したのでドストエフスキーに出会うことができたのか、はたまた、ドストエフスキーにぶつかったために本の世界の存在に目を見開かされたのか、判然としないような心的情況においてであった。この最初の体験が、わたしにとって、ドストエフスキー洗礼といっていいほど強烈だったために、それが尾を引いて、いまだに彼と付き合っているわけである。勿論、初めのころは、彼に圧倒され呪縛されるがままに、彼の小説を読んでは、そこに描かれている人間の様々の情念や思想の息づまるようなからみ合いに興奮し、自分自身が作中人物、たとえばラスコーリニコフやスヴィドリガイロフなどになったつもりで、その哲学ふうの談議に酔っていれば、それだけでわたしは充分満足していたのであるが、時をへて、そのような興奮や陶酔が、回想の中でその余韻を楽しむような形で懐しくしのばれるころになると、ようやくわたしにも、ドストエフスキーの目鼻立ちや作品の仕立て方などが見えるようになったのである。しかし、最初の出会いから半世紀近くたち、華甲をとうに過ぎたわたしが、苦労しながらどうやら仕上げた彼のスケッチにしても、また、わたしなりに分析した作品や登場人物の捉え方にしても、そこに、幼い心が呪縛中に取り込んでしまったであろう熱っぽい思い込みや夢想の影が、わたしが意識するしないにかかわらず、忍び込んでいることは避けがたいことであろう。

ドストエフスキーの小説、特に《罪と罰》あたりからあとの小説では、それぞれに登場する主要な作中人物たちが、神に対する態度もしくは信仰の点で、対極的な立場をとる一対《ペア》または二つの群をなすように構想されている。対極的な立場といっても、それぞれの場合で当然ニュアンスの違いがあるけれども、根本的な点に着目して割り切って言ってしまえば、一方の極には神に帰依《きえ》する信仰者群が、他の極には神の存在を認めない無神論者群が位置するわけである。いま、彼の小説でのその例を具体的にみてみると、おおよそ次のように割りふることができるであろう。すなわち、《罪と罰》ではソーニャに対するにラスコーリニコフとスヴィドリガイロフ、《白痴》ではムイシュキンに対するロゴージン、《悪霊》ではシャートフに対するにスタヴローギンとピョートル、《未成年》ではマカール老人とソーフィヤに対するにヴェルシーロフ、《カラマーゾフの兄弟》ではアリョーシャとゾシマ長老に対するイワンとスメルジャコフ、といったところであろう。

〔注〕この表《リスト》の一、二の人物について注釈を加える必要があるかもしれない。たとえば、ラスコーリニコフを無神論者群に属させたが、実は、彼は神を全く否認しているようには思えない。といって、彼は自分が非凡人（ナポレオン）であることを自分自身に証明するために人殺しをした男――そしてそれに失敗した男であるから、彼が神に帰依している信者でないことも明白である。彼は神を脇に押しのけてしまった人間、もしくは神を見失った人間というべきところかもしれない。また、かつて秘密結社のメンバーであったシャートフについては、彼は、グループからぬけてロシアの大地に戻ろうと努めている最中《さいちゅう》に、結社の結束を固めるための生贄として、また結社脱退のみせしめとして、かつての同志たちに殺されてしまうので、信仰者群に入れるのには少し無理があるかもしれない。）

さらに、このような対極的な主要人物たちのゆくえを、物語の筋のうえで辿ると、後者、つまり無神論者群のほうがほとんどの場合、決まって自殺や発狂など人生挫折の結末を迎えるように追い込まれている。したがって、このような筋書の点だけに注目するならば、作者の小説執筆の意図は、物語のなかで両群を拮抗させながら、結局は信仰者群を人生における勝者とすることによって、神への賛歌をうたうことにあるとみることもできるはずである。この見方からは、作者ドストエフスキーが正真正銘のキリスト者《しゃ》であり、彼の小説は正教擁護の文学であるという見解が導き出されるかもしれない。しかし、小説家としてのドストエフスキーとその小説をそのようにのみ捉えて、それですましてしまうのは、あまりに一方的であり、偏狭すぎると思う。現在、ドストエフスキーに関する書物はごまんとあるけれども、それらに寄りかかってすましてしまうのではなく、彼自身の書いた小説そのものに自分で直面・直接したことのある人ならば、わたしの考えに同意してくれるにちがいない。

主要な登場人物たちの神観念は、物語のなかで静的《スタティック》に、かつ叙述的に表明されるのではない。彼らが惹きおこしたり巻き込まれたりした事件の推移のなかで、彼らの情念（感情にいろどられた思い）のぶつかり合いのなかで、それは動的《ダイナミック》に、彼らの息づかいまで聞こえるような生々しさをもってあらわれるのである。だから、わたしたちは、彼らの情念の渦のなかに没入することなしには、ドストエフスキーの小説を味わい、謎めいた言葉と言葉とが切り結ぶような主人公たちの言葉のやりとりの真の意味を考えることはできないのである。このような例を一つ二つ挙げるとすれば――逃げ道を探し回っているラスコーリニコフに、ソーニャがセンナヤ広場の大地に口づけせよと迫る、《罪と罰》の一場面がそうであろうし、あるいは《カラマーゾフの兄弟》におけるイワンとアリョーシャの神をめぐっての対話の場面、すなわち、イエスが黙ったまま九十歳の大審問官の唇に接吻《キス》して立ち去るという、暗示的な結末で終る自らの作品を、イワンが弟アリョーシャに語って聞かせる二人の対決の場面には、このことがとりわけよく当てはまるのではなかろうか。

もともと、ドストエフスキーの神観念は、思弁的なものというよりも情念的なものであると思われるから、物語のなかで自分の分身たちの神観念のあかされる場として、昂揚した情念同士のぶつかり合う場面ほど、ふさわしいものはない。したがって、作者がそのように段取りをし、そのような舞台を劇のなかにしつらえたのは当然のことと言えよう。しかし、情念が幅をきかしているのは、何もこのような場面ばかりとは限らない。むしろドストエフスキーの小説のなかでは、情念の生滅・衝突・出会い・離散のまにまに物語自体が展開していく、といったほうがいいかもしれない。しかも、その情念が――とりわけ主人公たちの情念たるや、そのあたりに転がっているような生半可のものではない。だから、わたしたち、特に若い心は、ラスコーリニコフやスタヴローギンなどの情念の激烈さ――社会的しがらみや道徳的限界などを全く問題としないほどの激烈さにまどわされ酔いしれて、ドストエフスキーの天才が描き出した情念の海に溺れてしまうのである。

——ここで〈情念〉という言葉について断っておきたい。わたしはこの言葉を、感情が色濃くまつわりついた思考、つまり感情とないまぜになった思考、および、そのような思考を生み出す思索態度や思索傾向という意味で用いている。感情のほうが一方的に卓越してしまえば、情念は情熱（激しい感情）として働くことになるが、めくるめくような情熱のほとばしる例は、彼の作品では若い女性によくみられる（《白痴》のナスターシヤ、《カラマーゾフの兄弟》のグルーシェニカなどが代表的）。なお、ついでながら言えば……精神（心）の働きと肉体（生理）の情況とは密接な相関関係があって、どちらか一方の変化が他方に大きな影響を及ぼすことは言うまでもないが、ドストエフスキーの小説では、情念の流れとともに変化する肉体的生理的状態の描写が細かくなされているのが、一つの特徴になっている。これは、癲癇発作や結核（？）などの持病に長い間苦しめられていたドストエフスキーが、自己観察をとおして、心と肉体との相互反応的関係に体験的に通じているという、作家自身の強い自信を物語るものではなかろうか——。

わたしもまた、かつてドストエフスキーの情念の海に溺れてしまったことのある人間であるが、そのころ、情念の激しさでわたしの若い心に最も強い一撃をくらわしたのは、ラスコーリニコフとスタヴローギンであったように思う。しかし、その後もわたしは、酒好き《のんべえ》における酒のように、酔いからさめてもドストエフスキーとは縁が切れなかったから、現在のわたしからみて、印象深い人物もしくは問題にすべき人物として、名前を挙げなければならない登場人物はたいへん増えたというべきであろう。しかしながら、勿論、そのリストにはソーニャ、ムイシュキン、アリョーシャなど信仰者がいないわけではないが、わたしの気持がより強く惹かれるのは、どちらかというと、無神論者の系列に属する人物たちであり、わたしの目は無神論者のほうに向きがちなのである。

《罪と罰》あたりからの小説は、無神論排撃の意図をもって書かれたという意見もあるらしいが、彼の小説を読んだ限りでは、この意見にはどうも納得できない。というのは、ドストエフスキーが創造した無神論者たち、とりわけスタヴローギンやイワンにいたっては、世界文学のなかでもなかなかお目にかかれないほどの屈指の出来映えだからである。彼らは現実感《リアリティ》あふれる迫力ある見事な造型であり、無神論排撃のためのこしらえものといった趣など全くみられない（作者は彼らの創造に心血を注いだにちがいない）。それに対して、小説上、彼らの対抗者である信仰者たち、とりわけムイシュキンやアリョーシャなどは、その無垢と純真さでわたしたちを驚嘆させるけれども、現実的問題への対応のしかたが役立たずの〈大きな赤ん坊《ねんね》〉的である点で、彼らの現実性《リアリティ》がどうしても薄まるように感ずるのを否めない。しかし、そのこととは別に、彼らがスタヴローギンやイワン同様に、いや、それ以上に、考察されなければならない人物であることも確かである。それというのも、作者ドストエフスキーは、未来を託するに足る理想像として、たとえばアリョーシャを描いているからであり、また、アリョーシャを掘り下げることによって、作者の神観念の中身により近づくことができるように思うからである――小説家としてのドストエフスキーは、わたしには正教徒というよりはイエス熱愛者のようにみえる。また彼は、ロシアの宗教のなかで分離派（旧教徒）への関心とともに、土俗信仰的対象の色合いが濃いように思われる神がかり行者《ユロージヴィ》に対する関心が強い（神がかり行者的人物は重要な登場人物として、小説のなかでよく取りあげられている。アリョーシャもそのような人物の代表的一例）。したがって、ドストエフスキーの神観念について論ずるには、これらの勉強も要請されるわけである。

　わたしはここで、スタヴローギンやイワンを無神論者の代表のように扱ったけれども、これはあまり正しい扱いとは言えないかもしれない。ふたりは、神は存在しない、神を信じない、という心境に安住しきっているわけでは全くないからである。ふたりは神が信じられないのだが、神に渇《かわ》いてもいるのである。たとえば、イワンは「俺は神を認めてもいい、しかし神の創った世界なんか到底認められない」とアリョーシャに打ち明けている。その心情は複雑であるが、要約して言ってしまえば、戦争でいわれなく流された女や子供たちの血と涙の上に、平和と幸福がうちたてられねばならぬというなら、そんな世界には俺は入場拒否だ、くだらない愚行のうえに成り立つ世界など認められない、というものなのである。このような優しさ、繊細さともいえる側面を示す彼らが、神を信じられないままに、〈春先の粘っこい若葉〉（生の象徴）を渇望しながら生きようとしてあがくさまは、そこに、単に無神論者の激烈・無残な生きざまをみるというよりも、神の存在をめぐって否認のほうに大きく傾きながらも、激しい揺りもどしに悩み苦しむ矛盾の典型をみるような思いがしてならない――ドストエフスキーが提出している公式によれば、神すなわち生命であるから、作者の見解に従えば、この場合、自ら否定しているものを自ら希求していることになるわけだ。

　わたしはここまで、小説家ドストエフスキーの思わく（執筆意図その他）を忖度した尤もらしい考えを紹介しながら、それに承服しかねる理由についてあれこれ述べ立ててきたけれども、要するにわたしは、こう言いたいのである。すなわち、小説の中に投入された様々の情念のうち、とりわけ主人公たちに仕込まれた神に関する情念の形と大きさ、さらにこれらのぶつかり合いから生まれる情念の攪乱の激しさは、キリスト教擁護とか無神論排撃とかいうような、作者の思わくとされる傾向文学的な意図などを大きくはみだしてしまっていて、そのような怪しげな思わくに捉われて彼の小説を読んだところで、ドストエフスキーの人間と作品について、何一つ理解できないのではないか、ということを言いたいのである。先に、ムイシュキンやアリョーシャなどにおける現実性の不足感について触れたけれども、それは、作者が創った信仰者像あるいはその理想像としての彼らが、作者自身の好みに片寄りすぎて、変わり者とか白痴《ばか》とかいう装いで、わたしたちの意表をつくものであることに由来する面が強いだけの話であって、彼らのなかに潜んでいる情念――とりわけ神を信ずる情念のエネルギーそのものが、対極的な精神の持主であるラスコーリニコフやスタヴローギン、イワンらのものと量的に劣っているようには思われない（ただし、それを凌駕するように思えないのは、わたしが無信仰もののせいであるかもしれない）。すなわち、後者のなかに溢れ返る悪魔的といってもいいような毒々しい情念に対して、少しもたじろがずに、そのような情念から人間を守る天使のように、自然体のままで、その前に立ちはだかる彼らの姿そのものの見事さが、そのことを証拠だてているのではなかろうか。

《作家の日記》を読む以前、小説を通して、わたしがドストエフスキーを、信仰あるいは神観念といった観点から、どのように捉えていたかというと……ドストエフスキーは正教徒であったにはちがいないが、それと同時に、彼の心の深奥には、イエスを熱愛する思いのほかに、その思いに叛くような神に関する様々の情念が渦巻いていたこともまた、疑いえない。もし、そうでなかったならば、わたしが悪徳の美とでもいえるような魅力を感じないわけにはいかない人物たち――スヴィドリガイロフ、スタヴローギン、イワンなど――神否定の情念に息づく悪魔的な分身を、かくも見事に肉付けすることはできなかったはずだからである。確かに、小説のなかで神の問題について問い続けたドストエフスキーとしては、小説構成上、凪いだ海のような神肯定の情念に生きる分身（ムイシュキン、アリョーシャなど）に対抗し、かつ対応して、すさまじい神否定の情念エネルギーのかたまりを創造する必要はあったにちがいない。しかし作者のなかに、神否定の情念の火種《ひだね》とそれを燃えたたせるエネルギーが全くなかったならば、彼らを生み出そうにも生み出すことができなかったことも確かであろう。だから、小説家ドストエフスキーはキリスト教徒ではあったけれども、宗旨を守ることを専一と心がけ、自分の生き方を宗教にゆだねて安心立命してしまった人間であるなどとは到底思えない。彼は神の存在を信ずる一方で、それに対して絶えず湧きあがってくる疑念と戦いながら生き抜いた人間なのであろう。さらに言ってしまえば、彼は、心の中で神について肯定・否定の情念が卍巴《まんじどもえ》になって相争っていた、とみていい人間であろう。小説家であった彼は、否定の情念のほうには悪魔的な所業を、肯定の情念のほうには赤ん坊的素質〔注〕をからませて、この二つの情念エネルギーのぶつかり合いのなかから、彼なりの答えをみいだそうとしたのではなかろうか。

（〔注〕誰からもすぐに好かれ、必要な時には決まって救いの手がさしのべられるというような、非常に稀で至極幸せな天性は、〈赤ん坊的素質〉とでもいうほかないであろうが、このような素質の上に、神が宿る人間の理想像としてムイシュキンやアリョーシャなどを創りあげたのは、ドストエフスキーという作家の風変わりで独特な点であろう。しかし、このことによって、これまで世界文学にはみられなかった、新しい独自《ユニーク》な典型が生み出されたことは否定できない。）

いま描きあげたばかりのドストエフスキー像——言ってみれば、神に対して両面価値的《アンビヴァレント》な情念を抱いているドストエフスキー像に対して、《日記》から描かれる像は、熱烈な正教信者という太い輪郭線でくっきりと縁取られていて、神否定の情念など影も形もみえないので、この二つの像が同一人物のものであるとは信じられないくらいである。正教の熱烈な信者という相貌は、《日記》のなかでも殊に政治評論やその周辺の論説の中に浮き出ているのであるが、次に、それらの文章から、熱烈なキリスト者としてのドストエフスキーの姿をさぐってみることにしよう。

現在、《作家の日記》は一つの作品として纏められているわけであるが、その原型である月刊個人雑誌という形式に留意して言えば、分量的に全体の四分の三を占める《日記》の本体ともいえる長大な主要部分は、一八七六年一月号から翌七七年一二月号までの雑誌《作家の日記》に、まる二年間にわたって発表された諸論文から成っている。しかも、これらの論文の書かれた一八七六年、七七年という二年間は、ロシアが古くから強い関心を持ち続けてきたバルカン方面の情勢が風雲急を告げ、ついにロシアがオスマン・トルコと戦端を開くにいたった時期にあたるから、このような時期を狙ったように自分専用の雑誌を創刊・刊行して、そこに、小説ではなく時評的論文を次々と発表する作家ドストエフスキーの姿勢そのものに、時局を憂える国士としての彼の並々ならぬ情熱をみてとることができよう。したがって、《日記》には、すでにみてきたように、彼の注意を喚起したロシアの諸事象がいろいろと取り上げられているけれども、論者としては、当時進行中であった最大の出来事、すなわち、バルカンでの反トルコ騒擾とそれを前触れとして始まったトルコとの戦争（露土戦争）を重点的に扱いながら、そのなかで持論ともいうべき自分の民衆観や西欧観を披瀝し、東方問題についての私見を展開したいという強い気持があったにちがいない。勿論、このような気持は、彼がつねひごろ抱いている問題意識と密接に結びついているから、彼自身の筆にかかると、次のように表現されることになるわけである。

――《日記》の主たる目的は、さしあたっては、できるかぎりわれわれの国民的な精神的自立の理念を説明し、できるかぎり現に起っている事実の中でその理念を指し示すことである。この意味において、たとえば、《日記》はいわゆる〈スラヴ運動〉という形でわが国に突如現われた国民的かつ民衆的運動について、かなり多く語った。（略）《日記》はひとえにスラヴ運動自体の本質と意義を、とりわけわれわれロシア人にかかわるものとして解き明かそうと望んだのである。問題は単なるスラヴ主義にあるのでもなければ、現代的な意味で言う問題の政治的立て方だけにあるのでもない、と指摘しようと思ったのである。スラヴ主義、つまり全スラヴ人とロシア民族の一致団結、およびスラヴ人相互の間の団結と、東方問題の政治的側面、すなわち国境、辺境、海、両海峡、コンスタンチノープル等についての問題は、すべてロシアとその未来の運命にとって第一義的に重要な問題であることは疑いないにしても、東方問題の本質はわれわれにとってはこういうことだけでは汲みつくされるものではない。つまり、わが国の民主的精神において解決されるという意味でそう言っているのだ。この意味で考えると、これら第一義的な重要性をもっていた問題は、第二義的なものへと退くことになる。なぜならバルカンで起っている事件全体の主要な本質は、民衆の理解するところでは、疑いもなく東方キリスト教、つまり正教の運命に存するからである。わが国の民衆はセルビア人もブルガリア人も知らない。民衆がわずかな金を出し合い、義勇兵を出して援助しているのは、スラヴ人を助けようというのでもないし、スラヴ主義のためでもないのだ。彼らは、正教徒、つまりわれわれの兄弟が、キリストを信ずるがゆえにトルコ人から、〈無信仰のアラビア人〉から苦しめられているということを噂で知っただけのことなのである。まさにそういう理由で、ただそれだけのことで、今年のあらゆる民衆運動が出現したのであった。正教の現在の運命と将来の運命、その中にロシア民衆の全理念が含まれているのである。この中にキリストへの奉仕、キリストのために献身したいという渇望がこめられている。この渇望は心からのもので、偉大なものであり、わが国の民衆にあっては、太古以来絶えたことはなく、またおそらく今後も決して絶えることはないであろう。このことはわが民衆とわが国家の特徴づけにおいてきわめて重要な事実である。（一八七六年一二月号に掲載）

〔川端香男里訳。ただし、用語など一部改変〕

前掲の文章は、露土戦争（一八七七年四月～七八年三月）勃発直前に書かれたものであるが、ここには《日記》の思想を解明するために必要なキーワードがほとんど出揃っているように思う。それは、たとえば正教、民衆、スラヴ主義、東方問題、コンスタンチノープル等である。これらについての著者の主張内容は相互に密接に関連し、あるいは混淆しているけれども、ドストエフスキーとしては、これらを論じながら、またこれらを論ずることによって、帰着するところ、つまりは自分の信念――正教の運命と結び合わされたロシアの偉大な使命について語り、その認識を読者に迫っているのである。しかし、そこまでここで言ってしまうのは、いささか先走りの感があるので、前に戻ることにしよう。前出のキーワードのうち〈スラヴ主義〉は、引用文のなかでも内容について少し触れられているけれども、ドストエフスキー自身が一般にスラヴ主義者として紹介されているので、彼がどういうわけでスラヴ主義者といわれるのか、彼のスラヴ主義はどのようなものであるのか、ということを、まず、《日記》中の彼自身の文章で確かめておく必要があろう。

――私は必ずしもスラヴ主義者ではないが、多くの点において純スラヴ主義的な信念をもっている。スラヴ主義者たちは、今日に至るまでさまざまに理解されている。ある種の人にとっては、今でも昔ながらに、たとえばベリンスキーの場合のように、スラヴ主義はクワス〔注〕と大根しか意味していない。ベリンスキーは実際にスラヴ主義を理解する点でそれにより先には進まなかった。またある人びとにとっては（注意しておくが、これは数が非常に多く、スラヴ主義者自身の場合ですらほとんど大部分と言ってよい）、スラヴ主義はロシアを最高の指導者とする、全スラヴ人の解放と統一をめざす運動を意味する。ただし、指導者と言っても、厳密に政治的でなくてもいいのである。最後に、また別の人びとにとっては、スラヴ主義は、このロシアの指導下のスラヴ人の統一以外に、この統一されたスラヴ人の先頭に立つわが偉大なるロシアが、全世界に向かって、全ヨーロッパとその文明に向かって、その新しい、健全な、世界がいまだ聞いたことのないような言葉を発するであろうと信じているすべての人びととの、精神的結合を意味し、その結合を内にふくんでいるのである。この言葉は、全人類を新しい、同胞的な、全世界的な結合によって統合しようという試みの、福祉と真実のためめに発せられるものであって、その統合の根源はスラヴ民族の天才、それも主として偉大なるロシア民衆《ナロード》の精神にある。ロシアの民衆はかくも長い間苦悩し、かくも長い何世紀もの間沈黙する運命にあったが、しかし西欧文明の多くの苦しい、最も宿命的な争いを将来解明し解決すべき偉大な力を常に内に蔵していたのである。このような確信を抱き、信仰している人の部類に私は属している。（一八七七年七月・八月合併号に掲載）

〔川端香男里訳〕

（〔注〕辞書などによると、クワスはライ麦と麦芽でつくる、ロシア人愛用のビールに似た伝統的発酵飲料とのことであるが、ロシア人における大根のもつ意味が、大地《ポーチヴァ》と関連があるのか、くらいのことしか分からないので、この二つのものの取合せの意味がつかみきれない。しかし、臆測すれば――日本で言えば〈濁酒《どぶろく》と米〉あるいは〈日本酒と魚（肴）〉といったような意味合いで、外来のものや新しいものは何でも排撃する、古風で偏狭な伝統主義を暗喩しているのではあるまいか？）

実は、この引用文に骨子が示されているドストエフスキーのスラヴ主義的な考えは、《日記》全体を貫通して流れている基調思想とでもいうべきものなのである。そして、そのスラヴ主義なるものが、正教に生きるロシア民衆《ナロード》を核として、全人類の同胞的結合をめざす宗教的理念のようなものであることは、引用文からもうかがえるはずである。彼のスラヴ主義的な考えがとりわけ顕著にあらわれるのは、西欧の頽廃や東方問題について語るときであり、また、知識階級《インテリゲンチャ》（旦那衆）に対比してロシア民衆を取り上げるときである。彼のスラヴ主義のなかにさらに一歩踏み込むためには、これらの場合について考えてみなければならないわけであるが、東方問題の場合などは、わたしの〈衝撃〉と直接関連するので、それとともに論ずるのがより適当だと思う。それで、それより前にここでは、後者の場合、すなわちドストエフスキーの思想にとって最重要なキーポイントである〈民衆〉について考えてみたい。

わたしは今、ドストエフスキーがロシア民衆を語るときに、そのスラヴ主義が顕著にあらわれる、というような言い方をしたけれども、これは不正確な表現、というよりも誤った表現というべきであろう。話は逆である――彼がシベリアの牢獄内で民衆を発見した時、すなわち民衆のなかにイエスが生きているのを発見した時、彼のなかにも民衆が、イエスが新しく息づき始め、彼のなかにスラヴ主義的志向の種《たね》が胚胎したにちがいないからである。すなわち、彼にとって民衆は、イエスであり、正教であり、そのスラヴ主義の原点であった。とはいえ、ドストエフスキーの民衆観を具体的に《日記》からさぐるとなると、取り上げられたテーマの性質や当時進行中であった戦争の局面などに合わせて、屈折した言い方がされているので、それらを整合して統一したイメージをつくりあげるのは必ずしも容易ではない。

《日記》は、ロシア人を二つの階層に分けて論じているが、一つは文化的上層階級とでもいうべき知識階級《インテリゲンチャ》、いわゆる旦那衆である。それに対するもう一つが民衆《ナロード》であるが、これは勿論、一般民衆をさし、ただの庶民、百姓のことであり、まめだらけの労働する手を持った人々のことである。

冒頭にも述べたように、《日記》は、原型に即して言えば、一八七六年・七七年の諸論文を本体として、その前に《市民《グラジダニーン》》（七三年・七四年）掲載のものを、後にプーシキン論（八〇年八月号）と最終号論文（八一年一月号）を配して、一つの著述に纏め仕立てたものであるが、《日記》全体を通じて民衆について語ることが非常に多く、至るところで民衆について論じられていると言ってよい。しかも、その民衆論にみられる民衆の理想化とロシアとの一体化は、時間の推移とともに精緻になり尖鋭化されているように思われる。とりわけ、このことは、バルカン騒擾に際してロシアでみられた一八七六年夏の民衆運動高揚（義勇兵や義捐金その他の形での熱狂的な民衆参加）と、七七年四月の露土戦争勃発を機として、いちだんと強調されるようになり、それとともに、持論であるスラヴ主義に御託宣のような色合いがますます強まってきたように思われるのである。それというのも、ドストエフスキーは《日記》を書き始めた時点ですでに、ロシアの民衆を理想化していて、民衆の理念の核をなすものに、ロシアのみならず全人類の救いをみいだしているのであるが、そのような著者の民衆観が、農奴解放令発布（一八六一年）後の農民たちの現実的情況を踏まえることによって、あるいは知識階級の担った役割を熟慮することによって、内容的には豊かさを増しながらも微妙に修正されていく経緯が、さらに、戦争という危機的情況を反映しつつ、かつ、トルコに対する聖戦意識と相俟って、民衆理想化が増強の一途《いっと》をたどっていく様子が、《日記》の中から読み取れるように思うからである。

《市民《グラジダニーン》》時代の作家の民衆像がどのようなものであったかというと、《市民》第四号によれば——ロシアの民衆は福音書をよく知らない、信仰の基本的な原理を知らないと言われている。その通りであるが、しかし民衆はキリストを知っている。昔からその心の中にキリストをいだいている。このことにはいささかの疑いもない。キリストについて心によって得られた知識と、キリストについての真実の観念は世代から世代へと受け継がれ、人びとの心と融けあっている。おそらく、ロシア民衆の唯一の愛の対象はキリストであって、民衆はキリストの姿を自己流に、つまり苦悩にいたるほどに、愛しているのである。正教のキリストをロシアの民衆は何よりも誇りにしている。〔川端香男里訳。なお、これから以後の《日記》からの引用はすべて川端香男里訳による〕

さらに別なところ（《市民》第八号）では、著者自らが自分の民衆観を一連の疑問の形で言い立てることによって、民衆が心の中にいだいている正教のキリストを全人類、全世界に示して救うことこそが、ロシア民衆に与えられた使命なのだ、ということを強調している。すなわち、

――すべてが、民衆の求めているすべてのものが正教の中には含まれていないのだろうか？　真実もロシア国民の救いも、また将来においては全人類のものとなる救いも、その中にこそあるのではないか？　ただ正教の中にのみキリストの神々しい御姿が完全に純粋な形で保たれているのではないか？　そしておそらく、全人類の運命の中でロシア国民にあらかじめ選び出されているもっとも根本的な使命というのは、キリストのこの神々しい御姿を自分たちのもとで完全に純粋な形で保ち、時いたらば、自分の道を失ってしまった世界にこの御姿を示してやることにのみ存するのではなかろうか？　そうなのだ。

以上のような《市民》時代の信仰的とも言える信念は、だいぶ前からドストエフスキーが持ち続けてきたものであるにちがいないが、それのみならず、《日記》を読む限りでは、彼は最終号まで（そして、おそらく死を迎えるまで）、本質的にはこの信念を堅持して変えることがなかった。しかし、すでに述べたことからも察せられるように、その民衆観の本質以外の部分、すなわち本質をなかに包み込んでいる肉付け部分では、時とともに若干の変化がみられることは言うまでもない。このような遷移的変化があることによって、《日記》の民衆観は内容的に含蓄を増し、深化していくわけである。そこで、この点に着目して《日記》に書かれた民衆論をみてみよう。

一八七六年二月号の《日記》は、民衆についておおよそ次のように語っている――ロシアの民衆を判断する場合、彼らが頻繁にしでかしているけがらわしい行為ではなく、彼らがそのような行為にふけりながらも絶えずあこがれている、偉大にして神聖なるものを基にしなければならない。現在の姿ではなく、彼らがなりたいと思っている姿を基にすべきである。彼らがどっぷりつかっている、渡ることもままならぬ借り物のぬかるみをすべて理解し、大目に見てやることによって、ぬかるみの中からダイヤモンドを探し当てることができるのである。彼らの理想は力強く崇高である。この理想こそ何世紀にもわたる苦難の中で彼らを救ってきた。この理想は遠い昔から民衆の魂と結びついて、何世紀にもわたって民衆の魂に、素朴さ、誠実さ、

実直さ、のびやかな知恵をめぐんできた。しかも、それらはすべて美しい調和を保ちつつ統合されているのである、と。

ここでは、民衆における現実と理想のギャップが指摘され、そのうえで、民衆の心の深奥に生きている理念を見逃してはならないことが力説されている。シベリアで民衆を発見していた《日記》の筆者にとって、民衆が表面的には粗野で無知であり、暗闇と放縦にとらわれていながら、内面的には正教を信じイエスを愛する美しき人間であることは、二、二が四よりも確かな真実であった。だから《日記》にこのような文章を載せたのは、知識人たちの民衆軽蔑に対して抗議する意味と、自説の民衆理想化の土台堅めという意味などを持っていたのであろう。これと全く同じ民衆の捉え方が、より整理された円熟した文章で、《日記》最終号に出ているので、それを次に掲げておこう（なお最終号は著者死後の発行である）。

――わがロシアの民衆は正教信者であり、完全に正教の理念によって生きているのである。本質的に言って、わが民衆はこれをほかにしては、なんらの〈理念〉をもたず、いっさいのものは、この一事より出てくるのである。少なくとも、わが民衆は心の奥底から、深い確信によってそれを望んでいるのである。彼らは自分の持ち物いっさい、自分に与えられるもののいっさいが、ただこの理念から発するようにと望んでいる。民衆自身の間における多くのものが、とてもこの理念から発していないどころか、悪臭ふんぷんたる、けがらわしい、野蛮な、犯罪的なものであるにもかかわらず、そう望んでいるのである。こうした犯罪人や野蛮人自身が、罪を犯しながらも、その精神生活の高潮に達した時には、自分の罪やけがれが阻止されるように、ふたたびいっさいが自己の愛する〈理念〉から生じるようにと、相変らず神に祈るのである。（一八八一年一月号に掲載）

このように民衆の心の中に生きる正教のイエスが、将来全世界を救うことになるという信念は、ドストエフスキーのなかに原初的な形では早くから芽生えていたように思われるが、民族的なイエス信仰が全人類的なものになるためには、やはり何か大きな契機がなければならないだろう。彼はそのような契機として、すなわち正教のイエスが全世界のものになるために必要な第一歩として、《日記》のなかで、ロシアの二つの階層、民衆と知識階級との結合が不可欠だと考えているのである。――ここで取り敢えず白状し断っておかなければならないが、正教についてのドストエフスキーの信念なるものを論じ、さらに論じ続けなければならないとはいうものの、論じているわたし自身には、それがイエス熱愛者の誇大妄想的な夢想のようにみえて仕方ないことがある。そして、自分のやっていることを放棄したい気持に襲われるのである……。

ドストエフスキーはスラヴ主義的思想の持主ではあったが、いわゆる偏狭なスラヴ主義者のように、ヨーロッパ（西欧）的なものを仇敵視して排撃したりするような人間ではなかった。それどころか、彼にとってヨーロッパは第二の祖国であり、〈聖なる奇跡の国〉であった。彼はヨーロッパが生み出した偉大な人物や優れた文物を心から愛し尊敬し、それらの精髄《エキス》を母乳のように吸収して育ったロシア人であった。だから、彼が批判し批難してやまないものは、ヨーロッパ文明それ自体でもなければ、その輝かしい光明に惹きよせられるということ自体でもなく、その文明にすっかり溺れきって、母胎であるロシアの大地《ポーチヴァ》を忘れはててしまうことであった。一般に大地（土地）とは、そこで人が生まれ育ち、生活をいとなむ場という意味合いだけでも、人間にとって非常に大事なものであることは言うまでもないが、ドストエフスキーの場合、ロシアの大地が、彼の言うところの民衆的原理によって独特の意味づけがなされていることに注意すべきであろう。彼によれば、民衆《ナロード》にとって大地はすべてであり、彼らは自分たちにとって大切なもの、たとえば自由、生活、家族、秩序その他のすべてを大地から導き出す、と。つまり、ロシアの民衆においては、大地がなくてはなにごとも始まらない、大地がすべての始まり、第一のものであり、大地こそがすべてのものの根底にあると信じられていると、彼〔注〕は言うのである。このような民衆の信念を民衆的原理の一つのあらわれと彼はみるのであるが、彼に従えば、民衆的原理とは、正教を核として、それに由来する民衆のなかの良き理念のすべてを包含したものをさすようだから、これを〈正教の理念〉で代表させても差支えあるまい。とすれば、ロシアの民衆は正教によって、生活の場である足元の大地と精神的に離れがたく結びつけられていることになるから、大地・民衆・正教という三つのものが〈ロシア〉をあらわす三位一体的なものと、ドストエフスキーが捉えていたとみることができるのではなかろうか。すなわち、大地《ポーチヴァ》は国土としてのロシア、民衆《ナロード》は人間としてのロシア、正教《プラヴォスラヴィエ》は精神としてのロシアをあらわし、それぞれがそれぞれの面で、ドストエフスキーの〈愛する祖国ロシア〉を象徴するものと彼が考えていた、と言えるように思われるのである。

〔注〕農奴たちがこのような大地意識を持ち、解放後の元農奴たち、つまり百姓たちも同じ意識を持ち続けているというドストエフスキーの言葉は、彼らが実際に置かれていた厳しい境遇、家畜なみのどん底生活を思えば、にわかに信ずるのはむずかしい。しかし、彼自身も《日記》で言っているように、大地には本来何かしら神秘的なものがあるというのは真実だとわた

しも思うし、また、いまのところ、わたしは彼の考えをなぞるくらいの力量しかないのを口惜しく思っているのだから、このような彼の言を今すぐ否定してしまうのも無理がある。）

　ドストエフスキーの生きていた時代は、ピョートル大帝がロシア近代化志向の改革をおこなってから一世紀半後であるが、《日記》から察すれば、その間にヨーロッパ文明に浴した知識人は、西欧文化に心酔するあまり、ロシア的なものをほとんど全面否定的にしか捉えようとしない傾向をもつにいたったことが窺われる（このような文化受容の姿勢に対する反動・反省が、スラヴ派の誕生をひきおこし、知識階級を西欧派とスラヴ派の二つに分裂させる動因の一つにもなったのであろう）。彼らは民衆を無知蒙昧で下劣・粗暴な野蛮人と蔑視し、精々自分たちの啓蒙の対象程度にしかみなさなかったが、このような皮相な民衆観だけしかいだくことのできないような彼らは、民衆の中にイエスが生きていることを信じているドストエフスキーの目から見れば、まさしく民衆の上を漂う風船、大地から切り離された根なし草のような存在であったにちがいない。一方、知識人からさげすまされていた民衆のほうはと言えば、彼らは、このような旦那方を自分たちとは全く無縁の外国人か何かであるかのようにみなしていたから、たとえば、自分たちと同じような野良着をきて百姓仕事をするような旦那があらわれたとしても、それを彼の道楽みたいに受け取って、彼を決して仲間扱いするようなことはなかったにちがいない――つまり、彼らの仲間になるには、彼らの信ずるものをそのまま、彼らのやりかたで信ずるほかに手がないということを、《日記》は語っているのである。このように《日記》は、ロシア人という一つの民族における二つの階層間にみられる離反的な疎隔を描いているが、それとともに、その解消策も提唱している。それは著者ドストエフスキーが長年夢想し続けてきた〈熱き思い〉であることは言うまでもない。彼は、民衆が自らの内に秘めている正教をロシアの宝物であると称揚しているけれども、その熱き思いを《日記》のなかでみてみよう。

　《日記》によると――正教こそキリストの真理[注1]であり、そこには他のあらゆる国で曖昧になってしまったキリストの真の御姿が保持されている。だからこそ、正教は他に類のないロシア固有の宝物なのであり、ロシアにその守護がゆだねられている永遠の真理なのである。しかし、ピョートル大帝以後、このように大事な宝物を内に秘めて生きているのは民衆だけではないだろうか。それというのも、われわれ知識人は、百五十年もの間ロシアを留守にしてヨーロッパをさまよい歩いていたのだから。つまり、われわれは長い歳月家郷を離れて他郷《よそ》をうろついていた風来坊みたいなもので、それでもやはり家郷を忘れかねて、ロシア人として帰ってきた放蕩息子であるわけだ。だから、われわれは、その間家郷で宝物を守ってきた民衆の前にひざまずかなければならないのではないか。そうなのだ。われわれはまず、民衆のなかに生きている真理のゆえに、その前に頭をさげなければならない。しかし、われわれ知識人とて手ぶらでヨーロッパから戻ってきたわけではない。われわれも民衆に受け取ってもらわなければならないものをたずさえてきているのだ。それは、言ってみれば〈視野の拡大〉〔注2〕というものである。これはロシアにとってもう一つの宝物とでもいうべきものであり、これを民衆は、われわれが彼らの真理に敬意を表したあとで、必ず受け取らなければならない。このような二つの宝物の交換的なそれぞれの授受が、知識人と民衆との間で成就されるならば――それができなければ、二つの階層の結合はありえないし、すべては滅び去ってしまうであろうが――、二つの階層は結合されて一体となり、そのことによって、われわれロシア人は、正教の本質として正教そのものにあらかじめ定められている全人類的使命と自分たちの役割を自覚して、新しい第一歩を踏み出すことができるのである、と。

〔注1〕〈キリストの真の御姿〉という言葉を理解するには、ドストエフスキーが《日記》で展開しているイエス観、キリスト教観を知っておく必要があろう。《日記》全体を通じ一貫して、カトリックは、荒野での悪魔の第三の誘惑にのって、地上の王国を得て堕落してしまった教派だとみなされている。すなわち、カトリックは地上の権力のために幾度となくキリストを歪曲して売ったとされ、その聖職権至上主義《クレリカリズム》は厳しく批判されている。《日記》では、カトリックの正体がこのようなものであるからこそ、これから無神論や社会主義が生まれてくるのは必然的なことだとしているが、それというのも、たとえばフランス社会主義というものは、キリストぬきで、キリストの外で、人間社会の安寧と秩序という理念を実現しようという考えだからであり、詮じつめれば、人類の強制的な一致団結以外の何ものでもないからである、と。これと同じような見解は、《カラマーゾフの兄弟》の中で大審問官の口を借りて重厚に言いあらわされているが……。プロテスタンティズムについては、次のように《日記》は語る――ドイツ人は歴史が始まって以来、反抗《プロテスト》ばかりし続けてきた。まずローマに、ついでカトリックに反抗・抗議するといった具合に。しかし彼らは、自分たちの新しい言葉を発したことなど一度もなかった。つまり、プロテスタンティズムは反抗《プロテスト》する信仰、単に否定するだけの信仰であるから、地上からカトリックが姿を消すや、プロテスタンティズムも消滅してしまうにちがいない。なぜなら、反抗する相手がなくなり、全くの無神論になってしまうのがおちだろうから、

と。このような両教派についての見方に対して、《日記》は正教について次のように語る。ロシアのキリスト教には〈汝のごとく隣人を愛せよ〉という掟が唯一つあるだけで、そこにあるものは人間愛だけであり、キリストの真の御姿だけである、と。以上のような三派についての見方は、《日記》のなかで繰り返し主張されているが、そのたびに正教の真理性と正統性とがひときわ強調されていることは言うまでもない。わたしは、このような見解とその論じ方に対して、論者の身贔屓のようなものと図式的な割切り方めいたものを感じないわけにはいかないが、その一方で、見解の独特《ユニーク》なことに感心しながら、その毒舌的なこきおろしに痛快さも感じないわけにはいかない。

（注2）〈視野の拡大〉とは、原義的には目に見える範囲の拡大、一般的には思慮や知識のおよぶ範囲が広がることをいうのだろうが、これについての《日記》の記述は回りくどくて、分かりにくい。しかし、わたしが理解した限りでは、それはまず、ピョートル以後ヨーロッパの各国民のなかでもまれることによって体得しえた、他国民に対する同胞愛に似た大きな愛情を意味し、それとともに、ロシアという自国だけの小さな利益や狭い立場にこだわらずに、ヨーロッパ文明のそれぞれの理念や美点を認識し理解し、そのなかに含まれている真理を発見したいという、広い度量、大きな能力、強い要求を意味するものの ようだ。）

ドストエフスキーは、民衆と知識人という二つの階層の合体が、ロシアと正教の使命と将来にとって不可欠であると信じていたけれども、それがすぐに成就されるものと考えていたわけではなく、その実現の時期は大分先のことと予想していたようである。ところが、一八七六年夏に、トルコのスラヴ系民族に対する暴虐のために、階層を問わずロシア国民のなかに反トルコ的・親スラヴ的感情がたかまり、その盛りあがりが義勇兵あるいは義捐金などという実際行動の形であらわれたり、さらに、引き続いて翌七七年、トルコと戦火を交えることになって愛国心が沸騰し、前年以上に熱烈な全国民の愛国的諸行動が顕著になるのを目のあたりにするや、そこに彼は、〈正教の大義〉にめざめて一致団結したロシア国民の雄姿と正教の奉仕の精神の発現をみてとるとともに、そこに、イエスの真の言葉をヨーロッパに全世界に示して、全人類に最終的な一致団結をもたらすために立ちあがった、ロシアの使命を読みとるのである。こういうわけで彼は、自分が提出していた国民的課題とでもいうべき二つの階層の合体が、動乱・戦争を契機として達成されたことを喜ぶとともに、スラヴ民族の大同団結という国民的理念（つまり正教の大義）を実現するための出発点として、戦争勃発を積極的に評価している（彼の信ずるところでは、ロシアにとって、露土戦争は正教の大義を体して全正教徒をトルコの軛《くびき》から解放するための聖戦であって、そこには、ヨーロッパが疑ってやまない政治的または領土的な野心などは全くなく、無私無欲そのものだ、というのである）。ヨーロッパ各国、特にドイツ、フランスなどの政治情勢についての独自な分析をからめた、この種の論説は《日記》のなかにいくらでもみいだすことができるが、それらのなかに色濃くあらわれている主戦論を象徴しているのは、「コンスタンチノープルは、遅かれ早かれ、われわれのものになるにちがいない。いな、コンスタンチノープルはわれわれのものになるべきである」という衝撃的な言葉であろう（少なくとも、わたしには衝撃的でありすぎた）。これは、ロシアが皇都《ツァーリグラード》コンスタンチノープルを占領し、占有すべしという主張にほかならないが、《日記》は、この世界的に重要な拠点の領有は、ロシアの領土的野心に基づく侵略によるものではなく、ロシアが持っている正教の指導者、正教の保護者かつ保存者としての道義的権利によるものであり、これまでにコンスタンチノープルがロシアのものにならなかったのは、機運が熟さなかったまでの話である、と主張している。さらに《日記》は、コンスタンチノープルからトルコ人を排除したあとの、その統治についても論じている——ギリシア人やロシア人以外のスラヴ人をこの要衝の地の主人にすえるのは、大役すぎて分不相応であり、そうかといって、彼らの共同統治にして誰のものでもないような形にするのは、紛争のたねを残して災いを招くもとになるから、本来そのように定められているように、ロシア自身がその主人の地位におさまって、にらみをきかせるべきである。そうなれば、われわれの持つ高邁な理念と強力な国力を前にして、ヨーロッパの強国といえども、コンスタンチノープルや東方問題について容喙できなくなるのではなかろうか、と。しかし、わたしはロシア人ではないから、このような主張に対して、身贔屓な甘い見方であり、身勝手すぎる言い分だと思わないわけにはいかないが……。

次に掲げる文章は、N・J・ダニレフスキー（ドストエフスキーの友人で評論家）の論文に触発されて書かれたものであるが、東方問題や露土戦争についてのドストエフスキーの観点や彼の信念が、簡潔、明瞭に纏められていると思うので、少し長いが、引用しておきたい。

——ロシアは、コンスタンチノープルを領有した時点で、スラヴ民族ならびにすべての東方の諸民族の自由の守り神になるわけで、その時はスラヴ民族であるか否かを問わないであろう。（略）ロシアは東方全部とその将来の秩序の番兵に立つのである。そして最後に、ロシアは東方に新しき理念の旗をかかげ、その新しき意義を東方の世界全体に説明するが、これができるのはロシア、唯一ロシアのみである。なぜならば、東方問題とはいったい何であるのか？　東方問題とはその本質上、正教の運命の解決である。正教の運命は、ロシアの使命と結び合わされているのである。ならば、この正教の運命とは何であるか？地上の支配のために早くからキリストを売り、人類をしてキリストとの関係を断たしめ、こうして、ヨーロッパの唯物主義と無神論の主なる原因となったローマ・カトリックは、きわめて自然な形で、ヨーロッパに社会主義をも生み出した。なぜならば、社会主義は、もはやキリストによらずして、神とキリスト以外によって、人類の運命の解決を目的とするものであって、カトリック教会内部において、キリスト教の原理が歪曲され、喪失されるに従って、その頽廃せるキリストにかわって、必然的にヨーロッパに出現すべきものであったからである。キリストの失われし像は、ギリシア正教においてその清浄なる光を完全に保っている。まさに来たらんとする社会主義に対抗して、新しい言葉が東方からさしのぼって、おそらく、ヨーロッパの人類をふたたび救済するであろう。これこそ東方の使命であり、ロシアにとっての東方問題は、この中にあるのである。このような議論を多くの人は、〈狐つき〉と呼ぶであろうことを知ってはいる、が、ダニレフスキー氏（のような私の知友）は私の言葉を、わかりすぎるほどわかってくれるはずである。しかし、ロシアのこうした使命のためには、コンスタンチノープルが必要なのである。なぜなら、それは東方世界の中心だからである。ロシアは皇帝《ツァーリ》を頭にいただく民衆とともに、自分こそはキリストの理想を高く掲げる者であり、正教の新しき言葉は、自分の内部において偉大な事業に移り、その事業はすでに今度の戦争とともに始まったということを、また、前途には、なお数世紀のあいだ自己犠牲が続き、民族間には兄弟愛を植えつけ、愛するわが子に対する母親のごとき熱意に満ちた奉仕が必要であるということを、意識しているのである。（一八七七年一一月号に掲載）

今から五十年ほど前の太平洋戦争のころ、肉体的に脆弱であっただけでなく精神的にもおくてであったわたしは、まだ何色にでも染めあげられるような幼児的状態にあったが、そのような幼い心にくっきりと刻み込まれてしまった特異な言葉が幾つかある。このような言葉として〈八紘一宇《はっこういちう》〉と〈かむながら（随神）の道〉はわたしの中にあるが、この二つは、《日記》の至るところで展開されている、正教と結びついたロシアの使命についての論者の主張が、時とともに激烈さを増すようになると、それにからめて、わたしが自分たちのことをより強く思い出すことを迫ってくるのである。これらの言葉は、今では廃れてしまって一般に使われることもないが、わたしに限らず、わたしと同じように戦場ではなく銃後で戦争体験をした、現在六十歳前後の日本人であるならば、当時この二つの言葉が、そしてその意味内容が――一つは戦争遂行のための理念として、もう一つは日本民族固有のものとされる大和魂の根元として、あらゆる機会に（教育をとおし、またマスコミを通じて）吹き込まれ、それによって聖戦意識と戦意とを高揚させられたことを忘れていないにちがいない。八紘一宇という言葉は、《日本書紀》神武天皇の巻にある「掩㆓八紘㆒而為㆑宇」によるもので、〈世界を一つの家とする〉ことを意味するが、この理念は、日本を盟主として東アジア諸民族の共存共栄をはかるという名目で打ち出された、〈大東亜共栄圏〉の構想と一体をなすものであり、これらはともに、東アジア一帯に浸透した欧米の勢力を武力を用いて排除し、そのことによって、隣の中国大陸のみならず、遠く東南アジア、南太平洋地域にまで、日本の勢力が進出・拡大するのを正当化するための基本理念であった。当時、このような尤もらしい理念とともに、鬼畜米英・神国日本などというような、おぞましくて物々しい決まり文句も横行していたが、しかし勿論、幼いわたしには、これらの旗印の綺麗な表側しか見えなかったから、それを文字通りに受け取って、敗戦まで、戦局に一喜一憂しながらも、日本の勝利を信じ続けた愛国少年であっただけなのは言うまでもない。また、かむながらの道とは、辞書的に言えば神道を意味するもののようであるが、わたしの幼い心がかつて味わったものが神道的なものであるのかどうかは分からない。これは、わたしが神道について不案内であるせいでもあるけれども、もしも、わたしの世代が味わったあれが本当に神道的なものであるというのなら、神道とは誠に狭量なものであり、わたしの肌には合わないものと思わざるをえない。現在のわたしからみれば、かのかむながらの道とは、外来思想とりわけ科学的思考を毛嫌いした極端な伝統的精神主義であって、瑣末的なことにこだわる偏執的な精神修養法とでも言ったらいいような気がする。なお、わたしが味わった、かむながらの道には〈いやさか〉という言葉がからみついている。このことについては、戦争中、農本主義者・加藤完治の内原訓練所に勤労動員（？）された際、それまで学校などでも耳にしたことのなかったこの掛声のもとで、日夜、妙なしごかれ方をされたせいではなかろうかと疑っているのであるが、確かではない。

第二次世界大戦後、現在までの約半世紀の間、地球上の誰もが平和を強く希求しているにもかかわらず、いつも世界のどこかで戦争がおこなわれていて、戦火の絶えた時期がなかったような気がするのは、わたし一人だけではあるまい。事実、歴史年表からおもな戦争だけを拾ってみても、インドシナ戦争、朝鮮戦争、ヴェトナム戦争、中東戦争、イラン・イラク戦争、そして現在（一九九一年）の湾岸戦争などがあり、それに、民衆にとって実質的には戦争以外の何物でもない内乱や動乱といわれる紛争などを加えれば、人間同士が血を流し合った武力衝突は枚挙にいとまがない、と言うべきであろう。第二次大戦以前の情況も、この点に関しては似たり寄ったりのように思われるから、人間とは戦争が好きでたまらない野蛮で愚かな動物である、というような逆説的な見方もできるかもしれない。

一般に国家が戦争を始める場合、そこに潜んでいる動機や思わくは一様ではありえない、と言うことができよう。しかし、それにもかかわらず、戦争当事国が互いに、自分が戦争に踏み切ったのは正義のためである、つまり〈われに正義あり〉と開戦時に主張して聖戦の旗印を掲げることは、とりわけ一九世紀後半以降の帝国主義時代の列強各国間の武力衝突の場合には、よくみられる現象のように思われる——たとえば、現に湾岸戦争においてもブッシュは、世界の警察官よろしくイラクのクウェート侵略をとがめて〈アメリカの正義〉を振りかざし、一方のフセインは、中東からの欧米勢力の一掃とアラブの主権確立を〈アラブの大義〉として掲げて対峙している。この場合、アメリカの正義はキリスト教によって、またアラブの大義はイスラム教によって、それぞれ裏打ちされているので、このことが湾岸戦争に宗教戦争という性格を与えることになろう。

一般に、このような開戦の理由づけが、戦争当事国のそれぞれの野心、つまり本音を国の内外から隠すカモフラージュの役目をはたすためのものであることは言うまでもない。だから、このような主張は、国外では名目的なものにすぎないとされ、信じられることはまずないわけであるが、国内となると、事態はむしろ国外とは逆の様相を呈することになる。すなわち、ほとんどの場合、聖戦の旗印は国民によって圧倒的に支持され、正義は国民によって心から信じられてしまうのである（だからこそ、侵略的な戦争といえども、とどこおりなく遂行できるというものである）。それというのも、政治指導部の振りかざした聖戦の旗印は、内容的に民族的宗教的伝統に立脚しながら、国民感情に非常によくマッチするように練りあげられたものなので、国民感情に強烈に訴えかけるところがあるからである。国民感情というものは、遠い昔から先祖代々、同じ国土に住む同じ民族ということに根ざした本然的な同胞意識がはぐくんだ素朴な感情であるが、何か事ある際に、国民によくみられる大勢順応的な意志表示や行動も、この感情のしわざではあるまいか……。この国民感情が、開戦前夜のころになると、指導部の誘導つまり大衆操作も大いに効果を発揮して、激しい愛国心となって沸騰し、すべてのものを押しのけてしまう。こうして、同じ民族としての血のさわぎ、わきたつ愛国心が、結局は知恵ある人《ホモ・サピエンス》の集団同士を、それぞれ人殺しの場である戦場へと駆り出すことになるのである。したがって、ノルウェーの劇作家イプセンの言葉とされる、「愛国心がなくならない限り、戦争はなくならない」という戦争観も、真理の一端を伝えていると言えなくもないだろう。

先にわたしは、自分の体験に即して、〈八紘一宇〉や〈大東亜共栄圏〉について語ったが、これらが日本の侵略戦争を正当化するための理念であり、それを鼓吹したのが政治指導者とその取巻きであったとしても、それを鵜呑みにして信ずるがままに、それに踊らされ、その理念を文字通り命を賭けて実現するように使命づけられてしまったのは、勿論、当時の日本国民であった。したがって〈かむながらの道〉は、その使命達成のための精神的綱領とでもいうべきものであったわけである。このような図式を、かつての戦争のなかから取り出してきたのには理由がある。それは、ドストエフスキーが露土戦争時やその前後に熱烈に主張していた信念は、同じ構図のなかに置いて検証される必要がある、というよりも、その中にすっぽりとおさまってしまう性質のものではないか、と思ったからである。それというのも、《日記》が一九世紀後半のロシアのバルカンへの介入・進出を無私無欲のものとどんなに強く主張していようとも、それは、それまでのロシアのシベリア進出や当時進行中であった中央アジア進出にみられるロシアの膨張政策と同じように、侵略的意図のあらわれである――バルカンのスラヴ諸民族のナショナリズムを利用した大国ロシアの侵略的意図のあらわれである、という史家の指摘のほうが、わたしにはやはり歴史的真実だと思われるからである。そこで、前述の図式に、八紘一宇や大東亜共栄圏にあたるものとして、《日記》中に頻出する、ロシアを中心とするスラヴ諸民族の大同団結もしくは西欧の救い主としての大ロシア構想をはめこみ、さらに、かむながらの道にあたるものとして、正教もしくは正教理念をはめこんでみれば、そこには、《日記》の主張とは正反対の帝政ロシア像が浮かびあがってくるが、これこそが、〈北方の熊〉の対トルコ戦争時の実体であったと思うのである。また《日記》は、「わが民衆《ナロード》は皇帝《ツァーリ》の赤子であり、真の、まぎれもなき、肉親の子であり、皇帝は彼らの父親なのである」とまで言って、皇帝と民衆との有機的一体化を強調しているが、同じような一体化は、かつてどこかの国でも公理として主張されたことがある。しかし、このような時が決まって、平和な時代ではなく、有事の時であることもまた忘れるべきではないだろう。ロシアの場合、たとえ皇帝が真実、民衆の父親であるにしても、正教の運命と固く結びついているとドストエフスキーが信ずるロシアの使命を、実際に担わされてトルコ兵と戦うのが、ロシア民衆だけであることは言うまでもない。

今ここでわたしが行なったように、太平洋戦争の日本的図式をモデルにして、それより六十年以上も前の露土戦争のロシア的図式を描き出す危険性について、配慮する必要がないではない。しかし、帝国主義時代に強国が侵略的野望をいだいて周辺諸国に武力進攻する場合、進攻する側の政府の本音と立前との関係や国民対策などは、同じ性質、同じ傾向のものだと推定されるので、このやりかたが原則的に間違っているとは思えない。

ところで、以上のような様相が対トルコ戦争におけるロシア的現実であったとすれば、どうしてドストエフスキーはそれに気づかなかったのであろうか？　どうしてそれを見逃してしまったのであろうか？　それとも彼は扇動家《デマゴーグ》であったのであろうか？

当時五十六歳であったドストエフスキーは、政府要人に知人もいる上流社会の人間であったが、露土戦争勃発直前、ペテルブルグの住民を代表して、アレクサンドルⅡ世宛に次のような手紙を書く。それは、残されている下書きによれば、「私どもはいつでも陛下の御為に財産はもとより身命を賭する覚悟でありますという内容のものである。おそらく当時、ロシアの各都市、各地方の住民代表から、同じような趣旨の奉呈書が皇帝のもとに届いたものと思われるけれども、このドストエフスキーの手紙は、自分自身の心情を披瀝するつもりで本気で書かれたものであり、〈私ども〉と書いた時、彼は病身の老人であった自分自身を決して除外していなかったことを、わたしは信ずる。同じようにわたしは、《日記》で、熱烈な正教の信者として、かつ、国の現状と将来を深く憂える一ロシア人として、正教の真理性とそれを世界に顕現しようとするロシアの使命の高邁さを主張する彼の言葉を、彼の心底からの信念吐露であると信ずる（つまり、このことが信じられるくらい、わたしは《日記》を読んだつもりだ）。しかし、このようなドストエフスキーのスラヴ主義的色彩の非常に濃い、神がかった主張が、その主戦論とともに、当時ロシアに高まっていた〈暴虐トルコ討つべし〉という気運におあつらえむきであり、それに明確な旗印的理念を与えたことも確かであろう。そうとすれば、彼のような有名な作家が、当時たいへん売行きのよかったという月刊個人雑誌《作家の日記》のなかで、二年以上にわたって自分の信念を繰り返し熱心に主張し続けたことは、社会に対して非常に大きな影響を与えたはずなので、作家自身の意識の如何にかかわらず、そのことによって彼は、ロシア帝国主義のお先棒をかついでしまったという批判を免れることはできまい。

　ドストエフスキーは、戦争は厭わしいけれども、長く続いた平和がもたらした精神の堕落や頽廃から精神を清めて生き返らせるプラスの面を持っている、という戦争観の持主であった。現代的戦争は全世界を巻き込み、地球自体を破壊し全人類を破滅に導きかねないが、それに較べれば、第一次大戦以前の戦争は、戦闘そのものの悲惨さは同じではあるものの、その被害や影響の及ぶ範囲は限られていて局地的であったと思われるから、一九世紀には、まだ戦争を嫌悪しながらもそれを肯定的に捉える余裕もあった、というべきなのであろうか？　それはともかくとして、彼は戦争を悪として全面否定する非戦論者または平和主義者ではなく、前述のようにプラス面があるとして戦争をむしろ積極的に評価する人間であったから、対トルコ戦争のなかに、知識人と民衆との合体をみ、かくして一体となったロシア国民のスラヴ諸民族に対する同胞愛の発揚、犠牲の精神の発露をみて、すっかり感激してしまったらしく、戦中・戦後のロシアに対する西欧列強の干渉を予測しながらも、正教の輝かしい将来を夢みるのに忙しかったようだ。ここには〈熱しすぎた愛国心〉をいだいた夢想家がいる、と思う。かつての戦争を詩や歌で大いに讃美した、わたしたちの高村光太郎や斎藤茂吉らの場合のように。わたしは二〇世紀末の日本に生きる人間で、いわば後代の傍観者であるためか、一九世紀後半当時のロシアのバルカンに対する下心が、わたしの目にはよく見えるのであるが、ドストエフスキーの場合、彼はスラヴ系民族の虐殺をもたらしたバルカンにおける反トルコ騒擾とそれに引き続いておこった対トルコ戦争のまっただ中で生きたロシア人であったから、〈熱しすぎた愛国心〉が彼から自国の野心を見抜く眼力を奪ってしまったばかりか、自国の戦争行為を正義の発動と信じ、それを無私無欲のものと言い切って憚らないほど、それによって目をくらまされてしまっていた、と言うほかないだろう。

　国民の同胞意識が生み出した国民感情というものは、本来、その担い手である国民の誰にもほとんど意識されないほど、ひそやかで穏やかなものであろう（それは、たとえば、たまに顔を合わせた際に「ご無沙汰が無事のしるし」と言い合えるような、中年以上の兄弟姉妹の間にみられる気持に近いものではなかろうか）。つまり、ふだんは眠っているに等しいような状態にあるのだが、それが、いったん、他国との関係がけわしくなり戦争などが予想される、国家としての危機的情況が訪れるや、俄然目ざめて、熱い愛国心となってほとばしる傾向がすこぶる強い（このような国民感情の性質を、非常時の際に利用して大衆操作しなかった政治家はこれまで一人もいなかったし、これからもいないにちがいない）。わたしは今、〈熱い愛国心〉と言ったけれども、愛国心は〈熱い〉ものと相場が決まっていて、それに疑いをさし挟む人はいまい。しかし、わたしたちは、愛国心の熱い血が頭にのぼって〈熱しすぎた愛国心〉になって沸騰してしまうと、集団的興奮症候群とでもいうべき狂燥状態におちいって、まわりが全く見えなくなってしまうので、熱くなるほど国を思う心が強烈だとされる、この国民感情の表出について、改めて考えてみなければならないのではなかろうか。

愛国心は確かに熱いものなのだろうが、自分の中の愛国心なるものを冷静にみつめる必要があるのではなかろうか。なぜならば、愛国心の熱源がわたしたちの心にあるとしても、それに火をつけ煽りたてているのが為政者である場合が非常に多いからである。つまり、自分では国のために命を賭してやっていたつもりなのが、実は、為政者の口車に乗せられて行動していただけにすぎない、ということがよくあるからである。しかも、感情の高揚状態つまり興奮状態というものは、多かれ少なかれ、わたしたちの視野を狭くするものであるが、とりわけ愛国心発動のような場合には、政府に都合のいいように、政府による政府のための情報操作が決まって厳しくおこなわれているはずだから、わたしたちは、自分で自分の視野を広くするために自分の五感と頭脳を総動員しない限り、視野狭窄の一途をたどるだけになってしまう。そのうえ愛国心にはもともと、その発生契機に由来するものとして、多少なりとも独善的で排他的な傾向が内在している。愛国心は、敵国など当面の相手国やその国民に対して怒りや憎悪などを込めた敵愾心を向けるだけでなく、国内でも、国の方針などに対して批判的な人たちに非国民などというようなレッテルを貼って疎外し、憎しみをもろにどぎつくぶつけるけれども、これは、この感情の大勢順応的な群衆心理的様相をよく示すとともに、愛国心のこのような傾向を如実に物語るものであろう。したがって、愛国心の熱が高まって視野狭窄におちいると、ますます独善的で排他的な傾向が強まり、ついにはショーヴィニスムに落ち込んでしまうわけである。すなわち、熱い愛国心は煽られて沸騰してしまうと、視野が狭くなって周りが見えなくなり、それに応じてより独善的になり、自分と共感しない人間たちをすべて敵視するまでに狭量になってしまう。このような精神の狭窄と偏向が、敵国などの人間が自分と同じ赤い血を持ち、同じように感じ同じような生活を営む同じ人間ではなく、野獣か悪魔だとする見方を生み出したり、あるいはそのような見方を抵抗なく受け入れたりするのであろう。

すでに述べたように、《日記》には様々の社会問題が取り上げられているが、それに対するドストエフスキーの姿勢とそのさばき方には、偏狭さといったものなどは少しも感じられない。

ところが、こと東方問題とか露土戦争などといった政治問題の論議になると、趣がにわかに変わってきて、そこには、前述のような意味での独善的な精神と精神の偏向がみられるように思う。つまり、わたしには、これらの論議の中に顔を出している身贔屓的な言回しやいわれなき優越感（勿論、このような気持を抱く作家自身には立派な理由があるわけだが）などが、このような精神の産物のように思われるのである。たとえば（だいぶ前に紹介したことであるが、）ユダヤ人問題に関して、ロシア人のほうは心が広くユダヤ人を受け入れる態勢でいるのに、二つの民族が融和できないのは、ユダヤ人のほうがロシア人を敬遠して融和をこばんでいるからで、その責任はユダヤ人側にある、と受け取れるように《日記》は結論づけている。このような見解はひとりよがり的と思わざるをえないが、同じような趣旨の主張は、タタール人やポーランド人、さらにヨーロッパ人（西欧人）全体に対してもなされている。ヨーロッパは、ドストエフスキーにとって第二の祖国であるわけだが、そこに住む人たちに対してロシア人は、同胞愛に似た愛情をいだいているにもかかわらず、彼らはロシア人を金輪際愛すまいと誓ったかのように、ロシア人を愛さないばかりか、仲間扱いすらしてくれないと、彼は不満を洩らしている。

ここに示したのは二、三の例にすぎないが、実は、《日記》の中で著者がロシアとヨーロッパとをまるで善玉と悪玉であるかのように対比的に描き出す、その扱い方そのものに、著者の独善的な優越感がうかがえるのではないかと思うのである。そこで、対比的な描き方の要点だけを幾つか書き留めれば、次のようになるであろうか。

①精神的に堕落してしまったヨーロッパを救えるのは、正教をいだくロシアだけであり、これこそがロシアに課せられた使命なのである。②皇帝《ツァーリ》と八千万の民衆《ナロード》とが完全に一体となって精神的結合体を成しているロシアは、世界最強である。この〈生きた力〉はなにものにも打ち負かされない。ヨーロッパのどこにも、このような結合体など全くないばかりか、その市民的基礎は崩壊寸前であるから、ヨーロッパは、このような〈生きた力〉をロシアが現に持っていることが分からず、当然、その力の強さを知らない。③ロシアのバルカンへの武力行使は政治的には無私無欲であるのに、ヨーロッパにはそれがどうしても理解できない。それというのも、ヨーロッパの武力行使は決まって領土的野心などの利欲にかられたものなので、ロシアの行動がそれとは全く異質の例外的なものであることに考えが及ばないからなのである。

またドストエフスキーは、捕虜や負傷者、婦女子に対するトルコ兵の残虐行為をサド的な克明さをもって、繰り返し描き出し、そのたびに、これらの吸血鬼どもに対する憤激を新たにしているが、その一方で、ロシア軍の行動が、捕虜にしたトルコ兵に対する扱い方も含めて、人道にかなった寛容なものであることを強調している。しかし、このような《日記》の記述が、歴史的事実であるかどうか、わたしには今のところ判断しかねる。それは、《日記》自身がはからずも語っているように、トルコ側が、コーランが禁じているから残虐行為はありえないと否定し、逆に、そのような残忍な行為をしているのはロシア軍のほうだと世界各国に訴えている、ということから考えて、《日記》だけに基づいて、そこに書かれていることを事実としてそのまま認めてしまうことは危険だからである（勿論ドストエフスキーは、トルコ側の言い分を、相手の卑劣さを際立たせるつもりで一応言及しただけの話で、このことをそれ以上問題にしている形跡はない）。情報操作がおこなわれるのは戦時に限ったことではないが、とりわけ戦時においては、戦闘・戦況などの報道やそれに関連する情報は徹底的にチェックされ、それぞれ自国に有利な世論が醸成されるように情報操作が厳しくかつ巧みになされるのが常だから、ドストエフスキーの言葉だからといって、速断するのは禁物であろう。それに、このような戦争当事国や関係諸国間の情報合戦は別として、互いに殺し合う戦場という修羅場で向き合った人間というものは、自分のなかの人間的な心《ヒューマニズム》を否応なく圧し殺して引金をひき、それをくぐりぬけたあとは、自分のなかに人間的な心《ヒューマニズム》の復活を激しく願うよりも、むしろ野獣的な欲情の奔出に押し流されるままになる傾向が強いように思われるので、どこの国の軍隊であるにせよ、可能性として残虐行為に走ることがあると、少なくともわたしは考えているからである。

前述のように、トルコ兵は残酷でロシア兵は人道的とみるような視点は、ドストエフスキーのイスラム教に対する不信・軽蔑と正教に対する信仰・信頼を示唆するものかもしれないが、それは、当時のロシア政府に操作された情報に依拠して、〈熱しすぎた愛国心〉によってつくられたものであろう。晩年の作家は、皇帝と民衆の一体化を信じ、政府情報に対しても信頼していたのであろう。もしそうではなかったならば、前に論じたことであるが、ペトラシェフスキー事件にかかわった兄ミハイルについて、彼の清廉潔白なことを証言することも、作家には不可能であったのではなかろうか。

これまで、ドストエフスキーにおける〈熱しすぎた愛国心〉による歪みや偏りと思われるものをみてきたが、歪みや偏りとはいっても、それが、彼の信念または持論とでもいうべきものを母体として、それから生まれた鬼っ子のようなものであることは断るまでもないだろう。わたしがここで信念とか持論とか言っているのは、彼の中に長年息づいている様々の重要な情念のことである――すなわち、イエスへの熱い愛情、正教に対する信仰、独特な大地観・民衆観とそれに基づく民衆と知識人との合一論、イエスを歪めて売ったとするカトリック観、無神論・唯物論に対する反発、西欧は精神的に病んでいるとする文明史観、等である。これらの思想について、わたしはこの論考《ノート》で考えてきたわけであるが、これらが〈熱しすぎた愛国心〉と結びつくとき、これが、あの素晴しい小説を書いた巨人ドストエフスキーの時局に対する政治的見解なのかと、喋っている相手の顔を改めて見直さなければならないほど、その文脈と論調に独断的かつ独善的な匂いが強く感じられる主張になってしまうことを、わたしは指摘しておきたいのである。このような意味で、政治的人間としてのドストエフスキーがやはり、一九世紀の帝政ロシアに生きた〈時代の子〉として、彼が愛しロシアの運命を託した民衆《ナロード》と同じように、〈熱しすぎた愛国心〉の餌食になってしまったように思われるのである。

　最後に、バルカン騒擾期のロシア的事件というべきもの（露土戦争期にも同じ様相の事件がみられる）をめぐって、ドストエフスキーとトルストイとの間に対極的と言えるほど異なった見解がみられるので、それを取り上げて論じてみたい。両巨人のロシア的事件の受止め方・理解の仕方の底には、ふたりのそれぞれの宗教観や民衆観、戦争観が潜み、戦時下または準戦時下での情報の捉え方に違いがあることなどがうかがわれるが、それとともに、ここにもドストエフスキーの〈熱しすぎた愛国心〉が顔を出しているように思われるからでもある。トルストイは《アンナ・カレーニナ》に、作者の自画像的分身として、レーヴィンという人物を登場させている。彼は小説の主人公の一人でもあるのだが、このレーヴィンがバルカンの騒動について――トルコ兵の残虐行為や、それに対してロシアの中に高まった激しい同胞意識・正教徒意識などについて、兄や友人たちと議論しているうちに、問い詰められたせいもあって、自分の気持を吐露してしまう場面がある。ところが、そこでレーヴィンがあれこれ言っていることすべてがドストエフスキーの気に入らない。彼にはそれらはすべて許しがたいものに思えたので、彼は《日記》の中でレーヴィンに嚙みついているのである。勿論、レーヴィン即《イクオル》トルストイではないが、この場合は、作者トルストイ自身の考えに嚙みついているとみてよい。

　《日記》によれば、当時、バルカン騒擾から露土戦争にかけて、トルコ兵のスラヴ系民族や捕虜などに対する暴行の数々が、ニュースとしてロシア国内に生々しく伝えられ、それらはロシア民衆をいやがうえにも激昂させていたわけである（そして、そのような気持の具体的かつ顕著なあらわれが、義勇兵志願や義捐金などというような民衆運動的な行動である、というわけである）。ところがレーヴィンは激昂などしない。彼はニュースを醒めた心で受け止め、いわゆる民衆運動的なものも、雑誌や新聞などジャーナリズムによってつくりあげられたものではないかと強く疑っている。バルカンでの出来事のニュースに対する彼の態度は次のようなものである――暴行をじかに目撃したら、自分だって〈直接的な感情〉のままに、乱暴しているやつにとびかかっていくだろうが、相手を殺すかどうかは分からない。しかし、前もってそのような時にどうこうするとは言えやしない。また、民衆がスラヴの人たちのこうむっている苦しみを知り、激しく心を動かされて、彼らを何とか救い出そうと懸命になっていると言われても、第一、わたし自身民衆なのに、スラヴの人たちに対する迫害のニュースを聞いたって、直接的な感情は湧いてこないのだから、ましてや駆り立てられることもない、と。

これに対してドストエフスキーは、レーヴィンのようなやからは、少しばかり百姓仕事の真似ごとができるのを鼻にかけて、民衆を気どっているだけの話であって、横柄で高慢な旦那方であるのに変わりはなく、民衆なんかであるものかと、まず極めつける。そのうえで次のように批判する――トルコ兵の残虐ぶりを聞かされてショックを受け、何も手につかなくなってしまった人を、わたしは実際に知っているし、そのようなケースに再三出会っているのだから、スラヴ系民族の迫害に対する直接的な感情、それも最も強烈な感情が、ロシア人なら誰にでもおこりうるにちがいないのだ。それなのに、ものごとに感じやすい人間として描かれているレーヴィンが、そのようなものを感じないと言い張るのは奇っ怪なことで、わたしにとっては大きな謎である……遠くの出来事なので、何も感じないということなのだろうか？　また、彼は相手を殺すかどうかは分からない、つまり、実際にその時になってみなければ、自分がどういう行動をとるか分からないと断言しているが、たとえば、戦場でトルコ人がスラヴの子供を銃剣でなぶり殺しにしようとしている場面にぶつかり、子供を助け出すためには、トルコ人を殺さなければならないとしたら、どうだろうか？　ところがレーヴィンはすこぶる感じやすくて、吸血鬼であるトルコ人を殺すことさえ恐れている人間ときている。だから、この場合、トルコ人を殺せないレーヴィンは、子供が突き殺されるのを見捨てて、その場を立ち去るくらいのことしかできやしない。しかし、こんなことは、鈍感きわまる乱暴なセンチメンタリズムの猿芝居以外のなにものでもないではないか。わたしたちは戦闘で余儀なくトルコ人を殺してはいるけれども、それは、これ以外のやり方では彼らの手から憎むべき武器をもぎ取ることができないからである、と。

ドストエフスキーはトルストイに対して、社会の教師として、また、われらが師として、最大の敬意をはらっていた。雑誌に連載中の《アンナ・カレーニナ》に対しても、好意を持ち続けていたのは言うまでもない。ところがその最終編（第八編）で、作者自身の思想とみられる前記のようなレーヴィンの思想が展開されるや、それに対して激しく反駁し非難するにいたるのである。しかし、彼の反論の仕方には、相手の考えを理解しようとする姿勢よりも、何が何でも相手をねじ伏せようとする強引さが目立ち、強弁のような感じさえ受ける。

ドストエフスキーはレーヴィンのことを、暴行しているのが吸血鬼である場合でも、相手を殺すことを恐れるほど感じやすい人間だとして、彼の気の弱さ《センチメンタリズム》を憫笑かつ嘲笑しているが、レーヴィンが人を殺すのを恐れるのは、そのような理由によるのではあるまい。彼は、戦争を「あまりにも動物的な、残酷な、恐ろしいこと」として、どのような目的のためであるにせよ、そのために戦争を望んだり、それを謳歌したりすることができないヒューマニストであった。彼は、兄たちとの議論のなかで、民衆がわが身を犠牲にするのをいとわないのは、バルカンの同胞を救いたいという、いわば自分の魂のためであるにしても、問題はトルコ兵を殺すということにある、という意味のことを言っているが、この発言は、人間の生き方を律する最高の掟である〈殺すなかれ〉が、戦時下または準戦時下の敵に対しても、彼の中に生きていて、それを遵守しようという強い気持のあることを証明するものではなかろうか。ただし、この発言が「おずおず」なされた、とトルストイがわざわざ断っていることから考えると、この時点では、戦場でも〈殺すなかれ〉という信条を押し通せるものかどうか、レーヴィン自身の気持が固まっておらず、迷ってはいたのであろう。このような判断躊躇を伴う心の動揺は、すでに紹介した彼の態度、すなわち、「暴行を目撃したら、自分だって直接的な感情に身を任せるだろうが、相手を殺すかどうかは分からない。しかし、あらかじめどうこう言うことはできない」という言いぐさにも繋がるものであろう。

ドストエフスキーは、前出のように、戦地での子供のなぶり殺しの場を想定して、そこにレーヴィンを引っ張り出してきて、トルコ兵を殺せない彼は、何もできずに立ち去るほかないことを主張しているわけであるが、この主張には二つの難点があるのではなかろうか。一つは、レーヴィンの言葉を聞き違えたようなふりをしている点であり、もう一つは、それに基づいて結論を性急に出している点である。——ここで断るまでもないだろうが、前出の文章は、《日記》の原文（邦訳）の骨子をわたしなりに取り出したものである。そのために原文の文脈や細かいニュアンスをそのまま伝えてもいないし、また、それは伝えられるものでもない。実は原文では、ドストエフスキーは、彼の想定した暴行現場でレーヴィンが、直接的な感情がないままに、あれこれ思案にくれている情けない心境を描出しているのである――。確かにレーヴィンは、スラヴ人の迫害（のニュース）に対して直接的な感情はないし、あるはずもないと言ってはいる。しかし、その一方で、暴行を見たら（被害者がスラヴ人でなくても）、自分の直接的な感情のままに身を任せるだろうとも言っている。だから彼は、子供のなぶり殺しの場に実際に直面したら、直接的な感情のままに、ためらうことなく行動したにちがいない。ドストエフスキーの断定したように、彼は子供を見殺しにして逃げ出したりは決してしないはずだ。それでは、兵士として自分がその時持っていた武器で、相手を倒して子供を救ったであろうか？　これもありえない。レーヴィンは、直接的な感情のままにトルコ兵に飛びかかっていく……しかし、それはトルコ兵に自分の体を投げ与えるためのものであるにちがいない。彼のそのような行為は彼の死を必然的にもたらすであろうが、また、そのことによって、子供が救われるかどうかも分からないであろう。このように空想することは、あまりにも現実離れした突飛な思いつきととられかねないが、わたしには、どうもそうなるように思われてならないのである。反戦的なレーヴィンのなかで、〈殺すなかれ〉という掟が、戦場に立った時点で、自分が生き抜くために〈殺すべし〉あるいは〈殺せ〉という非道のものに逆転していない限り、このような結果が当然生まれてくるように思われるのである。しかし、このことに関しては、問題の性質上、レーヴィンという代理人の行動を云々するよりも、作者トルストイ自身の思想や生き方のなかに手がかりを見つける努力がなされるべきであろう。

　トルストイは、晩年の一九〇四年に日露戦争が始まるや、それに反対して《思い直せ》という論文を書くほどの反戦家であり、また、八十二歳で野垂れ死に覚悟で家出できるほど強い性格の人間であったが、それと同時に、たとえば、自分を殺した人間でも赦せるほど、心の広い寛容な人間であったように思われる。わたしは評論家本多秋五の文章で知ったのだが――一八八一年にアレクサンドルⅡ世が暗殺された時、新帝アレクサンドルⅢ世にあててトルストイは手紙を書き送っている、とのことである。彼はそのなかで、捕えられたテロリストたちを極刑に処するようなことをせずに、金を与えてアメリカあたりへ追放するようにと皇帝に勧告し、かつ切願している。悪に抗するなかれ、すべてを赦せ、悪にむくゆるに善をもってせよ、というわけだと本多は言い、トルストイ自身が主張している提案理由などについても記述して批評している。このような考え方が、彼のいわゆる〈悪に対する無抵抗主義〉というものなのだろうが、これは、前述のような極限的なシチュエーションの場合には、〈人を殺す〉よりも、わが身を犠牲にする、つまり〈殺される〉ほうを選ぶ生きざまとなってあらわれるのではないだろうか？

　またドストエフスキーは、レーヴィンが「スラヴ人の迫害に対して直接的な感情がない」と言っていることについて、大いに不思議がっているけれども、これはレーヴィン（つまりトルストイ）とドストエフスキーそれぞれの戦時情報の受取り方の違いに帰せられるように思う。すなわち、正教・民衆・皇帝の一体化を夢みる、熱しすぎたドストエフスキーは、政府による情報操作などを殆ど顧慮せずに、新聞などに載った、ロシアに都合のよいように取捨選択され按配された情報を、鵜呑みに近い状態で信じ込んでしまって悲憤慷慨し、《日記》で主戦論的な見解を展開していると言えよう。それに対して、かつて若いころ、クリミア戦争に参加して戦争のむごたらしさを実際に体験したトルストイは、反戦的な姿勢を年ごとに強めるとともに、戦時情報を、《戦争と平和》を書いたリアリストとしての醒めた目で見直し、それがあまりに一方的な報道なのに強い疑念をいだき、そこに政府による情報操作やジャーナリストたちの介在があるのではないかと、ことの本質を見抜いたにちがいない。このような情報に対する不信が、スラヴ人に対する激しい憐憫の情といった直接的な感情が、彼のなかにわきあがるのを妨げたとみてよいのではなかろうか。

　両巨人の違いは、ロシア民衆の捉え方にもみられるので、それにも触れなくてはなるまい。ふたりとも、民衆の素朴で信心深い生来の性質を愛していたことには変わりはないだろうが、すでに述べたように、ドストエフスキーは、民衆と知識人との関係を断絶的にとらえ、それぞれの階級がそれぞれ持っている宝もの、すなわち、民衆の正教と知識人の視野拡大、この二つのものの相互授受によってのみ両階級の合体・融合が可能であると信じ、それにロシアの命運を賭けていた。他方、トルストイは、民衆と知識人との関係を断絶的あるいは対立的なものとはみなさずに、連続的あるいは移行可能なものとゆるやかにとらえていたのではなかろうか。レーヴィンのように、地主の旦那というようなおごりたかぶった意識を捨て去り、百姓たちに立ち交じって野良仕事などに励むことによって、意識的にも生活的にも百姓つまり民衆の仲間入りができるものと考えていたのではなかろうか。ドストエフスキーの場合、民衆は正教を宿しているがゆえに、まるで信仰の対象でもあるかのように、その理想化が甚だしいが、トルストイの場合は、晩年に正教会から破門されたことからも分かるように、正教を絶対視していたわけではないようで、したがって、彼にとって、民衆は愛すべき存在であると同時に、教化、啓蒙されなければならない無知蒙昧の存在であったように思われるのであるが……。

わたしの《作家の日記》論考は、終わりのほうは〈ドストエフスキーにおける愛国心の研究〉というような様相を呈するようになってしまったが、それにしても、《日記》のなかで、ドストエフスキーの祖国の現状を憂え、その将来を案ずる国士としての熱い気持が、正教に対する彼の熱烈な思い入れと密着し、ないまぜになっていて切り離せないことは、誰にでも気づかれるところであろう。しかも、その正教だけがイエスの真の姿を保持していると彼が信ずることによって、正教が彼にとって他の宗教や教派を超絶した唯一の真理的存在であったことも、これまでに引用した幾つかの彼自身の言葉や、正教以外のカトリックやプロテスタントなどに対する彼の揶揄的ないし愚弄的な態度から、ここで改めて指摘する必要がないくらい明らかであろう。生来、彼のなかでは神を求める心と国を思う心がたいへん強かったのであろうが、それらが、東方問題をめぐって起こったトルコや列強との紛争や戦争といった祖国の危機的情況の到来を契機として、相乗的に作用し合って沸騰、爆発したものが、《日記》のとりわけ政治評論的な文章のなかに横溢している、熱烈きわまる愛国心なのであろう。したがって、ドストエフスキーの〈熱しすぎた愛国心〉の深奥にある熱源が、彼の宗教意識と国家意識の複合体《コンプレックス》であることは間違いあるまい。

既述したように、〈熱しすぎた愛国心〉の特徴は、独善性（優越感）と排他性が際立って顕著なことであり、しかも、この特徴がとくに戦争相手国とそれに属するすべてのものごとに対して、無差別に、かつ最大限に発揮されることである。交戦国の国民は互いに、そのことによってそれぞれの怒りや憎しみが正当化されたごとく感じ、双方の敵愾心はますます増強される。このことを、わたしたちはかつての太平洋戦争の時にみずからたっぷりと味わったわけであるが、今回の湾岸危機から湾岸戦争までのアメリカ、イラク双方の指導者の互いに正義をふりまわす姿勢や、それに湧き立つ大衆の姿などを見ていると、ミサイルの飛び交う現代の戦争の表面下に、同じような現象が存在しているように思われてくる。おそらく事情は歴史を二百年ほど遡っても同じことであろう。翻って二一世紀、さらにはるか遠く未来を展望する時、わたしたちを戦争へ駆り立てるものがわたしがたち側にあるとすれば、それはこの〈熱しすぎた愛国心〉であろうし、それはまた、戦争をわたしたちに持続させるための根源的な精神力でもあろう。このような意味で、愛国心、とりわけその元をなす国民感情の在り方についてよく考えなければならないであろう。すなわち、ドストエフスキーという一人のロシア国民の場合には、それが宗教意識と国家意識の複合体として端的にあらわれているわけであるが、それぞれの国民における宗教意識と国家意識、もしくはその複合体は大いに問題にされなければならないであろう。そして、このことに関しては、評論家鶴見俊輔の以下に掲げるような提言（《朝日新聞》一九九一年一月二八日・夕刊）は、たいへん示唆的ではなかろうか。

すなわち鶴見は湾岸戦争についてのコラムのなかで意見を述べているのであるが、その要旨は次のようなものであろう——湾岸危機・戦争をめぐる政治家の発言は、政治の表層だけしか問題にしていないようにみえる。とりわけ、その点で際立っているのが日米の指導者たちであって、彼らはアラブ諸国の政治を、その表層だけで見て解決策を考えているように思われる。つまり、政治の表層だけに対応して事を処理しているように思われるのだが、これからの世界や人間の未来について考え、全人類の共存の方向をさぐるためには、より深い政治が必要であり、政治の深層とじっくりと取り組むことが要求される。湾岸危機・戦争に即して言えば、侵略者イラクをクウェート併合前の元の状態に押し戻すというような表層の政治的操作だけで片付けられる問題ではない。アラブ諸国民の捨身の姿勢の背後にあるものが、自分たちの領土の下にある石油がなくなったあと、砂漠という熱い鉄板の上に置かれる自分たちの運命に対する自覚とみてとり、それと取り組めるような深い政治が必要なのである。アラブ人たちの事情は、時間の目盛りを少し大きくとれば、わたしたちにもそのまま当てはまるわけであるが、わたしたちはそれに対して不感症に近い。つまり、アラブ人たちの示す捨身の姿勢は、アメリカ人や日本人のさらされていない、未来の人間全体をとりまく条件をいち早く感じとっていることに由来するように思われるが、ここには未来の人間との対話があると言えよう。勿論、資源には乏しいが飽食の今の日本から、砂漠に住む人たち、というよりも未来の人間を想像することはむずかしい。だからこそ、ほかならぬ自分たちの未来との対話を始めるための一つの契機として、湾岸戦争を受け取ることが必要なのではあるまいか、と。

コラムは、湾岸戦争を論ずることをとおして、深い政治とその必要性を訴えるのが主眼であると思われる。そのために鶴見は、コラムのなかで深い政治との取組み方や、それと取り組むことによって起こる重大な変化をも予想している。すなわち彼は、（湾岸）戦争中から戦後の深い政治との取組みを考えていくべきだとしたうえで、次のように言う――国家代表の会議から、深い政治と取り組む原則がすぐさま湧き出てくることはない。というのは、アメリカ人は（日本人はさらにそうだが）、自分たちが熱い鉄板の上に置かれているという感覚を持っていないからだ。したがって、その検討は、深い政治と取り組む原則を求めるための原則、さらにその原則を求めるための原則というふうに、限りない後退を強いられ、その限りない後退に耐えて、続けられなければならないだろう。（これからあとに述べられている鶴見の見解は、わたしの《日記》論考に直接関連するので、原文をそのまま引用、掲載することにしたい。）

――その探求の過程でおこることは、国家が薄れてゆくということだけでなく、宗教が薄れてゆくということでもあるのだろう。（改行）宗教（複数）はなくなるほうがいい。なかでも二〇世紀に入ってから国家と同一化して、国家のすることを賛美し強化する役割をになってきた諸宗教は、これから薄れてゆくことが必要である。ひとつの宗教の壁が薄れ、薄い膜となり、それらの宗教の間にやりとりがある状態が来ることが望ましい。（改行）回教だけでなくユダヤ教、キリスト教、多神教の形を捨てないままに国家の代弁の役割を果たしてきた国家神道、かつての戦争支援に足並みをそろえた日本仏教は、それぞれの国家宗教としての役割をすくなくとも直視する方がいい。マルクス主義は、プロテスタントの新しい一宗派であると私は考えてきたが、この宗教も、国家宗教の役割を果たしてきたし、今も果たしている。これらの国家宗教は、民族国家という制度を背後からつよく支えて大衆操作の一翼をになってきたもので、これらが壁をつくって、鉄板の上におかれた人間の問題を見えなくしてきた――。

前掲の文章中で、宗教と国家とが論じられているが、この国家宗教としての宗教とそれによって背後から支えられている民族国家的体制とが、国民感情に浸潤、反映したものが、それぞれの国民にみられる宗教意識と国家意識もしくはそれらの複合体《コンプレックス》であろうし、それが戦争などの際に燃えあがったものが〈熱しすぎた愛国心〉というものの正体なのであろう。

なお鶴見は「宗教はなくなるほうがいい」と言っているが、この文章を読んだ限りでも、彼がそう言う気持はよく分かる。しかし、わたしは、各宗教の深奥を突き抜けて、さらにその奥にあると思われる絶対的な存在（これに〈神〉という言葉を与えてもいいのかもしれない）まで、にわかに否定することはできない。人間に悪をにくみ善を求めてやまない心がある限り、また真実へのあくなき探究心と美への限りなき憧憬とがある限り、弱小な人間は絶対的なものを求め続けてやまないように宿命づけられているのではなかろうか。

《日記》論考を終えるにあたって、ドストエフスキー像は、飽くまでも彼の小説の中に求められるべきものであることを断る必要はあるまい。勿論、《日記》作者としてのドストエフスキー像が、愛国心によってデフォルメされたものという意味で、小説家としてのドストエフスキー像に強烈な陰影を投げかけ、彼の人間性に複雑さと分かりにくさとをさらに付け加えていることも断る必要はあるまい。

（一九九一・三・一九）

第Ⅱ部　〈わたしのドストエフスキー像〉をめざして

——書物との対話

第Ⅱ部　まえがき

ドストエフスキーを知るための方法は、他の作家の場合と同じく、原則的には、その作品を読むことにつきる。つまり、作品を読むことがアプローチのアルファでありオメガであることは言うまでもないが、しかし、相手が世界最高のエヴェレスト（チョモランマ）に比すべきドストエフスキー山ともなれば、多くの先達たちがそれに挑み登頂した登山記録（ドストエフスキー論）やそれに関連した資料がたくさんあるわけだから、それらを読むことは、ドストエフスキー山についてのわたし自身の知識をより豊かにするうえで、たいへん役立つにちがいない。また、それらはドストエフスキー山が置かれてきた過去から現在までの文学的・思想的情況というものをわたしに教え、それに対するために必須な準備や身仕度、登攀技術の習熟などをわたしに要求するにちがいない。エヴェレストにしても、〈そこに山があるから登るだけだ〉とはいうものの、勿論、ひとりで闇雲に登れるような凡小な山ではないのだから、それに登るためには、これまでの登山隊の先例から多くを学び、それを生かしながら、登山ルートの選定、長期の準備や高度順応、気象条件、酸素マスクその他様々の条件がすべて満足されなければ登頂可能ではないわけだが、その場合のように（しかも、それらがすべて満足されたとしても、不成功に終わることがよくあるのだが）。

このようなわけで、第Ⅱ部には、ドストエフスキーにアプローチする姿勢《スタンス》その他にヒントを与えてくれるのではないかと思われる、先達たちの書物を読んだあとの感想を収めた。ドストエフスキーという図抜けた大物を相手にするからには、読むべき書を選びだすこちらの了見（視野）が狭いのは失礼極まるし、不得策でもあるので、わたしの力の及ぶ限り、それを広くするように努めた。しかし、取りあげた本としては、やはり各種のドストエフスキー論が多く、分量的に半分以上を占めるようになってしまったが、ドストエフスキーに直接関係のなさそうな書物まで、第Ⅱ部に含まれるようになったのは、そのような意図のあったためであるとご了承いただきたい。

読後に感想を綴った書物を、その内容から分野別にしてみると、宗教、哲学・思想、歴史、文学・演劇、およびドストエフスキー論とその周辺という五つに大別できるように思うので、第Ⅱ部は上記の五部門から構成されることになる。

1　宗教部門

聖書

旧約聖書　中沢洽樹訳、
新約聖書　前田護郎訳
中央公論社刊（世界の名著⑫）

《創世記》とっかかりにくいが、いったん創世記の世界の中に入ってしまえば、わが《古事記》の世界とあまり変わったことはなく、神話や説話の楽しみを味わうことができた。訳は平易で暢達、信頼でき、ほとんど見開きごとに見られる訳注は本文を理解するのに大いに役立つ。これらはすべて訳者の豊かな学識のあかしであろう。

《出エジプト記》萩原朔太郎あたりが言っていたように思うが、ユダヤの神ヱホバ（ヤハウェはかつてはヱホバと日本語表記されていた）は嫉妬と憤怒の神であるとしていたが、ヤハウェはまさしく妬みと怒りの神である。つねに犠牲《いけにえ》を求めてやまない強欲な神であり、いつまでも恨みを忘れず、また深情けでもある執念深い神である。訳者は注で、「（ヤハウェの）顔は神の臨在の象徴」（二〇七ページ）と言っているが、ヤハウェの言葉をユダヤの人々に仲介するモーセにしても、ヤハウェの顔をまともには見ていないようだ。というのは、ヤハウェの顔を見た人は生き続けられないと、ヤハウェ自身言っており、モーセにも背中しか見せていないようだからだ。モーセがヤハウェに会うときには、いつもそこに雲の柱がたち、雲に覆われた場所であったようだ――もっとも、聖書自体がいろいろの言伝えの集成であり、《出エジプト記》にしても、各種の言伝えをまとめ編み直したものであろうから、（訳者も多くの箇所で指摘しているように）文脈としてすっきりと一貫したものになっていない。したがって、モーセとヤハウェとの対面の場も、わたしには曖昧な感じが残るのであるが――。それはそれとして、このような物凄い神と契約などよくしたものだと、現在のわたしなどは思うけれども、これも、古代におけるユダヤ民族の苛酷な歴史的な運命が背後にあったことを知るとき、うなずけないでもない。

《イザヤ書》 これを読むことによって、預言者というものの本質とユダヤの唯一神ヤハウェの本質をさらによりよく知ることができる。つまり、ユダヤの預言者とは、言ってみれば、民衆指導者であって修道者、煽動家であって熱狂的詩人であることを。またヤハウェとは、鞭と飴とをうまく使い分ける欲張り・ねだりやの嫉妬神であることを。諸国を流浪するユダヤの民（とその指導者）がその希望を託したのがヤハウェの神であるが、落ちめの時には、自分たちが堕落していたからヤハウェの罰がくだったのだと納得して反省し、栄えの時には、自分たちの心がけがよかったからヤハウェからおほめをいただいたのだと信じて祝う。どちらの場合にしても、いずれもヤハウェ神の御手《みて》のまま、ヤハウェのなすがままと考える。このように信じこめる人たちは幸いなるかな⁉ ヤハウェに選ばれた民であると信じこんだ選民思想と、アッラー帰依信仰と、それぞれの信仰がまとう非寛容の精神が、中東戦争の真の原因であろう。

《伝道の書》 本書末尾に「これらすべてのことを聞き、神を畏れ、その戒めを守れ」と取って付けたように記してあるが、本書の内容は、言うなれば、この世を空しいと見きった達人の人生観である。一読して虚無思想的なものを感じ、その意味で、キリスト教的な〈伝道〉をほのめかしかねない表題は、ふさわしくないように思う（訳注によれば、書名を原語のまま《コーヘレス》とする学者が多いとのこと）。本書によって、イスラエルの民のなかのあるものが、空しさについて早くから感じとって、それについての考察を一つの哲理にまで高め纏めていたことを知る。《伝道の書》の著者と同じように、古くから世界のいろいろの場所でいろいろの人が、人生の無常についてそれぞれ理論構築していたわけである。

《マタイ福音書》 マタイによるイエスのいろいろのわざの記述は、それがイエス信仰からのものであることは分かるものの、わたしをば理解拒否の状態におとしいれてしまう。イエスの十字架上での死、その復活の意義についてもさっぱり得心がいかない。はたして、さらに他の三つの福音書を読んで、それらについて納得がいくのか（納得するまでいかなくとも、わたしなりにそれらへのアプローチができるかどうか）、したがって、わたしなりのイエス像がおぼろげながらにでも現われてくるものかどうか、現時点では誠に心細い。イエスが十字架にかけられて息をひきとる間際に大声で叫ぶ「エリ、エリ、レマ、サバクタニ」（わが神、わが神、なぜわたしをお見捨てですか）の悲痛さ、この言葉の意味するものは何か？ これについて多くの人があれこれ言ってはいるけれども……。

《マルコ福音書》①《マタイ伝》では、ヘロデ王が洗礼者ヨハネを殺したいように書かれているが、《マルコ伝》では、ヨハネを殺したいと思っていたのは妻のヘロデヤのほうで、ヘロデ王はむしろヨハネを恐れ保護していたように描かれている。この箇所については、《マタイ伝》ではその文脈に乱れがみられるので、《マルコ伝》のほうに従うべきであろうか。②イエスの十字架上での死の意味は——人の子が来たのは仕えられるためでなく、仕えるため、多くの人のあがないとしておのが命を与えるためである（一〇・四五）。③イエスの十字架上での死を遠くから見守っていた人たちの中に、マグダラのマリヤ、もうひとりのマリヤ（イエスの母の姉妹）、サロメがいた。このサロメは、ともに十二使徒のひとりとされるヤコブとヨハネの母で、漁師ゼベダイの妻である。ヘロデ王の娘（ヘロデヤの連れ子）もサロメという名であるといわれるところをみると（ただし、四福音書にはその名は明記されていない）、サロメという名は、日本で言えば花子といったふうに、ユダヤではありふれた名前なのであろうか？　マリヤほどではないにしても。④キリストの復活は、直弟子であった十一使徒でさえもなかなか信じられなかったようだ。訳者の注によれば、イエスの復活の姿は、パウロの言う霊の体で、それは信仰の次元で把握しうるものであり、直接物理的生理的現象ではないが、信徒のはたらきにおいて物理的生理的な姿をとる、とされる。現時点では、わたしは、信仰とはそういうものなのかなあ、そういうものだろうなあと想像するとともに、信ずる心がキリストの姿をその心の持主に物理的生理的に生みだすというのは、一種の幻覚にすぎないのではないか、という疑いを強く抱かざるをえない。

《ルカ福音書》①イエスとの付合いの浅い不信仰者であるわたしには、矛盾するようにみえるイエスの言動に、イエスのかけひきと並々ならぬ老獪さの匂いのようなものをかぎとる。たとえば、イエスが奇蹟的なわざを披露した際の彼の言いぐさには、相反する二つのものいいがみられる。悪霊を追い出した人には（八・三九）、「家に帰って、神があなたになさったことのすべてをお話しなさい」と言っているのに、死んだ娘を生き返らせた際には（八・五六）、両親にこの出来事を誰にも言わぬように命じている。また、イエスは、地上で罪をゆるす権威をもつ（神からつかわされた）人の子であることを公衆の面前でいい（五・二四）、その奇蹟的なわざを皆に示しているのに、弟子たちが彼のことを〈神のキリスト〉というと（九・二一）、そのことをたしなめて誰にも言わぬように命じている。②《ルカ伝》では、最後の迫ったことを知ったイエスが剣を二ふり弟子たちに用意させ（二二・三五～三八）、イエス捕縛の際、その剣で弟子のひとりが大祭司のしもべに切りつけ右耳を切り落してしまうが、イエスがその耳にさわっていやされた（二二・五一）と書かれている。しかし《マタイ伝》では、弟子のひとりがたまたま剣でしもべの耳をそいだときに（二六・五二）、「なんじの剣をおさめよ。剣をとるものは剣に滅びる。それとも、わが父上に願って十二軍団以上の使いをすぐにわたしに送ってもらうことがわたしにできないと思うのか。云々」と言って、剣を捨てるように命じて捕われている。この二つの福音書の該当部分の相違は、前身が取税人であったというマタイよりもルカのほうが戦闘的な人間であったことによるものかもしれないし、また、ルカの生きていたのが、マタイよりもややあとの時代で、イエス信仰の人たちへの迫害がより激しく、それだけ戦闘的にならざるをえなかったのかもしれない。いずれにせよ、イエスが何のために剣を弟子たちに用意させたのか再考する必要がある。布教に対する迫害に備えるものとするには、剣が二ふりというのでは話にならないし、そもそも、迫害に対してイエスが武器を考えることなど、イエスを急進的な革命家とでもみなさない限り、矛盾もいいところである。このあたりの《ルカ伝》の記述は、わたしの躓きの石になると言いうるであろう。

《ヨハネ福音書》《ローマ書》《ピレモン書》　これで聖書のおもなものに久しぶりに目を通したわけであるが、わたしにとって躓きの石となるものは、結局、次の二つにしぼられると思う。一つは、イエスのなす数々の奇蹟、とりわけ死者のよみがえりはその最たるもの。イエスの十字架上での死と、その復活を信じられないものは、やはり不信仰者としてとどまるにちがいない。もう一つは、イエスが最重要の掟として「神を愛せよ」とともに挙げた「自分を愛するように隣人を愛せよ」である。心がけとして、努力目標としてならば、いちおうその趣旨は理解できるが、日常的に実践できるかどうかという一点にしぼれば、わたしにはとても自信がもてない。

なお、前田護郎による新約聖書の訳文は、キリスト者にはたやすく理解されるのかもしれないが、わたしには無理。日本聖書協会発行の聖書を参照しながら本書を読み進んだが、前田訳は信者側に寄りすぎ、少しひとりよがり的なところがあるのではなかろうか？　たとえば、イエスの父ヨセフを〈建築家〉としているが、建築家という訳語は〈貧しい〉というイメージからはほど遠い。馬小屋で生まれたとされるイエスは裕福な家の出ではないと思われるので、従来どおり〈大工〉でいいのではないだろうか。少し奇をてらいすぎるのではないか！

（一九八九・三・七～四・六）

聖書　新共同訳

日本聖書協会刊

《使徒言行録》 新約聖書中の一書で、《使徒行伝》とも言われるもの。《ギリシャ正教》(高橋保行著)を読んだついでに読んだものだが、なかなか面白い。勿論、ペトロやパウロらの信仰の本質(とりわけキリストの復活)については、わたしは理解できないが……。次に書くようなことが読後感といえるかどうか怪しいものだが——パウロがエルサレムで捕えられカイサリアからローマまで護送される経緯には、エルサレムで捕まって忽ち十字架につけられてしまったイエスの先例から、充分な教訓を汲みとっていることが反映しているのではなかろうか? パウロの宣教がユダヤ人よりもむしろギリシア人やローマ人など異民族の教化を目的にしたものであったにしても、彼は、ユダヤ人だけの世界の中で、ユダヤ人の罠の中で殉教するような羽目にならないために、彼自身が持っていたローマ市民という権利を最大限に活用し、同じ牢獄暮しでも、より安全なローマ総督下のものを選んでいるように思われるからだ。捕われの身のパウロが二年間以上も無事でいられたのは、エルサレムから百キロ以上も離れた港町カイサリアの総督監視下の牢獄であったからであって、これがエルサレム内の牢獄であったなら、彼は身の安全を保つことはとてもできなかったのではあるまいか。それにしても、イエス時代にはローマ総督ピラトはエルサレムにいたのに、それから三十年ほどしか経っていないパウロ時代には、エルサレムからは遠いカイサリアに総督が常駐するようになった(文章内容からみて、離宮とか別荘ふうなものに一時的に住んでいたようには思われないので)のはどうしてであろうか? わたしには、総督がカイサリアに住んでいることをパウロがうまく利用したように思われる。(一九九一・八・一三)

《ローマの信徒への手紙》 新約聖書に収められているパウロの書翰の一つで、かつて《ロマ書》とか《ローマ人への手紙》と題されていたもの。パウロの教え、つまりキリスト教の最大のモットーが、〈己の如く隣人を愛せよ〉ということであることは分かるが、イエスの復活が依然として躓きの石であるわたしには、パウロの説法についていくことはできない。本書によって、パウロが、当時知られていた世界の西の端イスパニアまで宣教しに行くつもりであったことが分かり、彼の使命感というか、彼の信仰の情熱の強さ、激しさには心うたれるものがあるけれども。(一九九一・八・一四)

《ヨブ記》 旧約聖書中の一書。ドストエフスキーの伝記などに、幼年時に読み聞かされたヨブの物語が、作家に非常に強い印象を残したとあるので、読んでみたもの。一回読んだだけでは、どうして、またどのような点が幼い作家に強い感銘を与えたのか分からないので、再度読んでみたものの、やはりよく分からない。さらに読み返す必要がある。それにしてもヤハウェはもの凄い神さまだ。こんなこわい神をまるごと絶対的に信じなくてはならないとは、ユダヤ人は何と因果な民族であろうか！

（一九九一・一一・二四）

《詩編》　旧約聖書の中の一書。《ヨブ記》を読んだついでに読んだもの。唯一絶対の神への祈り、願い、感謝、称賛、誓いなどを歌いあげたものなので、ヤハウェに対する信仰を持っていないわたしには、深い感銘はなく、ユダヤ人の神信心とはこんなものなのかということを知るよすがになるくらいのものである。なお《詩編》を読んで、ヤハウェがユダヤ民族のために何かする時には右手で行なうことが記憶に残った（「右の御手《みて》」という表現で）。

（一九九一・一二・二六）

《箴言》《コヘレトの言葉》《雅歌》　いずれも旧約聖書中の一書で、やはり〈ついでに〉読んだもの（なお《コヘレトの言葉》は《伝道の書》とも言われる）。これらの書の内容は、無信仰のものの目から見れば、聖なる書バイブルのイメージからはみだすような性質のものではなかろうか。とりわけ《雅歌》について、巻末の解説が「神と人間との相互愛の象徴的表現と見る」と言い切っているのは、少し無理があるように思われる。これらの歌は男女間の恋愛感情を歌ったものとみるほうが自然ではあるまいか（おそらく、これらの歌は、聖書のなかに編み込まれる経過のなかで、神と人間との間の愛を歌ったものとして若干の手直しがなされたうえで昇格されたのであろう）。

（一九九一・一二・二八）

聖書 ―愚者の楽園

本多顕彰著　光文社刊

不信の徒である一学究（宗教学者という意ではない）による旧約の世界と新約の世界の見方。本書に、かたくなで心狭いキリスト者は怒り心頭に発するかもしれないが、同じ不信仰の徒であるわたしは、著者の揶揄的ながら誠にうがったもの言いや、真実を見ぬく眼力には大いに共感させられた。本書を二、三十年前に読んだ際には、聖書をやっつけている痛快な本だなと思ったくらいのものであったが、今回、聖書を読んだのを機に読み返してみると、新書判という小さな本なのに、旧約の神と新約の神との相違、モーセとイエスとの違い、教祖のなせるわざ（いわゆる奇蹟）の意味などについて、はっきりと自分の考えを提示し、またユダヤ民族の選民意識にもメスをふるっているのには感銘を受けた。——ちなみに、イエスにもこの選民意識があり、これが弟子たちが他民族にキリスト教をひろめる際に大きな障害になった筈《はず》。パウロなどもそのためにあれこれ詭弁(?)を弄している。

（一九八九・四・九）

聖書物語

ヴァン・ルーン著　村岡花子訳
角川書店刊

文庫本。訳者・村岡花子の名は、若いころからラジオなどで馴染んだ名前であるが、本書で彼女の文章というものに初めてお目にかかった。読んでみて、とりわけ、旧約関係のところで意味不明の箇所や人名のとり違えなどがあり、あまり結構な訳文ではないと思った（もっとも、これらが原書に由来するものなのかどうかも不明なので、一方的に訳者のせいにするのは片手落ではあるけれども）。原書は一九二三年の著作であり、本訳書は、それを一九六〇年に翻訳・刊行したものであるが、あまり古くさい感じを受けない。聖書学、ヘブライ学などの発達した今日からみて、細部においては修正しなければならない箇所も多々あるのではないかと思われるけれども、大筋において現在でもこのまま通用するように思われるのは、ヴァン・ルーンがユダヤの歴史の流れをしっかりと把握し、またイエスの教えの真髄をつかみとって逃さないことによるものであろう。なお、本書では旧約全書、新約全書というように、聖書を二つの全書の集成としているが……。

（一九八九・四・一六）

禁忌の聖書学

山本七平著　新潮社刊

これまでわたしによそよそしい顔しか見せようとしなかった聖書をぐっとわたしの身近なものにすることを可能にした、聖書についての素晴しい啓蒙の書、などと気軽にほめあげるだけではすまされないほど、聖書の奥深い深層をえぐりだした名著。ヘブライ語、ギリシア語を駆使することによって得た著者の豊富な学識が本書の中に溢れかえっている。本書によってわたしは、四福音書には書かれていないヘロデ王の義理の娘の名〈サロメ〉の出所を知ることができた。また、ドストエフスキーがたいへん感心していたにもかかわらず、わたし自身はあまり感銘を受けなかった《ヨブ記》についても、新しいアプローチの仕方を本書から教えられたし、さらに、宗教書とは場違いのような官能性に満ち溢れている《雅歌》が、聖書の中に一書として収められている理由についても、著者ならではの説明を聞くことができた。その他、マリアについて、過越の祭について、すべてについて、わたしは大いに啓蒙されたが、本書について、ないものねだりではあるにしても、ただ一つだけ惜しまれることがある――本書末尾に著者の子息の筆になる〈付記〉があるが、それによると、著者は本書で論考すべきテーマとして、最後に、イエスの復活をとりあげるつもりであったようだが、病魔のために、それをはたされずに逝かれたのは、とりわけわたしにとっては非常に残念である。というのは、新約を読んでわたしが躓くのは、イエスの奇蹟と復活であるのだから。

（一九九三・一・一八）

聖書――これをいかに読むか

赤司道雄著　中央公論社刊

わたしの聖書理解を大いに促進する、わたしにとってたいへん有益な書物（新書判）であった。啓蒙された点や問題点は――①ヘブライ語には母音表記がない。そのためにYHWH（ヤハウェ）はエホバと誤読されてしまったのだ。②ユダヤ人の言葉であるヘブライ語は数字を持たず、アルファベットの順に従って数を当てはめていた。そのためにDWD（ダビデ）は十四となり、この数そのものにダビデというイスラエル王が象徴されていることになる。③〈キリストの神性を証明するためのものとしての〉カナの婚礼の奇蹟は別として、他の奇蹟についての著者の謎解き的解釈は誠に巧みであるが、それに納得しきったわけではない。とりわけ、病者をいやすことを論じながら、死者を生き返らす奇蹟について、説明を避けているのはズルイ。④イエス自身の復活について、いろいろの見方があり、古くから論議の的になっていた。

（一九九三・二・七）

イエス・キリスト

土井正興著　三一書房刊

著者は〈あとがき〉で、「これは一つの試論、きわめて大ざっぱなスケッチにすぎない」と謙遜されているが、このような観点から描かれたイエス像にはこれまでお目にかかったことがなかったので、たいへん面白く、また大いに啓蒙された。〈このような観点〉というのは、古代ローマ史研究家としての著者によって導入された歴史的な観点をさす。すなわち、イエスの生きていた時代とされる西暦紀元前後の大きな世界史的潮流のなかにユダヤ人イエスを置くことを意味するが、それは、その大きな流れのなかに際立ってみられるユダヤの反ローマ運動と関連づけてイエスを捉える、ということである。著者はイエスに〈挫折した、あるいは失敗した革命家〉というイメージを持っているように思われるが、それはともかくとして、イエス教団のゼーロータイ（熱心党）的傾向とバプテスマ的傾向という二面性の併存や、イエス教団のサドカイ派やパリサイ派との関係などの説明には無理がなく、納得できるものがある。とりわけイエスの復活や、パウロの役割——それはキリスト教の民族宗教から世界宗教への飛躍・変質を意味するものである——についての記述は見事であり、それらの見解は、新約各書の文章を理解するうえで重要な手がかりを与えるものであるにちがいない（それによって、すべてが解明されるわけではないにしても）。本書はボリューム的には二百ページ余の新書判というように小冊子であるが、それにもかかわらず、著者は書きあげるのに足かけ九年かかったと言っている。この言葉を励みとして、わたしもドストエフスキーに取り組み続けていかなくてはならない。

（一九九一・一〇・一〇）

基督抹殺論

幸徳秋水著　岩波書店刊

文庫本。本文が文語体ふうの文章なので、読みにくかったが、その内容は理解できたように思う。付録のような形で併録されている〈獄中消息〉——秋水が獄中から友人や身内のひとに出した書簡を収集したもの——についても、わたしは秋水周辺の社会主義者たちに不案内であるため、また、わたしに不得手な漢詩などが文中に幾つか挿入されているため、必ずしも読みやすかったとは言えない。しかし、それらの不備（?）を補って余りあるものが、巻末に付せられた〈解題〉（林茂・隅谷三喜男共著）である。これには、本書の由来、内容、著者の執筆意図などが詳しく論じられ、さらに本書刊行前後から現在までのイエス観について要領よくまとめられているので、たいへん参考になる。先日読んだばかりの《イエス・キリスト》（土井正興著）の著者も、自著の骨格のヒントを本書から得たのではないかと疑っている。

なお、秋水の刑死後八日目に刊行された本書の発行者が、高島米峰であることを知って驚く。というのは、出版社勤務時代に原稿執筆その他でたいへんお世話になりながら、今でも——というよりも今になるとますます、その死去に際して礼を失したように思えてならない動物学者・高島春雄先生の父上が米峰師であるから……（先生は米峰師の長男）。

（一九九一・一〇・一三）

歴史の中のイエス像

松永希久夫著
日本放送出版協会刊

本書は、題名そのものが示すような著者の直接的な執筆意図のほかに、読者にとって、新約のみならず旧約をも含む聖書全体への案内書《アプローチ》という性格を持ち、その点ではなかなか優れた入門書というべきであろう。しかし、それはともかくとして、わたしにはやはり〈イエスの復活〉の中身がよく分からない。著者は〈復活〉についてあれこれ言ってはいるけれども、わたしにはやはり納得しがたい。〈復活〉が何かの象徴（たとえば作田啓一は社会の再生の象徴とみなす）あるいは信仰者の幻覚（たとえば母の愛情が再現させる亡き子供の面影のようなもの）などであるというのなら、それはそれで理解できるが、死から甦って弟子たちの前にあらわれたイエスは、弟子たちの目に見え、手で触れることのできるものとして、福音書の中では描かれている。だからこそ、イエスの姿を見ないうちは〈復活〉が信じられないと言い張っていた弟子すらも、納得させることができた、と言わんばかりの書きかたである。このような福音書の記述に全く触れずに肩すかしをくわせて、〈復活〉に躓くのは無信仰者のしるしとするのは、いかがなものであろうか。

（一九九二・六・六）

新約聖書を知っていますか

阿刀田 高著
新潮社刊

本書には、キリスト者ではない立場から、イエスが語ったとされる多くのたとえ話の意味・内容や、イエスがおこなったとされる多くの奇蹟についての見方が示されているが、これは、十年におよぶ聖書の読込みと参考資料の渉猟を通じて得た著者の蘊蓄のたまものであるにちがいない。同じことは、信仰のないものにとって常に躓きの石となる、マリヤの懐胎とイエスの復活の解釈についても言えるが、この二つについての見解では、とりわけ、著者の推理作家ならではの推理力がよく発揮されているので、著者と同じくキリスト者でないわたしにも、この解釈は検討に値するもの、あるいは許容できるものとなっている。

（一九九三・一一・一八）

旧約聖書を知っていますか

阿刀田 高著
新潮社刊

わたしはこれまで、必要に応じて旧約をところどころ部分的に読んできたにすぎない、いわば、旧約を虫喰い的に食いちらかしてきたにすぎないのだが、それが、本書を読むことによって旧約全体を大づかみできたことは、たいへんありがたい。そのうえ、本書はたいへん読みやすくて面白い。わたしにとって、これまで必要に迫られて、仕方なく口につめ込んできた感のなくはなかった旧約を、このようにおいしい料理として提供できたのは、著者の作家としての力量のたまものであることは言うまでもないが、とりわけ著者の旧約のさばき方は素晴しい。

巻頭に出てくる〈津軽あいや節〉ふうの掛け声、アイヤー、ヨッが、アブラハム（父）、イサク（子）、ヤコブ（孫）、ヨセフ（曾孫）という四代の頭文字を並べてつくった造語であることを知った時、ワッハッハ……と笑いだしながらも、わたしは著者のアイデアの卓抜さにまず感心させられてしまったのだが、その後も、いろいろの面にあらわれている幾つもの見事なアイデアに感嘆しつつ、本書を面白く読み終わったことを白状しないわけにはいかない。

（一九九四・一〇・七）

使徒パウロ——伝道にかけた生涯

佐竹　明著
日本放送出版協会刊

新約聖書に収録されている《使徒行伝》やパウロの書簡などを読んだだけでは、全体の輪郭がよく把捉しえないパウロの伝道生涯が、本書には、よく理解できるように見事に描き出されている。とりわけ彼の信仰の根幹をなすものや、伝道における彼の苦心の正体についての指摘は、充分説得的である。本書は勿論、専門書あるいは学術書ではないが、著者の三十年に及ぶ聖書研究の蓄積から生まれた優れた啓蒙書であるといえる。ひごろ聖書に馴れ親しんでいる人には、本書は通俗小説などよりはるかに面白い読みものとして、一気に読み通せるにちがいない。

（一九九五・六・一二）

破提宇子　西方の人

平凡社刊（日本哲学思想全書⑩）
〈神道篇・キリスト教篇〉所収

ギリシア正教に関する書物を書棚でさがしている際に、お目当てのものではないが本書をたまたま発見し、面白そうなので読んでみたもの。

《破提宇子》付《妙貞問答》（ハビアン著）キリスト教が日本に初めて伝わり広まったキリシタン時代には、キリスト教に関する書物が数多くあらわれたが、そのなかでも、ハビアンの著書は、翻訳ものではなく日本人の手になる独自なものとして、代表的な書物とのことである（〈解題〉による）。そればかりでなく、護教の書として《妙貞問答》（一六〇五年）が、排教の書として《破提宇子《はだいうす》》（一六二〇年）が、十五年の歳月を隔てて、同一人物によってあらわされているそのこと自体に、織豊から徳川にいたる約半世紀間における、キリスト教に対する時代の流れの急激な変化をよみとることができるように思われる。ともに江戸時代初めの文書なので読みづらく、また内容的にはキリスト教のみならず神仏儒にまで及んでいるので理解しづらく、そのために、江戸時代初めのキリシタンの屁理屈めいた思弁のあらましを、ごく大雑把にとらえることができたにすぎない。なお、《広辞苑》によると、提宇子とはポルトガル語のデウスDeus（神、天帝の意）の転訛で、大臼とも書くとのこと。

《西方の人（正・続）》（芥川龍之介著）　自死直前の芥川の絶筆である本書は、若年のころ読んだことがあるようなおぼろげな記憶が残っているだけであるが、今回読んでみて芥川の気持がよく分かった。要するに芥川は——マリアの本性を〈永遠に守らんとするもの〉すなわち現実肯定の忍従的精神とみなす一方で、聖霊の本性を〈永遠に超えんとするもの〉すなわち現実否定の飛躍主義《ロマンチシズム》的精神とみなし、この二つの合体によって生まれたキリストという〈人の子〉を二つの本性のせめぎ合う場とみているのであろう。勿論、この場合、聖霊の本性のほうがはるかに卓越していることは断るまでもないだろうが。そして、そのようなキリスト像に自分自身を重ね合わせて、新約の伝記物語を自己流に解釈、披露しているのであろう。

（一九九二・八・四）

ギリシャ正教

高橋保行著　講談社刊

文庫本。著者は日本ハリストス正教会の司祭。本書で著者は、西方のキリスト教、すなわちカトリックに対する東方教会の正統性・優位性を、ドストエフスキーを援用しながら主張している。同じ著者のもの（中公新書《ロシア精神の源》）を以前読んだ際にも感じたことであるが、本書からもかぎとれる独善的ともいえる抹香くささは、著者の司祭という立場・信念に由来するものであろう。キリストの復活についての記述は、聖書の内容を一歩も出ないものなので（勿論、それはそうでなければならないのではあろうが）、わたしには納得できず、そのため、わたしは相変らず、無信仰ものにとどまらざるをえない。なお、ドストエフスキーについての言及は、自分の主張に都合のよい面だけを勝手に切り取ってきて示している典型的な例であって、巨人ドストエフスキーのある面を安直に摘出しただけの話であって、巨人の全貌をまるごと捉えたうえでのものとはとても言うことはできない。

（一九九一・八・一一）

神と悪魔——ギリシャ正教の人間観

高橋保行著
角川書店刊

信仰そのものは論証の対象にはなりえないだろうから、原罪や復活についての著者のもの言いに、わたしが納得できないのは当然かもしれない。しかし、本書の叙述に論理（思考の進め方・すじみち）の脆弱さを感ずるのは、わたしだけではないだろうし、また、正教が、宗教改革も経験せず、長い間、いわば〈生きている化石〉同然の状態であったがために、キリスト教の原点性・純粋性が保たれたことに関して、カトリックやプロテスタントという西欧的キリスト教に対する優位性の主張のようなものすらにおってくるように感じざるをえないのも、わたしだけではないだろう。いずれにしても、著者の書くものは、わたしにはよく飲み込めなくて、感銘が弱い。

なお、本書には、ドストエフスキーについて、あちこちで、あれこれ書かれているけれども、その捉え方はまことにありきたりで、かつ雑駁であり、これでは巨人ドストエフスキーに対してたいへん失礼である。それに、著者は、小説など読んだことがないようだ、つまり、小説とはどういうものか分かっていないらしい——本書を読んだ人なら、ほかのことはいざ知らず、この件に関してだけは、わたしの意見に賛成してくれるにちがいない。そのような著者が、ドストエフスキーを論ずるなどとは、片腹痛い！

（一九九四・一一・三〇）

コーランを読む

井筒俊彦著　岩波書店刊

（本書はU氏からいただいたものなので、そのU氏宛の礼状を兼ねた手紙から抜萃した形で示す。）

……先日、頂戴しました《コーランを読む》、一週間ばかりかかりましたが、昨日読み終りました。これまで、コーランについては、牧野信也氏や藤本勝次氏の本などでほんの少しかじったにすぎないわたしなので、井筒氏のこの本を読んでコーランが分かったなどとはとても言えませんが、しかし、この本は、わたしにとってまことに美味なご馳走でした。

コーランの精髄はこれに尽きる、つまり、これこそコーランのα《アルファ》でありω《オメガ》であるとして、てだれの料理《シェフ》長井筒氏がすすめる、コーラン巻頭の〈開扉〉の章——それをさばくシェフの手際の見事さにみとれ、また、それぞれの料理から味わえる知的美味に舌鼓をうち続けた感があります。浅学のわたしにでも、よくこなすことができるように、調理法を工夫したり、香辛料をうまくきかしたりしているので、本書を読み終った現在でも、〈美味〉以外の感想をひきだすことができにくい状態なのですが、舌に残った感触みたいなものを書き連ねるとすれば、以下のようになるでしょうか。

レトリック上、imaginal（神がかり風《ふう》）、narrative（物語風）、realistic（叙述風）という三層構造をなすコーラン全体をリズム的に通底するものとしてのコーラン独特の脚韻《サジュウ》。コーランにおける商人言葉の多用・活用。親鸞とムハンマドとの類似（絶対帰依・他力本願）。コーラン的世界とドストエフスキー的世界との類似と異同。旧約の預言者とコーランの預言者との類似性、および、それと関連して予言と預言との違い。発話行為（パロールparole）の段階から文字言語（エクリチュールécriture）の段階にはいった時におこる〈情況の脱落〉。即自（en soi）と対自（pour soi）。実存とは、等々。――これらのことから、わたしの今後の課題としては、①サルトルの《実存主義とは何か》を読むこと。②言語学、意味論について勉強すること、等々。

とにかく、《コーランを読む》には、個々の点で啓蒙されたばかりでなく、本書は、わたしにとって、古典というものは、このように読むべきものであり、また、〈ものを書く〉とは、こんなふうに書くものだ、ということを教えてくれるお手本そのもののような書物でした。……

（一九九四・一一・一〇）

精神分析と仏教

武田　専著　新潮社刊

精神分析の創始者フロイトと弟子たちの離反、そのほか、とりわけ精神分析の日本でのパイオニア古沢《こさわ》平作とその師との衝突や、古沢と弟子たちとの相剋は、読みものとしてよく描かれていると思う。しかし、道元や親鸞、日蓮ら日本の代表的な仏教者を精神分析的な見地からあれこれ論じようとも、また、古沢における精神分析という西欧的手法と浄土宗という日本的魂の並存を指摘しようとも、精神分析と仏教という二つのもののからみ合いに焦点を合わせて突っ込んで論じていないので、看板通りには受け取りがたい書物と言うべきであろう。そのほか、著者の仏教各派の記述にも、よく分からないところが多いし、また、著者の文章には、心の探究者とは思えないほど雑な表現が時々みられる。

（一九九一・四・一七）

《般若心経》講義

紀野一義著　PHP研究所刊

文庫本。経文の内容・本質は、そこに書かれている文章の字《じ》面《づら》を論理的《ロゴス》に理解するだけでは、捉えそこねるにちがいない。本書を読むことによって、《般若心経》を一応理解できたとしても、わたしの〈いのち〉が〈永遠のいのち〉が宿ったものであり、わたしが〈ほとけ〉によって生かされていることが実感できない限り、つまり、さとらない限り、《般若心経》の真髄である色即是空・空即是色がわがものとなったとは言えまい。本書を読みながら、著者のもの言いに気取り的な嫌味を感じた箇所が幾つかあったけれども、これは、わたしがさとりきっていないからであろうか――わたしは自分が、さとりきってなどいないし、さとろうともしていないことをはっきりと認めるが。

（一九九二・一・二五）

《般若心経》を読む

水上　勉著　PHP研究所刊

文庫本。本書は、心経に体当たりした作家水上勉の空哲学に対する反論とみることができよう。作家は心経本文の読解に正眼国師と一休禅師とを道案内にしているために、読み初めのころは取っつきにくかった。それというのも、わたしは、このような僧侶の語録とか法話といったものに殆ど馴染みがなかったためでもあるが、そのうちに作家の姿勢の迫力に打たれて、その文章のなかに引きこまれてしまった。作家は、自分のおいたちも含めて、これまでの生きざま、現在の心境のすべてをもって、心経の空哲学に対峙させる。作者は文中で〈凡人〉〈凡人〉と自分自身を言いならわしているが、凡人らしからぬ情熱と真率さで心経に食らいつく姿勢は壮絶とでもいうべきものであって、なかなか得がたい経典批判書といえると思う。作者は〈あとがき〉の末尾に、「ありていにいえば、般若心経ほど、今日の出家僧のこっけいさに気づかせる経はない気がする」と書きつけているが、本書を読んで、わたし自身もそのように思わざるをえない。いずれにせよ、自分自身の体験と現実とを武器として、ありがたいお経に嚙みついた本書のような反駁書には、滅多にお目にかかれないのではなかろうか。（一九九二・二・三）

誤解された歎異抄

梅原　猛著　光文社刊

ハッタリ気味の題名であるが、内容は真摯さに溢れるもので、かつ分かりやすい。著者の主張するところによれば、親鸞の思想を《歎異抄》だけに求めて、そこから悪人正機説を強調するのは間違いである。彼の思想の核は、二種廻向《えこう》と、真仏土・化身土《けじんど》往生であり、《歎異抄》の場合、その作成の目的・趣旨から、悪人正機説が――勿論、彼の思想のなかにこの考えが色濃く含まれているにちがいないにしても――より強く主張されることになったものであろう、と。著者の解説のなかでは、親鸞の往相廻向と還相廻向《げんそうえこう》、つまり、〈この世〉と〈あの世〉との往復切符の考えは、すこぶる面白い。また著者は「一切の問題を現世の問題、自分の生きている時だけに限定して考える考え方はおかしいと思う。人間は自我として生きているときだけ存在し、死ねば無に帰するようなものではない」とも言っている。これらを含めて、著者の説く内容については、今後、ドストエフスキーを考えていくなかで、わたし自身検討を加えていかなければならない。著者も唐突に、イワン・カラマーゾフの言葉などを持ち出して、わたしを驚かしたりしているのだから。

（一九九一・四・一二）

2　哲学・思想部門

愛の情念に関する説

パスカル著　津田　穣訳
養徳社刊

パスカル三十一歳の著作らしいが、わたしでも六十歳を越せば、どうやら理解できるようになったようだ。このあたりが天才と凡才との違いというものであろう。それにしても、訳はこなれていて、読みやすい（ただし、句読点のつけ方には大いに問題がある。句読点がないままに、文章が長々しく続くことがあるので）。大いに感銘してしまったので、読後感を一口に言うことができない。次に、文章断片を二つばかり抜書きしておくだけにとどめる。

――一　人間は考へるために生れてゐる、それゆゑに考へる〔訳注1〕ことをせずには一瞬もゐない。しかし純粋な思惟は、これをもしもたえず持ちつづけてゐることができるとしたら人間を幸福にしてくれることであらうが、じつは人間をつからせよわらせる。それは一つの単調な生活であつて人間はその生活におちついてゐることができない。人間には動揺と活動とが必要である、すなはち人間は、心のうちにひじやうに烈しいさうして深いみなもとを有してゐることの感じられるもろもろの情念によつて、をりをりかきたてられることが必要である。

――六　人は精神を一そう多く持つにおうじて情念も一そう大きい。なぜなら情念は、身体を機縁としてひきおこされはするが、まつたく精神にぞくするところの思想と感情にほかならぬものであるから、あきらかに精神そのものにほかならず、またあきらかにかくてその精神の全容量を満たすものである。〔訳注2〕私のいふのは火の情念についてのみである。〔訳注3〕他の諸情念はしばしばまじりあひはなはだ厄介なこんらんをひきおこすからである。精神を持つ人々においては決してさやうなことはない。

〔訳注1〕考へるといふこと――これはここではデカルトふうの意

味に理解せられる。すなはち心像・想念・感情・欲求など心の中におこるすべてのものにわたるのである。

〔訳注2〕パスカルはここで彼の推理力によって全く近代的な論題を——すなはち情念の性質はその情念を持つ主体と共に変化するといふことを——みとめてゐる。一七世紀においては右のことは逆説的にとられたでもあらう。反って愛の性質は愛の対象つまり愛される者と関連してゐるといふ考へがいたるところで説かれてゐたのである。

〔訳注3〕火の情念とは愛と功名心とのこと。他の諸情念たとへば娯楽や美食などの好みは魂を満たすのに十分でない、従って混合や動揺をひきおこす。なお火の情念とは身体的諸情念と対立するもののやうにおもはれる、さうして身体を機縁としてゐるとはいへ魂にのみ関係するのである。他の諸情念においては精神的動きと身体的動きとの混合がある、そこでパスカルのいふ混乱が起るわけである。しかし大いなる精神を持つ人々はその身体が精神に比べて物の数ではないからさやうな混乱には苦しむことがない。

（一九九一・六・九）

情念論・真理の探究

デカルト著

創元社刊（デカルト選集④）

《情念論》（伊吹武彦訳）Ⓐデカルト晩年の著作で、訳本は友人U氏より拝借したもの。《情念論》のなかで主張される精神と身体とを別物とみる二元論や、脳・心臓・神経・血管・血液・筋肉の構造や機能についての考えは、それらが今から三百五十年前のものということなので、わたしの持っている現代科学的知識から遡って復元して見直す必要があったが、これがなかなかの難物であった。デカルトの人体観や心観、あるいはそれらの相関関係が時代遅れということで無視してしまえば、そして、それですむものなら甚だ簡単なのであるが、それらは各種情念のデカルト的見解のなかに食い入っているので、そうはいかないのである。そのために、そういう点で理解しにくい著述というべきであろう。勿論、個々の情念の記述内容についてはほぼ理解できたとは思うし、情念の分類・分析についてのデカルトの天才ぶりには、やはり感嘆させられてしまったけれども。（ドストエフスキーを論じながら、情念という言葉を乱用したことが悔やまれる。デカルトやパスカルをよく勉強したうえで、情念という言葉を使い直す必要がある。）

（一九九一・七・二三）

Ⓑ再読。デカルトによる諸情念の分類・分析は見事なものである。それはそれとして、彼は情念を動物精気esprits animauxの運動によっておこるものとしているが、彼が仮定したこの動物精気（略して単に精気ともいう）の存在とその働きが、情念論を理解するうえで躓きの石となると思う。物質とされる精気

は、その一面において、現代科学でいうホルモンまたはホルモン類似の働きを持っているようであるが、彼が《情念論》で持ち出している〈熱〉という概念とともに、精気という概念は納得しがたい。これらの概念の発想そのものが、デカルトという天才にも及んだ時代の制約を物語るしるしではあろうが。①動物精気が脳でつくられるのか、あるいは心臓でつくられるのか、このあたりがよく理解できない。②心の主座として、（現代科学でいう）松果体がとりあげられているが、この松果体の働きがすこぶる曖昧である。その働きは機械的なもののように描かれているようにもみえるが、少し乱暴であり、いずれにしても松果体に重点を置きすぎているように思う（もっとも、近い将来に松果体が見直されて、デカルトが予言したように、すこぶる重要視されるようになるかもしれないが……）。③デカルトは、何ごとであれ、行き過ぎをたいへん嫌った人間であったようだ。《情念論》や《方法叙説》などを読んでいるうちに、このように思えてきた。

（一九九一・九・二二）

《**真理の探究**》（森 有正訳） U氏から拝借した本に、《情念論》と併録されていたもの。〈われ思う、ゆえにわれ在り〉という命題を中心に論じた対話体の文章で、やはりむずかしく、それでも訳注に頼りながらどうやら理解しえたと思う。それにしても、森有正による訳注は優れたもので、この論文を読むのに役立つばかりでなく、デカルトその他哲学一般を勉強する際にも、大いに有用であるにちがいないので、十ばかり書き抜いておいた（ただし、抜書きした文章はここでは省略して掲載しない）。

（一九九一・七・二六）

方法叙説

デカルト著　落合太郎訳　創元社刊

はるか昔、平凡社勤務時代の初期のころ、U氏その他の三氏と原書を読みながら勉強したことがあるにもかかわらず、今回、邦訳を読んでみて初対面のような難解さと新鮮さとを味わった。デカルトが〈われ思う、ゆえにわれ在り〉という彼の哲学の第一原理を確立するまで、彼が自分自身に課した一時しのぎの道徳（いわゆる暫定的道徳なるもの）の設定は、彼の現実的な身の処置方として見事であり、ほほえましい。デカルトが心臓を沸騰する薬缶《やかん》または鉄瓶のようなものと想定したことには、やはり時代性というものを感ぜざるをえないが、彼の主張するように、本当に心臓が薬缶または鉄瓶のようなものであったならば、心臓をつくる肉はやけどして死んでしまうことになるではないか？　本書の内容については、訳者の註解などを助けとして、いちおう理解できたように思うが、神の存在の証明については、わたしがスコラ哲学について無知に等しいこともあって、納得したとは言いかねる、と言わざるをえない。それにしても、本書はなかなか面白い。

（一九九一・八・三〇）

デカルト

デカルト著　中央公論社刊（世界の名著㉗）

《世界論または光論》（神野慧一郎訳）本論文は、火の元素・気の元素・地の元素という三つの基本的粒子の提出と、それらの粒子の性質と運動に基づいて、宇宙の構造や天体の動きについての解明をこころみたデカルト独特の宇宙論であり、あわせて、その粒子説による光の性質の解明の正しさを、彗星出現などの天体現象を実例として証明しようとしている光理論である。勿論、現代科学的宇宙観とは全く異質な機械学的観点から構想された一七世紀のデカルト的宇宙観なので、理解するのにたいへん難渋したけれども、ところどころ部分的に、デカルトならではの機械的に巧みな説明がなされているので面白く、それにつられて読み切ってしまったと言うべきであろう。なお理論説明に添えられた付図の内容が（付図内の記号などを含めて）文章の記述とよく対応しているのには大いに感心させられた——現在、わたしたちのまわりで見かける現代科学の啓蒙書でも、文章と図版の対応というような当然のことができていないものが、あまりにも多いので。

《方法序説》（野田又夫訳）本論文については、四十年くらい前に四人くらいの輪読会形式で原書を勉強したことがあるが（この時は四分の三くらいまで読んで中断してしまったように思う）、昨年落合太郎訳で再読し、今回改めて野田訳で読み直したわけである。デカルトの自伝という側面を持っている本論文は、（添付の付録・小冊子にも書かれているように）たしかに初心者にくみし易しと受け取られてしまうような〈やさしさ〉がないではないが、それが噛めば噛むほど味のでてくる〈やさしさ〉であることを見逃してはなるまい。文章にしても、簡潔でありながら綿密周到であり、見事な文章だと思う。方法についての四規則の提出や一時しのぎの道徳の採用は、デカルトの人生や学問に対する姿勢——曖昧さのない輪郭のはっきりした姿勢を示すものであるが、この姿勢と〈われ思う、ゆえにわれ在り〉という命題の発見は、デカルトの天才を証するものであろう。ただし、神の存在の証明と物心二元論については、それについて記述してある箇所を何度読み返してみても難解である、というよりも納得しがたいと言うべきかもしれない。もっとも、この二つの問題は、デカルトを勉強している間だけの課題ではなく、わたしのドストエフスキー論にもからみつく、わたしのこれからの仕事の最大課題ではあるけれども……。

《省察》（井上庄七・森啓訳）野田又夫の解題的紹介によると、本論文の原表題は実は長ったらしいもので、しかも第一版と第二版とでは部分的に異なっているとのことであるが、デカルトの真意をあらわしているのは第二版のもののようだ。その表題は、〈神の存在、および人間の精神と身体（物体）との区別を証明するところの、第一哲学についての省察〉とあるから、つまり、神の存在証明と物心二元論に焦点をしぼったデカルトの形而上学といえよう。〈省察《せいさつ》《しょうさつ》〉という日本語には、「充分考える」という意味と「みずから省みて考えめぐらす」という意味があるようであるが、その原語meditationes（ラテン語）が英仏語のmeditationsとストレートに同義であるならば、それは「瞑想」「黙想」「熟慮」「熟考」という意であるから、そしてまた、デカルトの思索する姿勢が自分の心の中をのぞきこむ、つまり、みずからを省みて論をなす面が強いから、日本語の〈省察〉は適訳というべきであろう。

　本論文の主要テーマについては、すでに《方法序説》のなかで部分的に扱われているので、それを改めて熟考、詳論したものといえるが、やはりむずかしい。デカルトを先生にして哲学を勉強しているような気分にさせられたが、この先生の論法は鋭く、かつ神経細やかで熱がこもっているので、その授業を放棄する気にはどうしてもなれず、分からない箇所が多々あるにもかかわらず、最後まで講義を聞いてしまったような状態である。もっとも、無信仰ものであるわたしには、神の存在証明や神についての論述については、デカルト先生の主張ではあるけれども、やはり納得しがたく、ついていくことはできない。

《哲学の原理》（井上庄七・水野和久訳）解題によると、本論文は四部より成る。すなわち、第一部〈人間的認識の原理について〉、第二部〈物質的事物の原理について〉、第三部〈可視的世界について〉、第四部〈地球について〉であるが、本書には、そのうち第一部と第二部だけが翻訳、収録されている。本論文は一六四四年、デカルト四十八歳時の著述で、彼の円熟した精神論、物質論が展開されていて、大いに啓蒙されたが、とりわけ幼時における先入見についての考察は見逃せない。ここのところ、デカルトによって哲学というもののむずかしさと面白さを同時に味わわされているが、むずかしさには、神の存在証明や物体の運動の説明などがある。わたしには依然として神の正体がいかがわしく思えるのだから、前者が理解できないのは当然であろうが、後者の分かりにくさは、わたしが現代科学的力学の正確な知識を持ち合わせていないために、デカルトの運動説明の正否を判断できないことによるものである。面白さについては一口には言えないが、言ってみれば論理の見事さ、デカルトの筋道だった論理の進め方に目をみはらざるをえなかった、ということになろうか！

《情念論》（野田又夫訳）昨年、U氏より拝借して読んだ《情念論》はフランス文学者の伊吹武彦の訳であり、二回読んでそれなりに分かったつもりでいたが、今回、野田訳を読んで、伊吹訳をどのように理解したのか怪しいように思うようになった。というのは、哲学者である野田の訳のほうが原文により即しているもののように思われるからだ。原文を知りもしないくせに、こんなことを言うと、デカルトからお叱りを受けるのは覚悟のうえだが……たとえば、用語を例にとって言えば、伊吹訳では〈心《アーム》〉〈情緒《エモシオン》〉と訳されているものが、野田訳ではそれぞれ〈精神〉〈感動〉となっており、このような例からみただけでも、野田訳のほうがスッキリしているように思う。とりわけ〈情緒〉という日本語は、曖昧かつ微妙な意味合いのある言葉であり、伊吹訳を読んだ際に大いに悩まされたことまで思い出した。デカルトは、人間の諸情念は動物精気の運動によってひきおこされるとしており、このような主張は現代科学的観点からは否定的に評価されざるをえないと思うけれども、デカルトの展開する諸情念のランク付けと分類、そしてその内容解説には、正鵠を射た面があって、なかなか含蓄があり、彼の天才のひらめきがうかがわれる。

（一九九二・二・九〜二・二八）

〔追記〕今回、《『方法序説』を読む——若きデカルトの生と思想》（山田弘明著、世界思想社刊）を読んだ。これで、《方法序説》の邦訳としては、落合太郎、野田又夫、山田弘明というデカルト研究家による三人各様の翻訳にお目にかかったことになるが、わたしには野田訳がいちばん親しみやすく、分かりやすいように思われる（もっとも、どのような文章・文体に親近さや分かりやすさを感ずるのかは、著者・訳者側に由来する理由だけではなく、読者自身の気質・気分、育った時代・環境、読書傾向・履歴などによっても大いに左右されるだろうから、一概には言えないだろうが……話が突然飛んでしまうのだが、わたしなどは、柳田国男の文章からは、分かりにくさだけでなく、嫌らしさすら感じてしまう）。それはともかくとして、山田訳でデカルトを勉強することによって、二つばかり確認できたことがあるので、それについて追記しておきたい。

①《方法序説》で、デカルトは心臓の運動と血液循環の問題を詳細に論じているが、その箇所で彼は、胎児には特別なしくみ——現代の医学用語で言えば卵円孔とボタロ動脈管にあたる特別なしくみがあって、そのために出生後とは異なる血液循環がおこなわれていることをも述べている。すなわち、胎児には、左右の心房の間に卵円孔が開口し、かつボタロ動脈管が肺動脈と大動脈とを連結しているので、血液は、（胎児には不必要な）

肺を経由しないのである（出生後は卵円孔は閉鎖し、ボタロ動脈管は萎縮してボタロ索となってしまう）。この事実の発見者がデカルトであるかどうかは不詳ではあるものの、今日でも一般にはあまり知られていないこの事実を、一七世紀前半のデカルトがすでに知っていたとは、さすがというべきであろう。

②わたしは、これまで〈動物精気〉の正体について、あれこれ悩んできたが、野田や山田の注釈などによって一応決着をつけるとすれば、動物精気とは、気化した血液のようなもので、本質的には血液と異ならない物質とのこと。すなわち、動物精気とは、血液が〈心臓の熱〉によって気化されて生じたもので、蒸気のように脳まで立ち昇る。この物質が神経を通って全身を循環し、脳と身体各部との間の情報伝達にあずかる、というわけである。なお、心臓の熱とは、デカルトによれば、神が人間の身体を形づくった時、神が心臓の中に焚きつけた〈光なき火〉の一種のことを言い、そしてまた、光なき火とは、堆肥やブドウ酒をつくる際などにみられる発酵熱のようなものをさすようだ。

（一九九五・九・一七）

形而上学序説

ベルグソン著　坂田徳男訳　みすず書房刊

先に読んだ《ドストエフスキーの世界》のなかで、著者・作田啓一がベルグソンについて言及していたのに触発されて、久しぶりに目を通してみた。

本書でベルグソンは、〈持続〉する自我は、概念による分析・総合によってではなく、一種の知的同感といえる〈直観〉によってしか把握されえないことを、巧みな比喩などを交えて説明し、そのうえで、命題として、実在するものは不動性または固定性ではなく〈動性〉であり、それを捉えるものこそ、分析・総合ではなく〈直観〉であることを主張している。さらに彼は、実在する動性を直観し、そこから概念を抽出することはできるけれども、固定した既成概念から動性を再構成するすべは全くないと主張している——つまり、彼に言わせると、諸科学は分析・総合という手続きによって対象とする実在するものを捉えている気になっているが、実はそうではなく、その偽もの、または、その死にものをつかんでいるにすぎないし、哲学諸派間の論争のもとも、つまるところ、実在は直観によってしか得られないことを互いに忘却してしまったことによるものだ、ということになるようだ。

本書においても示されている、ベルグソンの優れた考察と精緻で無駄のない言い回しを、以上のように大雑把に要約してしまうのは、碩学ベルグソンに対して失礼であるばかりでなく、むしろ誤ちといってもいいほどなので、そのつぐないとして、以下に彼自身の文章を幾つか書き抜いておきたい。

——直観とは対象そのものにおいて独自的であり、したがつて言葉をもつては表現しえないものと合一するために対象の内部へ自己を移さんがための一種の知的同感 Sympathie intellectuelleを意味してゐる。それと反対に分析とは対象を既知の要素、換言すれば他の諸々の対象とも共通な要素へ還元する操作である。

——一つの実在を相対的に知るのではなくて絶対的に把握し、外部の諸々の見地から眺めるのではなくて実在そのもののうちへ身を移し、分析を行ふのではなくてその直観を獲るところの方法があるとすれば、要するに表現、翻訳ないし記号的再現によらずして捕捉する方法があるとすれば、形而上学こそはその方法である。形而上学はしたがつて、記号無しに済まそうとする科学なのである。

——単なる分析によるのではなくて、内部から直観によつて我々すべてが捕へる実在が少くとも一つは存在する。それは時間のうちを流れてゐる我々自身の人格であり、持続してゐる我々の自我であるmoi qui dure。他の何物とも我々は知的にあるひはむしろ精神的に同感しえないとしても我々自身の自我とは確かに同感する。

——意識とは記憶を意味するものである。

——心理学的分析が人格性のうちに発見するものは心的状態以外に何物もないといふ経験主義者達の言分は全く正しい。実際分析とはさういふものであり、これが分析の機能であり、その定義に外ならない。心理学者はただ人格性を分析するより外に任務はなく、それは一定の諸状態を書き止めることであり、それらの状態に〈自我〉という貼札をつけて、それらが〈自我の状態〉だといひうるのが精々である。

——直観によつて進むべきものが形而上学であり、直観の対象とするところは持続の動性であり、そして持続の本性が心的なものであるとすれば（以下、略）。

——一、外面的であるがしかも我々の精神へ直接に与へられた実在が存在する。哲学者の観念主義、実在主義のいづれにも反対する常識がこの点では正しい見解を持つてゐる。〔原文改行〕二、この実在とは動性である。実在するものは既成の事物でなくして生成しつつある事物であり、自己を維持する状態ではなくして変化しつつある状態が実在するのである。休止は単に見かけ以上のものではなく、休止とはむしろ相対的なものである。不断に流動しつつある自己の自我について我々の持つ意識こそ我々を実在の内部へ誘入するものであり、その実在をモデルとして他の諸々の実在を我々は表象しなくてはならない。

——我々の叡智は動く実在の内部へ自己を移し、その不断に変化する方向を我物とすることができる、換言すれば直観と我々が名付けるところの知的同感によつて実在を把握することができる。これは極めて困難な仕事ではある。すなはち精神は自己自身に暴圧を加へ、その常習となつてゐる考へ方の方向を転倒し、その範疇をたえず改訂し、いなむしろ改鋳して行かなくてはならない Il (l'esprit) retourne ou plutôt refonde sans cesse ses catégories。しかしかくすることによつて我々の精神は、曲りくねつた実在のあらゆる曲折の途に追随し、事物の内的生命の運動そのものを我物となしうる流動的概念concepts fluidesに達するのであらう。

（一九九二・九・二四）

笑い

ベルクソン著　林　達夫訳　岩波書店刊

はるか昔、かじりかけたまま放り出してしまった《笑の哲学》（廣瀬哲士訳、東京堂刊）を、ベルグソンの著書ということで、今回改めて読んでみようと思い立ったのであるが、訳文が六十を越したわたしにも意味が通じないような日本語なので、再び放り出し、それに代わるものとして、文庫本の本書を探し求めてきて、読むことにしたわけである。

本書を一度読んで面白かったとは言えても、よく分かったとはとても言えないわたしではあるが、本書の訳文が、日本語として非常によくこなれているだけでなく、ベルグソンの原文そのものが持っていると推測される、文章の暢達さとリズム感（めりはり）、論理的な明快さを、そのまま日本語に移し変ええたように思われるほど、見事な出来映えであることを、まず最初に言っておかなければならない。

ベルグソンは、笑いをひきおこす〈おかしみ（滑稽）〉の原因として、わたしたちがそれぞれの対象に〈こわばり〉をいろいろな形で発見するからだとし、社会は、笑いという一種の社会的身振りによってこわばりに対して軽い懲罰を加え、それによってこわばりが社会から除去されて弾力性が回復されることを期待しているのだ、と言うのである。こわばりとは、訳注にもあるように、ぎくしゃく、ぎこちなさ、一本調子、頑固、一徹、直情径行、等々、肉体・精神両面にわたる硬直を意味する言葉であるが、生成し流動してやまない〈生〉を自分の哲学の基盤にすえたベルグソンが、こわばりを生の流れに逆らうささやかな邪魔ものとみなして、そのような障害を笑いが取り除いてしまうのだと考えたのは面白いし、当然であるかもしれない。このように、本書でベルグソンが、いわば笑いをこわばり一つで割り切ってしまったかのように思われるのが（これはおそらくわたしの早呑込み的錯覚によるものだろうが）、わたしには面白かったのである。面白いと言えば、喜劇で人を笑わせる常套的手法が、その源をさぐっていくと、実は子供の遊び（びっくり箱、操り人形、雪達磨）にその原型がみいだされるとして、その繋がりなどを解説している箇所は分かりやすくて面白い。

このように面白くもあった《笑い》ではあるが、わたしにはやはりむずかしい書物であったと言える。その理由として、これまでわたしがベルグソンの著書を精読したことがなかったことがまず挙げられようが、そのほかに、巻末の〈あとがき〉のなかで訳者が注意を喚起している、《笑い》を読む際の大事な二つのポイントに関して、わたしが失格者であることに依るものであるにちがいない。すなわち、芝居好きのベルグソンは、《笑い》の理論をモリエールの喜劇や一九世紀後半のファルスなどによって裏打ちしながら展開しているのだから、《笑い》を読むには少なくともモリエールの芝居くらいには通暁していなければならないことを、ポイントの一つとして、訳者は強調しているのであるが、わたしときたら、モリエールの古典喜劇を実際に見るどころかろくに読んでもいないのだから（読んだ憶えがあるのは辰野隆訳の《孤客《ミザントロープ》》くらいのもの）、《笑い》の読者たる資格は初めからないわけである。さらに訳者は、喜劇的笑い comic laughter について書かれたこの理論が、時代や作者の異なる喜劇的笑いにも当てはまるものかどうか、読者たるものは疑念を持つべきであり、そうであれば、《笑い》で採りあげられている笑いとは質の違う別の笑いがあることに気がつくはずだ、ということを、もう一つのポイントとして注意しているけれども、わたしなどは、そのような疑問など少しも持たずに読むことに集中するだけで精一杯だったのだから、これまた読者としては失格である。――訳者によれば、ベルグソンの理論は体制内での笑いの効用を正当化するものであっても、それは、生のエネルギーの発散とでもいうべき、社会的規範をふみにじるような、いわば反体制的な笑いには当てはまらない、つまり、ベルグソンは、笑い以外には目的を持たない、フランス風に言えば〈ラブレー的哄笑〉といった笑いのテーマを、自分の考察外に置いて《笑い》を書いたのだ、と。

ここまでの文章のなかで〈あとがき〉と単に言ってきたものには、実は〈ベルクソン以後〉という見出しがついていて、この題名の下で訳者は、上述のようにベルグソン理論を好意的に批判しながら、さらに彼以後における笑い研究の情況を、具体的な書物の名を数々挙げながら展望している。それらを通じて、わたしたちは訳者の旺盛な知的好奇心と博学多識をうかがうことができるのだが、このような〈あとがき〉を読んでいると、わたしは、自分が本書の読者たる資格がないだけでなく、（わたしの出版社勤務時代、わたしにとって、訳者はひとりの高名な評論家であっただけでなく、わたしたちの編集長であったにもかかわらず、わたしとの関係は、そのような仕事上の関係以上には一向に深まらなかったことに明示されるように、）自分がいろいろの意味で訳者の知的交流圏内に入り込むことができるような人間ではないことを、改めて思い知らされるのである。

なお感想の終わりに、《笑い》を読んでいて、とりわけ論理の明快さという点において、デカルトの《方法叙説》と同じ感触を持ったことを付け加えておきたい。（一九九二・一〇・八）

創造的進化

ベルグソン著　真方敬道訳　岩波書店刊

ベルグソン四十八歳の時の著述で、主著の一つ（訳書は文庫本で、上下二巻より成る）。

本書は、エラン・ヴィタールというベルグソン独自の生命原理にもとづいて生物進化の実態を哲学的に解明しようとしたものである。構成的には、ほぼ同じ分量の四つの章からできているが、最後の第四章に、プラトン、アリストテレスからスペンサーまでに至る様々の哲学を批判した、小哲学史ともいえる文章を収めているのは面白い趣向である。わたしは第一章〈生命の進化〉、第二章〈生命進化の発散方向〉に強い感銘を受けたが、とりわけ脊椎動物と軟体動物という二つの動物群において発達している眼についての犀利な論考によって大いに啓蒙された。そこでベルグソンは、この系統の全く違う両動物群がそれぞれ同じ構造をした精巧な眼を持ち、しかも、その同じ構造が発生的には全く異なる諸部分からつくりあげられている事実について、機械論や目的論あるいは自然淘汰説その他の進化理論では説明不能であると、それらに痛烈な批判を浴びせたうえで、その事実に対してエラン・ヴィタールによる解釈を与えているのである（ただし、後述するように、わたしはエラン・ヴィタールについて完全に理解したといえる状態にはないので、この解釈についても納得しきっているわけではない）。

わたしは若年のころ、動物学を学び、現在でも進化論に対する関心を失っていないのだが、そのせいであろうか、哲学書である本書に新しい進化学説の発見を期待していた面もあるように思う。しかし、勿論、本書は事物の一般原理を考究する哲学の書であることに変わりはないから、科学的諸事実を総合・整合させるように理論づける思考の上に立った進化学説の書と同列に置くことが間違いであるのは言うまでもない。

ところで、ベルグソン自身の言葉に次のようなものがある。「どんな哲学体系でも粗《あら》さがしはやさしい。肝要なのは、そのなかに身を置くことだ」と。実は、これは、本訳書下巻の巻末、〈解説〉の冒頭に、訳者が掲げたエピグラフとして載っているものだが、わたしもこの言葉にのっとって、本書のなかに身を置いて感じたことは何であろうかと考えてみると、それは、ベルグソン哲学の森の中をさまよっているうちに体得したこと、すなわち、ベルグソンの発見した時間とエラン・ヴィタールの把捉のむずかしさと言わざるをえない。

そこでまず、ベルグソンの時間であるが……それについては次のようにわたしは思い込んでいた。それは、わたしたちが時《とき》の経つのも忘れて、たとえば創作や読書、遊びなど、何かに没頭した際にまさに経験するものであり、毎日味気なく時を刻む時計の物理的時間に対して、それは〈生命的時間〉〈生きられた時間〉とでもいうべきものである、と。このような先入観というべきもの（ひょっとすると小林秀雄あたりの影響によるものか？）が、いつごろからか、わたしのなかに巣くっていたので、当然わたしは、本書において、この先入観が正しい先入観であることが確認されるのではないかと期待していたのであるが、やはり相手はベルグソン、わたし風情《ふぜい》を喜ばせるようなことをストレートに言うはずがない。しかし、たとえば「一杯の砂糖水をこしらえようとする場合、ともかくも砂糖が溶けるのを待たねばならない。この小さな事実の教えるところは大きい。けだし、私が待たねばならぬ時間はもはやあの数学的な、すなわち物質界の全歴史がかりに空間内に一挙にくり拡げられるさいにもやはりぴったりとそれに当てがわれるような時間ではない。それは私の待ちどおしさに、すなわち私に固有な、勝手に伸ばしも縮めもできない持続のある一駒に合致する。これはもはや考えられたものではない、生きられたものである。もはや関係ではなく、絶対的なものだ。」というような文章にぶつかる時、かの先入観も見当外れではなさそうなことが分かるのではあるまいか。

それはともかくとして、ベルグソンの時間、持続、エラン・ヴィタールなどについては、レッテル的に使われたその名称ばかりが有名であるが、それぞれの概念内容やそれらの関係となると、一読者にすぎないわたしなどには、すこぶる難解である。手に負えないと逃げ出したいくらいだが、錯誤になるかもしれないのを恐れずに敢えて言うとすれば、そしてまた、ベルグソンのこれら諸概念を川にたとえて言うことが許されるとすれば、ベルグソンのいう生命とは、大地の上を過去から未来へはてしなく流れていく川のようなものであり、時間とは生命の実質ということだから、流動する川の水を意味するとしてよいだろうし、また、持続とは川の水の本性であろうから、川の水がとどまるところなく流れる事象そのものであろう。さらに、この比喩に沿って言えば、川の流れる大地すなわち川床が物質ということができるかもしれないし、また、川そのものが持っている水を押し流す力がエラン・ヴィタールということになるだろうか。

しかし、このような粗雑な比喩では、ベルグソン哲学について何も言っていないのと同じことかもしれない。そこで、ベルグソン哲学そのものについてというよりも、わたしが本書でベルグソン哲学を勉強しながら、その哲学の森のなかを、〈青い鳥〉ならぬエラン・ヴィタールをさがし求めて、どのようにさまよい歩いたのかを語ることにしたい――そうすることによって、わたしはエラン・ヴィタールそのものについても何かを語ることになるのではあるまいか。

エラン・ヴィタールは、創造的進化において最重要な地位を占めているので、これについての記述には、本書のいたるところでお目にかかる。たとえば、その二、三を挙げると、「生命はその発現以来、同じ一つのエラン・ヴィタールが進化の末拡がりの諸線に分かれながら続いてきたものである。一つ一つ創造されたものがつぎつぎにつけ加わって、何かが成長し発展してきた。この発展があったからこそ、さまざまな傾向はある点以上に伸びうるためには軋轢がさけられなくなって、たがいに分離する結果になった。」あるいは、それは「生命にいよいよ複雑な形態をとらせながらいよいよ高い使命にそれをつれてゆくある内的衝力」であり、あるいは「このエラン・ヴィタールこそは進化の諸線に分たれながらもとの力をたもって、変異の根深い原因となるものである。少なくとも、規則的に遺伝し累加され新種を創造する変異を、それは起こす。」などである。

これらの文章からは、それが、たえず流動し生成してやまない生命の創造的進化の原動力として、生命の宿す創造力として捉えられるかもしれない。ところが、本書を読むにあたって参看した平凡社刊行の《世界大百科事典》『ベルグソン』の項で、筆者・平山高次（《道徳と宗教の二源泉》の邦訳者でもある）がエラン・ヴィタールを〈根源的生命〉とみていることに強くこだわり疑問をいだいてしまった。それというのも、本書には、「生命は何であるよりもまずなまの物質にはたらきかける傾向なのだといおう。このはたらきかけの方向はもちろん前もってきまっていない。そこから、生命は進化の途上に見当もつかぬ多様な形態をまきちらすことになる。」あるいは「けだし生命は傾向なのであるが、傾向なるものはその本質からいって束状に展開するもので、それは大きくなりさえすれば方向を扇形にひろげてエラン・ヴィタールをそれらの諸方向に分かつ。」という文章などがあり、これらからは、なまの物質にはたらきかける傾向のほうが〈根源的〉であるように思えてくるからである。（ただし、エラン・ヴィタールをなまの物質にはたらきかける傾向そのものとみれば、そして、それが可能のようにも思われるが、それなら話は別になる）。また、「生命が個体や種に砕けるばあい、その砕ける原因は二系列をなしているように思う。生命がなまの物質のがわで出あう抵抗と、生命が懐にしのばせている（さまざまな傾向が不安定に平衡しているための）爆発力とがそれである。」というのだから、生命には、なまの物質にはたらきかける傾向としては同じではあっても、さまざまの方向へ向かうさまざまの傾向が潜在しており、それらが生命では融合・透入し合っていて不安定であったと、ベルグソンは想定しているのであろうか。そして、不安定であったがために生じた、生命の内蔵する爆発力によって、扇状にひろがった進化諸線にエラン・ヴィタールが分かたれた、ということになろうか。とすると、爆発力そのものがエラン・ヴィタールであり、生命は、その爆発力を発動させることによって、扇状にひらいた諸傾向のそれぞれに原初のエラン・ヴィタールそのものも分け与えた、と受け取れるのではなかろうか。しかし、火薬の爆発力などの場合、爆発後、その勢いは急激に衰えるはずだ。エラン・ヴィタールの場合、進化の諸線においてもとの力を維持しているとベルグソンが想定しているのは、生命のビッグバン的爆発ののち、地球を舞台にした壮大な生命進化劇がいま現在、進行中または真っ盛りと考えているからではないだろうか、と。しかし、以上のような夢想とも言えるわたしの思弁は、雑な読み方に起因するこじつけ、錯誤である可能性もある。というのは、上記の爆発力の大きさは、それを内蔵する生命のさまざまの傾向の軋轢の度合に依存するから、一般的には、進化の方向や段階が異なるにしたがって、その大きさも異なるはずだからである。その点、エラン・ヴィタールは、始源の生命から扇形に展開した進化諸線の末端にいたるまで、もとの力を維持しているとされているのだから、上記の爆発力にエラン・ヴィタールの資格がないことは明白だということもできるようである。ところが、本書には次のような文章もある。「エラン・ヴィタールは有限であり、しかも一度で全部あたえられたきりであった。それは一切の障害を乗りこえることはできない。エラン・ヴィタールの刻みつける運動はあるときは逸れあるときは分裂し、つねに反抗を受けている。そして有機的世界の進化とはこの戦いの展開にほかならない。」あるいは「私がエラン・ヴィタールというのはつまり創造の要求のことである。」エラン・ヴィタールがこういうものだとすれば、それは、生命誕生時に生命に一度だけ内蔵することが許された心的な力（例の爆発力？）であって、この始源のエラン・ヴィタールが生命を動物と植物の二つに引き裂いたようにも考えられる。さらに〈解説〉によると、ベルグソン自身は、《創造的進化》から二十五年後の《道徳と宗教の二源泉》では、エラン・ヴィタールを〈経験的事実〉とみているということであるが、もう、こうなると、わたしなどの出る幕ではなく、ベルグソン哲学の奥深い森の中で、道を尋ねあぐねて呆然と立ちすくんでしまうほかないのである。

――なお、引用した文章でも敢えて（原語読みのまま）エラン・ヴィタールと片仮名書きしてきたけれども、実は、このフランス語は本訳書では一律に〈生命のはずみ〉と訳されていることを断っておきたい。訳者は〈解説〉のなかで、エラン・ヴィタールの訳語にあまりこだわる必要はないように言っているけれども、一般には〈生（または生命）の躍動〉〈生の飛躍〉などの訳語のほうが知られているように思う――。

こういうわけで、このあたりでエラン・ヴィタールからひとまず離れて、一般でもよく対蹠的に取り扱われ、ベルグソン自身もたいへん熱を入れて論じている知性と本能の問題に移れば……動物世界におけるこの二つの心的活動についてのベルグソンの考察は見事であり、かつ比較的分かりやすい。いうまでもなく、知性はわたしたち人間で頂点に達し、また、本能はハチなどの昆虫で最高に発達していて、それぞれの動物群を特徴づけるものとなっているが、ベルグソンの創造的進化の観点からは、知性と本能とはいずれも傾向とみなされ、しかも、この両傾向は、初め互いに入れ子になっていた原傾向のなごりをとどめていて、それぞれが二方向に分かれて進んだのちも、一方の懐に他方がまどろむというふうに二つは混じり合っている、と。すなわち、知性で本能の痕跡のみあたらないものはなく、本能で知性の影のささぬものはない、というわけである（この見地に立つ限り、知性のほうが本能よりも高級だなどという見方はできない）。ベルグソンはさらに考察を進めて、現実にはこのように互いに混じり合っている両傾向から、知性を知性たらしめている特徴と本能を本能たらしめている特徴をとりだして、入念に論じている。ベルグソンの精緻な論考を通じて、わたしが理解したことを二、三挙げるとすれば、次のようなことになるであろうか。

●知性は持続を状態の継列としてとらえる、すなわち、流れる時間を空間化してしまうために、時間を取り逃す。●知性は、どのような対象でも外側からとらえるが、本能はそれを内側からじかにつかむ、（狩人バチが幼虫の餌となる青虫を刺して麻痺させる際にみられるように）いわば内側から青虫の傷つきかたを教えるというような共感によって。●本能による対象のつかみ方は、知性の認識の場合とは全く異なり、直観によるが、それは〈表象される〉よりもむしろ〈生きられる〉ものである。●知性は、生命に対しても、その中に入り込むかわりに、外側からできるだけたくさんの眺めを写し取り、それを自分の中に引き入れるだけであるが、直観なら、わたしたちを生命の内奥へじかに連れていってくれる。

ここまで書いてきた文章からも、わたしがベルグソン哲学の基礎、とりわけエラン・ヴィタールを把握しきっていないことは明らかである。そのためにベルグソンについてもっと勉強する必要があるのは言うまでもないが、ここでは、本書からわたしが理解しえたと思っている限りのものを、ごく簡略な〈まとめ〉ふうに記して、ベルグソン理解の一里塚としたい。

ベルグソンのいう生命に対して、わたしは、物質に馬乗りになった意識というイメージを持つ、より丁寧な言い方をすれば、自分の意のままにならない物質を乗りこなそうと努力する意識といったようなイメージを持つ。このようなイメージをいだくと同時に、わたしは、ベルグソンの生命そのものは、わたしたちの心的気分のように、様々の傾向が潜在的に共存したものであるが、その生命が物質にかかわり接触する時には、生命の内蔵する衝力すなわちエラン・ヴィタールとして働く、というふうに解している。したがって、様々の傾向を顕在化させるのがエラン・ヴィタールであるが、エラン・ヴィタールがそれぞれの傾向を別々に発展させながら新しい形態を自由に創造していこうとする点からみて、これこそ創造的な時間を生きるものであり、生命のなかの生命であると言うことができよう。

（一九九二・一二・五）

道徳と宗教の二源泉

ベルグソン著　平山高次訳
岩波書店刊

文庫本。ほとんど二週間をついやして、ようやく読破した。難解でありながら面白く、ベルグソンはやはり百年に一人の天才であることを自分なりに納得した。むずかしい点と言えば、表題にもなっている、道徳と宗教の二つの源泉が何であるかを、一応読み終わったにもかかわらず、自信をもって言うことができないが、ともかく、いまは以下のように言っておこう——わたしには、何はともあれまず、ベルグソン的な意味で相互補足的な知性と本能とが二つの源泉であるように思われる。すなわち、人間の知性のなかに滲透している本能が、知性の力の行きすぎを抑えて、社会の秩序を保持しその解体を防衛するために、不可欠な黒衣《くろご》役に徹してつくりあげたのが、〈閉じられた〉道徳・宗教なのであろう。しかし、この閉じられたものは飽くまで社会に向かうものであるから、全人類（そしてそれ以上の全生物・全宇宙）に向かうものが求められねばならない。これこそ〈開かれた〉道徳・宗教であるが、それは、傑出した人間の魂が感得・共鳴したエラン・ヴィタールに、人々が感応することによって得られるにちがいない。つまり、ベルグソンは、現在の社会・国家も、そこで行なわれている道徳・宗教も閉じられたものであって、（たとえば家族愛や愛国心のように）自己以外のものの排除を含むから、わたしたちは、生命の源であるエラン・ヴィタールの流れに乗ることによって、開かれたもの（たとえば人類愛）への道を歩もうではないか、と提言しているふうに思えるのだが……たまたま手許にあった古い哲学辞典などによれば、道徳と宗教の二源泉は、社会的本能と神秘的直観として捉えられているようであるが、今のところは、既述したような感想から、それについては疑念があり、承服できない――。

本書には、面白い点というよりも、優れた見解というべきかもしれないが、それらは到る所にあり、このことは読んだものにしか分からないとだけ言っておこう。

ところで、文中（九六ページ）に、イワンがアリョーシャに問いかけるアポリアと同じものが突然あらわれたのには驚いた。ベルグソンは、その出所（おそらくは《カラマーゾフの兄弟》であろう）などについて、何の前置もせずに、読者の目の前にアポリアだけを投げ出すように提出しているのだが、しかし、ちょっと考えてみれば分かるように、ベルグソンがドストエフスキーを読んでいないと思うほうがおかしいのであり、したがって、ベルグソン哲学の中にドストエフスキーが顔を出すことになったとしても何の不思議もなく、驚くには及ばないわけである。

（一九九三・一一・一七）

ベルクソンの科学論

澤瀉《おもだか》久敬《ひさゆき》著　中央公論社刊

文庫本。最近、続けざまにベルグソンの四つの著書、《形而上学序説》《笑い》《創造的進化》《道徳と宗教の二源泉》を読んだついでに、目を通したのが本書である。ベルグソンの著書を読み、その思想に特徴的な、突出した部分については、否応なしに強烈な印象を受けざるをえなかったわたしではあるが、その全貌ということになると、それを把捉しきったなどとはとても言えない状態なので、本書を読むことによって、ベルグソン哲学の森にさらに深く分け入るための何かよい手掛りでも得られるのではないかと思ったわけである。

確かに本書から収穫はあるにはあったけれども、それは、わたしがすでに読んだものとして上記した四書に主として拠りながら、著者が問題を論じている箇所に集中している。しかし、わたしにとって未読の書である《意識の直接与件について》（一八八九年）、《物質と記憶》（一八九六年）、《精神力》（一九二〇年）、《思想と動くもの》（一九三四年）などに拠って論じているように思われる箇所については、わたしの理解力が充分滲透することができないために、消化不良のままにとどまってしまった。勿論、このような事態になるのは当然のことであり、また、事前に予想されるべきことではあったが。ただし、ベルグソンの発想になる、かの有名なエラン・ヴィタールについては、その正体がわたしにはこれまでどうしても捉えることができないこともあって、本書を、とりわけ、その点に注意をはらって読んだつもりではあるが、本書によってもやはり、エラン・ヴィタールはよく理解できなかった。

なお本書は、難解なベルグソンの思想を簡潔な表現で比較的分かりやすく解説しているように思われるので、ベルグソン哲学の解説書として優れたものだと、わたしも認めないわけにはいかないけれども、それにもかかわらず、みずみずしい含蓄のあるベルグソンの文章に較べて、本書の叙述が水気のない乾物《ひもの》のように感じられてしまうのは、やはり、分量《かさ》のない解説書または啓蒙書といった種類の本が担わねばならぬ宿命みたいなものであろうか。

（一九九三・三・六）

ベルクソン

市川　浩著　講談社刊

本書の原本は、同じ講談社から刊行された〈人類の知的遺産〉（全八十巻）の中の一冊、第59巻《ベルクソン》で、本書はそれを文庫本に仕立て直したもの。いちおう評伝の形をとってはいるものの、本文約四百ページのうち、六割強を占める二百五十ページ余がベルクソンの四大主著（《意識に直接与えられているものについての試論》《物質と記憶》《創造的進化》《道徳と宗教の二源泉》）の抄訳に割かれているので、ベルクソンそのものを、（翻訳の形ではあるものの）ともかくも直接味わうことができ、便利である。本書を読んで考えさせられたことを二つばかり、以下に記す。

以前、《創造的進化》を読んだ際、エラン・ヴィタール（生の躍動）という概念をどう受け取るべきか、たいへん悩まされたので、本書によって、その理解が深まることを願ったのであるが、今回もどうもうまくいかなかったようだ……が、しかし、以前のようにベルクソンの片言隻句に捉われすぎないように要心しながら考えると——エラン・ヴィタールとは、まず根源的生命を意味するが、それと同時に、根源的生命が内蔵する諸傾向の不安定な平衡に起因する内的衝力をさし、さらに、この内的衝力により物質の抵抗に逆らって推進される創造的進化そのもの（扇形分岐の様相とその進化原理）を示す、と言うことができそうだ。ベルクソンは、その著書のなかで、エラン・ヴィタールについて様々な言い方をしているので、このようなわたしの見方にぴったり密着した、いわば裏付けとなる文章を僅かなスペースで示すのは不可能に近いけれども、次に掲げる彼の言葉は、少なくとも、わたしの考えを幾分かは支えてくれるにちがいない。

——生命は何であるよりもまず物質にはたらきかける傾向だ。

——エラン・ヴィタールは生命の初めに一度だけ全部与えられたきりの有限のものである。

——エラン・ヴィタールとは創造の要求のことである。

しかし、いずれにしても、ベルクソンの自説の見事な展開の仕方や、比喩の適切さ、軽妙な揶揄、哲学書らしからぬのびやかな文章などにみられる彼の天才には大いに感心させられながらも、わたしのように長年、自然科学的進化論の常識の中に浸ってきたものにとっては、現時点では、エラン・ヴィタールはユニークすぎる発想のように思われ、飲み込みにくい代物《しろもの》と言うことはできよう。

以前、《道徳と宗教の二源泉》を読んだ際、文中に、イワンのアポリアと同じものを発見して驚いたことがあるが、このことに関して、ここで改めて考えてみたい。

ベルクソンは道徳的概念の一つ、正義について論じながら、次のようなことを言っている——正義は、つねに義務的なものとしてあらわれたけれども、長い間他の道徳的責務と同様な一つの責務にすぎなかったから、不正義は他の責務違反より以上にも、より以下にも不快なものではなかった（勿論、古代の奴隷にとっては正義はないか、ないも同然であった）。ところが、やがて民衆の福祉が、人間の社会生活の最高の法則として打ち出され、さらに、この最高の法則のためには不正義も許容できる、つまり、民衆の福祉が不正義を正当化してもいいかどうかという問題になってくると、正義は、単なる道徳的責務の一つである立場を大きくはみだして、あらゆるものを足蹴にするように威丈高に声をはりあげて不正義の正当化に反対する。たとえば「民衆の福祉のため、人類の生存そのもののために、永遠の苦しみを受けるように運命づけられている無辜の人間がどこかにいる、ということをわたしたちが知ったとすれば、わたしたちはどうするであろうか」という〈疑問〉を自分自身に課した場合、麻薬のたぐいで自分の気持を紛らわし誤魔化そうとするなら、いざ知らず、そのような人間のいることをわたしたちは自分に許そうとはしないにちがいない。その人はわたしたちが生存できるようにするために残忍な刑罰を受けているのであり、そのことが生存一般の根本的条件であるとしたら、むしろ、もはや何も生存しないことを願うほうがましだ、地球など爆発してしまったほうがましだ、などと衝撃を受けて、そのことを認めようとはしないにちがいない。

ベルクソンは、おおよそ以上のように論じきたり、さらに、このように正義が一つの責務として社会的要請に応じるだけにとどまらず、社会生活の上に高く、そしてあらゆるものよりも高く舞いあがって、神のようにかつ無条件で自分を押し出すことができるようになった理由について考察を進める。ベルクソンによれば、それはユダヤの預言教の影響である、と。すなわち何か大きな不正義がおこなわれた時、わたしたちが聞くのは、実は、多くの世紀を隔てた古代の奥底から発せられるユダヤの預言者たちの激しい抗議の声なのである。不正義に対する彼らの憤激は、神に選ばれた民の敵に対するヤハウェの怒りそのものにほかならない。かくして預言者たちは、正義に極めて威圧的な性格を与え、正義はこの性格を保持したので、正義は、その内容を無限に増大したにもかかわらず、その時以来、その内容にこの性格を刻み続けているのだ、と。

これに続くベルクソンの論旨は――ユダヤの預言教は、このように威圧的な性格を正義に与えることによって、正義の形式に決定的な役割を演じたのであるが、その内容がユダヤ人のためのものである限り、それは閉じられた正義でしかなかった。それが全人類のためのもの、否、それ以上のもの、すなわち開かれた正義へと移行できたのは、何といっても、キリスト教のおかげなのである、と……。

この辺で、ベルクソンによって前に提示された〈疑問〉そのものに戻ることにしたい。

この疑問については以前にも言及したことがあるけれども、これは、ドストエフスキーの《カラマーゾフの兄弟》の中で、イワンが弟のアリョーシャに問いかけたアポリアとそっくりである。それで、わたしには、この疑問の出処はイワンのアポリアであるように思われてならない。もっとも、この疑問をベルクソンは原文では〈有名な疑問〉として、自分とは距離をおいた言い方で提示しているだけなので、これが彼自身の考察したものでないことは分かるものの、わたしが思い込んでいる出処とは違う、別の由来をもつものかもしれないという疑いがないわけではないが。

イワンのアポリアは、《カラマーゾフの兄弟》の中でもとりわけ有名な〈大審問官〉の章の直前に出てくるのであるが、それがあらわれる場面は、飲屋でのふたりの兄弟の話合いのなかの一情景として描かれている。その場面は、次に掲げるように、イワンからアリョーシャへの問いかけによって始まる。

「ひとつお前自身、率直に言ってみてくれ、お前を名ざしてきくんだから、ちゃんと答えてくれよ。かりにお前自身、究極においては人々を幸福にし、最後には人々に平和と安らぎを与える目的で、人類の運命という建物を作ると仮定してごらん、ただそのためにはどうしても必然的に、せいぜいたった一人かそこらのちっぽけな存在を、たとえば、あの小さな拳で胸をたたいて泣いた子供を苦しめなければならない、そしてその子の償われぬ涙の上に建物の土台を据えねばならないとしたら、お前はそういう条件で建築家になることを承諾するだろうか、答えてくれ、嘘をつかずに!」

「いいえ、承諾しないでしょうね」アリョーシャが低い声で言った。

「それじゃ、お前に建物を作ってもらう人たちが、幼い受難者のいわれなき血の上に築かれた自分たちの幸福を受け入れ、それを受け入れたあと、永久に幸福でありつづけるなんて考えを、お前は認めることができるかい?」

「いいえ、認めることはできません。兄さん」ふいに目をかがやかせて、アリョーシャが言った。「兄さんは今、この世界じゅうに赦すことのできるような、赦す権利を持っているような存在がはたしてあるだろうかと、言ったでしょう? でも、そういう存在はあるんですよ、その人(訳注・キリストのこと)ならすべてを赦すことができます、すべてのことに対してありとあらゆるものを赦すことができるんです。なぜなら、その人自身、あらゆる人、あらゆるもののために、罪なき自己の血を捧げたんですからね。兄さんはその人のことを忘れたんだ、その人を土台にして建物は作られるんだし、『主よ、あなたは正しい。なぜなら、あなたの道は開けたからだ』と叫ぶのは、その人に対してなんです」

〔原卓也訳〕

イワンの問いに対するアリョーシャの答えは、キリスト者としては当然かつ模範的なものであるように思われる。この時のアリョーシャの気持は――〈人類の運命〉という建物が築かれなくてはならないのは、すべてを赦すことのできるキリストの上にこそであって、それ以外の他のものの上にでは絶対にない。ましてや償われぬ涙の上に築かれるようなことは、単なる仮定のうえのことだとしても、決してありえない。なぜなら、キリストは罪深いわたしたちを見捨てることなく、すべてのものをその限りなき大きな愛のなかに抱きとられ、悪業を犯したものでも、その罪を赦され、また、ひどく悩み苦しんだものでも、深い憐れみの情でその痛みをいやされるからである、というところであろう。

もっとも、意地の悪い反《アンチ》キリストであるイワンは、弟から返ってくる答えを前もって充分予想できたにちがいない。彼は、すべてを赦す存在としてキリストのいることをよく知っていながら、そ知らぬ顔をして、相手のほうからそれを言い出すのを待っていたようだから。

この場面と、さらに〈大審問官〉なども含めて、四十ページから五十ページに及ぶ、飲屋でのふたりの兄弟の長い話合いは、話合いとはいうものの、それは殆どイワンの独壇場であって、そこではイワンは、具体的な、どぎつい例証をふりかざして、狡知極まりない激烈な反神論もしくは反キリスト論を展開している。

そこを読んで感得できる迫力の物凄さは、ドストエフスキーという巨人が創り出したイワンという造型の素晴しさを証明するものであることは言うまでもないが、それと同時に、その物凄さは、イワン創造の生々しい現実性を通して、ドストエフスキーという一個の人間の懐疑の落ち込んだ奈落の深さ——絶えず神を何よりも強く求めながら、神を信じえたと思った途端に、新しいより強い疑いにとりつかれて今度は神を否定せざるをえなくなるというふうに、しかも、なおかつ、神を信じるたびに懐疑の鋭さがより増し、神を否定するたびに信仰への渇望がより強まるというふうに、一生のあいだ、神と無との間を大きく揺れ動き続けざるをえなかった、一人の悩める人間の魂のなかに息づいていた懐疑の底の深さを、端的に物語るものではなかろうか。

飲屋での語らいで、イワンの長広舌が精彩を放ち、アリョーシャに対してイワンのもの言いの舌鋒が鋭く、きわめて意地が悪いのは、イワンに、弟が心底から敬愛しているゾシマ長老から弟を奪い取ろうという魂胆があったからでもあるが、このイワンに、作者は増強してやまない自分の懐疑のエネルギーすべてを注入した。

このように、作者ドストエフスキーその人が、熱烈な信仰者としての顔をかなぐり捨てて、別人として、一風変わった激烈な無神論者よろしく、熱弁をふるっているという印象を与えずにおかない、鮮やかなイワン像に対して、飲屋におけるアリョーシャ像は影がうすい。アリョーシャは、イワンの畳みかけるような勢いのある弁舌に押され気味で、終始たじたじとした受身の姿勢でそれに対応しているようにみえる。たとえば、イワンは、例の問いかけを弟にする前に、この世での悪に対するあの世での赦しや慰めなど自分は欲しくない、それよりも、悪に対するこの世での仕返し、つまり自分の目の前での報復を渇望していると、アリョーシャに向かって宣言したが、それに対してアリョーシャは、目を伏せて、小さな声で「それは反逆ですよ」と言っただけですましている。また、例の問いかけに対しても、「いいえ、承諾しないでしょうね」と低い声で言っただけなのは、引用文から知られるとおりである。

ベルクソンは、父方がユダヤ系であるが、晩年はカトリシズムに惹かれ、殆どカトリック教徒であったと伝えられるから、ベルクソンのイワンのアポリアに対する立場は、アリョーシャのものと本質的には変わりがなかったのではないかと、わたしなどは思いがちである。しかし、彼の提示した〈有名な疑問〉に対しては、前掲の要約した文章から分かるように、その反応は昂揚した正義感の激発といった色合いが強い。これは、ここでベルクソンが、正義観念に滲みこんでしまっている、他の道徳的観念にはみられない、桁《けた》はずれに強い威圧的な性格に注目して、それについて論じようとしたからにはちがいないが、やはり、このように正義感だけで応じたことについては、ベルクソンにとって、神の問題がまだ懸案中《ペンディング》のものであったことによるのではないかと思われてならない。　（一九九四・一二・六）

アンリ・ベルクソン

澤瀉久敬著　中央公論社刊

文庫本。本書を読んでいる、まさにその真っ最中に、母の死に出会い、その葬儀がおこなわれたために、本来は纏まりのあるすっきりしたものになる筈であった読後の印象が、散漫なものになってしまったことはいなめない。それにしても、本書はすぐれたベルクソン論であって、本書を読んで、著者の描くベルクソンの全体像を把握してから、同じ著者による《ベルクソンの科学論》を読むべきであったように思う――たとえば、わたしがベルクソンの著書を読んだだけではその正体を捉えそこねてしまっていた、例のエラン・ヴィタールについても、本書において比較的理解しやすく解説されているのであるから、本書の入手難ということがあったにせよ、《科学論》のほうを先に読んでしまったのは、どうやら失敗であったようだ。なお、著者は、直観と知性・本能との関係について、他の論文の中で論述しているのかもしれないが、本書ではそれが明確に示されていないのは残念である。

本書から得た知識などを参考にして、ベルクソンの〈閉じられたもの〉と〈開かれたもの〉とについて、わたしなりにメモ風に整理してみると、以下のようになる。

閉じた道徳（閉じられた道徳）	開いた道徳（開かれた道徳）
閉じた魂	開いた魂
社会的威圧	愛の飛躍（エラン・ダムール）
静的道徳	動的道徳
社会自体を保全するために社会が個人に加える命令（社会的命令）――責務	聖者または英傑の呼びかけと、それへの憧れ――自由
強制的道徳	創造的道徳
家族愛・祖国愛（愛国心）――愛と憎しみ	人類愛→あらゆるものへの愛→愛そのもの
閉じた宗教	開いた宗教
静的宗教	動的宗教
知性の破壊力に対する自然の防御的反作用	知性を縁どる直観を強化しえた魂の愛の飛躍
自然宗教（魔術、精霊信仰なども同じ系列に属する）	神秘主義＝キリスト教
閉じた社会	開いた社会
機械主義―機械文明	神秘主義
生活の複雑化	単純性への復帰
現代の文明社会	神秘的天才の出現と新たな人類の誕生

（一九九四・三・三）

精神と物質
―分子生物学はどこまで生命の謎を解けるか

立花 隆・利根川進著　文藝春秋刊

文庫本。本書を読んで、ふたりの対談者に優れた才能と精力的な努力家を感じない人はまずいないとは思うけれども、とりわけ、利根川進という科学的洞察力に優れた分子生物学者に、自分の研究の足どりを克明に語らざるをえないように、うまく仕向けることによって、分子生物学という新しい学問の発展の歴史とその最前線《フロンティア》の情況を、わたしたちの目の前に見事に展開せしめた、立花隆という評論家の並々ならぬ力量に深く感じ入らないわけにはいかない。わたしは東大動物学科卒業であるにもかかわらず、東大仏文科出身という畑違いのジャーナリスト立花の仲介によって、分子生物学の内容とその向かうところについて啓蒙されたことを率直に認めなければならぬ。

（一九九四・三・八）

こうツァラツストラは語った

ニーチェ著　高橋健二・秋山英夫 共訳　河出書房新社刊
（世界大思想全集⑭）

生田長江と土井虎賀壽による古い邦訳本を脇に置いて読み進めたが、本訳書は前二書よりもはるかに理解しやすい翻訳といってもいいようだ——つまり、本書はわたしにとってたいへん良い翻訳書であったわけだ。ただし、本書とて、三十年も昔の一九六一年刊行のものだから、とても新しい邦訳本とは言いえないが——。これまでツァラツストラには何回か首を突っ込み、そのたびに撃退されてきた憶えがあるけれども、今回は腰を据えて読み進め、ようやく最後まで読み切ることができた。しかし勿論、一読したくらいでよく理解できたなどと言えるはずもないが、（ただ漫然と老後と称する人生の暮方を送る人たちを遠くに眺めて）ドストエフスキーに食らいつくわたし自身の姿勢に、ツァラツストラの姿勢と一脈相通ずるもののあることを感じないわけにはいかない。もっとも、ニーチェのものを読むと、彼のたぎりたつ血潮、あふれかえる熱気にあてられて、わたし自身が、高揚した気分のままに、俗世を見おろしながら、宙を舞うようなていたらくになるのが常であるから、この点、ご用心、ご用心！

（一九九三・八・二二）

この人を見よ

ニーチェ著　阿倍能成訳　岩波書店刊

わたしがニーチェという哲人の名前を知ったのは、十七歳のころ、萩原朔太郎のエッセイあたりからだったように憶えているが、実際にその著書を読み出したのは、それから二、三年後のことであった。このようにニーチェの作品そのものに出会うのが遅れたのは、そのころ（戦争末期から敗戦直後にかけて）の書籍払底が災いしているのであるが、それでも二十歳前後のころ、（たぶん東京の）古本屋で生田長江訳のニーチェ全集・全十二巻を見つけて手に入れることができたわけである。当時、書物の世界に参入したばかりのわたしにとって、ニーチェを読むということが、どういう意味を持っていたのか、今から考えてもよく分からない――勿論、愛する朔太郎の激賞する詩人だから読むということと、超人ツァラツストラを生んだすごい哲人だから読むということはあったにちがいないが。

ところで、この全集の訳者である生田長江は、世代的にみればわたしの祖父の世代の人であるから、その人の書くものが、わたしには馴染みのない、どちらかというと漢文調の古くさい文章であったのは当然であろう。わたしはそのような訳文に大いに悩まされながらも、ともかく《悲劇の出生》だけは一応読んだと言っておきたい。古代ギリシアやギリシア悲劇についての知識も殆どなく、ワーグナーの音楽を何一つ聴いたこともないくせに、よくも読み通したものだと言っておきたい。だが、それ以外はもう駄目で、それでも《人間的な、余りに人間的な》と《ツァラツストラ》くらいは覗き見したと言ってよいであろうか。

今回、《ツァラツストラ》と《この人を見よ》を通読したが、この二冊の与えるそれぞれの印象は全く違う。この相違はなにに由来するものなのか――後者は岩波文庫の一冊であるが、その訳者・阿倍能成が生田長江と同世代の人であるせいか、訳文・訳語ともに、前者のものよりも古くさい、ということもある。また、前者と後者、それぞれの訳者の肌合いの違いも考えられる。しかし、それだけではなく、本質的にはこの二書そのものの性質の違いに由来するのではなかろうか。

《ツァラツストラ》は、ニーチェ自身が一つの音楽だと語っているように、何よりもまず、音楽を聴くように心静かに味わうべきであって、そのたゆとう詩的幻想にひたることが可能であるならば、いわゆる超人哲理なるものも読者の心内におのずから醸成されてくるように思われる。これに対して《この人を見よ》は、ニーチェ自身によるニーチェ解剖図譜である。ニーチェの良き読者とはとても言いえないわたしのようなものにも、この本はよく分かる、というよりも、分かりよすぎるくらいだ――ドイツ的なものを嫌ってそれに噛みつき、善と悪の道徳・キリスト教的なものに食らいついてそれらを全否定し、神は死んだと宣言して価値転換をはかったニーチェ。病弱と孤独の運命を喜び勇んでわが身に迎えながら、ツァラツストラとして天空高く翔ける鷲、その名はニーチェ——。

《この人を見よ》のように激烈ではあるが明晰な文章を、あたかも遺書のように書きあげてから二か月後に発狂してしまったニーチェの生きざまに、真の天才の凄さと運命的なものを感じるのはわたしだけであろうか。

（一九九三・九・一〇）

〔追記〕阿倍訳のものを読んだあと、現在刊行中の岩波文庫では、ニーチェの同じ原書の翻訳が手塚富雄による新訳に変わっていることを知ったので、買い求めてきて読んだ。昭和初年から二〇年代にかけて学校教育を受けたわたしにとって、手塚訳の文体はあつらえ向きのものであって、すこぶる読みやすく、阿倍訳のイメージをより鮮明にすることができた。手塚訳を読むことによって、阿倍訳から得たニーチェ理解をより深めることができた、というべきであろう。

（一九九三・一一・一五）

魔神との戦い——ニーチェ

ツヴァイク著　秋山英夫訳
角川書店刊

文庫本。自分に取り憑いた魔神《デーモン》との戦いに自分のすべてを賭けて挑み、魔神の魔力に駆り立てられるままに、蹂躙されるがままに、精神極北の地に追いやられ、ついには人間界の埒外へと飛び出していかざるをえなかった運命の人ニーチェ。このようなニーチェ像を本書で描き出すにあたって、著者は、その対極的なものとしてゲーテ像をとりあげる。すなわち、著者は、自分の天才によって魔神をうまく御しえた大芸術家として、その生涯を通じて、天才と魔神とが弥次郎兵衛よろしく均衡を保ちえた巨人として、ゲーテを捉える。かくして、このようなゲーテ像は、ニーチェ讃歌的な本評伝において、ニーチェの凄絶な生きざまをより際立たせ、より鮮烈ならしめる対照的背景のような道具立てとして、あるいはまた陰見する伏流として、たいへん効果的である。

（一九九三・九・一二）

ロシアについて——北方の原形

司馬遼太郎著
文藝春秋刊

文庫本。ロシアの体臭をかぎとった好著。シベリアを通して角突き合った、ロシアと日本のそれぞれの本質（原形）が見事にえぐりだされている。本書によって、日本の北方領土問題と中国のモンゴル問題、その問題の重さがロシアにとって等価であることを知らされた。わたしが、これからドストエフスキーについて書いていく際、この本で著者が描き出したロシアの原形なるものを無視してはいけないであろう。ドストエフスキーを書きながら、著者のいう原形なるものをチェックしていく必要があるだろう。ロシアと日本、両国の間にわだかまっている不信・不安・嫌悪・恐怖などの積み重ねによる怨念のような感情の由来の分析はなかなか見事である（ただし、このように簡単に割り切ってしまってよいものかどうか疑いが残らないでもないが、そうかといって、現在のわたしには、その考えに疑問を呈し反駁するに足りるだけの知的蓄積もない）。なお、文化遺伝の概念（考え）もたいへん面白い。（一九八九・六・一六）

姿なき司祭――ソ聯・東欧紀行

埴谷雄高著
河出書房新社刊

本書に集録されている八編の文章のうち、《姿なき司祭》《ドストエフスキイと運転手》《『民衆』の顔》《セルゲイ君》というソ連紀行の部分の再読。たくさんの読点で連結された息の長い文章《センテンス》――句点から句点までの一つの文章がたいへん長いのが文中によく見られるのが特徴の、埴谷雄高の本を久しぶりにひもといたわけであるが、ソ連が解体・崩壊してしまった現時点に立って本書を読むものは誰でも、共産主義国ソ連に対する著者の鋭い洞察と、旅行者としての優れた鋭い観察に改めて感じ入らないわけにはいかない。〈姿なき司祭〉とは、直接にはあるいは狭義には、モスクワ国際空港で著者たちがこうむった、インツーリスト（国営旅行会社）の馬鹿げた理解不能の対応の根元的張本人、（密室から姿を見せぬ）チーフその人をさすものと思われるが、広義には、そのような対応をするインツーリストにその一端がうかがわれるソヴェト官僚主義そのものを意味するのであろう。そして、そのソヴェト官僚主義とは、「そこに宇宙空間の何処かから誰がきてもただひたすら〈待ってくれ〉という一語以外何も答えられず、ついにはその部署のその何処かへ消えてしまわねばならない窓口の無責任性と、〈チーフが決定する〉という厳密な責任の系列が上へ上へとひとつずつ順送りにジャックの豆の樹がようやく達する高い高い雲の上まであがってゆくピラミッドの体系と、窓口の前で長い、長い天文学的な時間のなかで、一抹の不平と不服の翳りも忘れさせられてただひたすら〈待っている〉民衆とのこの上もなく緊密に結合された三位一体の巧妙な構造にほかならぬ」のである。本書には、このような官僚主義とそれが必然的にもたらした権威主義、画一性、非人間性などが、ユーモアをたたえた文章のなかに浮彫にされている。そのために、ソヴェト官僚主義を打破する〈未来の星〉の一人と目して著者が描いているように見える〈セルゲイ君〉の姿は誠に鮮烈である。

（一九九二・四・一七）

ロシア的人間

井筒俊彦著　中央公論社刊

本の形になったのは大分あとのことのようであるが、著者にとって三十代の処女作といっていい若書きであるにもかかわらず、素晴しい本である。

まず著者は、わたしたち日本人や西欧人にとって謎とされるロシア人気質、ロシア精神の本質と思われるものを主として一九世紀ロシア文学の特質から大づかみして取り出し、それが韃靼支配時代、モスクワ公国時代、ピョートル大帝時代というロシアの歴史的な三段階を通じてどのように形成されてきたかを述べる。そのうえで著者は、このようなロシア精神がどのような形で、プーシキンに始まる一九世紀ロシア文学（それは取りも直さずロシア文学そのものとイクオルなのであるが）にあらわれているかを、改めて個々の作家について、それぞれの作品を腑分けすることを通して具体的にさぐっている。しかも、著者の作家・作品に対する姿勢は慎重かつ冷静にして大胆、そのアプローチの仕方は心にくいほどである。さらに本書のなかに見られる、特にロシア革命についての先見性にとむ文言は、それが敗戦後まもなくの発言であり、著者が三十代ということを考慮すると、誠に驚異的である。

著者は語学の天才という評判が高いが、三十代の若さで、プーシキン、ゴーゴリ、トルストイ、ドストエフスキーは言うに及ばず、手当たり次第ロシア文学を原語で読みこなして、本書のような誰にも書けないようなユニークで優れた文学論をものしてしまうとは、やはり評判にたがわず凄いものだなという思いを深くする。

（一九九一・六・二九）

聖なるロシアを求めて
―旧教徒のユートピア伝説

中村喜和著　平凡社刊

ドストエフスキーの小説には、分離派教徒めいた人物がよく出没し、また、特異な登場人物として瘋癲行者的人間がしばしば描かれている。したがって、本書は、ドストエフスキー文学の背景をなす重要な一要素を理解するための必読書という性格を備えていると言いうるであろう。これまでに読んだドストエフスキー論（およびその周辺書）によって、わたしは大いに啓蒙されたけれども、本書が、わたしにとって不案内であったロシア旧教徒関係の論文を一冊にまとめたものということもあって、今回はその方面の勉強を大いにさせられたという感じが強い。

（一九九一・七・一四）

二十一世紀の人類像
―民族問題をかんがえる

梅棹忠夫著　講談社刊

文庫本。ドストエフスキーは何かにつけて、カトリックに対する正教の真理性と優位とを強調して、西欧に対するロシア皇帝の救い主としての使命を主張しているが、このようなあまりにもスラヴ主義的な彼の言い分に対しては疑問を持たざるをえない。この疑念に端を発して、それを解く糸口は得られないものだろうか、また最近特に目立ってきた民族紛争はどうして絶えることがないのだろうか、等々の気持から、これらに関連するように思われるテーマを扱っている書物を幾つか、このところひもといてきたが、本書などは、現在、日本人としてのわたしたちが置かれている歴史的情況を見定める意味でも、誠に得がたい本であると言うべきであろう。

著者は、民族学者として、これからの地球では、一体化という方向と並行して、民族自決による国家形成が激しくなっていくから、民族摩擦・軋轢・衝突などのいわゆる民族紛争はこれまで以上に頻繁かつ激化するだろう、という見通しを述べている。しかも、それを解消させうる大原理をいまだ人間は発見できないでいるので――それに、これまで、そのような大原理として働いていた宗教やイデオロギーが今や全く力を失ってしまっているので、当分は当事者に国連などの仲介者を交えた話合いを通して政治的解決をはかる姑息的方策しかあるまい、という悲観的な二一世紀人類像を描いている。わたしは、著者のこのような考え方に強く惹かれるけれども、このような見方の当否をにわかに決めるべきではないだろう（当否を判断するにはもっともっと勉強する必要があるから）。本書は再読すべきもののように思われるが、その〈まえがき〉のごく一部を次に書き抜いておく。

――民族というのは、文化を共有する人間集団のことである。文化とは、その人間集団が共有するところの価値の体系である。民族が他の民族と接触するとき、その価値の体系が露出する。おおくの場合、人びとはその価値の体系の差に冷静に対処することができない。そして軽蔑と不信がうかびあがる。文化とは、その意味では他民族に対する不信の体系である。〔原文改行〕民族をこえての文化の理解は、容易なことでは成立しない。不断の対話と交渉のつみかさねによって、相互の理解と信頼がたもたれてゆくのである。しかしそれは、状況がすこしかわると、たちまちにしてゆらぎだす可能性がある。相互不信は価値の体系というふかいところに根ざしているだけに、しばしばはげしい情緒的反応をともなってしまう。民族の問題は、こうして、単なる利害をこえて、感情的対立におちいりやすいのである。〔原文改行〕この点は、逆に民族問題が政治的な道具として利用される可能性をはらんでいることをしめしている。意図的に民族感情を刺激することによって、民族間紛争をもえあがらせることは容易なのである。それは利害の計算よりも感情を刺激するだけに、きわめて危険な要素をふくんでいる。一歩まちがえば、たちまち理性の枠をこえて、武力行使から虐殺にまでつながりかねないのである。民族問題には、こういう要素が潜存的に存在するから、かんたんに合理的な解決を見いだすことは、しばしばひじょうにむつかしい。

（一九九一・一〇・二六）

現代の社会主義

伊藤　誠著　講談社刊

文庫本。本書は三部より成る。第一部でマルクスまでの社会主義について述べ、第二部でマルクスの社会主義を詳説したうえで、マルクス以降の社会主義論を各種の経済理論を紹介・解説しながら披露している。第三部では、東欧・ソ連・中国における社会主義の現状を最新情報に基づいて分析・紹介している。第一、第三部は比較的理解しやすいが、分量的にいちばん多い第二部は、経済学の専門用語なども入り交じっているために充分に理解できないところが少なくない。しかし、それにもかかわらず、第二部も含めてどうやら読みこなしえたのは、以前に《資本論》を苦労しながら読んでいたおかげであろう。《資本論》を読んだのは、三十年も前のことだと思うが、本書を読んでいて、その時の感触まで、まざまざと思い出されたのには驚かされた。

（一九九二・一・二〇）

ドストエフスキーの黙示録
――死滅した一〇〇年

佐藤　章著　朝日新聞社刊

ロシアの帝政末期から革命、そしてソヴェト政権の成立からその崩壊まで、約百年にわたる歴史的舞台に登場する多くの群像のなかで、際立って目立つ主役たち――それは、帝政末期の闇の中にうごめくネチャーエフなどのテロリストたちや、十月革命の立役者レーニンやその後継者スターリンなどであるけれども、そのような登場人物の上に、著者は、ドストエフスキー的照明とでもいうべき特異な光線を浴びせかけて、彼らの影像《イメージ》を舞台上に鮮烈に浮かびあがらせている。著者は勿論、これらの人物をすべて同じ系譜につらなるものとみているのであるが、それは、彼らが「神はいない。したがって人間にはすべてが許されている」（イワン・カラマーゾフの言葉）という思想の持主であるばかりでなく、この思想を実行に移した人物でもあるからである。しかし、著者が用意したドストエフスキー的照明は、比較的単純な光線の混合であり、したがって、著者のドストエフスキー理解も比較的素朴かつ断定的であるように思われるので、そのようなドストエフスキー像と対比的に扱われているテロリストや共産主義者などの像についても、著者が本書で描き出した輪郭のはっきりした曖昧さのない姿そのものを、そのまま彼らの実像として受け取ってよいものかどうか、わたしには疑念が残らざるをえないのである。

（一九九三・四・八）

スウェーデン女王クリスチナ
―バロック精神史の一肖像

下村寅太郎著
中央公論社刊

先年、デカルトを勉強した際に、彼が、クリスチナというスウェーデン女王に招かれて冬のストックホルムに赴き、到着後五か月にして肺炎のため五十四歳でその地で亡くなったことを知らされた。それで、クリスチナのことをもっと知りたいと思っていたところ、たまたま古書肆で本書を発見したので、手に入れて読んでみたもの。

著者は、数理哲学者として知られるが、その文章に関しては、以前レオナルド・ダ・ヴィンチについての小文を読んだ時にも味わった違和感を、〈書下ろし評伝〉と銘うった本書においても味わわざるをえなかった。著者の本業である数理哲学の方面の文章を論ずるのではなく、著者にとって余技《サブ》の仕事と思われる、このような評伝の文章についてあげつらうのは片手落ちと言われるかもしれない。しかし、本書の文中に、日本語としてはこなれていない生硬な言い回しがまま現われるだけでなく、意味不明な表現も散在しているのは、やはり問題だと思う。前者の一例を示せば、「クリスチナはルター派の牧師のしばしばの長い説教を死ぬほど憎んだ」（二一〇ページ、傍点は大森）があり、また後者の例としては、「一か月前から、インスブルックの宮廷は、〈世界的に有名な〉スウェーデン女王を迎えるために盛大な準備をしていた。館が小さいので二つの劇場が処分された」（二六七ページ、傍点は大森）があり、さらに、一二九ページに唐突にあらわれる著者による註は、まず、何についての注なのか、よく分からないし、また内容についてもよく理解できない。

しかし、以上のことを別にして言えば、本評伝で著者がメイン・テーマとして論じているのは、クリスチナのプロテスタント（ルター派）からカトリックへの改宗の動機・理由と、その改宗に対するデカルトの影響・役割ということになろう。

クリスチナは一六五四年、二十八歳の若さでスウェーデン女王の座から退位してしまったが、これが改宗のための退位であったということは是認できる（プロテスタント国スウェーデンの女王のままでは、改宗などとてもできるわけはないのだから。また、退位した翌年、たちまちカトリックへ改宗してしまったのだから）。著者は、彼女の改宗についての学者たちの見解には、カトリックとプロテスタントという立場の違いによって、身贔屓的な偏りがみられるがと断ったうえで、それぞれの側に立つ、ふたりの史家の見方を紹介している。すなわち、カトリックのパストールによれば、女王は早くからルター派の誤謬と矛盾を認識し、カトリックに傾倒していた、ということになり、プロテスタントのランケによれば、女王の改宗をおしすすめたのは情緒的なもので、この女性的な帰依欲求が改宗を決断せしめた、ということになる、と。また、デカルトの改宗への関与の問題についても、カッシラーの考察を要約して紹介している。

それでは、著者自身のこれらについての考えはどうかということになるが、それについては以下のように述べたらいいだろうか……。

知的発達が早熟であったクリスチナは、幼いころから〈可愛らしい子ども〉であったことはなく、早くから、神の恩寵によって自分が女王に選ばれたという意識に目ざめていた。この神に選ばれた〈女王〉という意識は、およそ神に由来するものではなく、人間的なものに由来するいっさいの強制や束縛を拒む。このような気持が、幼い女王の中に芽生えた、説教についての素朴な疑問を圧服して柔順を強いるルター派の牧師に対する嫌悪、さらに説教そのものに対する不信を生みだす。すなわち、クリスチナは、プロテスタンティズムそのものを誤謬とはっきり認識したわけではなく、それ以前に、身近にいるプロテスタントに対して〈毛嫌い〉といえる強い嫌悪の情をいだき、その反動として、カトリックに惹かれ、カトリックへ傾斜していったと言うことができるだろう。だから、彼女のカトリックへの傾斜は、カトリック神学に対する明瞭な認識に基づくものではないから、それは、ランケの言う意味での感情的・情緒的なものと解してもよいだろう。しかし、それは生まれながらの性向というべきものだから、決断の根拠にはなりえない。傾斜から決断に踏み切るには自己確実性が要求される。ここにデカルトの登場がある。つまり、ここにクリスチナの改宗におけるデカルトの役割があるとして、著者は次のように言っている。

――クリスチナの根強い知性の要求は択一的決断の根拠を求める。あくまで外的強制を拒む自由独立の意欲は、殊に〈女王〉の意識は、自己自身による判断に基づく決断を求める。すべての人間のつくった現実のあらゆる権威に依存せず、神に由来する〈真の宗教〉を求める。真理は一つであるゆえに真の宗教は一つしかない。しかし現実の相対立する教会の教義はすべて誤っていることも可能である。それゆえ自からその唯一の真なる宗教を索めて、一切の教説の根源に遡り、さらに一切の知恵の根源を探索する。しかしこれはかえってより深い混乱と渾沌に陥る結果となり、絶望的となる。最後に、自己の懐疑そのものに不信になる。この懐疑の極限状況においてかえって懐疑からの脱出の端緒が展《ひら》けた。これはまさしくデカルトの方法である。デカルトの教え得たものは、そしてクリスチナの学び得たものは、明晰判明に思惟することによっての自己確実性の把握である。あるいはこの方法だけであったかもしれない。すでにプロテスタントに疎外を感じ、カトリックに傾斜している内的事実を明晰判明に思惟する理性的方法によって改宗の自己確実性を把握した。デカルトはこの認識の限界を示し、それ以上のものはクリスチナ自身の意志の自己決定による決断に委せた。それゆえ決断そのものはクリスチナ自身による。〔中略〕女王の改宗に関してデカルトに帰し得るものがあるとすれば、デカルト的な思惟の仕方のほかにないであろう。しかしこれこそ最も深い意味におけるデカルトのデカルト的影響であり、真にデカルトが学ばれたというべきであろう、と――。

ここで、本書の読後感めいたものを、さらに少しばかり述べることにしよう。

著者によれば、クリスチナの生涯における一切の行動を律したものは、かの〈女王〉の意識であって、彼女の退位は〈スウェーデン女王〉からの退位ではあっても、〈女王〉そのものからの退位ではなかった、と。すなわち、彼女にとって、スウェーデン女王からの退位は、神のみに従う〈真の女王〉の道を歩むことであったから、カトリックに改宗してローマに住むようになってからも、法皇の宗教的命令には従順であったが、その埒外のことに関しては、法皇の命令といえども、〈女王〉としてあえて従わず、しばしば公然と法皇に抵抗した、と。しかし、クリスチナに、このような恣意的ともとれる不羈な行動があったことが事実だとしても、本書を読んだ限りでは、改宗後〈真の女王〉としての道を歩むとされるクリスチナの足どりは、それを着実なものとして保証するはずの財政的基盤とともに、三十年戦争後のヨーロッパ各国、たとえば、母国スウェーデンやフランス、スペイン、ローマ法皇庁などのおもわく――宗教的政治的かけひきの渦に巻きこまれて、よろめき、翻弄され続けているように思われるのである。

わたしがこのように感ずるのは、著者が、改宗の動機・原因の探求においては、デカルトとのからみ合いもあって、クリスチナの内面生活を細かく点検したのに対して、改宗後は、彼女の外面生活の描写にほとんど終始しているせいであるかもしれない。しかし、とにかく、わたしは前記のように感じたので、著者が主張するように、クリスチナの一切の行動を律したのが、恩寵と彼女が信じた〈女王〉の意識であった、と断言するには無理があるように思われるのである。

なお、最後に、クリスチナの改宗の問題などとは直接関係ないことであるが、わたしのようにロシアやドストエフスキーについて勉強しているものには、本書によって、元女王クリスチナが六十三歳でローマで死んだのが一六八九年であることを知る時、それから十一年後に北方戦争（一七〇〇～二一）が始まったことに注意がいく。当時ヨーロッパの一大強国であったスウェーデンと新興国ロシアとが、バルト海の覇権をめぐって争ったのが北方戦争であるが、勝利者であるピョートル大帝が、この戦争をてこにしてロシアの近代化を強力に押し進めたことはよく知られる。しかし、わたしが強い感銘を受けたのはそのことではなく、この戦争で一敗地に塗《まみ》れたカールⅫ世が、女王クリスチナが譲位したカールⅩ世の孫であることである。わたしは、デカルトを機縁にしてクリスチナを知り、クリスチナを機縁にして北方の若き英雄カールⅫ世に辿りつくという、思いがけない〈発見〉、つまり読書の楽しみの一つを今回も味わったからである。

（一九九五・七・二八）

3　歴史部門

ロシアの革命

松田道雄著　河出書房刊
（カラー版　世界の歴史㉒）

デカブリストの乱からトロツキー暗殺までの百年余にわたるロシアの革命の歴史を描いた物語。一般向きの歴史啓蒙書といった性格の本であり、著者の体臭が感じられるような文体なので、専門書的な固苦しいところがなく、理解しやすい（もっとも、そのために反って独断的な言いぐさのように感じられるところがないではない）。本書において、一九〇五年の第一次革命、一九一七年の二月革命、十月革命に叙述の力点がおかれ、レーニンとトロツキーの二人が主役を演じていることは言うまでもない。著者は、どちらかというと、トロツキー贔屓であるようだ――彼の悲劇的な最後からも、心情的にそうならざるをえないものがあるのであろうが。それにしても、スターリンの粛清はひどいものだ。改めて、そのことを感じたうえで、革命家というものは、狂信者と同じように、誠に非情な人間であることも感じざるをえない。

（一九九一・四・二六）

ロシア革命の謎

新人物往来社刊
（歴史読本ワールド'91・2）

雑誌。ドストエフスキーのおかげで、こんな本まで読んでいるわけだが、ゴルバチョフのペレストロイカとグラスノスチによって、ロシア革命の実体や共産主義国ソヴェトの実体が、わたしのような素人にも把握できるようになったのは、たいへんありがたい。若いころ、わたしのまわりにもいた共産主義者や社会主義者が、理想郷のように思い描いていたソヴェトの実体が、理想郷とは裏腹の、誠にすさまじい全体主義国家、弾圧国家であることをはっきりと知らされて、あきれかえってしまっ

た。　（一九九一・五・二）

シベリア流刑史

相田重夫著　中央公論社刊

〈苦悩する革命家の群像〉という副題《サブタイトル》と〈まえがき〉から、本書執筆の意図が、ロシア革命以前のシベリア流刑史を書くことにあったことが分かるが、やはり、シベリア流刑の歴史を二月革命勃発でしめくくっているのには、納得しかねるものがある。それというのも、革命でシベリア流刑に終止符がうたれたわけではないからである。本書は一九六六年に発行されたものなので、そのための制約は当然あるわけであるが、革命前のシベリア流刑の継続といえる革命後の強制収容所《ラーゲル》について、著者が一言も触れずに擱筆しているのは、読者に対して不親切すぎるのではあるまいか。たとえ執筆意図が前述のようであったとしても、また、現在、ペレストロイカとグラスノスチによって明らかにされつつあるソ連の過去の実情を、一九六六年の時点で著者が充分把握できなかったとしても、少なくとも、スターリンによる粛清の実体の輪郭ぐらいはスケッチして、それが銃殺と強制収容所に直結していることをわたしたちに示すのが、シベリア流刑史を書く著者の歴史家としての義務でもあったのではあるまいか（ただし、シベリア流刑現代史という場合、歴史家の通念として、シベリア流刑史を除くということであれば、何をか言わんや、であるけれども）。なお、本書に記述されているドストエフスキーに関することがらについては、わたしとしては幾つもの疑問を持たざるをえない。（一九九一・五・六）

ロシア教会史

N・M・ニコリスキー著　宮本延治訳　恒文社刊

五百ページ余の翻訳本。ロシアの正教や分離派の歴史については、わたしは殆ど不案内なので、読破するのにたいへん苦労した。これ一冊を読むのに二週間もかかってしまったが、これには〈不案内〉のほかに、もう一つ理由がある。訳者は外語大、ついで東大法学部を出たあと、一流企業に職を求め、それを勤めあげた人のようであり、その意味では文筆の徒ではない（歴史と美術への関心はひごろ持っていたにしても）。そのせいか、意味の分かりにくい文言のところが多く、また専門用語の不統一が目立ち、さらに誤植も多い。ロシアの宗教やその歴史を専門的に扱った日本語の本がみられない現状なので、大部の原書を邦訳された紹介の労は大いに多とすべきであろうが、それにしても、本書の文章とその印刷に対する訳者・編集者の配慮のなさは無作法とでもいうべきものであって、このような粗雑さでは、本書が受賞した〈日本翻訳出版文化賞〉の名を恥ずかしめるものであろう。

原書は一九三〇年に発行され、一九八一年に再発行されたものだが、このように五十年もたってから、この種の本が再版されたことは、おそらくペレストロイカとグラスノスチの影響によるものであろう。一九八一年の原書でも、ソ連共産党に好ましくないと思われる箇所がだいぶ削られていることが、末尾にある無署名の解題ふうの文章からうかがわれる。ロシア正教を初めすべての分派が、その出発点ではどのような意図を持っていようとも、結局は上層階級の支配と搾取の手段・組織に成りさがってしまったというふうに結論づけている論旨には、レーニンの言といわれる〈宗教は阿片なり〉を金科玉条とする安直な教条主義が歴然としているので、馬鹿馬鹿しくて、あきれかえってしまう。

（一九九一・一一・一〇）

大帝ピョートル

アンリ・トロワイヤ著　工藤庸子訳
中央公論社刊

文庫本。同じ著者によるものとして、これまでに《イヴァン雷帝》《女帝エカテリーナ》《ドストエフスキー伝》と三冊ほど読んでいるが、本書を含めて、トロワイヤの本はいずれも、正直なところ、あまり面白くない。その理由をわたしなりに考えてみると……。

この種の伝記物語は、一人の歴史的人物の履歴上の事実を骨格とし、それに潤色的な肉付けをほどこすことによって成り立っているわけであるが、作品を生かすもの、つまり、作品に生き生きとした生命を吹き込んで、主人公を血の通った生きた人間として甦らせるものは、作者の主人公その人に対する熱い思い一つであるにちがいない。この熱い思いとは、小林秀雄の言う、形見を前にして亡き児を思いよみがえらせる母親の愛情のようなものを意味しているのであるが、この思いがなければ、いかに天賦の才に恵まれていようとも、歴史上の人物を生き返らすことは到底できまい。すなわち、伝記物語の場合、主人公に生きた魂を吹き込むものこそ、作者の主人公に対する愛情なのであって、客観的な関心というものでは——そのようなものが純粋に存在するかどうかは問題であるが——、それは不可能であり、その場合、作品は歴史書としての伝記という範疇にとどまらざるをえないのではあるまいか。

以前に読んだ作品に限らず、本書でも、トロワイヤは、史書ではあまり大きく扱わないような事項、たとえばピョートルの女性関係や皇妃エカテリーナの姿態などについて細々と書き記し、とりわけ皇太子アレクセイについて六十ページ余も割いて、父ピョートルによるアレクセイ殺害までの経緯を詳しく物語っている。勿論、伝記物語であるから、ペテルブルグ建設や北方戦争その他のピョートルのかかわった事績についても、史実に基づいて描かれている（と考えられる）。したがって、わたしたちは本書から、ピョートル大帝の専制ぶりや粗暴、好色、冷酷、残酷、気まま勝手その他様々の性格の混淆した混沌《カオス》的な人間像といったものを読みとることができるのである。それで、トロワイヤをいちおう伝記物語作成に手なれた作家であるということはできるだろうが、しかし、わたしには彼が、伝記物語をつくるコツを会得してしまった職人が、あとは注文に応じて書き流しているように思われてならないのである——とくに《ドストエフスキー伝》を読んだ際にこのことを強く感じた。

（一九九二・一〇・一八）

ピョートル大帝とその時代
—サンクト・ペテルブルグ誕生

土肥恒之著
中央公論社刊

「憑かれたような行動力」をもって、ロシアの西欧化・近代化をはかったピョートル大帝（ピョートルI世）の改革についての考察。本書が啓蒙書としては手ごろな新書判というささやかな形であるためか、本書について著者は、「今後のより立ち入った考察のための見取図」と謙遜しているけれども、わたしたちは、本書によって、〈上からの革命〉といわれるピョートルの各領域での様々の改革の内容のあらましを知ることができ、その過激さについて充分に納得することができるにちがいない。

先に読んだトロワイヤの本の場合、職人《アルチザン》としての巧みな腕で、たとえば、ピョートルの行なった拷問や処刑の場面や、ピョートル自らによるひげの剃り落しの場面などがリアルに描かれているので、そのような箇所のほうが、彼の大きな業績について物語っている箇所よりも強く、印象づけられてしまう傾向があるようだ。上述のような情景のリアルな描写というものは、そのことからピョートルの特異な性格の一面が浮かびあがってこざるをえないので、ピョートルという人間をまるごと捉える場合には必要、というよりも欠くことのできないものの一つであるように思われるけれども、彼がなしとげた数々の改革の意味を考え、それを評価しようとするオーソドックスな歴史家としての立場からみれば、そのような二義的な細部的事柄にこだわることは、悪しき瑣末主義《トリヴィアリズム》なのではあるまいか。その点、本書は、まえがきのなかで「できるだけバランスのとれた構成と叙述に努めた」と著者が言うように、約三十ページというほぼ同じページ数から成る九つの章立てと、抑制のきいた筆致でなされた叙述によって、ピョートル改革の全貌を把捉して論じているので、本書を読むまで、わたしのなかでは漠然かつ雑然としたものにとどまっていたピョートル改革を、改めて整理し直して、記憶の仕切り箱にそれぞれきちんと収めることができたように思われるのである。それというのも、トロワイヤの伝記物語によっては、ピョートルという一人の戦争好きな専制者が、意のままにロシアにまきちらした改革なるものの正体を、つかみ取ることができなかったからである。

最後に、（トロワイヤの本では見逃してしまったが、）本書を読んで気がついたことを一つ。

ピョートル大帝が、西方の海への出口を求めて、バルト海の覇権をスウェーデン（カールⅫ世）から奪うために、スウェーデンに挑んで勝利をおさめたのが北方戦争（一七〇〇～二一）であるが、その陸上の戦闘に関して、ロシア軍がスウェーデン軍にとどめを刺したのは、一七〇九年のポルタヴァの戦いにおいてである。この戦いでロシア軍は圧倒的な勝利をおさめたのであるが、実は、勝負はポルタヴァ戦以前に決まっていたように思われる。すなわち、本書によると――ポーランド、ザクセンを席捲したカールⅫ世は、一七〇七年、四万五千の精鋭をひきいてドレスデンを出発し、ロシアに侵入したのであるが、一年余の転戦の間に、ロシア側の焦土戦術、パルチザン的抵抗、それに冬将軍の到来などによって、スウェーデン軍の戦力は急速にダウンし、ウクライナのポルタヴァでロシア軍主力と相対した時には、兵数・装備・糧秣・志気その他の点で、とてもロシア軍と太刀打ちできる状態ではなかったように思われるからである。敗退したカールⅫ世は、その後、農婦に変装してトルコ領内へ逃れ去ることになるのだが、その際、彼に付き従ったのが僅か一千五百の手勢にすぎなかったということを知る時、わたしはあのナポレオンのことを思い出さないわけにはいかない。北方戦争から約百年後、五十万の大軍を擁してロシアに侵入し、カールⅫ世の場合と全く同じ戦法によって破れ去り、ロシアの曠野を敗走また敗走し、フランスに辿りついた時には従うもの三万人だったという、ナポレオンのモスクワ遠征のことを。ふたりとも、〈向かうところ敵なし〉といったふうに連戦連勝の傑出した武人であったうえ、自信過剰の人物であったらしいが、その点でもふたりは好一対と言えよう。

同様の戦法を、第二次世界大戦において、強敵ドイツに対してスターリンが採用したのかどうかについては、寡聞にして知らないが、それはともかくとして、上述の三戦術がワンセットとして、世界史的な戦争において活用されたのがロシアだけであるらしいことは注目に値するのではあるまいか。三戦術のうち、パルチザン的抵抗のみは、侵略に対する場合だけでなく、反体制派・少数過激派などのゲリラ戦術として世界的に採用され、普及しているけれども、冬将軍という、北方の長い厳冬の寒さを戦術の一つとして取り込むことは、暖かい地方では実施不能であろうし、また、食糧をはじめ敵に役立つものはすべて焼きはらってしまう焦土戦術にしても、とりわけ国土が狭小な場合には、敵が参る前に、自分のほうを破滅に導きかねない可能性がたいへん高いから、危険極まりない戦術と言わねばならないであろう。以上のような理由で、上記の戦術三点セットは、自分よりも強力な敵に対する、〈肉を切らせて骨を切る〉という、せっぱつまった戦法であると同時に、国土が広大で厳冬の長いロシア以外の国では、有効でありえないにちがいない。

（一九九二・一〇・二七）

4 文学・演劇部門

オネーギン

プーシキン著　池田健太郎訳
岩波書店刊

文庫本。ドストエフスキーがプーシキンのことをロシア文学の始祖のようにみなして大いに称讃しているので、本書のページを開くのに、これからいよいよ傑作を賞味することになるぞといった、ある種の期待感、意気込みがわたしのほうにあったことは否定できない。読み終わった現在、このような期待は裏切られたように思う。プーシキンの代表作である本書において、顕著なのは、著者プーシキンの感傷癖と自己陶酔《ナルシシズム》であり、わたしにはあまりいただけない。もっとも、本作品は韻文小説ということなので、脚韻などを踏んだ読誦にたえるもの、というよりも読誦すべきものと考えられるので、原文を読誦すれば、やはり傑作ということになるかもしれない。しかし、わたしには原文を読む力がないし、将来もプーシキンを味わえるほどロシア語ができるようになるとは思えないので、池田によるこの散文訳で我慢するほかないのだが、その限りでは、かの有名な《オネーギン》がこの程度のものであったのは意外であった。

（一九九一・八・一八）

スペードの女王

プーシキン著　中村白葉訳
新潮社刊

文庫本。右記の表題のもとに、六つの中短編小説が収められている。それらのなかで《スペードの女王》と《ドゥブローフスキー》がたいへん面白い。面白さという点では、《オネーギン》をはるかに上回り、わたしは久しぶりに小説の醍醐味を味わったような気がする。

（一九九一・八・二一）

プーシキン詩抄

プーシキン著　上田 進訳　山川書店刊

一九四八年発行の書物。非常によくこなれた訳であって、詩の翻訳としては最良クラスのものであろう。訳者は、本名尾崎義一（一九〇七～四七）で、演劇評論家・尾崎宏次の実兄とのこと。ペンネームは、幼くして母親を亡くしたため長野県上田の親戚の家で育てられたことにちなむのであろう。

（一九九一・八・一三）

イワンのばか　他八篇

トルストイ著　中村白葉訳
岩波書店刊

文庫本。民話風の短編小説。訳者は、巻末の解説において、ロマン・ロランの言葉などを援用して、これらの短編小説を大いにもちあげているけれども、わたしには、これらの小説をトルストイの天才のあらわれ、さえなどとして賞讃する気持にはなれない。わたしはこの小説集をそのような面で評価するよりも、その骨格をなす作者の思想・信条の底に、カトリック的信仰とは異なる、ロシア民衆にみられる土俗信仰的なものが息づいていることに注意したい。それはロシア正教的なものをもみだしかねないように思われ、そのことは《イワンのばか》という表題そのものにも端的にあらわれていると思う。

トルストイを読むのにことさら理由をつける必要はないとは思うが……ドストエフスキーは、《作家の日記》のなかで《アンナ・カレーニナ》の主人公のひとりで作者の思想の代弁者であるレーヴィンの思想を強く批判したり、また、ムイシュキン公爵に《戦争と平和》の作者トルストイ伯爵と同じ名前（レフ・ニコラエヴィチ）をつけたりしているので、トルストイに対する関心の強さはライバル意識に近いものがあったように思われる。わたしは、トルストイのおもな長編については若いころ一応読んだことは読んだけれども、勿論、その内容については現在、忘却のかなたにある。いずれ読み返さねばなるまいと思っているが、その露払い、その手始めとして本書のような短編から読み始めたわけである。

（一九九一・八・四）

アンナ・カレーニナ

トルストイ著　木村 浩訳
新潮社刊

文庫本で、上・中・下三巻より成る。トルストイのこの著作を、最初は中村白葉の訳で読み始めたのであるが、中村訳は読みにくくて分かりづらく、また誤訳らしきものも多々ありそうな気がしたので、木村浩訳の本書を探し求めてきて、改めて読み返した。中村訳のものを含めて、本訳書を通読し終えるのに一か月以上もかかってしまったが、これは、その間、友人の葬儀や欠かすことのできない義理が重なり、雑事に追われたせいもあるが、むしろ、このトルストイの長編を精読するには、それだけの時間が必要だったと言えるのではなかろうか。

トルストイも世界文学史上のもの凄い巨人であることは疑いえないが、ドストエフスキーのほうがより底が深いというのが、本書を読んで得た、わたしの確かな感触である。それにしても、その訳業に大いに敬意をはらっていた中村白葉の翻訳が、大したものではなく、たいへん問題のあることを発見したのは意外であった。（一九九四・七・一五）

蜘蛛の糸・杜子春

芥川龍之介著　新潮社刊

文庫本。《カラマーゾフの兄弟》のなかに、グルーシェニカがアリョーシャに〈一本の葱〉という話をして聞かせる場面があるが、この〈一本の葱〉の筋立がはるか以前読んだことのある《蜘蛛の糸》のそれとそっくりなのを思い出し、新潮文庫の一冊として出ていた本書を買い求めて、改めて読み返してみたもの。この文庫本には、《蜘蛛の糸》のほか十編が収められているが、これらの掌編のうち、やはり《蜘蛛の糸》がピカ一である。かつてはすごい作家だと思い込んでいた芥川が案外つまらないものも書いているのには些か驚いた。（一九九〇・三・一八）

詩人・地霊

大佛次郎著　朝日新聞社刊
（大佛次郎ノンフィクション全集②）

前者は、テロリスト・カリャアエフたちによるモスクワ総督セルゲイ大公の暗殺事件をドキュメンタリ・タッチで描いた短編小説であるが、単に事件の進行を時間的に追うにとどまらず、ここには、カリャアエフの詩人らしい純真さと潔さとが浮彫にされている。後者は、エス・エル（社会革命党）のテロ実行団のリーダーでありながら、実は秘密警察のスパイであったアゼフという人間を描いたもので、筆者は、このような二重スパイ・アゼフを帝政ロシアという専制政体下の官僚制度が生み出した化物とみているようだ。どちらの歴史小説からも、ロシア革命前夜のテロ横行という暗雲ただよう情勢が読みとれ、その中でうごめく登場人物たち、とりわけカリャアエフ、アゼフ、サヴィンコフ（ロープシン）たちが生き生きと描かれているので、感銘も強い。なお、本書とその前に読んだ《蒼ざめた馬》（ロープシン著、川崎浹《とおる》訳、岩波書店刊）は、一か月ばかり前に読んだ《ドストエフスキーの黙示録》（佐藤章著、朝日新聞社刊）に触発されて目を通したもの。

（一九九三・五・九）

相楽総三とその同志

長谷川伸著　中央公論社刊

文庫本（上・下二冊より成る）。本書は、冒頭の〈自序〉にも記されているように、明治維新時に、諏訪湖畔で賊名を着せられて斬られた相楽総三とその一党に対する雪冤・顕彰のための秘史というべきものであって、いわゆる小説ではない。しかも、収集・準拠した資料そのものが、口伝的なもの、個人的な覚書や日記的なもの、はたまた藩史的なものといったふうに、その性格が種々雑多であるうえに、それぞれが精粗まちまちで、かつ内容的に齟齬していることもまれではないのに、それらが本文中にほとんど投げ出されたような形で引用、提示されているので、決して読みやすい書物とは言えない。けだし、百七十冊以上という、おびただしい資料を集め、それらに目を通して、このような史伝ふうの著述をあらわした作者・長谷川伸の意気を壮とすべきであろう。いずれにしても、政治的意図・策謀のむごさと非情さとを本書からも切実に感じさせられたと言わねばなるまい。なお、新体詩《孝女白菊の歌》の作者として有名な歌人・落合直文《なおぶみ》の養父直亮《なおあき》が、勤王の志士として相楽の片腕的存在であることを知ったのは、本書から得た大きな収穫の一つである。

（一九九三・一二・二〇）

ロシア滑稽譚

アファナーシエフ編　中村喜和訳
筑摩書房刊

フランスや日本などで採録されたエロ話よりも、本書の滑稽譚は、総じてよりあけすけで露骨であるように思われる。司祭など僧侶の強欲や好色が、対象として数多くとりあげられているような印象を受けた。なお、本書を読んだ限りでは、ロシアのエロ話においては、他国の場合よりもスカトローギヤ скатолóгия が大いに幅をきかしているようであるが、これには何かロシア特有の理由があるのであろうか？

（一九九三・八・四）

破戒

島崎藤村著　日本近代文学館刊

初版（明治三九年刊行）の復刻版。古本屋でわずか三百円で手に入れた掘出しもの。小説家としての藤村の処女作とでもいうべき作品で、藤村三十四歳の著作（これ以前に、藤村は小説として習作を二、三書いてはいるが）。本作品は、被差別部落出身の教師・瀬川丑松を主人公にとりあげて、この人物の社会的圧力に対する苦渋・苦悩や抵抗を描いたものとして有名であるが、わたしは、はるか以前、十代終わりか二十代初めごろに読んだようなおぼろげな記憶がある。今回、読んでみて、父の戒めを破ったあとの主人公の身のふりかたなどに、あまりにも通俗小説的な甘さを感じざるをえないけれども、そして、また、そのような甘さの中に差別問題を融解させてしまったようにみえる作者の姿勢にたいへん不満ではあるけれども、丑松像はなかなかよく描けているように思う。

なお、脇役として登場する酔いどれ・風間敬之進とその一家の描き方のなかに、《罪と罰》のマルメラードフとその一家のかすかな反響のようなものを感ずるのであるが、これは、わたしがドストエフスキーにかぶれてしまったせいであろうか？——と書いたところで、《破戒》と《罪と罰》とのかかわりについて、それを指摘している評家がいるのに、ひょいと気がついた。この問題について、詳しくは、《ドストエフスキイと日本人》（松本健一著、朝日新聞社刊）を参照されたい。

（一九九四・七・二六）

兄　小林秀雄

高見澤潤子著　新潮社刊

久しぶりに小林秀雄の語り口を味わい、小林秀雄が凄い男であったことを改めて感じさせられた。本書はその一例であるが、肉親や配偶者などによるある人間についての証言や思い出については——たとえば、ニーチェの場合の妹による伝記や、ドストエフスキーの場合の夫人や娘による回想、さらに和辻哲郎の場合の夫人による思い出など——、それが肉親（またはそれに準ずる者。以下、この語句を省略）によるものであることを充分考慮に入れて読みこなさなければならないであろう。そこには肉親であって初めて伝えうる未知の情報がたくさん潜んでいるとともに、肉親であるための無意識の身贔屓も隠れているように思われるからだ。だからといって、そこに書かれていることがらを頭からすべて割り引いて読むべきだというようなハシタナイことまで言うつもりはない。誰にだって、人生において自分が出会った様々の人たちに対する好悪の情はあるわけであるが、そのような感情のあるものと当の肉親への思いとがないまぜになることによって、現在の自分が回想の対象として物語っている人物その人が、はからずもよりよく浮彫りにされ、より生き生きとした現実性を持ちうることがよくあるからである。この本の場合、若い小林秀雄と長谷川泰子との関係について、著者の証言のほうをそのまま信じたいのであるが、若い男女の関係というものこそ摩訶不思議なものであるから、二人の当事者のうち一方の手紙の文言だけに頼った証言をそのまま鵜呑みにするわけにはいくまい、という思いもするのである。また、小林秀雄が殺されかかったという話が幾つか書かれているが、大袈裟すぎて、著者がそれらに噂以上の信をおいているのはどうかと思われる。こんなことが小林秀雄伝説のもとになるのではないか⁉

（一九八九・二・二四）

カラマーゾフの兄弟

脚本 八木柊一郎　演出 千田是也

先日、東京・六本木の俳優座劇場で、ドストエフスキー最後の長編小説にもとづいた演劇作品の劇団俳優座による公演を観る機会をえた。ビデオや映画ではなく、生《なま》の人間が演ずる生の芝居に久しぶりに接したので、軽い興奮めいたものを感じるとともに、原作を新しい観点から——見習い僧であったアリョーシャが修道院を出てからやがて革命家に変貌するという観点から、見直そうとつとめているので、その目新しさとの出会いに、いささか緊張感めいたものを感じないわけにはいかなかった。

観劇後の感想を記すとすれば、次のようになるだろうか。

①脚本は、アリョーシャがのちに皇帝暗殺の首魁・革命家になるという想定のもとに書かれている。実際に、開幕した途端に観客が目にするのは、舞台正面上方に、暗闇の中から浮かびあがるように現われる、処刑されたアリョーシャ、（イエスの場合と同じように）十字架にかけられたアリョーシャと、それを取り囲みながら、その死を悼むというよりはむしろ〈この人を見よ〉と言わんばかりにアリョーシャを片手で指し示す、コーリャら少年たちの成長した姿であり、ついで、その下方の暗闇から浮かび出る、アレクサンドルⅡ世の大きな肖像写真である。ちなみに、アレクサンドルⅡ世が〈人民の意志〉党員によって暗殺されたのは、一八八一年の三月一日であるが、これは、ドストエフスキーが死んだ日（一月二八日）からほぼ一か月後のことである。

②このようなアリョーシャ革命家説とでもいうべき見方は、

ドストエフスキーその人が「次に書く長編ではアリョーシャが主人公で、修道院を出てからの彼を革命家にしてみたい。彼は政治犯として罰せられる、云々」と、一八八〇年二月に自分に語ったと記している、ジャーナリストのA・S・スヴォーリンの記録あたりがもとになっているもののようだ。わたしは、この件についてのスヴォーリンの証言を、新潮社版全集の別巻《年譜》（L・グロスマン編）中の記載を通じて知ったのであるが、江川卓は、その著書《謎とき『カラマーゾフの兄弟』》のなかで、このことに関して強い関心を示し、アリョーシャ革命家説に左袒《さたん》しかねないような勢いである。すなわち彼は、書かれざる《カラマーゾフ》第二部では、アリョーシャを革命家にするという構想が作者の胸中にはぐくまれていたのではないか、という指摘が、グロスマンをはじめ多くの研究者によってなされていることを断ったうえで、彼自ら〈カラマーゾフ〉という言葉についての言語学その他の面からの考察や、作家の13という数へのこだわりの分析などを通じて、アリョーシャ革命家説を裏づけるかのように論旨を展開している。

ここで、アリョーシャ革命家説に対するわたし自身の態度を問われるとすれば、わたしは、今のところ、これは賛否どちらかの結論を出せるような問題ではない、と逃げるほかない。スヴォーリンの証言にしたところで、それは、当時（一八八〇年二月中）続けざまに起こったテロ事件によって衝撃を受けて興奮したドストエフスキーが、思わず口走ったものだと受け取れなくもない。作家は、たいへん筆まめなくせに、この件についてはメモなど何一つ書き残していないようだし、またアンナ夫人も、《回想》のなかで、「第二部のプランは、彼がしていた話や覚え書きからすると、きわめておもしろいものだったが、とうとう書かれずじまいになってしまったことは、かえすがえすも残念でならない。」と言っているだけである。もっとも、かりにアリョーシャ革命家説を夫人が聞かされ、さらに（限度というものをわきまえない作家のことだから）アリョーシャによる皇帝暗殺の構想が語られたとしても、あるいは、それが記されたようなメモなどが残されていたとしても、常識的かつ実務的であったアンナ夫人は必ずやそのようなメモ類を破棄し、そのような夫の構想を自分の脳裡から抹殺してしまったにちがいあるまい。それというのも、ドストエフスキーの生み出した主人公（もしくはそれに準ずる登場人物）は、《罪と罰》では虫けらのような金貸し婆さんを叩き殺し、《白痴》では美しい情人を刺し殺し、《悪霊》では裏切った同志を撃ち殺し、《カラマーゾフの兄弟》では自分の父親を殴り殺してきたわけだから、この流れの行き着く先が、主人公による皇帝暗殺になったところで、作家ドストエフスキーの頭のなかでは小説構想上ごく自然の成行きにすぎなかったとしても、ツァーリ体制が、これまでの小説の場合と同じように、それを大目にみることはあるまいと思われるからである。これまで、ツァーリ体制の触角《アンテナ》は、シベリア帰りの彼の作品に胡散くささを感じとっていた筈であるが、作者の真意をつかみとれないままに、作品とその作者とを目こぼしするどころか賞讃すら与えていたのである……。晩年は熱烈な正教信者であることを標榜し、宮廷内での覚えも悪くなかったように思われるドストエフスキーではあっても、皇帝暗殺は赦されまい、たとえ、それが小説のなかで否定的ないし批判的に描かれる事件であったとしても。作家の死直後（一月三一日）に十歳前後の子供をふたりかかえて生きていかねばならなかった夫人は、〈故人のロシア文学への貢献〉に対して二千ルーブリの遺族年金が下賜される旨の蔵相の書簡を受け取っていたから、その立場からも、夫のアリョーシャ革命家構想は、それがどんな形のものであれ、すべて、夫の死とともに葬り去らねばならないものであったにちがいない。

《カラマーゾフ》第二部でのアリョーシャの役割を打ち明けられたスヴォーリンについては、彼のところで最後の《作家の日記》が印刷されていることが、《年譜》の記載から分かるが、さらに死の床についたドストエフスキーを見舞い、作家の死後、自分の編集する《新時代》に追悼文を書いているくらいなので、彼と作家との付合いが、少なくとも晩年は親しいものだったと想像される。しかし、その彼にしても、追悼文のなかで、おそらく単なる臆測からであろうが、作家が幼いころから癲癇発作で苦しめられていたなどと書いたために、作家の弟アンドレイから抗議を受けたのだから——ただし、作家の持病である癲癇がいつごろ発病したのかについては、現在でも諸説紛々として定説はない——、スヴォーリンの証言を鵜呑みにして信じきってしまうのも考えものであろう。

③終幕近くなって、アリョーシャが言う科白——「これまではミーチャ兄さんが好きだったが、今ではイワン兄さんが好きだ」という科白は、ゾシマ長老亡きあと、心情的にも思想的にもイワンのほうに傾き、近づいていくアリョーシャの姿勢を明示するものであり、このあと、彼が革命家への道を歩み出すことを暗示するものと言えよう。

④フョードル役の松野健一は適役で、うますぎる。スメルジャコフ役の中寛三の演技は道化的すぎるのではないか。イワン役の武正忠明は、容貌があまりにふくぶくしすぎて、わたしのイメージに合わない。〈春先に萌え出る粘っこい若葉〉に憬れ、生を渇望しながらも、冷徹な論理の歯車に押しつぶされていくイワンという男の顔は、それがどのようなものであれ、少なくとも贅肉がすっかりそぎおとされてしまったものであるように

思われてならないので。カテリーナ役の川口敦子は、半年ほど前に亡くなった、わたしの大事な友人Y氏の夫人にそっくりなのには驚き！　世の中には自分に瓜二つのそっくりさんが必ず一人はいるもの、と俗にいわれるが、まさしくその通りである。その他の役者たちも熱演していて、なかなか見ごたえがあったけれども、イリューシャ役の少年だけは、科白も一本調子のうえ、演技そのものもつたなく、演技以前のもの。このごろの子役、といっても、テレビなどで見かける子役の演技は、外国物に出てくる子役に負けず劣らず、上手になってきたと思っていたのだが、天下の俳優座が劇団創立50周年記念公演と銘うって上演された自信作の《カラマーゾフ》で、このような子役の演技を観せられるとは、これまた驚き！

⑤邦訳で千ページもある、ドストエフスキーのこの大長編のあらましを、三時間ほどで演じきるのは、宗教や修道院に関連する場面などを大幅にカットしたにせよ、やはり無理だったのではなかろうか。いちどは、ともかくもこの小説を終りまで読んで、あらすじを飲み込んでいる観客でなければ、この俳優座上演の《カラマーゾフ》の筋書を辿ることさえ、むずかしかったのではなかろうか。ちなみに、同じ原作を映画化したものに、イワン・プイリエフ監督によるソ連映画《カラマーゾフの兄弟》（一九六八年作）がある。これは上映時間三時間三〇分ほどのものなので、俳優座上演のものと時間的な点ではあまり差がないわけであるが、このソ連ものでは、コーリャやイリューシャなどの少年たちはすべて抹消され、したがって、小説の掉尾を飾るというべき、少年たちによる「カラマーゾフ万歳」の唱和場面もない。勿論、アリョーシャ革命家説などは影も形もない。しかし、カラマーゾフ家の人たちとカテリーナ、グルーシェニカというふたりの女性とのかかわりに焦点を合わせて描いているので、たいへん分かりやすい。分かりやすいという点だけから、本場のソ連ものに軍配をあげるわけにはいかないが、それでは俳優座のもののほうがいいか、というと、そうとも言えまい。なにしろゾシマ長老などは、舞台へ出てきたかと思うまもなく死んでしまうのだから、《カラマーゾフ》なるものに初めて出会った観客などは、あの坊さんらしい人は、いったいどんな人で、どんな理由で舞台に登場したのかほとんど分からないうちに、幕が降りてしまうに違いない。三時間という上演時間の枠がはずせないとするならば、やはり、脚本（筋書）として原作のより大胆な省略と、より要領のいいしぼり込みが必要だったのではあるまいか。

（一九九五・二・一）

5　ドストエフスキー論　およびその周辺

ドストエフスキーのペテルブルグ

後藤明生著
三省堂刊

ここ一か月の間に、江川卓、中村健之介、木村浩、それに後藤明生と、四人のドストエフスキー関係の書物を読んだのであるが、それぞれなかなか面白かった。これらの本によって、わたしは自分がロシアという国、ペテルブルグという都市、ドストエフスキーという人間をあまりに知らなすぎたことを知らされたのであるが、このことは、ドストエフスキーの作品の読後感などを書きとめたノートの一部を、すでに本の形にして発表してしまったことに対する慚愧の念と羞恥の思いを強めるとともに、わたしのドストエフスキーへのアプローチ熱をさらに昂めることになった。

（一九八八・七・二〇）

ドストエフスキー人物事典

中村健之介著
朝日新聞社刊

たいへん得るところの多い本で、ありがたかった。この本から得たことや、この本の評価については、これからのわたしの仕事のなかで示すことになるだろう。それで、ここではあれこれ書き記さないことにする。ただし、スメルジャコフについての著者の見解にはにわかには賛成しがたいし、また事実誤認もみられる（スメルジャコフは遺書を残しているのに、「遺書もないその死は、云々」と著者は書いている）ことだけを、ここでは指摘しておきたい。

（一九九一・五・一四）

ドストエフスキイ
―その生涯と作品

埴谷雄高著　日本放送出版協会刊

二百ページ足らずの小冊子のなかで、著者は巨人ドストエフスキーを自分のものとしてつかまえ、見事に腑分けしてしまっている。評伝はこのように書くべきだ、というお手本のような本である。先に読んだ中村健之介のもの（《ドストエフスキー・生と死の感覚》）が、作家の生理と心理に力点をかけすぎているような感じを受けたが、この本は正攻法で作家の思想・魂に真っ正面から迫っている。本書についても、これからのわたしの仕事のなかで（何らかの形で）論ずることになるだろうが、取り敢えず、一つ二つ抜書きしておくことにする。

――《戦争と平和》がロシア生活の貴重な遺産というなら、この《カラマーゾフの兄弟》は人類の魂にとって貴重な遺産となりました。そこで扱われているのは、多数者と少数者についての政治的自由の問題ばかりでなく、いわば、自由の基本的な問題ともいうべき精神の自由の問題の徹底的な検討でした。そして、その追求の仕方は徹底的でしたが、主題の出し方は極めて単純であるところに、ドストエフスキイの考察法の力強さがあります。シベリア流刑中、ドストエフスキイは聖書を唯一の魂の支えの書として読んでいましたが、この最後の作品の主題は聖書から取られた単純なもので、一口にいえば「ひとはパンのみにて生きるものにあらず」というわずかの一章句です。

――私達はこの手紙では、「棺を蔽われるまで不信と懐疑の子」であるドストエフスキイが「真理よりもキリストとともにある」と述べている一方の筋道を読んでいるのですが、しかし、この構文を、「真理よりもキリストとともにある」ドストエフスキイが「棺を蔽われるまで不信と懐疑の子」であると逆さまにひっくり返して読んでも、作家ドストエフスキイにとってなんら不思議ではなかったのでした。

（一九九一・五・一七）

ドストエフスキイ

加賀乙彦著　中央公論社刊

本書によって大いに啓蒙された。感銘をうけた点を幾つかあげれば、作品を解く鍵の一つとしての癲癇の発見、ドストエフスキーと父親殺しについてのフロイト説の紹介とその批判、またジッドの主張する《地下室の手記》の重要性の見直しなどがある。なお著者は、《地下室の手記》の主人公を意識の病人と規定し、それに関して次のようなことを言っている。

――彼は際限もない自己分析を繰返す。「諸君、誓っていうが、あまり意識しすぎるということは、それは病気なのである。間違いのない本ものの病気なのである」と。では、意識の病気とは何か。それは合理的な法則に従わないことである。一見まったき自由でいくらでも考えることができながら、考えたとおりに自分を律することが不可能なことである。これを地下生活者は理性に対する意欲の優位というふうに要約している。「理性は要するにただ理性であって、単に人間の理知的能力を満足させるにすぎない。ところが、意欲は全生活の発現であって、理性も人間の卑近な生理的作用をも含む人間全生活の発現なのだ」と。ここに意欲がその根源を〈生理的作用〉に、つまり肉体にもっているという指摘がある。意識を人間の精神活動というふうに狭く解する常識的な見方では地下生活者の思想は解読されない。意識の矛盾撞着のもとが肉体に奥深く漬かった部分からくるという洞察には、癲癇者ドストエフスキイの切実な体験がこめられているのだ。癲癇は意識が肉体の痙攣によって不意に中断される病気なのである。意識は、何か意識自体といったような霊的な存在ではなく、肉体と不可分に結びついていることの意義を、ドストエフスキイほど深く徹底的に了解していた作家を私は知らない。

（一九九一・六・一二）

ドストエフスキー

E・H・カー著　松村達雄訳
筑摩書房刊

たいへんすぐれたドストエフスキー論で、感心してしまった。著者は政治学者、歴史学者として知られる（という）が、三十九歳という年齢で、ドストエフスキーを原文で読破し理解し、このような優れた評伝を書きあげてしまったのは驚異！　これは勿論、著者の豊かな才能を示すものであろうが、イギリス人である著者が、西欧人として、またキリスト教圏の人間として育ったことも大いに寄与しているのではあるまいか。（訳文もよくこなれた名訳といっていい。）以下に、感銘をうけた文章を二、三、書き抜いておこう。

――ソーニャの中に、のちに彼の宗教的、道徳的信念の中心的真理となる教義、苦難を通じての救済という教義の萌芽をみとめることができる。ただし、それは萌芽にすぎない。

――かくてムイシュキンの理想は、行動よりもむしろ受難にあらわれ、行動を感情より軽視する。人間と人間との道徳的、心理的関係がいちばん重要となり、そこから出る行動は割合どうでもよいのである。感情と行動が相反するときは、西欧の人々はいつも行動を優先させてきた。そして、西欧的なキリスト教は、宗教を一定の行動を命じたり禁じたりするものとますますみるようになってきた。だが、ドストエフスキーのほうが福音書にみられる原始キリスト教の伝統をいっそう正確に反映していることを示すのはそれほど困難ではないだろう。ヘブライの十戒と比較してみると、イエスの二大戒律は行動ではなく、感情の状態を求めていることが分かる。すなわち、神を愛せよ、隣人を愛せよ、である。初期キリスト教倫理の最も特徴的な言葉である至福は、ある徳の状態がもつ幸福（「心の清きもの」「あわれみ深きもの」「義に飢え渇くもの」）、また今日では一般に本来美徳とはみられないある状態の幸福（「心の貧しきもの」「柔和なるもの」「悲しむもの」）をはっきりさしている。八つの状態のうちでただ一つ（「平和をつくり出すもの」）のみにおいて、イエスはなんらかの行動の幸福をみとめているが、これとてもむしろ消極的な行動である。そして、地上におけるイエスの最高の業績が、父なる神の意志にしたがって受けた「受難」であるということはたしかに重要な意義がある。ムイシュキンのうちに苦悩と屈従という最高の倫理を描くことによって、ドストエフスキーは近代文学における原始キリスト教の理想の唯一の読むにたえる表現をわれわれに提供しているのである。

――ロシアの教会は、ラテン系の教会においてみられた処女性の尊重というようなものを持っていない。ロシア民衆のマリア崇拝では、処女としてではなく、母なる女神としてマリアは崇拝されている。またドストエフスキーが処女性を特に重んじているようにも思われない。

――彼の宗教的信念がまだその最後の形をとらない時でさえ、彼は苦悩と罪との密接な関連を心ゆくまで描き出した。彼は、罪を苦悩の原因とみなす、西欧ならびに東洋の神学者たちの通俗的誤謬に決しておちいらなかった。彼は、苦悩は罪を赦すために必要な心理的条件であるとかたく信じた。ドストエフスキーにとって重要と思われた寛恕は、他人によるものではなく、罪人自身が自らを赦すことなのであった。それは罪人自身の良心の過程であった。そしてこの寛恕は、自ら進んで苦悩に身をゆだね、自ら進んで苦悩を求めることによって、はじめて獲ち得られるであろう。

（一九九一・六・二九）

謎とき『カラマーゾフの兄弟』

江川　卓著
新潮社刊

これまた優れたドストエフスキー論であり、作品論である。本書を読むことによって、ドストエフスキーという人間の理解と《カラマーゾフの兄弟》の理解が、思いもよらぬ別の角度から深化されたというべきであろう。作品の題名や登場人物の名前など、原語であるロシア語の語源学的な探索は、方向や手順などの点で、前著の《謎とき『罪と罰』》の場合以上に的を射ているように思われ、感心するばかりである――これには、わたしがロシア語を知らないことも大いにあずかっているのであろう。ただし、アリョーシャが十三年後に革命家（あるいは革命組織の黒幕）となって、皇帝を暗殺して死刑になるのではないかという予見、見通しについては、にわかには賛成しかねる。このことについては、《カラマーゾフの兄弟》を論ずる際に、よく考えてみたいと思っている。

（一九九一・七・五）

謎とき『白痴』

江川　卓著　新潮社刊

著者はこれまで、ドストエフスキーによってその作品――たとえば《罪と罰》や《カラマーゾフの兄弟》――中に秘め隠されたと思われる幾つもの謎の所在をさぐりあて、その正体をときほぐすために、語源学的探索法とでもいうべき手法を採用し、それをいろいろの場合に適用して、他の評家が論及しえなかったような興味ある有益な成果を収めつつあるように思われる。

勿論、著者は謎ときにあたって、この手法一辺倒という姿勢をとっているわけではないが、本書でも、この手馴れた手法はよく生かされている。すなわち、主人公たちの名前の由来、原義などの考察や、ロシア語から移し換えられた言葉としての日本語の語感・意味からは全くうかがい知ることのできない、原語（ロシア語）同士間の親縁関係などの語源学的考察を通じて、ドストエフスキーがしかけたとされる謎の正体に迫っている。そこには著者の蘊蓄がにじみでていて、大いに啓蒙される。したがって、それらについては、著者の腕のさえに感嘆するほかないのであるが……。

本書において著者は、《白痴》に描き出されている幾つかの情景や会話などを、証拠として読者の前に提出することによって、ムイシュキンを不能者、ロゴージンを心因的なインポテンツと断定している。つまり、ムイシュキンは女性とは性的交渉をもてないのが常態であり、ロゴージンは相手しだいで一時的に性交不能におちいるとみなされているわけであるが、著者は、この事実こそが《白痴》解読の第一のキーポイントだと考えているようである。

これまでにも、ムイシュキンとロゴージンの性の肉体面に関して、著者の見方と同じような推測をめぐらした人はいないではなかったように憶えているが、そのような人にしても、著者のように、具体的な根拠を示して断定してはいなかったはずである。したがって、深遠なドストエフスキー山を取り囲む壮大な作品群の一つ、謎だらけの《白痴》という暗くて奥深い森の中を、とりわけ、ムイシュキンとロゴージンとの謎めいた交渉・関係や、彼らとふたりの女性（ナスターシャとアグラーヤ）との謎めいた交渉・関係に悩まされながら、辿るべき道を失ってさまよっている読者にとって、著者のこのような説得力のある見解に出会うことは、暗い森の中で、思いもよらず、光の射し込む明るい草地にぶつかり、そこに道しるべを発見したようなものであろう。しかし、道しるべがあったからといって、たやすく森を抜け出せると安心するのは早とちりであろう。本書での論点が多種多様であるように、《白痴》の森には、ほかにもいろいろの魑魅魍魎のたぐいが住んでいるから、それらの怪物たちにたぶらかされずに何とか森を抜け出せるかどうか、それは読者自身の努力というか、いわば執念のようなものにかかっているように思われる。

　ところで著者は、ナスターシャという複雑な個性の一面を、〈男なしではいられない女〉として捉えているのであるが、その根拠として、彼女自身の言葉を本書のなかで二度もとりあげているので、それを次に掲げてみよう。

　――ところがそこへこの男がやってきて、一年に二か月ずつ泊っていって、けがらわしい、はずかしい真似をさせて、さんざん熱くして、男なしじゃいられなくさせておいて、行ってしまうんです。……（傍点は大森による。なお、文中に出てくる〈この男〉とは、ナスターシャを囲っていたトーツキイのこと。）

　しかし、この同じ箇所は、著者自身が〈みごとな訳〉と認めている木村浩訳の《白痴》では、次に示すように、終わりのほうが、まるっきり正反対の意味にとれるように訳されている（ただし、前掲引用文の傍点部分にあたるところだけを示す）。

　――けがらわしい、恥ずかしい、腹の立つようなみだらなことをして帰っていったんです。

　米川正夫訳も、木村訳と殆ど同じ言葉で同じ意味にとれるように訳してあることから、江川訳が独自なものと考えて差支えないように思われる。わたしにしても、このような江川訳で《白痴》を読んだのなら、ナスターシャがからむややこしい三角関係の実体や、ムイシュキンの彼女に対するわけの分からない恐怖の原因などを考えるにあたって、ナスターシャの〈ならない性となってしまった〉激しい性的欲求に気をとめ、それを考慮に入れたにちがいないのではないか、と思うのである。

　著者が問題の箇所を、文脈的・語学的見地からこのような独自な翻訳をこころみたのか、あるいは、ムイシュキンの不能という予断とからんで、敢えて大胆にこのように訳出したのか、あるいは、その両方の理由によるものなのかは分からないけれども、日本語で読むしかないわたしたちとしては、翻訳上の細かい問題の形をとってはいるものの、《白痴》全体の理解にもかかわる大きな問題として、このことについての識者の意見を聞きたいものである。

（一九九四・一〇・一九）

ドストエフスキイの生活

小林秀雄著　創元社刊

若年のころ読み、感心しきってしまった印象しか残っていない本書を――本書のどこに感激し、何に感銘を受けたのかなどは殆ど記憶にないが――六十を越した今、改めて読み返してみたわけである。今読んでみると、著者の才気煥発や青年客気（?）などが鼻につかないわけではないが、それらにないまぜになってユニークな見解が随所で披瀝されているので、やはり優れたドストエフスキー論であると言える。本書執筆当時三十七歳の著者が、ドストエフスキーの作品のみならず、その伝記や評伝、作品論、書簡などにいたるまで、広く渉猟しているのには、当然のこととは言いながら、大いに感心しました。ドストエフスキーの人間を知るための重要な鍵として、《作家の日記》を挙げているが、この点についてはわたしも同意見ではあるものの、その見方についてはにわかに賛成することはできない。今回は単行本（一九三九年初版の十二版・一九四七年発行のもの）を読んだのであるが、日を改めて、おそらく来年あたり、小林秀雄の全集本（新潮社版）所収のドストエフスキー論をまとめて読むつもりなので、これについても、その時さらに再考したいと思っている。

（一九九一・一一・一八）

ドストエフスキー――芸術と病理

荻野恒一著
金剛出版刊

作家の持病である癲癇にスポットライトをあてた精神病理学的報告書。ドストエフスキーの幾つもの作品において、主要な登場人物が癲癇持ちだったり、癲癇発作時やその前兆時の情景が（患者の心象風景をも含めて）克明に描出されたりしているが、それらが作者自身の病気の作品への投影であることは断るまでもあるまい。だから、癲癇という病気の正体や、ドストエフスキーにおけるその病気の在り方を知ることは、彼の作品を理解する手がかりの一つをわたしたちに与えることにはなるだろう。しかし、それは飽くまでも〈理解する手がかりの一つ〉であって、それだけで彼の作品が割り切れるというしろものではない。ドストエフスキーは癲癇持ちだったから、あのような作品が書けたのだ、と一応言うことはできるだろうが、実はこの言いぐさは正しくないと思う。彼は生涯、癲癇に悩まされ続けたとはいうものの、彼にはこの持病にある距離をもって対し、それを手玉にとることのできる天才があったから。この天才によって、彼はあの壮大、深遠なドストエフスキー的世界を創造したわけであるが、この世界のなかでは、彼の持病などは一つの素材としての意味しかなかったのではなかろうか。

なお、本書には評論家や学者などの考察が幾つも引用されているが、その引用の仕方は粗雑で不正確であり、そのことは、文章の堅苦しい点や誤植が比較的多くみられる点とともに惜しまれる。

（一九九一・一二・四）

無知とドストエフスキー

遠丸　立著　国文社刊

著者は、わたしと同年の生まれで、三十代の後半からドストエフスキーについて論じてきた評論家であるようだ。本書によって啓蒙された点も多いが、賛成しかねる見解もまた少なくない。それはともかくとして、以下に、目にとまったところを幾つか、大分長文にはなるけれども、書き抜いておきたい。

——もしマリのいうように、スメルジャーコフがイヴァンの〈影〉であるという見方が許されるなら、アリョーシャはドミートリイの（そしてイヴァンの、でもあるが）〈内奥の声〉そのものの肉化である、とみる見方が成立する。じっさい登場人物としてのアリョーシャは、〈少年の群れ〉にとりかこまれている箇所を除いては、リアリティが稀薄であるという欠点を、到るところで暴露せざるをえない。この長篇の主人公は、したがって、多くの評者が指摘したように、ドミートリイであるといえる。ドストエフスキーは「創作ノート」のなかで、「第六篇ロシヤの僧侶」をもってこの小説の極致と考え、このテーマのために作品全体を仕上げたと記しているが、たしかに一篇のなかに占めるゾシマ長老の回想のくだりの比重は大であり、その中の一挿話（後述）から、この小説のモチーフを汲みとる眼をもつことなしに、《カラマーゾフの兄弟》の真の読者を僭称することはできないだろう。これに較べれば、あの有名な「大審問官」の章などは、極論すればキリーロフの二番煎じにすぎず、作者の用いた素材の重要性の番付において、より下位の位置しかあたえられていないはずである。〔原文改行〕《カラマーゾフの兄弟》の主題は、たぶん、ドミートリイの受難をもって、ゾシマの開眼の秘密を絵ときしてみせたところにあったし、あるいは、ドミートリイによって第二のゾシマ長老の誕生の過程を表現しようとしたところにあったとみてよい。この意味ではドミートリイは青年ゾシマであり、ゾシマは四十年後のドミートリイなのである。放蕩無頼の青年将校ゾシマは、恋の鞘あてを解消すべく、決闘という最後の手段を選択する。しかし幼年時、彼の兄であった人の追憶から、一種の回心を体験した彼は決闘の朝従卒に土下座してそれまでの非礼をわび、決闘の相手と和解するが、一方肉欲に沈湎したもうひとりの放蕩無頼の徒、ドミートリイもまた、弟アリョーシャの存在によって、真の愛の思想家として転生すべき端緒をつかむ。〔原文改行〕したがって、《カラマーゾフの兄弟》の主題は、たとえば、イヴァンが苦しげに、しかし確信的につぶやく印象ぶかいことば、「いったいどうして〈近きもの〉を愛することができるんだろう？　ぼくは、なんとしても合点がゆかないよ。ぼくの考えでは〈近きもの〉だからこそ愛することができないので、〈遠きもの〉こそ初めて愛されうるんだと思う。」によって示される愛の不可思議な遠近画法を、逆倒したところにあった、とみることができる。もしこのときアリョーシャが、このイヴァンの自問自答に応えたとすれば、「いや、イヴァン、私たちは〈近きもの〉を愛する道を通ってしか、〈遠きもの〉を愛するというはるかな大道へ達することはできないのです。これだけの道のりを歩んだとき、はじめて〈近きもの〉のなかに、〈遠きもの〉の魂をやどすことができるのです。」とでもつぶやくほかはなかったにちがいない。

――ポルフィーリイがラスコーリニコフに自首を勧める根拠は、たんなる因果応報的な、あるいは〈犯した罪はつぐなわねばならぬ〉といったたぐいの懲罰的な、または教育罰的な、論理からではないということは特筆に値しよう。「すすんで苦痛を引き受けなさい。そうすればあなたは救われるし、強い人になれます」といった論理に集約できるような、いうならば受苦を是とする思想にそれはもとづいているのである。そしてほかならぬこの見解こそ、ドストエフスキーの信愛するロシア正教的精神の核心であったとみることができる。苦痛はドストエフスキーにとって一種特別の意味をもっている。ドストエフスキーといわず、ロシア正教徒にとって特別な意味をもっている。苦痛は聖性へ近づくためのもっとも敬虔な試練であると考えられた。十字架上で処刑されたイエス・キリストは全人類を一身に引きうけたと信じられているが、そこに象徴されるように、苦痛を引きうける行為こそは、神の業にひとしい聖なる行為である。〈苦痛を引きうけること〉と、〈神を愛すること〉また〈人を愛すること〉とは等価なのだ。そういうわけでロシア正教の思念では、苦痛は至高の価値概念といっていいのである。このひとすじの思想、というよりは信念を、一八六五年のロシア的〈現代〉の面前にたたきつける目的で、書きあげられたのが《罪と罰》の一巻であったというのが実情だと思われる。

――〈幼い頃の追憶〉にふけること、そうすることによって

〈過去を訂正する〉こと――彼のいう〈自己集注〉とは、この一点に集注された作業の謂いに他ならないが、ニーチェのいわゆる〈病者の光学〉をもじっていえば、〈幼者の光学〉のなかに、極悪な犯罪人の閉じられた心的世界を照しだすことによって、あるいは犯罪人の無識の原点に〈幼児〉を触覚することによって、彼は〈百姓〉を発見したのであり、それは〈神〉あるいは〈キリスト〉の発見といい直しても等義であるような、ひとつの〈発見〉を意味するのである。ここからみれば〈幼児〉の縒糸が、そしてさらにここからみれば〈百姓〉のそれが、しかしみたびここからみれば〈キリスト〉のそれが、正面にみえるような、一本の思想の綱のないかたを、彼はそのとき会得したということができる。彼はデカブリストの妻から与えられた一冊の聖書のみちびきによって、キリストに回帰したのではない。彼の〈キリスト〉への開眼はそのような受動的、環境依拠的なものではない。幼者のもつ意味が、あるかなしかの些細な光と影の部分までをふくめて、完璧な姿で、いわば〈液体空気〉のなかで泳がされている〈魚〉の視力の前にクローズ・アップしたとき、〈死の家〉という苛烈な現実は、ひとつの超世界の次元に変えられうるということ――つまり〈幼者の光学〉の発見そのものが、〈キリスト〉という一般的な、しかし絶対的な名辞のかたちで、彼にかえってきたというべきなのだ。〔原文改行〕彼の正教思想というのは、歴史的神学体系としての、あるいは教義としての、キリスト教というより、個性化され、理念化された正教思想――彼の体液から分泌したキリスト像である。それは既成の絵具によってではなく、いわば〈ドストエフスキーの色〉に染めあげられた正教を意味する。彼のいう正教の思想とは、したがって、彼がつくりだしたこの独創的な絵具で、ロシアという巨大な画布を、いっきょに塗りかえようとする画業の別名に他ならない。――つまりドストエフスキーは、明らかに彼自身をキリストに擬したのである。しかも十九世紀のキリストは、十九世紀ロシアの現実に徹することによってしか、当代のキリストへの変貌の途はひらかれていない。ヨーロッパの画家は、しばしばキリストを描くそうだが、彼らにとっては、キリストを描くことと、自画像を描くこととは等義であるという。ドストエフスキーが生涯に支払った苦闘をうんぬんしようとすれば、たとえば波風の立った水面を想起すればよい。十九世紀ロシアの現実がゆれうごくままにそこに投げだされた〈キリスト〉の像もゆれうごかざるをえないが、このように瞬間ごとに千々に乱れ乱舞する〈キリスト〉の像をそっくりそのまま自己像として画布上に写しとる行為において費やされた不当な浪費、とそれを呼ぶことができると思う。（一九九一・三・九）

ドストエフスキーの世界

作田啓一著　筑摩書房刊

本書は、ドストエフスキーの世界を腑分けするのに適当だと判断される三つのパースペクティヴ perspective を著者が設定したうえで、それらのパースペクティヴによりながら、幾つかの理論・思想を援用することによってなされた作品の解剖報告書と言うことができよう。つまり、採用、照合された理論・思想に自己解釈や批判を加えるなどの作業をおこないつつ、そのことをとおして、パースペクティヴのそれぞれの作品に即した様子や、作品の違いに応じて推移し変化する動きをさぐろうとした、パースペクティヴ確認の書であり、パースペクティヴ肉付けの書である。パースペクティヴとは一般には〈遠近法〉〈透視図〉などの意であるが、ここでは、視点に従って解釈に変化がもたらされるゆるやかな枠組、といったところであろう。著者は本書を「理論的志向の強い読み方の産物である」と断っているが、ドストエフスキーの作品に対して著者のような姿勢をとらなかったわたしは――そして、わたしにはそのような読み方《アプローチ》は不得手だと思っているだけに――本書によって大いに啓蒙されたわけであり、この点に関しては著者に感謝しなければならない。ただし、瞬間的な愛と持続する愛、または自己集中による愛と自己拡大・融合による愛の関係が、《作家の日記》のなかなどにみられる、ドストエフスキーのユダヤ人観や戦争観、とりわけ熱しすぎた愛国心（ショーヴィニズム的なもの）と、どのように結びつくのか理解しにくい。著者は、戦時などに愛国心の昂まる理由などについて解説してはいるが……。ドストエフスキーの本質は飽くまでも小説家であり、小説家としてのドストエフスキーは時評家としてのドストエフスキーよりも包括的であり、それを越えるという著者の主張はよく分かるけれども。以下に二つ三つ、書き抜いておく。

――なんのイデー（理論的枠組）もなしに現実をとらえることはできない。イデーなしには、いまさらカントを持ち出すまでもないのだが、現実は単なる混沌であるにとどまる。時として人はドストエフスキーの現実観察眼を評して〈裸の眼〉（アーサー・シモンズ）と言ってきたが、一切のパースペクティヴをもたない文字通りの〈裸の眼〉には混沌しか映らないだろう。ドストエフスキーは紋切型のイデーを却ける。だが一切のイデーを拒否しているわけではない。彼は逆に、深い層の〈現実〉をとらえるためには、ある種のイデーの媒介が不可欠であることを強調する。

――彼は彼らの不適切なイデーを批判したのであって、現実を見るイデー一般を批判したのではない。人間にとっては、なんらかのイデーなしに現実を見ることは不可能である。人間は〈裸の眼〉をもつことはできない。現象学的社会学者が主張しているように、人が用いる認識の枠組が異なるにつれて現実の多様な相が現われてくるだけである。ドストエフスキーは、ロシヤの民衆という現実の深い層に近づくためにはそれにふさわしいイデーが必要である、と主張しているのであり、それが彼の〈リアリズム〉の主張であった。彼はそんなに大きくかけ離れた立場のあいだを揺れ動いていたわけではないのである。

――結語　以上で私はドストエフスキーの長編小説と《作家の日記》を含む時評を読み終えた。これらを読むに当たって、序論で述べたように、私はすべての作品に適用する特定の枠組を採用しなかった。そのような枠組を採用すると、作品の重要な側面のどれかを見逃がすおそれがあるからだ。しかし、一切の枠組を排除するなら、作品を多少とも一貫的に読むことは不可能となってしまう。その場合には漠然とした印象を語るか、細部を詮索するかのどちらかになるだろう。そこで、私は最もゆるやかな枠組、むしろパースペクティヴと言ったほうがよいような枠組に依拠した。それらは〈人間の二重性〉（独立と依存、美への憧憬とシニシズムなど）〈死と再生〉〈父と子〉という三つのパースペクティヴである。これらのパースペクティヴからドストエフスキーを読むに当たり、私にとって最も有効に思えたのはR・ジラールとM・ホルクィストの理論枠組であった。さらに間接的には、H・ベルクソンとS・フロイトの無意識を解釈する行動理論と社会理論に、私は多くの援助を求めた。なお、私はJ-J・ルソーをドストエフスキーにつなぐ線を以前から考えていたので、ルソーを読むためのパースペクティヴが今回のパースペクティヴの背景となっていた。こういう次第なので、以上のドストエフスキーの作品論は一つの解釈の枠組に依拠しているわけでないが、理論的志向の強い読み方の産物である。

（一九九一・三・二一）

ドストエーフスキー覚書

森　有正著　筑摩書房刊

本書によって強い感銘を受けたと言うべきであろうが、ではその内容はと問われると、巧くひとくちには言えない。著者が、ドストエフスキーの主人公たちの生きざまの軌跡を特徴づける重要な契機として、主人公とは対蹠的な生き方をしている登場人物との邂逅という現実を捉え、そのうえで、それを敷衍して、たとえば「人間存在は本質的に邂逅の上に成立する動的なものであって、かれの自己に対する関係は同時に、他者に対する関係そのものなのである。閉鎖は開放の歪められた特殊の一形態なのである。自己に完全に閉鎖した地下生活者は同時に、自己に閉鎖することそのことをもって全人類に向って自己をかくのごときものとして開放しているのである」などというのは分かる。しかし、著者がドストエフスキーの作品に即して論じている他の問題、たとえば罪とその赦し、善と悪、自由や神の問題などについては、文章中に哲学用語をちりばめ、哲学的な言回しをしているので、その方面にうといわたしにはなかなか合点がゆかない。それぞれの問題について、だいたいこんなことを言っているのだろうくらいの理解にしか達しないので、〈歯ごたえ〉のあったことだけは印象として残ってはいるものの、それぞれの印象を総合して、読後に明瞭なトータルイメージを描き出すまでには到底いたらないわけである。

そもそも著者は、自分が強い関心を持っている問題について思索し、自分の思想を練りあげるために、ちょうどいい具合の材料や例題のつまったテキストとして、ドストエフスキーの小説を利用した面が強いのではなかろうか？　それというのも、単なる、うっかりミスとは思われない書き間違いあるいは引用ミスが二箇所（一六ページ、一八三ページ）あるし、また《死の家の記録》についての論考では、明らかな思い違い、もしくは読み違いをしているからである（二五四ページ）。すなわち、これらの明らかなミスの発生は、著者が自分の思想構築に熱中するあまり、ドストエフスキーの小説そのものから目を離してしまった油断の結果のように思われるからである。抜書きを一つ。

――ともかく、人間における善悪の問題が、けっして理想や価値の問題ではなく、存在そのものの問題であり、しかもそれは人間存在相互の人格的接触のなかにのみ現実的となるものであること、しかもその善きもの、美しきものは、人間の修養によっては断じて生みだすことができないものであって、人間的にみれば、運命の偶然の結果としか思えないもの、すなわち超人間的な恵みにほかならないものであり、人間は、現実にそれに出あう以外には、それを知ることができないのだと言うことができるのである。このことは、ドストエフスキーによって、世の塵芥のような、囚人の群のなかに、発見されたのである。

（一九九二・四・一五）

謎とき『大審問官』

埴谷雄高著　福武書店刊

埴谷の書いたものからはいつも必ず鋭い洞察とそれに見合う類のない的確な優れた表現を見いだして感嘆してしまうのであるが、このエッセイ集からも同じことを感じないわけにいかない――とりわけ、ドストエフスキーを論じている《革命性の先駆者》において。しかし、今回は、本書から別の面で強い衝撃を受けて、考え込まざるをえなくなった。

その衝撃はどこからきたかというと――著者は〈あとがき〉で言っているように、本書において、「ドストエフスキイ研究は、ロシア語が読めるものによっておこなわれるべき時代となっていることを強調し」、本書に収めた「私の二つの講演は、いってみれば、旧時代のものの退場挨拶にほかならない」とまで書いているからである。すなわち、著者に言わせると、マリやジィド、あるいは小林秀雄や埴谷らのドストエフスキー論考は、〈翻訳〉による研究であり、その古き時代は、いわば〈思想全掘鑿〉を目的とした前期ドストエフスキー論時代というべきであって、現在のように〈ロシア語のできる〉作家や評論家が、ヨーロッパは勿論のこと日本においても出現している現段階は、〈生活の全陰翳探索〉を主要条項とした新しいドストエフスキー論時代に入ったというわけなのである。総じて埴谷の文章は含蓄があり、それを文字通り、表面的かつ短絡的に受け取ることはたいへん危険であるが、この場合、ドストエフスキーをやるからにはロシア語を勉強してからおやりなさい、つまり、これからはロシア語習得の基盤の上にドストエフスキー論を展開すべきだという正論を主張しているのだと、いちおう受け取っても間違いではあるまい。また、この正論は、長年ドストエフスキーから多くのことを学び、かつドストエフスキーについて多くの論考をなしてきた埴谷の実体験に裏づけられたものであるにちがいない――もっとも、彼は現在八十歳で、前述のように、ドストエフスキーからは引退したなどと宣言しているものの、これからもドストエフスキーについての優れた考察をものするにちがいないと、わたしは信じてはいるけれども。

それでは、わたしのようにロシア語を知らないままにドストエフスキーに取り組んでしまっているものは今後どうすべきであろうか？　埴谷はおそらく、そのようなことはそれぞれがそれぞれ考えるべきことである、と言ったうえで、ドストエフスキーを本気でやるからには、やはりロシア語を勉強することから始めなさい、と主張するにちがいない。

わたし自身について言えば――わたしはもともと語学の才は乏しいようだ（旧制高校時代に、みな同じスタートラインから始まったドイツ語の上達程度を学友のそれと較べてみた結果からも）。それに中学で学んだ英語、高校で学んだドイツ語にしても、わたしにとってそれらの語学は教科の一つとして存在していたにすぎず、また、大学時代にランボオを原書で読みたくて、最初だけ、お茶の水のアテネ・フランセで手ほどきを受けただけで、あとは独学で習得したフランス語にしても、ランボオを読んだあと、フローベル、モーパッサン、メリメなどを数冊読んだだけで、その後は放置してしまったために、現在では、ごく簡単な数行の文章でも字引をひかなくては分からないといった状態まで退化、後退してしまっている。このような後退状態は勿論、英語、ドイツ語についても言いうるのであるが。このような惨憺たる語学の力に加えて、わたしにはのどに障害がある。これは、若年のころから酒好きで、飲めば乱酔し、放歌高吟していた長年の暴飲のたたりとでもいうべきもので、四十代後半ごろから、大声を出したり、長く喋り続けたりすると（ただし、大声などと言ったけれども、それは普通の人ならば、健康に何の影響も与えない程度の大声であり、お喋りなのであるが）、たちまちのどがいがらっぽく痛くなり、人と話をするのが億劫かつ苦痛であるようになってしまった。高校時代の級友《クラスメート》でもある耳鼻咽喉科医の診断では、口をきかなければ治る、つまり〈なおらない〉というご託宣で、そのため現在でも時折医者通いをしている状態なのである。だから、人と会って長話をするということは、できれば敬遠すべきであって、このような気持が、生来の出不精にますます拍車をかけるような結果を生んでいるのである。

　ところで語学を習得する場合、重要な必要かつ充分な条件は、才能のほかに読み・書き・聞くの三つであろう。しかし、わたしにおいては、日本語を喋ることすらなるべく避けたい気持があるのだから、上記の条件のうち、〈読む〉とくに声をだして〈読む〉という条件を満たすのはなかなかむずかしい。かりに、それを押し切って外国語、たとえばロシア語をこれから勉強したとしても、語学の才の乏しいらしいわたしのことだから、その上達・進歩は遅々たるもので、それに十年の歳月を与えたとしても、その語学力たとえば翻訳力において、米川正夫大先生や江川卓教授の足許へも寄りつけぬであろうことは、目に見えている。

　もともとわたしは、十七歳のころ、邦訳のドストエフスキーに出会って、それに打ちのめされてしまったのが、会社勤めをやめたのをしおに、改めてそれを読み直して、そこにいろいろの問題を自分で発見しつつあるわけである。そこには小説作法の問題もあり、神と人間、社会と個人、自由などの問題や、戦争と革命という二〇世紀的問題その他の重要な問題が盛り沢山に取り扱われている。それらはわたし自身の問題でもあるので、わたしはドストエフスキーを読みながら、それらの問題を考え、ドストエフスキーを読むことによって、それらの問題の解決の手がかりを得ようともがいているのであって、ドストエフスキーを読むことは、いわば、わたしにとって生き甲斐であり、〈生きる〉ということと同義なのである。それに、わたしはドストエフスキーを読んだと言っても、邦訳のものですら、それを充分に味わい咀嚼しつくしたとはまだ言い切れない情況にあるのである。だから、わたしは、これまで通り、邦訳のドストエフスキーを読みに読んで、わたしのドストエフスキー像を創りたいと、なによりも強く願っている。このことは、誰のためでもなく、わたし自身のために必要なことだ。もっとも、それらと並行してロシア語にも首を突っ込んで、できれば《罪と罰》くらいは辞書と首引きでも原書を読んでみたいという気持を捨ててはいないが……。

（一九九二・四・二〇）

ドストエフスキイ

Л・グロスマン著　北垣信行訳
筑摩書房刊

著者グロスマンが社会主義イデオロギーの観点から、ドストエフスキーの生きざまとその作品を截っているために、ドストエフスキーの複雑怪奇な人間性と重層構造をなす彼の思想内容が、平明きわまる安直なものになってしまったのは、いただけない。原書は、ソヴェトの伝記双書『偉人の生涯』の一冊として一九六五年に発行されたもの、ということであるが、（そのころ存在していたソヴェト連邦という）国家の公認の書物であるからには、書いたグロスマンも共産主義者であったろうし、また、晩年の作家とツァーリや皇太子、政府高官との付合いを、転向者としての卑屈な振舞という面からのみ裁断してしまうのも致し方ないと思うのではあるが……やはり、国家の意向に沿って書かれた本が創造的でありえない、よい見本の一つが本書であるように思われる。もっとも、著者はドストエフスキーの精緻きわまる年譜を作成した研究者であるから、本書によって、わたしの知らなかった事実や事実関係について幾つも教えられたことには感謝しなければならない。このような意味で、訳者が〈あとがき〉で言っているように、「本書が日本におけるドストエフスキイ研究の基礎資料のひとつ」であることは疑いえない。

（一九九二・五・五）

ドストエフスキー
——無神論の克服

冷牟田幸子著　近代文藝社刊

本書の巻頭、第一部第一章をなす論文《無神論的ヒューマニズムの崩壊》を書きあげてから十五年、一九八八年にようやく一本に纏められ刊行された、ドストエフスキーの神、イエス、信仰についての考察。わたしも、ドストエフスキーを読みながら、同じ問題を考えてきたので、本書を読むことはわたしにとってたいへん勉強になった。この問題に対する著者の突っ込みは、わたしなどよりもはるかに鋭く深いけれども、ドストエフスキーにおいてこの問題をどう捉えるかということは、ドストエフスキー像の骨格を創りあげるうえで根幹をなすものであり、作家の像の出来映えを左右するものであるから、著者の考えを、それがどんなに優れたものであっても、それをそのままなぞって自分のものにしてしまうわけにはいかない。わたしにとって勉強になった箇所を、次に幾つか書き抜いておく。

――《死の家の記録》を読むとき、民衆に謙遜の美しさを認め、聖書におけるキリストの〈謙遜《ケノーシス》〉に注目させたのは、つまりドストエフスキーの謙遜賛美の根本的原因は、人間を支配する我意の力の認識にあったことが察せられる。さらに、《冬に記す夏の印象》、《地下生活者の手記》、《手帖》（一八六四年）を読めば、ドストエフスキーが我意という問題に深く執着していたこと、キリストの受難を我意の滅却（謙遜）と愛（憐憫）に基づく偉業とみていたことがわかる。したがって、謙遜と憐憫はドストエフスキーが自我との対決の末、見出すことのできた理想であったといえよう。

――彼の描いた神は、奇蹟を行い救う神ではなく、また戒律の遵守を要求する威嚇的な神でもなく、マルメラードフ、ソーニャ、ムイシュキン、チーホン、ゾシマなどが語りあるいは行いによって示したように、弱い人間を見守る神、愛し赦す神であった。したがって、ドストエフスキーの信仰は、神の超越的な力、完全無欠さに対する畏敬からくる信仰ではなく、自分の弱さを知る者の、神の力と慈悲を仰ぐ信仰であったと言える。

――自分で自分を罰するときには、自分の非を認めることなしには、つまり悔悟なしには不可能である。そして真に罪意識に苦しむ者が自分で自分を赦せるのは、たとえばつつましく人びとの辱しめを甘受するといった形で、罪を犯した自分を完全に否定し得たと実感したとき以外にはない。したがって、自分で自分を赦す道とは、悔悟への、自己否定への道であり、それはとりもなおさず信仰への道である。

――無学な商人マクシムと知識人スタヴローギンは、ともに自負心ゆえに〈小さき者を躓かせる〉という罪をおかしたが、前者が己の無力を知ると同時に自負心から解放され、神による魂の救済を求めて厳しい償いの道に入ることができたのに対し、後者は遂に自負心を克服し得ず、〈無限の苦しみ〉を負うことに失敗して破滅した。両者の場合を合わせ考えると、ドストエフスキーが罪の根源を自負心に、魂の救済を自己放棄と受難に求めていたことが明らかになる。

――各人に自己否定と〈実行的な愛〉を可能にするものとして提示されているのが、「人間は誰でもあらゆる人あらゆるものに対してすべての人の前に罪がある」という意識である。

──この罪の意識の根底にあるのは、〈棺台の黙想〉中の一節、「地上の人間はエゴに縛られている、自分を愛するように他人を愛することはできない」という認識に違いない。〈おかしな男〉は人間に対する罪を自覚したあと、夢を通して発見した真理の伝道に乗り出すが、その真理とは「己みずからのごとく他を愛せよ」の一句であった。我意に縛られた人間は、その我意ゆえに他人を愛することができないばかりか、意識的、無意識的に傷つけてゆく。ドストエフスキーによるみずからの強烈な我意と、我意の罪性の鋭い自覚が、この「万人に罪がある」という言葉に凝縮している。この罪の意識を深めることによってはじめて、人間はエゴを克服し、他者に寛大になり、「己みずからのごとく他を愛する」ことができるようになることに、彼は思い到ったのであろう。つまり、我意に縛られた人間同士がともに生きて破滅に到らない一つの道は、この各人の罪の自覚にあると。したがって、「万人に罪がある」という言葉は、ドストエフスキーにおける人間の罪性の認識の深刻さとともに、人間愛の深さをも表している。

──ドストエフスキーは大審問官に劣らず悲観的な人間観をもっていたが、大審問官にみられる人間蔑視も人間に対する絶望も彼にはなかった。自分自身も例外ではなく、我意に縛られた罪深い人間であるという認識があったからであろう。例外的な強者を自認して無力な弱者の指導者たらんとした大審問官と根本的に違うところである。

（一九九二・五・一三）

ドストエフスキイ
──近代精神克服の記録

吉村善夫著　新教出版社刊

著者はキリスト者（プロテスタント）であると思う。理想主義に淵源する人神論から背理的な神人論への道が、ドストエフスキーの創造した主人公たちの辿ろうとした道程である、と著者は主張しているように思われる。それを証明するために引用された主人公たちの証言と、それらを解説する著者の考察は、その限りでは説得性があるけれども、だからといって、主人公それぞれが、著者の描きだしたような人間像の持主だと断定できるようには思えないし、まして、それらの登場人物を創りだしたドストエフスキーという作家自身の人間像を、そのようなものと割り切って思い描くことには、大いに危険がある。

（一九九五・九・六）

ドストイエフスキイ論

ジイド著　秋田滋訳
建設社刊

本書中に大量に引用されているドストエフスキーの文章は、フランス語訳からの重訳であろうが、このような引用文をも含めて、本書の訳文は、わたしにはたいへん読みづらい日本語なので、ジイドの原文のニュアンスを味わうどころではなかった。本書は終戦直後の一九四六年刊行であるが、同じ原書（と思われるもの）を寺田透が訳したものが、新潮文庫の一冊として一九五五年に出ているのを知り、読んでみたいと思ったのだが、絶版とのこと。まあ、そういうわけなので、取り敢えず、わたしの目についた文章の断片の幾つかを次に書き抜いておこう（すべて原文のママ）。

——私は序に、主なる心遣ひが常に、その人物の首尾一貫であつたと思はれるバルザックと、その点で彼がどれほど大きく異つてゐるかを注意しておく。バルザックはダヴィッドのやうに描き、ドストイエフスキイはレンブラントのやうに描く。

——彼はキリストの前に恭しく額づいた。そして、この服従と、自己抛棄の、最初の、且つ最も重要な結果は、私が諸君にそれを述べた如く、彼の性格の複雑性を維持したことであつた。

実際、如何なる藝術家と雖も、彼ほど福音書のこの教訓を実行することは出来なかつたのである。「己れの生命を救ふものはこれを失ひ、己れの生命を与へるもの（己れの生命を抛つ者）は真の生命を得べし。」〔原文改行〕ドストイエフスキイの魂の中に、最も相反した感情を同棲させたのは、この自己抛棄、この自己犠牲であり、これが彼の内部に相剋してゐた最だ多くの反対性を保持し、全うしたのであつた。

——謙譲は天国の扉をひらき、屈辱は地獄の門を開ける。

——もし謙譲とは高慢な心を打棄てることであるならば、屈辱は逆に高慢な心を更に強めることになるのだ。

——ところで謙譲に対して、若し私が言ひ得るならば、精神上の同じ平面の上に、しかしその平面のもう一方の端に、屈辱が時に恐ろしく誇張し、激昂させ、変形させる傲慢があるのだ。

——私は、福音書を読む度に、Et nunc（今よりして……）といふ言葉が伴なふ主張に心をうたれるのだ。たしかに、ドストイエフスキイも亦それに心をうたれたに相違ない。即ち、至福、キリストによって約束された至福の状態は、もし人の魂が己れを否認し、己れを抛棄するならば、直ちに到達され得るのだ。Et nunc（今よりして……）である。（一九九二・五・一八）

ドストエフスキー

小沼文彦著　日本基督教団出版局刊

著者は、五十年もドストエフスキーに打ち込んできた、わたしより十歳ほど年上のロシア文学者で、半世紀にも及ぶ研鑽の成果は、ドストエフスキー全集全二十巻の個人訳として結実している。著者は、たとえば、ドストエフスキーの言葉には「両方に尻尾のある」ものばかりだとドストエフスキーという人間の複雑さ分かりにくさを主張しているにもかかわらず、著者自身にはそのような難解さは存在しないかのように、たとえば、物知り爺さんが、囲炉裏ばたに集まった聞き手たちに、皆に理解できないご当所評判の変わり者について講釈するように、ドストエフスキーについて全く気楽に喋っていて、しかも、それでいて、話の対象になった人物のつぼをはずすことなく、その人間像をくっきりと浮彫にしているのは見事である。このように怪物ドストエフスキーをうまく料理できたのは、勿論、著者の作家に対する熱い思いと作品についての長年の蘊蓄があればこそであろうが、それと同時に、著者自身の中にキリスト者という視点が確立されているためであろう——ただし、著者の信仰についての考えは、無信仰者が往々思い描くような静的で固定的なものではなく、弾力性に富み、かつ生命感溢れるものであり、わたしもそのような考え方に大いに共感させられた。

なお、本書の小さなキズを挙げるとすれば、著者の判断には依拠した原資料が全く示されていないので（〈あとがき〉で紙面の都合でそれができなかった旨断っているが）、著者の断言が思い切ったものであればあるほど、著者の憶測あるいは独断ではないかと強く疑われる場合があることである。そのような疑いを避けるために、少なくとも、定説化されていないような著者独自の見解には、それが拠った資料を明示すべきではなかったろうか。

（一九九二・五・二五）

ドストエフスキイ研究
——大審問官の伝説について

V・ローザノフ著　神崎 昇訳
彌生書房刊

部分的に論旨が明解な箇所がないではないが、全体的にみれば分かりにくい本だと言えよう。そして、その分かりにくい原因の一つとして、訳文の未熟さが強く疑われる。というのは、本書には、《カラマーゾフの兄弟》の〈大審問官〉以外にも、ドストエフスキーの文章そのものが大分引用されているが、それらの引用文（神崎の訳によるもの）を別の訳者、たとえば原卓也や池田健太郎の訳文と比較してみると、その未熟さが明らかにみてとれるように思われるからである。わたしとしては、一度目を通しただけにすぎず、しかも全体を捕捉しそこなった本書について、これ以上あげつらうことは差し控えるべきであろう。

（一九九二・七・一三）

ドストエフスキー

内村剛介著　講談社刊
（人類の知的遺産 51）

冒頭にある〈まえがき〉のなかで、著者は、日本に渡ってきたドストエフスキーは、ヤマト・ドストエフスキーとして鑚仰・崇拝の対象に祭りあげられがちであるが、自分の目的はロシア・ドストエフスキー、つまり彼自身の国ロシアの中に置き直した生身のドストエフスキーを（とりわけその思想の毒を）さぐりだすことにあるという趣旨を語り、その意味で本書はロシア・ドストエフスキーのはしりであり、たたき台とでもいうべきものであると述べている。

　このロシア・ドストエフスキーを描く筆法として取りあげられたおもなものが、ロシアのフォークロア、民間伝承の研究成果の導入であり、東方教会の聖書テキストへの依拠であり、作品の原表題や登場人物名のロシア語に基づく原義・寓意などの語源学的探索であるといえるであろうが、その筆法が端的にあらわれているのが、小林秀雄の《罪と罰》論に対する批判の場合であろう。すなわち、著者に言わせると、小林はヤマト流に翻訳された《罪と罰》という表題に託したドストエフスキーの意図を考えるにあたって、ロマ書まで持ち出して論じているが、このような論述は、ヤマト・ドストエフスキーに小林が全面的にもたれかかっているための錯誤である、と——第一、ドストエフスキーがこの作品につけた表題そのものは《犯〔注〕と罰》であって《罪と罰》ではない。だから小林は、ヤマト流の《ツミとバツ》をロシア・ドストエフスキーに押売りしたということができる、と。また、小林は、この〈ツミ〉を「すべて信仰によらぬことは罪なり」というロマ書の言葉に結びつけているけれども、ここでこの言葉から感じとれるのが罰としての罪、断罪であるのに対して、ドストエフスキー枕頭の書でもあった東方教会の聖書の該当箇所からうかがえるのは罪のゆるし、祝福の道であるといったように、同じ〈ツミ〉でも、二つの聖書ではその内容の意味するものは対極的なものである、と。ここでおそらく著者は、ドストエフスキーをロシア・ドストエフスキーたらしめるためには、まず、日本に流布している西方教会の聖書だけではなく、東方教会の聖書をも参看、必読すべし、と言いたいのであろう。（わたしは、この二つの聖書がどのように、またどの程度異なるものか知らないが、わたしたち日本人がドストエフスキーを読むにあたって、ドストエフスキー自身が手許から離すことのなかった聖書が、正教会のものであることを知りすぎるほど知っていながら、ほとんどの人が西方教会のもので代用して、それですましてしまったのは、何とも不思議なことではあるまいか！）またロシア・ドストエフスキー像をつくりあげるための重要な条件として、〈ロシア語のできること〉つまりロシア語習熟をあげることができると思うが、本書でも著者は、《罪と罰》《白痴》《悪霊》《カラマーゾフの兄弟》のさわりの一部分をドストエフスキー原文から独自に邦訳して引用、掲載している。

なお著者は、ジャーナリストとしてのドストエフスキーをたいへん強調している。ドストエフスキーがジャーナリズムに強い関心を持っていたこと自体は、一八六〇年代の雑誌《時代《ヴレーミャ》》《世紀《エポーハ》》や、晩年の個人雑誌《作家の日記》の執筆・編集・刊行から明らかである。しかし、ロシア・ドストエフスキーの本質がジャーナリストである、と受け取られかねないような見解には疑問を持たざるをえない。たとえば、雑録・時評などを盛り込んだ月刊誌《作家の日記》には、ドストエフスキー自身の考えや気持が比較的ストレートに表出されているけれども、それらは、《罪と罰》から《カラマーゾフ》までの大小説を書いた小説家ドストエフスキー像の全貌をおおうどころか、その一部と重なるにすぎない。ドストエフスキーはその複雑な人間性から、あるいは狡猾極まりない人間とみなされ（小沼文彦の見方）、あるいは二重人格どころか四重底、五重底の人間とみなされている（埴谷雄高の見方）わけであるが、このような人間像は《作家の日記》のような、いわゆるジャーナリズム的所産からは直接浮かび出てはこまい。わたしは、《作家の日記》などにドストエフスキーを解く重要な手掛りが幾つも潜んでいることは認めるけれども、それを認めたうえで、それらの手掛りだけをもとにして理解されるジャーナリスト・ドストエフスキーという人間像よりも、小説家ドストエフスキーはふところがはるかに深く、人間も謎めいていてはるかに複雑であると主張したい。ドストエフスキーという名前は、やはり、ジャーナリストとしてではなく、大小説家として記憶されるべきであり、その名は不朽である。

〔注〕日本には〈犯罪〉という熟語があるように、〈犯〉と〈罪〉とがお互いに曖昧な意味をかかえたままに融合的に結びついてしまっているが、ここで言う〈犯〉（ロシア語のプレストプレーニエ преступлéние ）とは、〈踏み越えること〉を意味し、非凡人（典型的な例はナポレオン）ならば、法を踏み越えても〈罪〉にはならない、つまり〈犯〉は〈罪〉ならずというのが、ラスコーリニコフがいだいた思いつき的な信念

（？）なのだが、しかし、はたして〈犯〉は〈罪〉ではないのか、それを問うたのが、この《犯と罰》という小説なのだ、というのが著者内村剛介の考えのようだ。（一九九二・七・一二）

ドストエフスキーを讀む

寺田 透著　筑摩書房刊

本書は、ドストエフスキーを原文で読むべく、ナウカ版の全集テキストに取り組んだ一文学評論家の読後論評で、雑誌《文芸展望》に四年間にわたって連載されたものを一本に纏めたもの。本書によっていろいろ啓蒙されたことは言うまでもなく、その点、これまでに読んだ多くのドストエフスキー論の場合と同じように、本書からも大きな恩恵を受けたと言わなければならない。しかし、本書の場合、そのような感謝の気持を抱きながらも、本書末尾に〈結び兼補足〉として書かれた文章中の主張の一部に疑念を持たざるをえないし、また、それを主張する著者の姿勢が本文内容と必ずしも一致せず、齟齬しているように思われるので、重箱の隅をつつく、あらひろいと言われようとも、それらについて口を閉じているわけにはいかない。

〈結び兼補足〉のなかで著者は、米川訳ドストエフスキーの功罪を論じながら、次のように述べている。すなわち、

「米川さんの反訳で読むやうないやなところのない――卑小執拗で意地のわるい点を拭ひ去られたドストエフスキーは、恐らく世界中のどこにもある筈がなく、われわれが反訳によつてでも自分らを豊かにし、世界をひろくすればそれはそれでいいのだという観点に立てば、米川さんに感謝だけしてゐればいいのである。〔原文改行〕ただそれによつて開かれ、あるいは築かれた自分の世界を、ドストエフスキーの名によつて喧伝することはやめるべきだらうと言ひたい。現にかれがどれほど〈屈辱と遺恨〉を、ムイシュキンやアリョーシャ・カラマーゾフやチホンやゾシマを除いて、その他すべての人間の意識と行動の基本的動機と考へてゐたのか、それが米川さんの訳文からは十分には読みとれないのである。〔原文改行〕漢訳仏典のひらいた中国からこつちの大乗仏教の世界がいかに偉大でも、釈迦牟尼の思想を知るにはやはりサンスクリットなりパーリ語なりによつて読む必要があらうといふのとことは同じである。」と。

ここには著者の原語主義あるいは原典主義の考えが強く主張されているが、この考えが端的に示されているのが、「どうしても原語で読まない限りドストエフスキーを論じようとするこころみはきつと間違ふと感じてゐる」という言葉であろう。

勿論わたしも原則的には、著者の言う意味での原語主義に賛成であるし、また、異国の人間やその思想、文化その他を研究

する専門家ならば、その研究の第一歩が該当する言語の学習・習熟にあることは言うまでもない。ところで、わたしたちのような専門家ではない一般市民が異国の文化、たとえば、いま問題にしている外国文学に接する場合をとりあげてみると、ほとんどが翻訳を通じてであると言っても過言ではないであろう（このことは、専門家の場合でも、語学の達人と言われるような人でない限り、その守備範囲以外の分野では、わたしたちの場合と同じであるにちがいない）。このように、わたしたちのような市民生活者は、翻訳を通じて一生の間に多種多彩な外国文学に接するわけであるが、そこには衝撃的な出会いといったものも時にはみられるはずである――わたしの場合、それはランボオとドストエフスキー、それに萩原朔太郎との出会いであった。そして、このように自分の魂を震撼させた出会いについて人に語り、また、その衝撃性に目ざめさせられたわたしたちがやがて、自分の身内にはぐくみ育てた外《と》つ国《くに》の先達のイメージを世間に示すのに、何の遠慮も要らないはずである。しかも、イメージ構成にあたって、邦訳をもとにしたとはいえ、それをよく読みこなしたうえ、専門家たちの研究成果をよく消化して生かすことができれば、人前に出しても恥ずかしくないイメージを提出することができるものとわたしは信じている。それに、わたしたち市民生活者にとっては、提出したイメージが文学的に価値があるかどうかということよりも、先達と自分が納得できる付合いをすることができたかどうかということのほうがはるかに問題である。だから、たとえイメージ構成が失敗に終わったとしても、先達との親密《アンチーム》な付合いによって自分の人生がよく耕された味わい深いものとなるのだから、何の悔ゆるところがあるであろうか。

著者は、原語主義の適用がなにも文学作品に限定されるべきではないとして、釈迦の思想研究の場合が、前記引用文のなかに言及されているが、これをキリストの場合に置き換えて次のように言うことは許されるであろう。すなわち、キリストの人間・思想を知るにはヘブライ語（旧約）とギリシア語（新約）を勉強しなければならない、と。しかし日本において、このような原語主義がそのまま当てはまるのはキリスト教神学者に対してくらいのものであろう。日本のキリスト者のほとんどすべてがおそらく邦訳の聖書（現行の口語調のものは従来使われていた文語調のものとは別物の観があって驚いてしまうが）のみを読んで、それからキリストをイメージしているにちがいないし、また幾つも著わされているキリスト伝やキリスト批判の書も邦訳か精々英訳などの聖書をもとにしてなされたものであろう。

ドストエフスキーの場合、第二次大戦ごろまで、米川訳を中心とした翻訳物をもとにしてドストエフスキーの文学・思想が論じられてきた傾向が強い。その結果できあがったものが、内村剛介いうところのヤマト・ドストエフスキーなのであろうが、このような戦前の和物に満足せずに、一九世紀のロシアに生きたドストエフスキーの生《なま》の姿をまるごと捉えるために、戦後うちだされるにいたったアプローチ法の一つが、本書の著者・寺田らの主張するような原語主義――外国文学研究の原点に立ち返れという原語主義なのであろう。しかし、本書の刊行された一九七八年から十四年経った九二年現在、全集の個人訳としては米川訳のほかに小沼文彦訳があり、さらにドストエフスキーの主要作品については優れたロシア文学研究者らによる邦訳が幾種類も出ているので、邦訳ドストエフスキーからの収穫も、よく読みこなせばまだまだ充分見込めるといったところが、語学の才のない一市民であるわたしの見通しなのである。

そうは言うものの、わたしは勿論、ドストエフスキーをやるからには、その原典が読めればそれに越したことはないと思ってはいるのであるが……それはともかくとして、その原典に対して寺田のとった姿勢はというと、原典を忠実かつ客観的に読まねばならないために、ドストエフスキーに対する好悪の気持を捨て去って注意深い読み手になるということであった。彼のこの姿勢は妥当なものであり、それは、「ドストエフスキーは恐しく技巧的な作家なので、その芸が一々見分けられる位の速度で読むことが大切である」〈結び兼補足〉という具体的な読書術の発見にも繋がるものであろう。ところが寺田は〈結び兼補足〉で以上のようなことを言っているにもかかわらず、実際に本文をみてみると、ドストエフスキーの原文を読むにあたって、彼が言葉通りにそれを実行したのかどうか疑わしむるふしがある。以下にそのような箇所を幾つか挙げてみる。

①六八ページ（数字は本書でのページ数を示す、以下同じ）――寺田はスヴィドリガイロフとソーニャが初めて出会って口をきくのを「街頭」としているが、これは、偶然隣り合わせになった二人の部屋のドアの前での出来事である。また、ソーニャがラスコーリニコフの部屋に初めて尋ねてきた時、寺田は「親子三人」がいたとしているが、三人のほかにラズミーヒン（ラスコーリニコフの友人）も居合わせた。以上のほか、このページで寺田は、小説の筋（小さな傍系の筋ではあるが、原文でも邦訳でも同一の筈）を読み違えて論述しているが、この読み違えは、前後の文脈から、ドストエフスキーの小説の特徴の一つに演劇的ないし映画的要素をみた寺田が、それに気をとられすぎたためであるようだ。

②九五ページ――（これより大分前のページで寺田はラス

コーリニコフの父称の問題を取りあげ、米川訳ではそれがロジオン《名》・ロマーヌイチ《父称》に統一されているが、原文にはロジオン・ロマーノヴィチとロジオン・ロマーヌイチという二通りの表記がみられ、この使い分けにドストエフスキーは微妙な意味合いを含ませているのではないかと忖度し、その意味合いについてあれこれ論じている。その後、この問題に関して寺田は、ロマーノヴィチが正式の父称であり、それとロマーヌイチとの間には口調の差しかなく、この使い分けには何の語学的文学的意味はないということを、ロシアで長年暮してきた人から教示されたのだが、納得せず、語学的意味はともかく、文学的意味はないはずがないとして再度取りあげたのが、ここを含めた数ページなのである。）今回ここで寺田が例として持ち出したのはラスコーリニコフではなく、ステパンチコヴォ村の地主ロスターネフ大佐である。寺田は、大佐の居候フォマ・フォミッチが客たちのいる前で大佐をからかい、いじめる場面を一部分自ら訳して、フォマの呼びかける大佐の父称がセミョーノヴィチとセミョーヌイチに書き分けられていることを指摘している。そのうえで、「(ラスコーリニコフの場合と同じく) ここでも、米川さんは、セミョーヌイチの形に統一してゐるが、セミョーノヴィチの用ひられてゐる個所では、フォマ・フォミッチはあきらかに強い物腰で、元聯隊長パーヴェル《名》・ロスターネフ《姓》をおどかしてゐるのだが、その姿勢がゆるむと忽ち、同じフォマの口からセミョーヌイチが飛び出すのだ」と解釈して、使い分けに文学的意味のあることを主張している。ところが、この言い分は牽強付会もいいところで、ここでフォマから呼びかけられているのは実は大佐ではなく、客の一人であるパーヴェル・セミョーノヴィチ・オブノースキン青年という別人なのである。大佐の本当の名前はエゴール・イリイチ・ロスターネフであるから、寺田は大佐とオブノースキン青年とを取り違え、ふたりを混同してしまったわけである。この混同は本論考において、その後のページでもしばらく続き、読者を驚かす。邦訳の《ステパンチコヴォ村とその住人たち》を調べてみたところでは、フォマはロスターネフ大佐を名前ではなく一貫して単に〈大佐〉と呼びかけるだけのようなので、そして、原文でもそうなっていると推定できるので、寺田のこのような錯誤は、原文を注意深く読まなかったのが原因としか考えられない。（なお、わたしが本書を読みながらいちばんよく参照したのは、《罪と罰》と《ステパンチコヴォ村》ではともに工藤精一郎訳のものであるが、この邦訳本では、上述のラスコーリニコフとオブノースキンの父称は原文通りに書き分けられている。そのために、それが原文の書き分けとは知らずに、誤植によるものではないかなどと悩まされたことを、わたしは憶えている。）

③二一四ページ――注意深い読み手というのは、訳す場合にも慎重で、速読していきなり翻訳にとりかかるようなことはないはずなのに、寺田訳は少し雑すぎやしないかと思われる。その見本として、《悪霊》のなかの一場面、スタヴローギンとリーザとがともに一夜をすごしたその翌朝、ふたりがかわした会話から、スタヴローギンの言葉の訳し方のおかしな箇所を指摘してみたい。寺田はスタヴローギンの言葉を次のように訳す。「あんたの言葉、その笑ひ、ああもう一時間も、おかげで私は恐怖の冷気を浴びてゐる。あんたは、そんな憎さげな調子で〈幸福〉といふ言葉を口にするが、僕にとつては、……それは、一切に値ひするんだ。本当のところ、今の僕は、到底あんたを失ふわけには行かない。誓つて言ふよ、ゆふべ僕は今程あんたを愛してはゐなかった」と。そしてまた、ちょっと先のところで寺田は次のように訳す。「あなたはゆふべの気紛れの怨みを、私に向けて、霽さうといふんですね……」と。この引用文のなかで、わたしが傍点をつけた言葉に注意すれば気づかれるように、話しかける自分を指示する第一人称は〈僕〉〈私〉であり、その相手を指示する第二人称は〈あんた〉〈あなた〉であるというふうにばらばらで、訳者にそれぞれの人称を統一する意志があったのかどうか疑いたくなるくらいである。該当箇所のロシア語が、スタヴローギンの心の動揺などをほのめかす意味合いで、それぞれの人称で書き分けられていた可能性もないわけではないが、(言葉の含意や使い方などに人一倍注意をはらっていると思われる)江川卓の訳文が、同じ場面におけるスタヴローギンの言葉中の該当人称を一貫して〈きみ〉〈ぼく〉で通していることから、そのような事実はないと判断する。それにもかかわらず、寺田が思うところあって上記引用文のように訳したとするならば、それは恣意的すぎると言わなくてはならないし、それによってまた、米川正夫訳に対して原文にはない〈なくもがな〉の言葉をしばしば補足して邦訳していると批判する寺田自身が、原文改変という同じような批判をこうむらざるをえないのではあるまいか。それにしても、心惹かれる若い女性に対してスタヴローギンに〈あんた〉呼ばわりさせるとは、訳者は何と図太い神経の持主であろうか。なお、アンダーライン的傍線を引いた箇所は、直訳的な文章のように思われるが、このような表現は日本語の話し言葉として日常会話では用いられまい。ちなみに江川訳では該当箇所が「ぼくの背筋に冷水を浴びせているんだ」というふうに、くだけた訳文になっているが、寺田の直訳的日本語に意味を持たせるとすると、こじつけ気味ではあるが、次のようなことが考えられよう。すなわち、西欧かぶれで根なし草のスタヴローギンは、ちゃんとしたロシア語を満足に書けなかったと想定されているから、かの地下生

活者と同じように、書物を読むようにしか喋れなかった、と。

④二八五ページ――論述の必要性から、ここに寺田は、カラマーゾフ兄弟の父親フョードルとその最初の妻アデライーダとの関係を示すスケッチの一つを翻訳して紹介している。すなわち、「夫婦のあひだにつかみあひの喧嘩の起ることも稀ではなかつたが、さういふとき、言伝へによると、フョードルは毆らず、怒りつぽい、勇敢な、色の浅黒い、怺え性のない、天性一目でそれと知れる体力を持つた貴婦人のアデライーダの方が毆つたのだと、実地に基いて知られてゐる」と。この引用文の相反する意味をもつような言葉に、傍点をわざわざつけたのは訳者自身であるが、何のために傍点をつけたのかその意図が分かりかねるし、また、この二つの言葉があるために、わたしにはこの訳文全体の意味を捉えることが困難である。いずれにしても、このような訳文を長年親しんできたと称するドストエフスキーの論評集の中に残している人間を、注意深い読み手ないし慎重な翻訳家とみなすことができるであろうか?

わたしは、先に内村剛介の、次に今回の寺田透のドストエフスキー論を読むことによって、その中に必要に応じて随時挿入された部分訳――ふたりの評論家それぞれによる邦訳に出会うことができたわけである。ある作家を研究するのに原文を読破しなければならぬというのは原則的には当然のことであるが、相手がドストエフスキーなどのような大物の場合には、ロシア語の修得をも含めて、これの実行がなかなかの難事であり、しかも、これを実行しても、研究成果の面で論旨（作家の人間・芸術・思想理解の形）の鋭さと翻訳（原文理解の形）の質とがうまく噛み合わないうらみが強いように思われる。わたしは、評論家たちの部分訳を読むにあたって、新潮社版の全集その他のドストエフスキー邦訳本を参照したけれども、この作業をすることによって、わたしは改めて、これらの邦訳本のほとんどがこなれた日本語に仕上げられていること、そのために訳者たちがたいへん苦労されたであろうことを感じ入らないわけにはいかなかった。

（一九九二・八・一二）

ドストエフスキー
―生涯・文学・思想・神学

藤原藤男著
キリスト新聞社刊

著者はキリスト者であろうが、ロゴス（言葉）が受肉したイエス・キリストを信じている人にしては、大袈裟な常套語の反復・頻出を含めて、言葉の使い方が慎重さを欠く、というよりもむしろ雑である。その一例にすぎないが、マルメラードフの娘に対する〈遊女ソーニャ〉という古色蒼然とした的外れ気味の言回しに唖然としてしまったことを言っておきたい。また著者は、文学は悪魔の協力なしにはありえないという陳腐な芸術原理めいた持論を前提として、ドストエフスキーの作品の登場人物のうち、悪玉が断然精彩を放っているのに対し、善玉がロボットめいてみえるのは、前者には悪魔の協力があるのに、後者には悪魔が協力してくれなかったからだ、というような寝言めいた見解を主張している。神と悪魔との格闘の場であるというのが、著者のドストエフスキー（文学を含めて）観であるが、実際にドストエフスキー文学にアプローチする著者の姿勢《スタンス》は柔軟性を欠き、その論法はあまりに平板的かつ機械的であるために、本書から受ける感銘の度は弱いものになってしまっている。とはいうものの、本書で展開されている、ロシアにみられる独特の大地信仰についての論述や、ドストエフスキー（ならびにトルストイ）における神とキリストとの分裂という主張などに対しては、わたし自身でそれらを熟考し、さらに考察を深めなければならない。

（一九九二・八・二九）

ドストエフスキイと日本人

松本健一著
朝日新聞社刊

本書は、明治の二葉亭四迷や内田魯庵に始まる日本における

ドストエフスキー体験――日本人のドストエフスキー受容の形やその内容の変遷を、戦後の一九七五年までの日本文学史の流れの中にさぐることを意図したものである。この試みを著者は、自分にはっきり見えてこない、自分と同じ戦後生まれの世代のドストエフスキー体験の正体を見定めるための手がかりにしたいと思っているようである。

わたしはこれまでに同じ著者による評伝を二、三冊読んだ記憶があるが、本書は著者二十代の処女作とでも言うべきものであるにもかかわらず、目をみはらせるものがある。というのも、〈あとがき〉中にある「すさまじい精力」という言いぐさを取り敢えず借りて言えば、本書は、著者がすさまじい精力で勉強した成果を示すものであり、諸書の渉猟の結果が著者の優れた分析・総合力によって本書に見事に結実しているからである。したがって、二十代の青年によって著わされたものとは思えぬほど、洞察に富んだ内容豊富な本書を読むことによって、現在六十五歳になる老書生であるわたしは大いに勉強させられたということができる。

（一九九二・六・一一）

ドストエフスキーの青春

コマローヴィチ著
中村健之介訳
みすず書房刊

今から六十年以上も前に、このように素晴しいドストエフスキー論が書かれていたとは意外であった——このように見事なコマローヴィチの考察を日本に紹介した本訳書が刊行されたのが、奥付によると一九七八年であるから、原書は、その時点からでも半世紀も前の本である。このように古い原書をとりあげた点で、訳者の炯眼も光る。

著者は、当時の多くのロシア・インテリの心をとりこにしたフランスの空想的社会主義（フーリエ主義的なもの）に、ドストエフスキーもかぶれてしまったことを主張し、このユートピア社会主義または社会主義的博愛主義はシベリア流刑・民衆発見などにより大きな変化をうけながらも彼の中に終生生き続けていたことを、彼自身の作品を引合いに出して論じている。ドストエフスキーの初期作品を読んで、おそらく誰でもが感じるにちがいない過度の感傷性と歯の浮くようなキザな博愛主義は、コマローヴィチの言うユートピア社会主義によるものと解釈できるであろうし、また、後期の長大な作品、たとえば《カラマーゾフの兄弟》や《作家の日記》のなかで説かれる〈世界全体の調和〉の思想も、著者の言うように、ユートピア社会主義の血をひくものであるにちがいない。たとえ、ドストエフスキー自身がのちに、若年のころ味わったユートピア社会主義を揶揄したり、否定的に批判したりしているにしても。また、ドストエフスキーとベリンスキーとの別れが、ベリンスキー側のユートピア社会主義から実証主義的社会主義的無神論への転向と、ドストエフスキー側の作家としてのゆきづまりからの作風・手法の変化という二面から捉えられているが、充分説得的である。そして、この時、ドストエフスキーがゆきづまりから脱するために選びとった模索方法がフェリエトンという表現形式であるといい、この表現形式をわがものとしたフェリエトン作家としてのドストエフスキーが、その後の著作に大いに生かされているという著者の指摘は、とりわけ《作家の日記》を読む際にはたいへん役立つように思われる。

（一九九二・一・六）

ペテルブルグの夢想家

志水速雄著　中央公論社刊

Ⓐシベリア流刑までのドストエフスキー、つまり、主として作家の青春時代について書き綴ったもの。あまり期待をもたずに読み始めたのだが、資料的にも信頼のおける労作と言える。

本書から何らかのヒントを得ることのできた問題、その他について――

①ドストエフスキーという作家の気質・性格。②ペトラシェフスキー事件への作家のかかわり合いの度合い（これまで思い込んでいた以上に積極的だ）。③裁判（審問）に対する作家の姿勢。④浪費家ドストエフスキーの作家としての稼ぎ高。⑤ペテルブルグでの女性関係と作家の女性観（著者の見方とは逆に、ドストエフスキーは父の監視のなくなった首都でひそかに遊蕩にふけったとみることはできないか。思索でも行動でも、何ごとであれ、限度をわきまえず、極限まで突き進んでしまうという、彼独特の激しい情熱的な人間性から。後年の作品中に描かれている幼女姦が、作者自身の体験を踏まえたものであるかどうかについて、論議する評者がいるが、この点、小沼文彦と同じように、わたしも否定も肯定もできないように思う。ともかく、小沼の言うように、作家の青春時代と流刑時代の女遊びについては、すべて闇の中にあるのだから）。⑥本書を執筆した時点で、著者は、ペトラシェフスキー事件における兄ミハイルのスパイ説を知っていないようだ？

（一九九三・二・二）

Ⓑ再読。本書の記述のなかには、新潮社版全集・別巻《年譜》の記載と時間的に齟齬をきたすものもないではないが――しかも、わたしにはどちらが正しいかどうかも確かめようがないが――、ドストエフスキーの青春時代を描いた評伝としては最良のものではないか。邦訳されていない資料も充分に参照されているようで、若きドストエフスキーの姿がよく描き込まれているように思う。

（一九九五・三・二八）

ドストエーフスキイ研究

米川正夫著　河出書房新社刊
（ドストエーフスキイ全集・別巻）

著者は、ロシア文学の泰斗であるが、とりわけ、ドストエフスキー文学の日本への翻訳紹介において先駆者《パイオニア》的役割をはたすとともに、その日本初《はつ》の個人訳全集の完成を通じて、ドストエフスキー文学の日本への普及・定着において大きな功績のあった第一人者。したがって本書は、そのような著者の訳業のしめくくりとみなすべきものであろう。

〈生涯〉と〈作品〉という、ほぼ同じ分量の二部から構成される本書において、引用または依拠する多くの資料に関しては、いずれもその出所が明示されており、それとともに、著者の考えや主張も、ことさら奇をてらったようなところもなく、論旨も誰にでも妥当と思われるような結論へと導かれているので、このドストエフスキー研究の書は、読者に、作家に対して偏りなく見渡せる展望台を与えてくれる定本として、長く重宝されるにちがいない。

本書（の原本）が刊行されたのが一九六〇年で、今から三十年以上も前であるにもかかわらず、ロシア語文献を含めて、参照すべき資料渉猟の面でオチがなく、その点、七〇年代、八〇年代に書かれたものにほとんどヒケをとらないように思われるのは、当然のこととはいえ、さすがである。そして、このようなことも、本書をドストエフスキー研究の定本たらしめる一つの要素を成していると言えるであろう。

なお、本書の巻頭に肖像写真が掲げられている。おそらく著者が七十歳前後のものであろうか。そこには、やや耳の大きな、面長で眼鏡をかけた痩せぎみの背広姿の男性の半身像が認められる（背の高さは分からない）が、この写真からはまた、圭角のない温厚な人柄も感じとれる。このような著者の穏やかな人柄は、本書のけれん味のない書きっぷりと誠にうまくマッチしている。まさに「文は人なり」である。　（一九九三・三・一九）

ドストエフスキーの現在

江川　卓・亀山郁夫共編
ＪＣＡ出版刊

十五篇の日本人によるドストエフスキー論から成る論集。論者はそれぞれ、ドストエフスキーの作品のうちのなにか一つに的をしぼって、それをそれぞれの庖丁さばきで料理しているのであるが、論集のほぼ半分にあたる七篇が《悪霊》について、あるいはこの作品に深く関連した事柄について論じたものである。さらに、それらの論評に限らず、スタヴローギンの名は、本論集の到るところでお目にかかったように憶えているので、これらのことから、《悪霊》に対する人気のほどがうかがわれるというものである。これはつまり、《悪霊》のなかに仕込まれたものの現代的意義の探索が、依然として、というよりも現在にいたってますます、わたしたち日本人の関心を惹きつけてやまないようになったことを物語っているわけでもあろう。わたしは、それぞれの論評から得るところが多かったが、とりわけ次の三篇、すなわち萩原俊治『ポリフォニーについて』、望月哲男『決疑論の展開――〈カラマーゾフ兄弟〉の一面』、江川卓『ドストエフスキーの現在』から強い感銘を受けた。

（一九九三・四・二〇）

現代のドストエフスキー

大江健三郎・後藤明生・
吉本隆明・埴谷雄高著
新潮社刊

それぞれの論評から得るところがあった。わたしも、ドストエフスキーの作品をもっともっと読み込まなければならぬ。以下は、埴谷の〈革命性の先駆者〉という見出しの文章からの抜書きである。

——現在私たちは、ドストエフスキーが描いた表側の革命、つまり人殺しや戦争に赴く革命の顔を懸命に眺めていますけれども、裏側の顔の私たち、つまり《地下室の手記》の主人公になりおおせた私たちは、どこかに飢えている人がいる、また、どこかで戦争している、と見、聞きしても、自分に一杯の茶さえ飲めれば、世界はどうなってもいい、という態度を「一方では」取っており、また、「他方では」、もう一つの裏側の「大審問官」の顔をもってパンと権威と奇蹟をもってする「生の秩序」を、資本主義の名でも、そして困ったことに、社会主義の名においても、私達自身のなかに据え置いています。〔原文改行〕敢えていえば、自由の渇望の極地は、一方では、放恣、放埒、無関心へまで辿りゆかねばおさまらず、他方では、支配の極限が自由であり、そしてまた、服従の極限が自由であるというところにまでいたらなければならなくなりました。〔原文改行〕ドストエフスキーが五重底の奥底にまで踏みこんだ革命の表と裏は、現在、怖ろしい極限の顔を地球上のいたるところ、全世界の隅々にまで見せつつあります。犯罪と殺人と戦争を革命と称せざるを得ない革命と、内面の自由と称するところの最大の無関心へまで私達は到達しました。〔原文改行〕百年近く前にドストエフスキーが予言したこの見透しがたい巨大な状況から、つまり、大きな意味での、革命の退廃、そしてまた退廃にまでいたらなければ「自由」でないところまでたちいたった自由の極限から一歩でも「革命の革命」、そして「自由の自由」へ向って踏み出せるだろうか、というのが現在の私達の一つの重い重い課題であります。

（一九九三・八・一）

トルストイとドストエーフスキイ
—その生涯と芸術

メレジュコーフスキイ著
昇　曙夢訳
東京堂刊

本訳書（原著は一九〇二年刊行）は、一九二四年初訳・初版本を敗戦直後の一九四六年に重版・発行したもの。そのために、紙質がザラ紙のように粗悪なうえに、そこに印刷された文字もかすれかかってみえるので、たいへん読みづらい。そのうえ、文章そのものも、漢語羅列的とも言える直訳風の古くさい文体のなかに、（当然のことではあるものの）今日ではすたれてしまったのではないかと思われるような言葉や、あるいは辞書などにも出ていない意味不明の翻訳用語がよくでてきたりするので、五百六十ページの本書をともかくも読破したからといって、原著者であるメレジュコーフスキイの考えをよく理解し味わうことができたなどとはとても言う気になれない。むしろ、上記のような訳文そのものの性質から、ある文章において、他の文章と文脈的に調和《マッチ》する意味なりイメージなりをさぐりあてるのがむずかしいことが多く、それを何とかつかみとろうと努力するのが精一杯で、しかも、そのような文章が幾つもでてくるので、それで疲れはててしまった、と言うべきであろうか。

　こういうわけなので、本訳書からうかがわれるメレジュコーフスキイの思想そのものについて論評を加えることは、わたしには荷が勝ちすぎるので、避けるべきであろう。したがって、ここには訳者による〈あとがき〉の冒頭部分を引き写して、訳者のメレジュコーフスキイ観の一端を紹介しておくだけにとどめたい。

――メレジュコーフスキイの評論は単に文豪としてのトルストイとドストエーフスキイとを検討したばかりでなく、人文史上に於けるこの両巨人の生涯と芸術とを通じて、ロシヤ、ヨーロッパ及び全人類の精神文化の根底に横たはれる世界的矛盾の、哲学的・宗教的乃至文化史的解決を求めんとした、現代の黙示録ともいふべき予言的評論である。著者自身の言葉で言へば、トルストイに於ける肉の宗教的観照をロシヤ文化の正《テーゼ》とし、ドストエーフスキイに於ける霊の宗教的観照をロシヤ文化の反《アンチテーゼ》として、この両極端から弁証法的進化の法則によって最後の世界的綜合《ジンテーゼ》を求めんとした象徴的意義を持ってゐる。この意味に於て両文豪の芸術が永く人類の心に生きる限り、メレジュコーフスキイの評論も永遠の生命を有すべきことは言ふまでもない。……

（一九九四・九・二）

トルストイ夫人 ドストイエフスキイ夫人 結婚をめぐりて

アイヘンワァリド編
八住利雄訳
東寶書店刊

昭和一六年初版の本であるが、ふたりの巨人に関する資料、とりわけドストエフスキーについての参照資料が現在のように容易に入手できなかったと思われる戦前の翻訳書としては、内容的にも誤りの少ない、こなれた訳文と言えるであろう。

　ドストエフスキーの、二回目の結婚前後を含めて、その家庭生活については、アンナ夫人による《回想》その他により、わたしはすでに知りえていたけれども、トルストイの家庭生活、とくに晩年の夫人との不和・確執の実態については、本書によって初めて知らされて、衝撃を受けた。トルストイという人間について、以前は、大作家としてだけでなく、八十二歳で家出して野垂れ死にした、そのもの凄いエネルギーに驚嘆していたのであるが、編者による〈妻二人〉という解説的あとがき的文章を含めて、本書を読み終えたあとのわたしの脳裡には、晩年のトルストイは、悲しくも老人性痴呆症に襲われていたのではないかという疑念すら浮かんできた。

（一九九四・八・一七）

ドストエフスキーと父親殺し

フロイト著
高橋義孝・池田紘一共訳
日本教文社刊
（フロイド選集⑦）《芸術論》所収

本論文においてフロイトが、ドストエフスキーという複雑極まる人間を腑分けするにあたって用いた手法は、勿論精神分析的なものであって、このことは本書に収録されている他の論文、たとえばゲーテやレオナルド・ダ・ヴィンチなどについて論ずる場合と同様である。

フロイトによれば、ドストエフスキーのいわゆる癲癇なるものは神経症の一つの症状、すなわちヒステリー発作とみることができ、その原因はエディプス・コンプレックスに帰せられるというのである。しかし、ドストエフスキーの場合、父親が冷たくて厳しい暴君的であったことや、男性である彼自身の性格の中にマゾヒスティックともとれる女性的要素が際立っていることを取りあげて、これらによって彼のエディプス・コンプレックスは増強され、独特のニュアンスが付加されることになった、とフロイトは考える。つまり、子供のころ抱いた父親に対する激しい憎悪、父親の死を願い父親を殺したいと思うほど憎む気持は、やがて無意識の中に抑圧されると、そこには望んではならぬことを望んだ罰として罪悪感が芽生えてくる。したがって、そのような隠された願望の外部への噴出の一形式とみなされる癲癇発作には、自己への懲罰という意味があるわけである。また、早くから彼にあらわれたといわれる昏睡ないし仮死発作は、癲癇発作の前段階をなす代理的な症状であって、この場合、自分が〈死〉という形を通して、いわば〈死〉を罰として演じることによって、死んで欲しい憎悪の対象（父親）になりかわった、つまりは父親との同一化がみられるのであるが、この〈死〉による自己懲罰にはマゾヒスティックな満足もみいだされる、というのがフロイト説のおおまかな輪郭といえそうだ。

――フロイトは、このあたりの事情を、去勢コンプレックスや男女両性的性格あるいは自我や超自我などの用語を精神分析学的にあやつって巧妙に解き明しているのであるが、一読者にすぎないわたしには、中身を充分把捉しているとはいえないそのような用語を敬遠したい気持が強く、といって、ここで精神分析学そのものの探索に深入りするのは得策ではないので、それらの用語に頼らずに、フロイトの言う内容をともかくも纏めたのが、上記の〈おおまかな輪郭〉なるものであることを断っておきたい――。

フロイトは、昏睡ないし仮死発作という代理的症状は、ドストエフスキー十八歳の時に起こった父の殺害という事件を契機として、癲癇という形態をとるにいたった、と主張する。すなわち、それまで無意識の中に息づいていた隠れた願望が、その時突然現実として出現してしまったために、大発作が彼を襲ったというのである。ドストエフスキーの作品を通じて、彼の発作の前駆症状として、なにものにも替えがたい無上の法悦感に満ち溢れた一瞬のあることが知られるが、この法悦感の源は、彼が父の死を知った時に味わった大いなる解放感であり、それが固着したものであろう。この解放の喜びが大きかっただけに、それに踵《きびす》を接してやってきた罰はこれまでよりもより強烈なもので、それが癲癇発作という形をとって彼をうち倒す、というわけである。

このように発作が懲罰の意味をになっているものとすれば、他の方法で彼が罰せられている時、たとえば、シベリア流刑の際には、発作は必要ではなく、発作はおこらなかったはずだと、フロイトは推定したいようである。つまり、父の地位の代行者たる皇帝《ツァーリ》が無実の自分にくだしたシベリア流刑という不当な罰を、ドストエフスキーは自分が父親に対して犯した罪にふさわしい罰として甘受し、堪えとおしたというのである。この推定を成り立たせるためには、シベリア流刑中には発作が止んでいたという証拠を提出するか、少なくとも発作があったということを否定できる証拠を提出しなければならないが、フロイトの発作存在説に対する否定的な扱い方は、次に引用する文章から分かるように、たいへん強引かつ狡猾なものである。

「ドストエフスキー自身の報告をも含めて、たいていの人のいうところはむしろこれ（〔注〕発作が止んでいたということ）とは反対で、彼の病気が初めて決定的、癲癇的性格をおびるにいたったのはシベリア流刑の時代においてであるという。しかし残念ながら、神経症患者の自伝的言説には信用がおけない。経験のしめすところによると彼らの記憶には、自分にとって好ましくない種類の因果の連鎖をめちゃくちゃに切断してしまうような改竄を試みる傾向がある。もっともシベリア監獄での滞在がドストエフスキーの病状にも根本的な変化を与えたことは事実らしい」と。

この文章において、フロイトはドストエフスキー以外の神経症ではない〈たいていの人〉の証言ないし意見を無視してしまっているし、また、病状の根本的な変化とはどのようなものなのか、何を意味するのか、説明の要を認めていない。

またフロイトは、ペトラシェフスキー事件においてドストエフスキーは〈無実〉だと断定したうえで上述の説をたてているのであるが、なにごとにおいてであれ熱しやすく、たちまち火のように燃えあがり、限度をわきまえることを知らないドストエフスキーのことだから、ペトラシェフスキーの集まりに最初は知的好奇心からはいりこんだとしても、その後は積極的に行動したにちがいないと考えられるので、彼の〈無実〉はすこぶる疑わしいと思わざるをえない。したがって、このことと前記引用文の言いぐさとを合わせ考えると、フロイトの考えににわかに同調するわけにはいかないのではあるまいか。

さらにフロイトによれば、賭博への耽溺もまた自己懲罰の方法の一つであるが、この懲罰は一文なしになって初めて完成されるというものである。加賀乙彦はその著書《ドストエフスキイ》の中で、賭博と発作との関連性について考察している。賭博が懲罰の意味をもつのなら、ルーレットで一文なしになった状態では発作はおこらないはずと考えられるのに、加賀が書簡集を注意深く調べた結果によると、むしろ一文なしになったあとには必ず発作がおきているとのことである。この事実は、フロイトの主張から引き出せる結論とは逆のことを示していると言えよう。フロイトの言うように、もし賭博がドストエフスキーにとって懲罰であるならば、わたしは、《罪と罰》の最終編を書きあげた直後に結婚したアンナ夫人を伴って出かけた外国旅行をも、同じ意味を持つものではないかと思いたいくらいである。この旅行は、債鬼の追及を逃れる目的のほかに、継子パーヴェルや義姉エミリヤなどの係累と新妻アンナとの間の軋轢・衝突を避ける目的で企てられたものらしいが、その期間は一八六七年四月から七一年七月まで四年余に及び、新婚夫婦の思わくをはるかに越えた長期の外国滞在になってしまったからであり、また、旅の後半にはドストエフスキーが望郷の思いをよく洩らしているからである。はからずも長い間留守にしてしまったロシアに帰りたくても帰れないという理由で、この四年間のヨーロッパ旅行をロシアからの追放、つまり一種の罰とみなすことも可能だからである。

フロイトは、ドストエフスキーの発作が持っていた本来の意味は、一生を通じて少しも損われることはなく、ドストエフスキー自身は、父を殺そうと思ったことがあるという良心の圧迫から、生涯解放されることがなかったとしている。「そしてこの良心の圧迫は、父親との関係が決定的な役割を果している他の二つの領域、すなわち国家的な権威と神の信仰とにたいする彼の態度をも決定した。第一の領域において彼の到達した結論は、慈悲深き父なるツァーリにたいする完全な服従であった。」第二の「宗教の領域においては、彼は、キリストの理想の中に、一つの活路と罪からの解放とを見ようとし、自分の苦悩を、キリスト的役割を手に入れるための請求権として利用しようとした。結局のところ彼も、自由が栄える社会の実現を追求するにはいたらず、反動家となったのではあるけれども、その原因は、宗教感情の基礎をなしている人類一般に共通な、息子としての罪が、彼においては超個人的な強さを獲得しており、彼のすぐれた知性をもってしてもついにこれを克服することができなかった点に存するのである。」と断じたうえで、フロイトは次のように付言している。「つまり、ドストエフスキーの到達した結論が、彼の神経症の結果である思考障害によって左右されているように、われわれには思われるのである」と。

ドストエフスキーの救世主としての皇帝《ツァーリ》賛美と熱烈な正教擁護とは、とりわけ《作家の日記》の中において顕著かつ直截に主張されており、そのような国士ぶりをどのように理解すべきか、わたしは大いに悩まされているのであるが、これがつまるところ神経症のせいであるという結論には、いくらフロイト先生のご意見であるとはいえ、あまりにも単純明快すぎて、あっけにとられてしまうのである……。

とはいうものの、わたしは精神医学に不案内であるから、その方面からこのフロイトの神経症説の是非を云々することはできない。ただ、ここで、わたしにできることとして、一九二八年に本論文を書いた当時七十二歳のフロイトが、神経症の一つの症状とみなしたドストエフスキーのいわゆる癲癇なる病気が、現代の精神医学によると、大発作（意識喪失発作）をともなう典型的な癲癇であること、そして現在では癲癇と神経症とは別物として区別されていることなどを、精神科医でもある加賀乙彦の《ドストエフスキイ》中の記述に頼って、書き記しておくだけにとどめたい。すなわち、加賀によれば、①癲癇とは不意におこる意識喪失と痙攣発作によって昔から知られている病気である。②現代の精神医学では同じような失心発作をおこす病気のうち、脳の原因不明の異常興奮によってそれがおこるのを癲癇、情況に対する反応として失心発作が現われるのをヒステリー（神経症の一種）として区別する。さらに脳波学の発達により、現在では一過性に脳波がみだれる脳の病気はすべて癲癇とみなされる。③癲癇発作（大発作）は三つの段階を経過する。すなわち、発作前の状態、次に意識喪失発作、最後に発作後の気分変調である。④ドストエフスキーの場合、癲癇であることは本人、家族、友人の書き残したものから間違いない。

ところでフロイトが、ドストエフスキーという一作家の人間形成において強烈なエディプス・コンプレックスの存在を想定した大きな理由の一つとして、彼の父親が冷酷な暴君的な人間だったというフロイトの認識があったにちがいない。したがって、この認識が誤りないものとして確認されない限り、神経症をふりかざすフロイト説は、その最初の段階で破綻しかねないのではないだろうか。はたして彼の父親は冷酷極まる人間だったのであろうか。

ドストエフスキー自身は父親について何も書き残していないが、四つ年下の弟であるアンドレイ・ミハイロヴィチ・ドストエフスキーが書き綴った《回想》（一八七五年～九六年執筆、一九三〇年刊行）の中には、父母や兄弟などについての思い出も収められているので、作家の幼年・少年時代や父母像をさぐるうえで、唯一と言ってよいほど重要な資料となっている。そのために、伝記作者がドストエフスキーの生いたちをさぐる場合などには、このアンドレイの本がよく利用され、また、単なる引用という以上の重みをもって数多くの部分が引用されることも多い。

そのようなドストエフスキーの評伝の中に描き出される父親ミハイル・アンドレーヴィチの人間像は、勿論著者による表現の仕方にニュアンスの違いはあるものの、たいへんかんばしくないという点ではみな似たり寄ったりである。諸家が挙げているミハイルの性格的な欠点といえるものを羅列してみると、気むずかしい・口うるさい・神経質・猜疑心が強い・癇癪持ち・吝嗇・（さらに晩年のアルコール依存）などであり、このことから彼が欠点だらけの人間だったと言うことはできよう。

アンドレイの《回想》にもこれらを裏付けると思われるような記述がないわけではない。たとえば《回想》によれば、少年ドストエフスキーたちが当時通っていた私塾では、ラテン語の授業がなかったので、ミハイルがそれを家で教えていたのだが、「兄たちは毎晩行なわれるこの授業をひどく恐れていた。父は、人はよかったのだが、きわめて厳格で、短気で、なかんずく、じつに怒りっぽかった。兄たちがなにかちょっとでも失敗をしでかすと、すぐさま、きつい言葉が浴びせられることがよくあった。〔中略〕わたしたちにとって重要なのは、ただ父が怒りっぽかったという事実だけである。それゆえ、ラテン語の授業のときには、兄たちがほんの些細なまちがいをしでかしてさえも、父はいつも腹を立て、怒りだして、兄たちをなまけものだとか、ばかだとか言って罵り、ひどいときには、ごくまれなことだったとはいえ、授業を途中でやめてしまうことすらあった」と。

さらに《回想》には、ドストエフスキーたちが年頃になっても、彼らに自分たちだけで外出するのを許さず、また自由に使える小遣銭を持たせないほど、ミハイルが息子たちの品行を厳しく監督していたことが記されている。

上述のような短所といえるもののほかに、《回想》からは、ミハイルが非社交的な性格であったこと（したがってその家庭は外部に対して閉鎖的であったこと）などが知られるが、それだけではなく、《回想》には、ミハイルのプラス の面、美点とも言えるものも記されているのである。

その一つ――ドストエフスキー家では、両親のイニシアティヴのもとで朗読会がよく行なわれたと、アンドレイは言い、その際読みあげられた歴史の本や各種の小説や詩などについて、題名だけでなく、内容まで自分が憶えているのは、この会で両親たちがよく感想を語り合っていたためにに、強く印象に残ったからだ、とアンドレイは付け加えている。このことは、両親が本好きであったか、少なくとも読書嫌いではなかったことを物語るものである。また、このことは、ドストエフスキー兄弟がプーシキンを初めとするいろいろの文学書を読みふけり、家で毎月とっていた月刊雑誌《読書文庫》を愛読していたという事実とともに、ドストエフスキー家では息子たちの文学好きが両親によって公認され、放任されていたことを示すもので、これらのことから、口うるさくて気むずかしい医師ミハイルにさばけた一面のあることがうかがわれ、たいへん意外な感じがする（ロシアの貴族の家庭であっても、息子が文学青年になることを、親たちはあまり歓迎するようなことはあるまいと思うので）。

その二として――（一八三四年秋に十三歳のドストエフスキーとその一つ年上の兄とは、チェルマーク寄宿中学校に入ったので、ふたりは、帰宅できる土曜・日曜以外は、一週間家をあけることになった。）アンドレイは、ふたりの兄が寄宿中学校から帰宅した時の模様を、次のように語っている。「兄たちはまず、その週に受けとったいろいろな課目の成績を正直に報告し、それから教師の話や、友人たちの子供らしいとはいえ、ときには全くひどいいたずら話などを語るのだった。〔中略〕父も母も、家に帰ってきた子供たちに話をさせ、じぶんたちは満足そうに、なにも言わずにその話を聞いているだけだった。子供たちの話には隠しだてするようなものはなにもなかったといえる。よく思い出すのだが、父は一度も息子たちに教訓めいたことは口にせず、教室でのいろいろないたずらの話を聞いても、父はいたずらのひどさに応じて、ただ『おやおや、このいたずらもの』とか『なんという腕白者だ』とか、『まったく困ったやつらだ』とか口をはさむだけで、『いいか、おまえたちは、そういうことをしてはいかんぞ』などとは一度も言わなかった」と。アンドレイは、上述のエピソードを語ることによって、ミハイルが教訓を垂れたり、お説教を言ったりするのが嫌いだったことを証明しようとしているわけであるが、事実、上述の情景からは、子供たちに対してもの分かりのいい、子供たちに接するに性急でなく穏やかな態度を持する父親像が浮かびあがってくるではないか――ただし、このような学校生活報告などではなく、問題が息子たちの自立、自活ということに関するような場合には、ミハイルは全く別の態度をとり、男の子は自分で自分の人生を切り開いていくべきであって、さもないと乞食になって野垂れ死にしてしまうなどと繰り返し語って、子供たちをおどかし戒めていた、とのことである。このあたりには、早く故郷を捨てて、つてもないままにモスクワに出、医科大学をおそらく苦学しながら卒業したミハイルの金銭的な苦労と金銭感覚がにじみでているのであろう。このような父親の説教に対して、熱しやすいドストエフスキーが激しく食ってかかったりしたことも、アンドレイは見逃さずに書き記している。

その三として――前に、ミハイルが癇癪持ちで息子たちに対してもよく癇癪玉を破裂させていたことを示すために、《回想》から、父親によるラテン語授業の場面を引用しておいたが、そこに引用したのは、この場面を描いている文章のすべてではないので、引用した部分だけを読んだ人のなかには、ミハイルが怒り狂った揚句、息子たちをなぐりつけたのではないかと早呑込みする人がいるかもしれない。しかし実は、そのようなことはなかったのだ。アンドレイもそのような疑念のおこるのを懸念して、わざわざそうではなかったことを明記して断っている（先の引用文中で〔中略〕とした箇所にこの断り書きがはいる）ので、それを改めて次に引用しよう。

「ここでついでにつけ加えておくが、父は怒りっぽかったとはいえ、家庭では、子供たちをひじょうに人間的に扱っていて、きびしく訓戒を与えるときでも、一度たりともわたしたちに体刑を加えたりはしなかった。そればかりか、わたしは、兄たちが跪かされたり、部屋の片隅に立たされたりしたのさえ、一度も見たことがないほどである」と。

さらにアンドレイは、このようなミハイルの子供たちに対する人間的な態度は、子供たちの学校選択の際にも反映している、と考えている。すなわち、当時の官立の中学校は学費は安かったけれども、ごく些細な過失に対してでも、日常的、習慣的に体罰が課せられて評判が悪かったので、金はかかるけれども私立の中学校（チェルマーク寄宿中学校）が選ばれた、というのである。

一般に吝嗇で暴君的と伝えられる父親ミハイルの、上記のような人間的で進歩的な態度を物語るアンドレイの文章を、わたしは何度も（たとえば、米川正夫《ドストエーフスキイ研究》、志水速雄《ペテルブルグの夢想家》などで）目にしていたにもかかわらず、それに一向に重きをおかずに読みすごし、相変らず定説的なミハイル像に執着していたのは迂闊であった――もっとも、読みすごしてしまったのは、諸家による《回想》の上記のような部分の引用の仕方が、アクセントのないあっさりしたものであったことにもよるのだが。そのようなわたしの蒙を啓いてくれたのは小沼文彦の著書《ドストエフスキー》中の次のような文章である。

小沼は言う。「ドストエフスキーの父親は一度も子供たちに体罰を加えたことがなく、子供たちをわざわざ金のかかる私立学校に通わせたのも、官立の学校では生徒に体罰を加えるからというのが、その理由であったと言われている。〔中略〕将校は兵卒をなぐり、教師は生徒をなぐり、主人になぐられた百姓は自分の女房をなぐり、亭主になぐられた女房はさらに子供をなぐり、子供は子供で順送りに犬をなぐりつけるということが普通であり、殊に教師が生徒に体罰を加えることは最も教育的効果のあるものとしてむしろ奨励されていた時代に、ドストエフスキーの父親が一度もその子供たちに手を振り上げたことがなかったという事実は、そのありあまる欠点を補うものとして特筆大書されなければなるまい」と。

わたしも小沼の言うとおりだと思う。

ここで、これまでさぐってきたドストエフスキーの父親ミハイルという人間のいろいろな側面を考慮に入れて、彼の人間全体を構成すべく試みてみると、定説的なミハイル像は、マイナス面だけが強調された一方的すぎる見方であって、その実像は、マイナス面とプラス面とがオーバーラップする形であるいはコインの表裏のような関係で密接している、それぞれ相反的な心的傾向の著しいもの、と言うことができるのではないだろうか。つまり、ミハイルは二重性の際立った性格の持主とみることができるのではあるまいか。この観点に立てば、次に掲げる、ドストエフスキーの父親に対する気持を伝えている友人ステパン・ヤノフスキーの証言①と弟アンドレイの証言②とが相反していることの意味も、一応理解できるように思うのだが……。

①わたしとのつきあいが親しさを増すにつれて、ドストエフスキーもわたしを心から信頼してくれるようになっていった。〔中略〕母親や、姉妹たちや、兄のことを、いつも深い感謝の念をこめて語りながら、つらくて喜びのなかったじぶんの幼年時代の状態をいろいろと聞かせてくれたのもそのころで、父親については、なぜかかたくなに沈黙を守り、父親のことをどうかたずねないでほしいと頼むほどで、弟のアンドレイのことも、やはりあまり話題にしなかった。〔注〕ヤノフスキーがドストエフスキーと親しくなったのは一八四六年、作家が二十五歳のころである。）

②いつだったか、わたしがペテルブルグに行って、兄と二人で、じぶんたちの思い出ばなしに花を咲かせていて、たまたま父のことに話が及んだときだった。兄はたちまち活気づくと、いつもうちとけて話すときの癖で、わたしの肘の上あたりをつ

かんで、熱っぽくこう言ったのである。「なあ、アンドレイ。まったく、うちのおやじは進歩的な人だったよ……いまでは、ああいうのこそ進歩的な人といえるのだよ……あんなに家族にたいして思いやりのあるおやじには、われわれはとてもなれないだろう。」（〔注〕アンドレイによると、この出来事は一八七〇年代末のころのものというから、ドストエフスキーの最晩年、五十七歳、八歳のころであろう。）

上述のヤノフスキーの証言については、若きドストエフスキーの肖像を《ペテルブルグの夢想家》で描いた志水速雄は、ドストエフスキーが父親について語りたがらなかったのは、〈つらくて喜びのなかった〉子供時代に父の影がさしていたためだけではなく、父の非業の死が彼の口を閉ざしていたのだ、と解釈している。この解釈は、ヤノフスキーの証言についてだけであれば、妥当なものと言いうるかもしれないが、わたしたちは、上掲した二つの証言いずれにも適用できる解釈を求めなければなるまい。

総じて、わたしたちは、若いころは父親に対して評価は厳しいが、年をとるにしたがって、その厳しさは薄れていくとともに、その一方で、いつしか親密さと懐しさとがしのびこんでしまった自分の中の父親像に、自分がよりしっくり感ずるように、自分好みに親密さと懐しさとを色濃く染めつけた衣裳をまとわせて美化する傾向が強いように思う。したがって、ドストエフスキーの場合も同じであったとして、上掲の二つの証言の食違いを、若い時と年老いた時に抱く父親に対する気持の違いに帰することも可能ではあろう。しかし、ドストエフスキーは、喜怒哀楽などの情動面において非常に激しく、愛憎・嫉妬・野心などの情念面においてすこぶるしつこい人間であったから、そして彼自身が両価性《アンビヴァレンス》を含めて相反的な感情・欲求のたいへん強い人間であったから、わたしたちの場合と同じように、父親に対する憎しみの気持が、年をとるとともに穏やかな懐しいものに変わっていったのだろうと、安直に推測するのは危険なような気がする。

第一、彼は自分の幼少年時代をつらくて暗い陰鬱なものとしているようであるが、アンドレイの《回想》を読む限り、父親の厳しいしつけや監督があったにはちがいないにしても、両親の留守を狙って女中相手に兄弟たちで結構遊んでいるようだし、父がダーロヴォエ村、続いてチェレモーシニャ村を領地として買いとってからは、そこで餓鬼大将よろしく大いに羽を伸ばして遊んでいるのである。また、ドストエフスキー家はかつて貧乏貴族だとされたようだが、上記のように領地を買いとる資力があったほか、子供たちが私塾に通う時などに利用する送迎用の馬車まで、御者付きで所有していたのだから、貧乏というのは当たらないだろう。確かに、父の勤務していたマリヤ病院の構内にあった住居の四部屋程度から成る生活空間が、女中、下男などの使用人を含めると十人をはるかに越えたと思われる家族が住むのにたいへん狭くて窮屈であっただろうし、十六歳で親元を離れてペテルブルグに出るまで、小遣銭をもらえなかったのは、たいへん不便であったにちがいない。しかし、ここで敗戦（一九四五年）前後までのわが国の庶民の家庭情況を思い出してみるならば、それと五十歩百歩であって、家族の人数だけを別にすれば、小さい兄弟姉妹が狭い一つ部屋に押し込まれ、小遣銭もろくにもらえなかったのが、一般的にみられる現実だったと、わたしには経験的に思われるのである。

以上述べてきたことから、ドストエフスキーの幼少年時代については、その家庭の経済的情況は貧しいという状態からは程遠く、また、病院勤めの医師である父親は、感情の起伏がすこぶる激しく、口うるさく、些細なことにすぐに怒り出すものの、機嫌のいい時にはたいへんもの分かりがよく、開明的な面も持ち合わせていたことが知られるのだから——さらに、それに加えて、幼少年時代、信仰深い優しい母親や兄弟たちに取り囲まれていたのだから、一般的に言うならば、このような家庭情況のもとでは、エディプス・コンプレックスが強化され深刻なものとして沈潜することはないように思われる。ところが、ドストエフスキーの場合、ある時には、自分の幼いころを陰惨なものとして捉えて語るかと思うと、別な時には、それとは全く正反対のことを語っているのだから、このような矛盾した内容の発言をさせる原因として、強烈なエディプス・コンプレックスの存在を前面に押し出すよりは、ドストエフスキー親子いずれにもみられる著しい相反的な感情・欲求の共存と、そのような二つの資質のぶつかり合いの反映、そして、とりわけ作家側の鋭敏すぎる神経と持病である癲癇とを考慮する必要があるのではなかろうか。

ドストエフスキーの生まれつき過敏な感受性とそれに伴う激しい感情のゆらぎは、二重性のそれぞれの面に、常人ではみられぬほど強く作用して深い傷《トラウマ》も残したにちがいない。また、彼の幼少年期の病気について、アンドレイは《回想》の中に、ペテルブルグに出る直前にかかった〈声の出なくなる〉奇妙な病気（この病気は、母の死とそれに引き続いて知ったプーシキンの決闘死から受けたショックによる心身症ではなかろうか？）以外には、何も書き残していない。しかし、ドストエフスキー自身は、一時主治医でもあったヤノフスキーによれば、幼いころから〈神経症〉にしばしば悩まされていたとよくこぼし、また、このヤノフスキーや、工兵学校の同窓で作家のドミートリー・グリゴローヴィチの思い出などからは、工兵学校在学中から小説などを書き出したころにかけて、〈神経症〉がようやく頭痛を伴った発作の形をとったことがうかがわれる。したがって、フロイトの十八歳発病説の是非は別として、ドストエフスキーの病的なものが、幼いころの〈神経症〉を前兆として、二十歳前後から強い発作をしばしば伴った癲癇の形をとるようになったと考えることができそうだ。（〔注〕この〈神経症〉の正体や症状について確かなことは不明であるが、ヤノフスキーの言いぐさから、ひどい心配性など強度の神経質的なものを漠然と示すもののようだ。）

とすれば、やがて《貧しき人びと》で文壇に華々しくデビューする小説家としてのドストエフスキーの誕生と、癲癇持ちの病人としてのドストエフスキーのそれとは時期的に殆ど重なることになるから、燃えあがる創造の情熱によって〈生みだす〉喜びを満喫する小説書きは、同時に、失心発作によって絶えず死の影におびやかされておののく弱い病者であったことになる。彼が発作によって死ぬことがあることを予想し、それをたいへん恐れていたことは、友人コンスタンチン・トルトフスキーの証言によって明らかである。すなわち、トルトフスキーは、ドストエフスキーが自分のところに泊った際、寝るだんになると、昏睡状態になってしまっても三日間は埋葬しないでくれと、いつも自分に頼んでいた、と言っている（ただし、トルトフスキーは、この思い出をドストエフスキーが二十八歳のころのものとしているので、わたしが推定した発病時期よりも七、八年ほどあとのことになるが）。このように、創作による生の充実と歓喜を味わう一方で、発作による生の喪失・死の恐怖を強く感じないではいられなかった若きドストエフスキーにおいて、その心的イメージは彼のその時その時の気分のままに強く色づけされていたにちがいない。幼いころの心象風景や父ミハイルの二重性の印象《イメージ》についても同様であろう。プーシキンやバルザックについて、あるいは書きあげたばかりの自分の小説について、興奮して喋りまくる夢想家ドストエフスキーは、とりわけ発作のあとなど落ち込んだ気持の中では、すべてのものに暗い面だけを見すぎる悲観論者《ペシミスト》であったであろう。このような際、ミハイルの二重性のうちのマイナス面が、それに激しく反応するドストエフスキー側の二重性のなかの一方に火をつけられて、苦々しく語られることになったのではなかろうか。そして若いドストエフスキーのまわりにいた人たちは、彼が自分たちをたいへん驚かせた発作をおこしたことと、彼が語る陰気くさい話とが強く結びついていたために、そのことが、定説的なミハイル像をつくりあげるのに、なにがしかの材料を提供することになったのではなかろうか。

晩年のドストエフスキーには悲観論者《ペシミスト》の顔はみられない。彼はすでに、長らく自分を苦しめてきた癲癇を自分の外からやってきた〈よそもの〉とは思わずに、自分のもの、〈わがもの〉としていたにちがいない。このように彼は、ミハイルのマイナス面だけを肥大させるような心的情況におちいることは、とうの昔になくなっていたから、アンドレイの話に触発されて、父親の開明的だったことを思い出して大いに喜んだのであろう。

これまで文中に引用したり参考にしたりしてきた、アンドレイの《回想》や友人たちの証言などはすべて、《ドストエフスキー・同時代人の回想》（ドリーニン編、水野忠夫訳、河出書房刊）に所収のものによったが、わたしがどうして、とりわけアンドレイの《回想》を高く評価して信用したかは問題となろう。

わたしは以前、ドストエフスキーの次女リュボフィ（通称エーメ）が書いた《ドストエフスキイ傳》を読んだことがある。この本には幾つか欠点がみられるが、いちばんの欠点は感情的なもの言いをしていることで、たとえば、自分の好悪の感情にひきつけて人間を評価しすぎていると感じた。ところが、アンドレイの《回想》からは、そのようなものは感じられない。

彼が兄フョードル（作家ドストエフスキー）の思い出を書き残そうと思い立ったのが五十歳の時で、それから十二年も経ってからようやく仕上げられたというのだから、相当な量《かさ》のものになった筈だと思われるが、《同時代人の回想》に所収のアンドレイの《回想》そのものは、収録本で約四十ページを占めるにすぎない文章である。したがって《回想》は原本（アンドレイが書いた原稿すべてを印刷・刊行したもの）からの抜粋と思われるが、《同時代人の回想》では、そのことについて解説なども全く触れられていないので、本当のところは不明である。

アンドレイは生涯を一建築技師として生きたが、そのような職業の人にふさわしく、その思い出は、感情の抑制のきいた、均整のとれた文章で書き綴られていて、読んでいて気持がいい。しかも、彼は文学者でもなく、また文学的野心を抱いたことがないと思われるにもかかわらず、《回想》の文章表現はリアルであり、臨場感にあふれているので、《回想》から、幼いドストエフスキー兄弟のかつての日々をまざまざと思い浮かべることができ、あるいは楽しくあるいは悲しく共感させられるほどである。勿論、思い出の記である限り、アンドレイの遠い記憶も時間による侵食を受けて変形したり、欠落したりしてしまった箇所もある筈だから、その影響をまともに受けたにちがいないし、また、はるかかなたに去ってしまった幼き日々や早く亡くなった両親像を描く場合、意識的に美化しなかったにしても、知らず識らず美化する傾向は避けがたいように思われる。しかし《回想》には、ドストエフスキー家にとってあまり結構でないことや不名誉なこと（たとえば、父親の欠点や彼の横死の件など）についても、はっきり書かれているので、アンドレイは、意識的な記憶の改竄を排除して、自分の記憶にできるだけ忠実に従って書こうと努めたものと思われる。そして、そのことを裏付けているのが前述した文章表現のリアルさであると、わたしは確信している。（なお、わたしはこれまで、ミハイルの死について、病気による急死ではないかという疑いを持っていたのだが、《回想》を読むにいたって、やはり定説通り、自家の農奴たちにより殺されたことを信ぜざるをえなくなりつつある。）

（一九九三・一一・八）

〔追記〕作家の父ミハイル・アンドレーヴィチが、領地の百姓（農奴）たちに対して、当時のロシアの地主がそうであったように、暴君的にふるまい、彼らを笞でなぐりつけていたと、グロスマン、米川正夫、志水速雄らのそれぞれの研究書には書かれている。たとえば、志水の《ペテルブルグの夢想家》では、「ミハイルは、もちろん当時のロシアの風習からいえば格別珍しいことでもなかったが、農奴を人間扱いせず、家畜のようになぐった。妻マリヤが生きていた時分から、彼は（領地に出かけた）妻に百姓をもっとなぐるように書き送っている。妻の温情主義的なやり方が気に入らなかったらしい」と。ここに出てくる妻宛の手紙は、グロスマンも同じく笞うちの証拠として挙げているのだが、わたしには、それは未見の証拠なので、その手紙の全文を実際に読んで文脈をたどってみないと、志水の記述をそのまま信ずる気になれない。たとえば、翻訳のしかたにも関係するのかもしれないが――引用した文章のなかに「もっとなぐるように」とあるが、これではマリヤも百姓たちをなぐってはいたが、そのなぐりかたが弱い、あるいは少ないから、「もっとなぐるように」とけしかけている意味にとられかねない（まさかマリヤまでが、誰かに命じ百姓たちをなぐらせていたとは、とても思われないが……）。かりに志水の言うとおりだとして、慣習的に百姓たちをなぐっていたとしても、自分の息子たちは別だと考えて、息子たちをなぐらないことはありうるだろう。また、本当にミハイルが領地やモスクワの家庭内で、農奴や農奴出の下男たちを、自分の気のおもむくままに、よくなぐっていたとするならば、少年ドストエフスキーといえども、それを目にする機会があったにちがいない。もし、そうだとするならば、未来の作家が父に連れられて首都に赴く途中、見かけた一つの出来事も――駅馬を疾駆させるために、まず軍使が、何の理由もないのに、御者を拳で力いっぱいなぐりつけると、今度は、それを受けた形で、御者が馬を鞭で激しくなぐりつけるという残酷なシーン（といっても、当時のロシアの宿駅ではよく見られた光景だといわれる）――、少年にとって、〈初めて見た侮辱的な行為〉として脳裡に焼きつけられるような衝撃的な事件とはならなかったのではないか、と思われるのである……。

わたしとしては、このような理由から、(志水やグロスマンらによる笞うちの証拠(?)提示があるにもかかわらず、)ひとまず、ミハイルが、妻の存命中は、やはり妻による抑制と自制の気持から、農奴や下男たちをなぐることは殆どなかったように思いたい。評家たちは、彼が農奴たちをやたらに笞うち、彼らの激しい憎悪の的になったと言うけれども、それは、一八三七年に妻に死なれてから後、医師をやめ、ひとりで領地に閉じこもって酒に溺れ、アル中で自分を失ってしまってからであろうと思っている。ちなみに、ミハイルが死んだのは、妻の死の二年後である。

(一九九五・三・一二)

わがドストイエフスキー

河上徹太郎著
河出書房新社刊

本書より得るところが多々あったことを、まず断っておかなければならないし、それについては著者に感謝するばかりであるけれども、そのことは別として……。

ドストエフスキーは、露土戦争のころ、《作家の日記》のなかで、熱狂的な国士ぶりの姿勢をあらわにしているが、著者はこれを日本の幕末における志士たちの尊王攘夷的憤激になぞらえたうえで、彼の場合、その国粋主義的ともいえる信念の核をなす〈天皇〉は、東方教会であったと断じている。確かに《日記》を見る限りでは、そのように思われる。しかしながら、《日記》から浮かびあがってくる、スラヴ主義にのぼせあがったロシア正教の使徒、というよりもむしろ扇動家といったほうがいいようなドストエフスキーの興奮しきった顔は、彼が創り出した巨大な小説作品群からイメージされるドストエフスキーという作家の全体像に似つかわしくないのではなかろうか。というのは、ドストエフスキーは、彼自身も言っているように、神の存在の問題に一生激しく悩まされ続けた人間であり、神を信じうると思った途端に、不信に陥るほどの強い懐疑をいだいてしまう人間であったように思われるからである。つまり、彼は神を渇望しながら、神を心底から信ずることのできなかった人間であったように思われ、いわゆるロシア正教の熱烈な信徒であったとは、どうしても思えないからである。したがって、《日記》には、時評家あるいはジャーナリストとしての彼の特徴的な才能がよくあらわれており、さらに、ドストエフスキーという作家の人間性、とりわけ、なにごとであれ、極限まで突っ走ってしまうという個性的な独自性が——もっとも、彼自身はこれをロシア人一般に特有な性質と言っているが――はっきりとみられるのは間違いないにしても、小説家としてのドストエフスキーの天才の総体はやはり、彼の小説作品群自体に探し求められねばならないと思うのである。

（一九九四・一〇・二六）

ドストエフスキー『悪霊』の世界

清水　正著
鳥影社刊

著者のドストエフスキーの作品への迫り方は、深読みしすぎではないかと思われるほど、強引でしつこいが、それにもかかわらず、推理的な鋭い勘を充分に生かしきってもいるので、なかなか面白く、かつ啓蒙される点が多々あったことを、まず、言っておかなければならない。そして、そのうえで、著者が《白痴》論の場合と同じように、〔注〕神秘的な数字とか数の秘教術的減算とかを持ち出して、作品中に出てくる月日や時間などについて、（ドストエフスキー自身ですら、思いつきもしなかったように思われる）独特の意味を強引に発見・付加していることを誇っているのは、わたしにとって興ざめであることを断っておく必要があるだろう。というのは、ともかくも、わたしは、本書に披瀝されている著者の見解を虚心坦懐に検討してみようと思ってはみたものの、やはり、著者のこのような神秘的な論証は、わたしの気持を逆なでし、著者の考察全般の上に、まがいものという、いかがわしいヴェールをかけてしまうからである。さらに、本書に誤植がたいへん多く、また、文章引用の仕方が粗雑で、引用文に意味不明をもたらすような脱落がみられることなど、本書執筆に対する著者の姿勢の真摯さについて、わたしが疑念を持たざるをえないような事情もある。

〔注〕本書は《悪霊》論ではあるが、本書中で、著者はドストエフスキーの他の多くの作品やそこに登場する人物たちにも大いに言及している。そこで、たとえば、《罪と罰》の登場人物であるソーニャについて、著者は、彼女が初めて体を売った、つまり〈踏み越え〉をしたのが、六時から九時までの三時間のあいだであるとしている。しかし、この点を原文（邦訳）にあたれば、五時すぎから八時すぎであったことが明らかである。それをこのようにねじまげてしまったのは、著者に、三・六・九という数字には神秘的な意味があるという観念があり、そのような象徴性をドストエフスキーが自分の作品中に盛り込みたかったからだと、著者が主張したいがためにほかならないのである。

（一九九四・八・一〇）

知られざるドストエフスキー

中村健之介著
岩波書店刊

本書は、作品以外の面から照明をあてることによってあぶりだされた、ドストエフスキーという一作家の特異な精神構造についての報告書と言うべきものであろう。

著者は、日本には未紹介のロシア語文献を含めて、渉猟した関連資料のなかから、自説を補強または立証するに足ると思われる資料を適宜、引用・援用することによって、作家の精神構造を幾つかの面で鋭く斫断《しゃくだん》し、それらの断面を九つの論文において分かりやすく提示している。したがって、わたしたちが、ドストエフスキーの作品を読んで感ずる難解さや、作品を読んだだけではなかなか把捉しえないようなもの、たとえば、作品の難解さを助長しているドストエフスキーという作家の人間性や、体臭などの生理的といってもいいようなもの、あるいは、把捉しえないまでも、何となく漠然とは感じているもののはっきりと言い表わせないようなものの正体について、本書を読むことによって、理解への道が拓けうるようになるかもしれない。そうだとすれば、本書は、ドストエフスキーの作品を解きほぐす重要な鍵の一つを与えてくれるもの、と言えるであろう――

しかし、わたしは、著者が本書で示した作家像が、わたしにとっても未知と言えなくもない〈知られざる〉ドストエフスキー像であったことに対して、感謝の念を持つにもかかわらず、かつまた、本書に引用された文献をほとんど知らないことがあるにしても、著者の見解に賛成同然の思いを持つにもかかわらず、何か物足りない気持が強い。言うなれば、この気持は、おそらく、複雑極まりないドストエフスキーを著者がすこぶる手際よく割り切って料理してしまったことに対する、わたしのひがみ根性に由来するくやしさ、不満なのではあろうが……。

なお、ごく些細なことではあるが、ドストエフスキーが耽溺しきっていたルーレット賭博からすっぱり足を洗いえた原因についての著者の推測には、異議をさしはさみたいし、また、作家死後におけるドストエフスキー観をめぐるアンナ夫人とストラーホフとの対立についての叙述には、一部事実誤認があるのではないかと思う。

（一九九四・九・二九）

ドストエフスキーへの旅

佐々木美代子著　新潮社刊

著者は、わたしの出版社勤務時代に百科事典編集という仕事を手伝っていただいたことのある女性で、本書は、著者より贈られたもの。贈られた当時（一九七九年）の読後感は、儀礼的な意味合いをも含めて、〈読んだ〉という感じくらいのもので、これといったものはなかったような気がするのであるが……今回の再読は、わたし自身が、かつて作家のすんだ旧宅などを探し求めて、ペテルブルグの街なかを歩き回っているような臨場感をわたしに与えるとともに、本書から、著者のドストエフスキーに対する熱い思いを感じとることができた（これは勿論、著者にたいへん遅れてではあるが、わたしが一九八五年ころからドストエフスキーに本格的に取り組みだしたことによるものであるにちがいない）。青年ドストエフスキーへの激しい共感にまつわりつかれた文学的遺跡探訪記ともいえる本書において、文中に挿入された二点の手書きの地図は、作家の旧宅には勿論のこと、ペテルブルグ（レニングラード）に一度も足を運んだことのないわたしにとって、とりわけ貴重なものである。

（一九九三・二・一二）

ドストエフスキーの一日
——ルーレテンブルク

L・グロスマン著
原　卓也訳
講談社刊

ドイツ西部の温泉保養地ヴィスバーデンにおけるドストエフスキーの一日——ドストエフスキーが、《賭博者》の舞台として描いている〈ルーレットの町〉すなわちルーレテンブルクはヴィスバーデンがモデル——。この時（一八六五年八月）、ドストエフスキーはルーレット賭博に負けてすってんてんになっていたのだが、物語は、作家の眼前に展開する出来事に触発された作家自身の回想を混じえながら進行する。著者は、このような形式をとることによって、ドストエフスキーが大作家としての力量を初めて存分に発揮しえた《罪と罰》成立にいたるまでの作家の数奇な半生を描き出すとともに、この大作の構想の熟成していく経緯をも探ろうと試みたものであろう。ドストエフスキー関係の資料渉猟の点で定評のあるグロスマンならではの面白い玩物的作物と言えよう。

（一九九二・五・三）

ニコライの見た幕末日本

ニコライ著
中村健之介訳
講談社刊

文庫本。ドストエフスキー研究家である訳者は、ドストエフスキーの信仰内容をさぐるうえで、ニコライ・ヤポンスキーの考え方がなにがしかの参考あるいは手がかりになるのではないかと思い、本書原文《テキスト》を探し出して訳出したとのことである（この点は、わたしが本書を購読した動機と全く同じである）。日本へのロシア正教の宣教者ニコライ・ヤポンスキーは二度目の帰国の際、モスクワ滞在中、ドストエフスキーの訪問を受け（一八八〇年六月二日露暦）、一時間ほど話合いをし、お互いに大いに好感をもって別れたことが、作家の妻アンナ宛の手紙などからうかがわれるので、このような二人の関係からみても、訳者の意図は見当違いのものとは言えない。しかし、本書を読んだ限りでは、ドストエフスキーの心情をさぐるうえで直接役立つことはないように思われる。それよりも、訳者やわたしたちの思わくを通り越して強く印象づけられるのは、ニコライの日本についてのすごい勉強ぶりであろう。日本に渡ってきてからわずか七年半で、日本語に習熟するとともに、日本人の国民性、日本の宗教情況などを含め、日本歴史や国情を大づかみして、本書のような〈日本の幕末事情〉について書けるのは、なかなか大した精進と言える。これも伝道の情熱のしからしむるところであるにちがいない。

（一九九二・七・三〇）

スースロワの日記

ドリーニン編　中村健之介訳
みすず書房刊

原書は一九二八年刊行の本だというから、コマローヴィチの本（《ドストエフスキーの青春》）と同じく、六十年以上も前の本ということになる。本書には、ドストエフスキーの情人スースロワの日記のほかに、彼女の書いた短編小説と往復書簡のごく一部が併録されているが、日記を読むことによって、〈新しい女〉スースロワと〈シベリア帰りの作家〉ドストエフスキーの関係や、一九世紀六〇年代のロシア反体制家《ニヒリスト》たちの生態を知ることができる。スースロワのような女性は、現代の日本にもその辺にごろごろいくらでも転がっているように思われる。ドリーニンは原注の一つにおいて、ツルゲーネフの思想的な臆病さを示す証拠として、ツルゲーネフのアレクサンドルⅡ世宛の手紙を引用しているが、この問題――つまり、ツルゲーネフの節操のなさについては、ドストエフスキーの思想探究のついでに探る必要があるだろう（なにしろ、ふたりはそれぞれ西欧派とスラヴ派の雄であったのだから）。

なお、ほぼ同じような内容の本として、敗戦直後に古本として手に入れていたもの（《ドストイエフスキイの愛人の日記と書簡》村井啓二訳、萬里閣刊）があるのだが、今回、本書を読むにあたって一部読み較べてみたところ、前に持っていた本は出鱈目な訳で、いい加減な本であることを確認した。ついでに、これまで読んだドストエフスキー関係書のなかで、わたしの手に負えなかった悪書（?）というべきものを、ここに、もう一つだけ挙げておく――《ドストエフスキー研究》セガロフ著、五味松樹・国松孝二共訳、健文社刊。

（一九九二・一・一二）

ソーニャ・コヴァレフスカヤ

―自伝と追想

ソーニャ・コヴァレフスカヤ／アン・シャロット・レフラー著
野上弥生子訳
筑摩書房刊
世界ノンフィクション全集⑧所収

本書は、表題から分かるように、〈自伝〉と〈追想〉の二部から成る。二つには、いずれも思い出の記録という共通した性格があるけれども、前者は、優れた女流数学者として知られるソーニャ・コヴァレフスカヤ自身によって、その晩年（一八八七～八九）に書き残された少女時代の回想記であり、後者は、彼女の親しい友人であったアン・シャロット・レフラーによって、ソーニャの死後の一八九二年に、彼女の回想記を補完する意図をもって書き記された、彼女の後半生の伝記といったものである――もっとも、伝記とは言っても、レフラーは、年代順に個人の履歴を忠実に追い求めるというよりは、もっぱら思い出をとおして、自分の中に生きているソーニャのイメージを確かめようと努めているのであるが……。

この回想記全体を通じて、読者は様々のソーニャ像を思い描くことができるだろうが、わたしは、ソーニャ（一八五〇～九一）というひとりの人間のなかに、躁的状態と鬱的状態とがきわだって交替する精神病理学的なもの、あるいは、飽くなき知的欲求とたぎりたつ情感の昂まりの並存によってさいなまれる、二重性の顕著な精神像を見いだすことができるように思う。しかし、とは言っても、わたしは、ソーニャという人間をとりわけ知りたいためにこの回想記を読んだわけではない。むしろ用があるのは、ソーニャの姉であるアンナ・ワシーリエヴナ・コルヴィン＝クルコフスカヤ（一八四三～八七）のほうなのである。というのは、ドストエフスキーは一八六五年四月にアンナに結婚を申し込んでおり、このアンナが、妹の回想記には、妹自身とともに主役として登場しているからである。

ドストエフスキーの年譜によると、作家は一八六四年四月に妻マリヤを亡くしてから、二年半後の六六年一〇月に、《賭博者》の口述筆記が縁で当時二十歳の速記者アンナ・スニートキナと知り合い、翌年結婚したのであるが、その間、この再婚に辿りつくまでに、四人ほどの女性に結婚を夢みたり、あるいは実際に結婚を申し込んだりしている。そのなかの一人が、アンナ・ワシーリエヴナというわけである。

しかし彼女は、ドストエフスキーの申し込みを受け入れなかったのであるが、ソーニャの回想記によれば、作家の求める妻というものが自分を捨てきって夫と一体化できる女性であるのに対し、彼女は自分を捨てきることなどとても出来ない、自立して生きたい、自由でいたい、というのが、彼女が断った根本的理由のようだ。ドストエフスキーがアンナ・ワシーリエヴナを知ったのは、アンナが作家の編集していた雑誌《世紀《エポーハ》》に小説を投稿したのがきっかけで、まず、ふたりの間に文通が始まり、それが、姉妹のペテルブルグ滞在のおりの結婚申し込みにまで発展したのであるが、それと同じ時期に、当時十五歳の妹ソーニャが、作家に対してひそかに、かつ自分でもはっきり意識せぬままに、思慕の念をつのらせていたという挿話《エピソード》は、回想記のなかに生き生きと描写されていて、よく知られる。また回想記では、アンナは背の高いすらりとした巻き毛の美人として描かれているのに対し、ソーニャ自身は、卑下からか、自分の容姿をあまり評価していないように書かれているが、本書に掲載されている肖像写真を見る限りでは、聡明さがきりっとした顔立ちのなかにうかがわれる、なかなかの美人である。

ふたりの姉妹のその後の消息について、デッサンを試みる必要があるとすれば――

①アンナは、六〇年代末、ペテルブルグの革命家グループに近づく。その後、ロシアを出て、一八七〇年にフランスの革命家シャルル＝ヴィクトル・ジャクラールと結婚。パリ・コンミューンの際は夫とともにコンミューン側で活躍。その崩壊後、死刑を宣告された夫を助けてフランスを脱出してスイスに潜行。七四年夫婦でペテルブルグに舞い戻り、ここでアンナとドストエフスキーの交渉が復活する。両家とも避暑地として選んだのが同じスターラヤ・ルッサ（ノヴゴロドの南約百キロ）だったので、ふたりの付合いはさらに深まる。八四年ころから重い心臓病（？）をわずらい、八七年一〇月パリで病死。

②ソーニャは、一八六八年にロシアから国外に出る方便としてヴァルデマル・コヴァレフスキーと結婚（当時、貴族の社会・家庭では、若い娘が勉学などのために国外に出かけるというようなことは、許しがたいこととして認められていなかったが、そのような社会や親たちの束縛・拘束から娘たちが脱け出して自由になるための手段として、愛情の有無とは関係なく、結婚という形式がよく利用されたらしい。ソーニャの場合も、この種の形式的結婚ではあるけれども、ふたりの間には七八年にひとり娘が生まれている）。結婚によって国外に出ることができるようになったソーニャは、六九年ハイデルベルク大学で数学を学ぶ。七〇年から、ベルリンでK・T・ヴァイエルシュトラス（ベルリン大学教授）の個人指導を受けながら、七四年《偏微分方程式論について》を完成し、この論文によってゲッチンゲン大学よりドクトル・フィロゾフィエの学位を得る。その後、まもなく夫とともにロシアに戻り、数年間数学から離れて詩や小説などを書いてすごす。やがて夫と別居して再び研究生活にはいり（その間に夫は事業に失敗、自殺）、八四年ストックホルム大学講師、八九年同教授。八八年論文《定点のまわ

りの剛体の回転の問題について》により、フランスの科学アカデミーのボルダン賞を受賞。晩年の二年間ほど、恋愛問題で悩み苦しむが、九一年二月一〇日ストックホルムで病気で急死。

なお、レフラーの〈追想〉によれば、ソーニャは非常に怜悧で文学的才能にも恵まれていたにもかかわらず、美術的センスは全く欠除していて、絵画・彫刻・建築などには何ら興味を示さず、パリに何年か暮していたけれども、ルーヴル美術館にすら一度も行ったことがない、とのことである。信じがたいことではあるが、世の中にはいろいろの人がおり、人さまざまであるから、信じないわけにはいくまい。

ノートを終えるにあたって、最後に、本書についての不満と疑念とを記しておきたい。

本書は英訳から重訳したもの（初訳一九二四年、改訳一九三三年）であるが、その訳文は日本語としてこなれておらず生硬であるばかりでなく、わたしには意味がつかめないものも大分ある。翻訳者が、息の長い真摯な女流作家として有名であった野上弥生子ということなので、このことに大いに驚くとともに、たいへん不満に思っている。また、ドストエフスキー関係のことであるが、彼の処女作発表のころやペトラシェフスキー事件に関与したころの記述について、錯誤や不正確な表現が多いのも不満である（このことが原著者の責任なのか、それとも英訳者、邦訳者の責任なのかは分からないけれども）。

疑念というのは――ソーニャの〈自伝〉には、実は〈ラエフスキー家の姉妹（ロシアでの生活）〉という見出しがついていて、〈自伝〉のなかでは、アンナとソーニャの姉妹はそれぞれアニュータ・ラエフスカヤとターニャ・ラエフスカヤとして登場している。わたしは、この二つの名前の名も姓も回想記を書くうえで著者のつくった仮名《かめい》（架空の名前）だと思うのであるが、訳者はそうは考えずに、アニュータとターニャのみを仮名とし、ラエフスキー家をコルヴィン＝クルコフスキー家の宗家とみているようだ（文中の訳注などから察すれば）。勿論、訳者のような見方も成立するとは思うが、訳文の質の程度を考慮に入れると、そのような考えににわかに賛成する気になれない。

（一九九五・一一・二六）

〔追記〕ソーニャ（ソフィヤ）による少女時代の思い出の記は、《ドストエフスキー・同時代人の回想》（ドリーニン編、水野忠夫訳、河出書房刊）にも収録されている――ただし、勿論、コルヴィン＝クルコフスキー家の姉妹の人生とドストエフスキーのそれとが交錯する期間だけの部分的なものではあるが。

ソーニャは晩年、スウェーデン語で小説を書けるほど、スウェーデン語に熟達していたようであるけれども、彼女の回想記原文はロシア語で書かれていると推測される（その点について、訳者・水野は解説などで何も言っていないので、断言はできないけれども）。《同時代人の回想》所収のものの訳文は、野上訳のものよりもよくこなれた日本語であって、作家に対する姉妹の思いは、その微妙なゆれをも含めて、こちらのほうにこそ、より生き生きと描写・訳出されているというべきであろう。

（一九九五・一二・二一）

回想のドストエフスキー

アンナ・ドストエフスカヤ著
松下　裕訳
筑摩書房刊

アンナ夫人による夫ドストエフスキーの回想録。邦訳本は上下二巻より成る。よくこなれた邦訳であって、訳者の翻訳家としての力量は大いに評価されなければなるまい。また、訳注も親切でたいへん参考になる。

本書でアンナが描いているドストエフスキー像は理想化されすぎているという批判があるようであるが、亡き夫の在りし日の姿を、愛する妻の筆が美化して描くのはむしろ当然であろうから、この点を取り立てて咎める必要はあまりないのではあるまいか。いずれにせよ、妻から見た貴重なドストエフスキー像というものは、本書をおいてはないのだから、後世のわたしたちとしては、本書から家庭生活という卑近な場におけるドストエフスキー像をつかみ出すべく努めるべきであろう。そして、わたしには、そのような彼の姿も、ドストエフスキーの全体像を捉えるうえで欠かすことができないと思われるのである。しかし、ここでは読後感として、ドストエフスキーとのささやかでまことに個人的な因縁《かかわり》について記すだけにとどめたい。

作家とアンナとが結婚してまもなく出かけた外国旅行における旅宿について、スイスのジュネーヴでは初めギヨーム・テル通りとベルテリエ通りの角にある家の二階を借りたと本書にあるが、ギヨーム・テル通りは、わたしが一九七二年に海外旅行した際に二晩宿泊したホテル・デ・ベルグのある、ベルグ河岸通りの一つ裏手にある。しかも、ギヨーム・テル通りとベルテリエ通りの二つの通りは、ベルグ河岸通りに接したところで交叉して終わっている。ホテルから見て、この交叉点よりももう一つ先の交叉点から始まるのがモン・ブラン大通りであるが、わたしは、この大通りに面した店でピッケル（模型）などの土産ものを買い求めたのだから、その際、かつてドストエフスキー夫妻の借りていた家の前を通って行ったことになるようだ。それればかりでなく、二人がのちに移った借家がモン・ブラン大通りにあったというのだから、わたしはあるいはその家の前も通ったかもしれないのだ。またアンナは、最初の家からローヌ川にかかる橋（ベルグ橋のこと）とジャン・ジャック・ルソーの小島が見わたせた、と書いているが、約百年後にわたしもベルグ橋を渡り、その中央にあるルソー島を見物してきたことをはっきりと憶えているので、たいへん懐かしい。ルソー島のまわりに白鳥などが群れていたのを思い出す……。

（一九九二・六・二五）

ドストエフスキイ傳

エーメ・ドストエフスキイ著
高見裕之訳
アカギ書房刊

（本書は、七年ほど前にドストエフスキーに本格的に取り組みだしたころから、読んでみたいと強く願っていた書物である。しかし、敗戦直後の一九四六年発行という半世紀近く前の古い本なので、これまで古書店でも見つけることができず、読むことを殆ど諦めていたのであるが、このたび畏友・上村正氏のご好意により、はからずも上村氏が所蔵されていた本書を拝借でき、読むことができたわけである。先に読んだ《回想のドストエフスキー》の入手についてお骨折いただいた八坂書房社主・八坂安守氏のご好意とともに、両氏の熱い友情に対して深く感謝したい。）

　本書は、ドストエフスキーの次女リュボフィ（通称エーメ、一八六九〜一九二六）がフランス語で書いたもの（一九二六年、パリ版）からの邦訳と訳者後記にあるが、このパリ版と、ドイツ語で書かれた《娘によって描かれたドストエフスキー》（一九二〇年）というミュンヘン版との関係は、本書を読んだ限りでは不明である――おそらくパリ版はミュンヘン版の著者みずからによる仏訳本であろうと推量されるけれども（〔追記〕を参照のこと）。

　上述したように、本書を読みたいと念願していたにもかかわらず、今回実際に読んでみたところ、わたしの期待は裏切られてしまったと言わざるをえない。これは、わたしの期待が大きすぎたせいもあるのであるが、それだけではなく、そのほかに三つばかり理由がある。まず、本書の日本語の未熟な点があげられよう。十一歳で父親を亡くしたエーメは、長じて父と同じく小説家になったというのだから、彼女なりに自分の文章には自信を持っていたはずであるが、本書の訳文がこなれていないために、原著者であるエーメの筆力そのものまで疑いたくなるくらい、文章として体をなしていない。第二に、ドストエフスキーの家系を、これといった明確な資料を提出することなしに、ノルマン＝リトアニア人と結びつけ、そのうえで、ドストエフスキー自身の言動や作品の特徴に、ノルマン＝リトアニア人の血の表出、あるいはそれとスラヴ人の血との相剋をみるといったふうに強弁している。このように民族の血とその遺伝に対する偏執的なこだわりが彼女にあるために、父親の気質やその作品の分析や理解の仕方が一面的な杓子定規的なものになってしまい、実の娘が書いたものとは思えないほど、味わいのうすいものになってしまっている。また、父の兄弟など、たとえばミハイル、ニコライ、ワルワーラ、ヴェーラの人間や生活については、身内でなければ書けないといった身内ならではという記述もないではないが、概して人間を自分の好悪の感情にひきつけて評価している面が強すぎて、その点での最大の被害者は、ドストエフスキーの前妻マリヤ・ドミートリエヴナと彼の情人アポリナーリヤ・スースロワである。男と女というかかり合いのなかで、悪いのは彼女たちであり、ドストエフスキーひとりだけが良い子であったように描かれている。（一九九二・七・四）

〔追記〕この問題は、米川正夫著《ドストエーフスキイ研究》八ページの注などから、次のように考えられる。すなわち、エーメは初め、父親の伝記をフランス語で書きあげたのであるが、どういうわけか、最初に出版されたのはその独訳であった（ただし訳者については、エーメ自身が訳者であったかどうかを含めて不明）。これが一九二〇年ミュンヘンで刊行された“Dostoevsky geschildert von seiner Tochter”である。そのあとで、一九二六年にパリでフランス語版“Vie de Dostoiewsky par sa fille”が出版されたということになる。このフランス語版を邦訳したのが本書であるが、一九二三年に潮文社から出た安井源雄訳《父ドストエフスキイの回想》が、ドイツ語版の邦訳であるようだ。（一九九三・三・一四）

〔付1〕妻アンナとの往復書簡

木村　浩訳
新潮社刊
（ドストエフスキー全集㉓）

本書から感じとれるものは、ドストエフスキーの激しい妻恋いと子煩悩、それと極度の神経過敏であろう。妻や子供たちを自分の目の前にしていないと、たちまち思いわずらい、揚句のはて、悪いことばかり妄想して一人で苦しんでいる作家の傷ましい心身情況は、自分が自分で苦しみをつむぎだしているようなもので、病的なものと言っていい。世界文学に残る幾つもの傑作長編小説を生み出した巨人ドストエフスキーの生《なま》の生理が、本書に如実にあらわれているようなものであったことを肝に銘じておくべきである。

　他のことは別として、妻恋いについてだけ取り立てて言えば、書簡のなかで、愛情表現が具体的にあけっぴろげに示されているのも特徴的なことであろう。夫の亡きあと、夫婦間の秘事をあからさまに公開したくないという妻の立場からの配慮からなのであろうが、妻アンナは、そのような箇所をいちいち消し去ろうと努めてはいる。その程度・範囲は、たとえば六十行もあった筈の愛情表現が半分近くも削りとられているような場合もあるくらいであるが、それにもかかわらず、残された文章の下から、夫婦関係の実態と思われるものが浮かびあがってこざるをえないほど、ドストエフスキーの書きぶりはざっくばらんである。

　なお、巻末の解題でも触れられているけれども、本書にはドストエフスキーのユダヤ人嫌いが顕著にあらわれている。《作家の日記》では、自分のユダヤ人観に対するユダヤ人側からの非難に対して、作家は弁解じみた言辞を弄しているが、これ以上親密《アンチーム》なものはないとも言える愛妻宛の手紙のなかで、何かにつけてユダヤ人罵倒の言葉を吐きちらしていることからみると、ドストエフスキーは真底からのユダヤ人嫌いであって、ユダヤ人に対して深い侮蔑の念を抱いているのではなかろうか？

（一九九一・一〇・五）

〔付2〕父母兄弟への手紙

工藤精一郎訳
新潮社刊
（ドストエフスキー全集⑳）

本書には、表題に示すような父母兄弟宛のものばかりでなく、その他の近親者に宛てた書簡も収録されているが、それらのなかで量的に際立って多く、かつ質的にも重要なのは、やはり兄ミハイル宛の書簡であろう。

　ミハイルは、弟フョードル（作家ドストエフスキー）とは一つしか違わなかったためであろうか、彼が少年期から工兵士官学校受験までに辿った三つの学業コースは、弟と全く同じであり、しかも弟と同時の入学である。すなわち、モスクワ生れの兄弟そろって最初はモスクワの通学制のスシャール私塾に馬車で通い、ついで、同じモスクワでも寄宿制のチェルマーク私塾で学び、最後に学んだのが、工兵士官学校受験のための予備校、ペテルブルグにあった寄宿制のコストマーロフ私塾である。このような同窓・同期という学業的環境が、年子というふたりの同胞的親密さを、単なる兄弟であった場合よりもより強くはぐくむように作用したのではないかと考えられる。しかし、そうは考えられるものの、やはり、それ以上に、というよりもそれを遥かに越えて、ふたりを心情的にいわば双生児いな恋人同士のように固く強く結びつけたものは、年少のころ、ふたりの心の中に芽生え、ふたりでつちかってきた文学への激しい情熱であったにちがいない。そのことを如実に示すものが、約四百八十ページから成る本書の六割、約二百八十ページを占める兄弟間の往復書簡である——本書には、フョードルからのものが八十四通、ミハイルからのものが四十三通、収録されているが、これがおそらく現在残っている往復書簡のすべてなのであろう。

ミハイル宛の手紙からは、兄への熱烈な愛着の情のほかに、ドストエフスキーという人間の嫌らしさ、したたかさ、しつこさ、ひとりよがり、夢想家ぶりといった様々の性格的な特徴が、それぞれの手紙の書かれた心的情況に応じて、はからずも露呈してしまっているけれども、このことは、他の人たちに宛てた手紙の場合も同様である。（もっとも、彼の手紙は、借金・前借その他の金銭問題にからんで書かれることが非常に多く、その点で、金銭感覚が常人と異なり、かつ浪費癖のあったドストエフスキーならではの手紙ということができよう。彼の手紙をまとめたものを読むと、それらを通底するものとして、金銭勘定やそのいざこざがひときわ強く印象づけられるのであるが……。）したがって、人間ドストエフスキーの生得的な生地《きじ》とでもいうべきものを探るには、彼の書簡集は恰好の対象材料であろう。

わたしは、また、ドストエフスキーの手紙のなかに、彼が創造した様々な登場人物の性格や心理のあやといったもののモデルあるいは原型ともとれるものが、断片的にちらばっていることを見いだし、（こんなことは当然のことだなと思いながらも、やはり）たいへん面白く思わないわけにはいかなかった。しかし、このことについても、本書その他に収められている彼の書簡を実際に読んで確かめていただくほかない。ここでは、ミハイル宛と継子パーヴェル（愛称パーシャ）宛の手紙に関連して、二、三書き記すだけにとどめたい。

ドストエフスキーは、一八五四年二月、シベリア・オムスク要塞監獄での懲役四年の刑期を終えて出獄したのだが、その直後、ミハイル宛に手紙を出している。それは、鬱積した気持を吐き出したような長文の手紙であるが、その冒頭で、これまでこちらから手紙を出したにもかかわらず、四年間ミハイルが一通も、いな一行すら返事をくれなかったことを強く咎めている。彼は、政治犯といえども、外部との文通が当局に許可されていることを伝え、その具体的な例として、同じ監獄に収監されていたドゥーロフが何通かの手紙を受け取っていたことを挙げている（ドゥーロフはペトラシェフスキー事件連座者のひとりで、初め銃殺刑、のち懲役四年に減刑、オムスク要塞監獄に収監というところまで、ドストエフスキーの場合と全く同じである）。これに対してミハイルが、どんな言訳をしてきたのかは、現在残っている往復書簡からは窺い知ることができない。とすると、在監中のドストエフスキーの手に、ミハイルの手紙が四年の間一通も、いな一行も届かなかったという事実だけが残るわけである。

ドストエフスキーの懲役刑の場所・期間がドゥーロフと同じだということは、反政府的行動つまりペトラシェフスキー会への関与の度合いに関して、当局は、彼をドゥーロフと同じレベルの政治犯と認定していたことを意味するわけだから、文通の相手が問題のない人物であったならば、ドゥーロフ同様、彼も手紙を受け取ることができたにちがいない。ところが、彼の場合、手紙の宛先である当のミハイルが、ペトラシェフスキー事件の関係者であるにとどまらず、（第Ⅰ部の第七章〈道中記（漆）《作家の日記》の巻〉の中ですでに述べたように）影のある怪しげな人物であり、スパイの疑いもある。スパイではないにしても、逮捕・拘留中に当局の意向に迎合して進んで情報を提供した疑いが強いように推察できるのである。したがって、ミハイルから返事がこなかった理由として、次のようなことが考えられよう。すなわち、①ドストエフスキー兄弟の場合、兄弟間の文通は、表向きは許可になっていたけれども、本当のところは当局により禁止されていた。だから、兄弟どちらからの手紙も、途中で押さえられてしまった。②当局の隠れた協力者であった兄のほうだけが、弟宛の手紙を出すことが禁止されていた。③お互いの文通は何ら禁止されていなかったけれども、兄はみずからの裏切り的な行為を恥じて、あるいは当局から疑惑を招くのを恐れそれにおびえて、懲役刑に服している弟に返事を書くことができなかった、等々。

以上のどれもがそれぞれ理由になりうると思うけれども、そのいずれの情況も、ミハイルを背信的な行為をした人物と想定しないと成立しないか、あるいは非常に成立しにくいことに注意したい。

ドストエフスキー自身は、一八五四年二月の同じ手紙のなかで、理由として、ミハイルが億劫がって警察まで足を運ばなかったか、あるいは警察まで行ったにしても、文通は駄目だと下っ端に一度言われただけで、あきらめてしまったのではないかと忖度し、この推論に自分の気持を強いて納得させているように思われる。自分を絶望にまでおとしいれたミハイルの四年間の沈黙を、兄のものぐさか押しのなさによるものと手軽に結論づけて、それに一応満足してしまう様子なのは、何ごとであれ、ほんのちょっとしたことに対してでも、それにこだわって、たちまち強い猜疑心がうごめきだしてしつこいドストエフスキーとしては、たいへん珍しいことである。もっとも、ことミハイルに関する限り、たとえば、ペトラシェフスキー事件で逮捕されたにもかかわらず、五十日間拘留されただけで釈放されたことについて、喜びこそすれ、少しも怪しんだりはしていないようだから、たいへん甘いということは言えるだろう。そういう意味で、ドストエフスキーの心的機構には、猜疑心が消失してしまうか、あるいは発動しても減弱してしまう一種の盲点があって、その盲点におちこむのが、兄ミハイルに対する同胞的同志的愛情による思い込みであると言うべきかもしれない。

ところで、わたしたちは《死の家の記録》によって、シベリアの要塞監獄での徒刑生活が苛酷極まりないものであることを知らされる一方で、牢獄暮しのなかでの出来事とはとても信じえないような恐るべき規律の弛緩や乱れのあることをも知らされ、それに驚かされざるをえなかった。それで、このようなすこぶるルーズになった規律の乱れに乗ずるならば、外部との文通が当局によって禁止され、公式ルートが駄目であろうとも、裏のルートはいくらでも開拓でき、それを利用すれば、手紙のやりとりなど誰とでもできるように、わたしなどには思われてならない。ましてドストエフスキーは、在監中、孤独地獄の死ぬような苦しみの中で、ミハイルの手紙を渇望していたのだから、この手を思いつき、利用しなかった筈はない（前出の出獄直後に兄宛に出した手紙の文言からも、そのことは察せられる）。――ドストエフスキーが開拓・利用した裏のルートとしては、勿論、その性質上明らかではないにしても、彼の書簡や《記録》などがそれとなく匂わせていることから推して、流刑地への途中トボリスクで知り合った十二月党員《デカブリスト》の関係者を通じてのものや、要塞監獄の病院医師を通じてのものなどが考えられよう――。

このような（弟が開拓した）裏のルートをミハイルはどうして利用しなかったのであろうか？　いや、ミハイルはそれを利用はしていたのだ。しかし、それは金《かね》を送るためにだけであって、手紙を送るためではなかった。つまり、彼は四年間に時たま金を送ったけれども、それには一切《いっさい》、添状がないどころか、一行、一言《ひとこと》の添書きすらなかったというわけである。このことについては、わたしは次のようにしか受け取れない。すなわち、ミハイルには、弟に対する親密な情愛のほかに、ペトラシェフスキー事件に関連して弟に負い目があったので、フョードルに送金せずにはいられなかったけれども、手紙のほうは、自分のうしろめたい気持から、また、それを見すかされる恐れがあったから、どうしても書くことができなかったのだ、と。

ドストエフスキーは《死の家の記録》のなかで、「金は鋳造された自由である。だから、完全に自由を奪われた獄中の人間にとっては、それは自由な世間《しゃば》でよりも十倍も尊い」といった意味のことを言い、囚人たちが、牢獄内で自由なるもの（この場合、酒や煙草など、当局が禁じているもののことを意味する）を手に入れようとして懸命になっており、また、そのような一時《いっとき》の自由を獲得するために絶対必要な根元的な自由（つまり金）を手に入れることに、みな汲々としていることを記している。しかし、癲癇持ちで体があまり頑健ではなさそうなドストエフスキー自身にしたところで、囚人にあてがわれる黒パンと油虫のういた野菜スープだけでは、体がとても持たなかったであろうから、金がぜひとも必要であったことには変りはなかったであろうし、また、その金は隠し持っていたにちがいない（というのは、公には獄中で金を持つことは禁じられていたことが、《記録》から分かるからである）。

事実、ドストエフスキーは、前出の兄宛の手紙のなかで、牢獄内では金なしでは生きていけない、金がなかったら、死んでしまったはずだと書いている。この命の綱ともいえる貴重な金をこっそり送ってきたのが、ミハイルというわけである。このことは、ドストエフスキーが、同じ手紙のなかで、ミハイルの沈黙に苦しめられたと書く一方で、送金してくれたことに対して、彼に感謝の言葉を述べていることから明らかである。

金の出所としては、ミハイル以外にも、ドストエフスキーの同情者《シンパ》、たとえばK・I・イワーノフ（十二月党員《デカブリスト》アンネンコフの娘婿、軍医）などから借金したり、時には、苦役の往来《ゆきかえり》に、施しものとして僅かな金を恵まれるようなことがあったと考えられるにしても、ほとんどはミハイルからであろう。

わたしがこのように思うのは、ドストエフスキーがシベリア徒刑囚として首都ペテルブルグを離れた時点（一八四九年一二月）で、彼の六人の兄弟姉妹など身内のなかで、ミハイルを除けば、心情的、経済的な面からみて、彼を金銭的に援助してくれるような人間がいなかったと思われるからである――妹のワルワーラは当時二十七歳であったが、夫のカレーピンはドストエフスキー家の後見人として、金遣いの荒い彼には、工兵士官学校時代から金銭問題で悩まされ続けていたから、フョードルのシベリアへの追放は、カレーピン家では、表面的にはどうであれ、〈厄介払い〉のようなものとして受け取られたのではあるまいか（しかも、カレーピン自身がドストエフスキーがシベリア流刑になった次の年、一八五〇年に死んでいる）。ペトラシェフスキー事件で誤認逮捕された弟アンドレイは当時二十四歳、建築技師としてこれから身を立てようとしているところであった。当時二十歳であった次妹ヴェーラとその夫イワーノフとは、この時点では彼とはほとんど付合いがなかったように想像されるし、次弟ニコライといちばん下の妹アレクサンドラは、当時それぞれ十八歳、十四歳だから、この件に関しては問題外である。当時二十九歳であったミハイルにしても、三人の子供がいる所帯持ちであったから、経済的に余裕があったとは言えないかもしれないが、彼には、前述したように、弟に対して同胞愛以上の熱い愛情があり、それに強い自責の念が重なって、弟への送金へと彼を駆りたてたのであろう。

ここまで、ドストエフスキーの獄中生活にとってきわめて重要な意味を持つ文通と送金の問題に対するミハイルのかかわり方について、あれこれ考察してきたけれども、最後に——蛇足的なことではあるが——もう一つ付け加えることによって、この考察を終りにしたい。

ドストエフスキーは一八四九年四月二三日にペテルブルグで逮捕され、ペトロパヴロフスク要塞監獄に一二月二四日まで八か月拘留されていたが、その間（厳密には六月二〇日以降であるが）、貴族身分による特権的な待遇が許されていたらしく、支給された食事が一般の兵士用のものでなく、将校用のものであっただけでなく、お茶や砂糖、煙草などを手に入れることができたとのことである（新潮社版全集・別巻《年譜》中の記載による）。そして、お茶その他の代金は当局に前もって委託されていた金から引き落される仕組になっていたという——この時、四回にわたって委託された金は、総額五十一ルーブリ銀（当時、銀貨一ルーブルすなわち一ルーブル銀は紙幣三・五ルーブリに相当したというから、紙幣で百七十八ルーブリ五十コペイカ）であるが、それを工面したのはおそらくミハイルであろう——。それで、わたしは、ドストエフスキーの獄中生活の経済面に目がいった時、最初は、シベリアの監獄でもペテルブルグでと同じようなことが行なわれ、同じ仕組によって処理されていたのではなかろうかと思ったのであるが……しかし、未決ならばいざ知らず、貴族身分を剝奪された既決のドストエフスキーに、そのような贅沢な貴族特権のようなものが許されるはずがない、と思いいたった。

当然のことながら、ドストエフスキー本人は、このあたりの事情については、曖昧なほのめかし以外には沈黙を守っているから——そして、わたしは、自分の考えには妥当性があると自負してはいるものの、やはり、推測による一つの説であるにはちがいないから——、真相は不明、依然として謎のままとどまるほかない、と言うべきであろうか。

次に、継子パーヴェル（パーシャ）についてであるが、彼はドストエフスキーの前妻マリヤの連れ子である。

ドストエフスキーがシベリアのクズネツクでマリヤと結婚したのは一八五七年二月六日、三十五歳の時で、マリヤは彼よりも三歳くらい年下らしい。結婚後、マリヤとの間には子供はできず、作家がマリヤの死後再婚したアンナとの間に子供をもうけたのが一八六八年、四十六歳の時であるから、それまで、自分の子供といえるのはパーヴェルだけだったわけである。

ドストエフスキーは、マリヤとの結婚後、当時十歳前後であったパーシャを、つてを頼ってオムスクのシベリア幼年学年に入れてやったりしているが、その後、マリヤとパーシャを伴ってヨーロッパ・ロシアに戻ってきてからの彼とパーシャとの関係については、本書収録の手紙から充分すぎるほど読みとることができる。パーシャ宛の手紙は三十四通、本書で約五十ページを占めるが、これらを読むと、際限なく金をせびってくる軽薄でぐうたらなパーシャに対して、どうにかして立ち直らせようとあれこれ説教している、ドストエフスキーのにがりきった渋い父親的な顔の下に、結局は、自分自身が借金暮しをしているくせに、金を工面して送り、幾度となく息子のわがままな望みをかなえてしまう、世の中の母親以上に甘い顔が透けて見えてくる。しかし、このように愛情深い、さすがの彼も、パーシャを見放す覚悟を決めたことが、三十四通目の一八七八年八月二二日付の手紙から読みとれるように思われるのだが……。この時、パーシャは三十歳代の所帯持ちであった（子供もふたりいた）。

本書からパーシャが、働かずに、義父から金をせびりとり、くすねてばかりいる怠け者・遊び人であったことが明らかになってくると、もう一人、同じようなぐうたら息子を持ったばかりに、それに手古摺った巨人ゲーテのいることを思い出さずにはいられない。ゲーテの不肖の子アウグストは、ゲーテが公式に結婚したクリスティアーネ・ヴルピウスとの間に生まれた一人息子であるが、このアウグストがパーシャそっくりの男であって、怠惰でわがままな酒飲みだったといわれ、四十歳で死ぬまで、すべてが親がかりであったようだ。

このような二つの例だけから速断するのは大いに考えものであることは確かであるが、わたしには、どうも天才はよき子供に恵まれないものだなあ、という感慨がたいへん強い。

（一九九五・二・二四）

著者からのお知らせとお願い

わたしの《ドストエフスキー――木洩れ日のなかを歩む獏の独白》は三部作で、上・下二巻からなりますが、各巻の内容は次に示す通りです。

〔上巻〕

第Ⅰ部　ドストエフスキー山露西亜寺《ラッシャン・テンプル》詣で道中記

巨人ドストエフスキーにアプローチする気持を、長年念願していた〈旅〉に出かける気持になぞらえて、道中記の名目で書き綴ったもの。《罪と罰》から《カラマーゾフの兄弟》《作家の日記》までの各作品についての論考を収める。

第Ⅱ部　〈わたしのドストエフスキー像〉をめざして
――書物との対話

ドストエフスキー探究のために読みあさった、多種多様のドストエフスキー論を中心に、その周辺に位すると思われる、宗教・哲学・歴史・文学などいろいろな分野に属する書物、それらについての論考を収める。

〔下巻〕

第Ⅲ部A　その生涯をスケッチする
――生活面からのアプローチ

ペトラシェフスキー事件で死刑判決、それが破棄されてシベリア流刑をくらったドストエフスキー。そのような数奇な運命をたどった作家の、おいたちから死を迎えるまでの全生涯を動的《ダイナミック》に描く。

第Ⅲ部B　その作品を読む

処女作《貧しき人びと》から最後の長編《カラマーゾフの兄弟》までの全作品、それぞれについての論考を収める。

以上のような内容ですが、当巻だけをお読みの方は、ぜひともペアをなすもう一つの巻もお買い求めのうえ、お読みいただければ、著者としての喜び、これに勝るものはありません。

――著者より

〔著者略歴〕
大森政虎（おおもり・まさとら）
1926年茨城県下館町（現在、下館市）に生まれる。水戸高校（旧制）、東京大学理学部動物学科卒業。1951年平凡社入社。主として百科事典の編集にあたる。1981年平凡社退社。著書として《杜ノ瀬生々の手帳《ノート》から 1986～87》、詩集《白楊樹》がある。

ドストエフスキー（上）

2004年 5月25日　初版第1刷発行

著　者　大　森　政　虎
発行者　八　坂　立　人
印刷・製本　モリモト印刷(株)

発行所　(株)八　坂　書　房
〒101-0064　東京都千代田区猿楽町1-4-11
TEL.03-3293-7975　FAX.03-3293-7977
郵便振替口座　00150-8-33915

ISBN 4-89694-807-6